MERLIN 3

분노하는 불꽃

THE RANGING FIRES

MERLIN 3

분노하는 불꽃

THE RANGING FIRES

토머스 A. 배런 지음 | 김선희 옮김

T. A. BARRON

arte

여러 면에서 영감의 불꽃을 일으켜준
작가 매들린 렝글(Madeleine L'Engle)에게 이 책을 바칩니다.

그리고 밝게 불타는 자기만의 불꽃을 지닌
두 살배기 라킨(Larkin)에게 특별히 감사의 말을 전합니다.

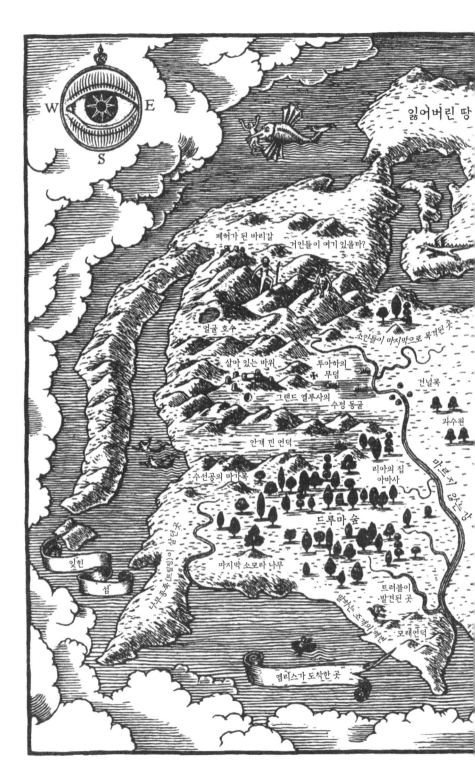

핀카이라 동남지역 세부지도

어둠의 언덕

크리릭스가
여기 있을까?

돔누의 동굴
갈라토가 여기 있을까?

유령의 늪

와이의 수레바퀴

숨겨진 동굴

녹슨 평원

전설의
카펠 카에로츨란이
발견된 곳

가는 길

연기 피어나는 절벽

고대 사슴종족의 고향

차 례

또다시 한 번, 이 마법사는 경이로움으로 가득하다.

이 시리즈의 처음 두 권을 읽은 독자라면 이미 잘 알고 있겠지만, 멀린은 아주 오래전에 나를 처음으로 놀라게 했다. 불가사의하게도, 수 세기에 걸쳐 멀린에 대한 수많은 책, 시, 노래가 쓰였음에도 불구하고, 멀린의 어린 시절에 대한 이야기는 사실상 전무하다시피 하다. 그처럼 풍부하고 복잡하고 매력적인 캐릭터에 대한 설화에 커다란 틈이 존재한다는 것이 정말 이상했다. 따라서 멀린이 드디어 자신의 잃어버린 시간에 대한 이야기를 드러내며 나를 자신의 비서 역할로 초대했을 때, 나는 도저히 거절할 수 없었다.

그럼에도 불구하고, 나는 주저했다. 이미 놀라울 정도로 잘 짜인 멀린을 둘러싼 신화의 양탄자에 한두 가지의 새로운 가닥을 더하는 것이 정말 가능할지 의심스러웠다. 그리고 설령 가능하다 할지라도, 새롭게 짜 넣은 것이 기존의 양탄자에 꼭 필요할까? 내가 만들어낸 독창적인 색조, 무게, 감촉이 전체의 일부로 자연스럽게 느껴질까? 다시 말해, 내 이야기가 진짜처럼 느껴질까?

어찌 되었든 멀린의 목소리를 들을 필요가 있었다. 그것은 이 세상 사람들이 찬양해 마지않는 전지전능하고 아주 유명한 마법사의 목소리가 아니었다. 그것과는 거리가 멀다. 그 전설적인 마법사의 내면 깊숙한 곳, 수 세기 동안 투쟁과 승리와 비극에 묻혀 있는 것은 또 다른 목소리였다. 그것은 한 소년의 목소리였다. 불확실하고 불안정하고 무척이나 인간적인 목소리. 비범한 재능을 지닌 소년. 자신의 운명처럼 커다란 열정을 지닌 소년.

이윽고 그 목소리가 드디어 또렷해졌다. 비록 약점을 지닌 채 울렸지만, 고대 켈트 족 설화의 신화적이고 풍성한 영성으로 가득 차 더 심오하게 울려 퍼졌다. 그 목소리는 부분적으로는 그 켈트 족 이야기에서 튀어나왔고, 부분적으로는 우리 집 창문 밖 미루나무에 앉아 후후 울어대는 신비한 부엉이에서 그리고 부분적으로는 그 밖의 다른 곳에서 떠오르기도 했다. 그리고 그 목소리가 내게 말해주었다. 젊은 날의 멀린은 이야기와 노래 속에서 그저 사라졌을 뿐만 아니라, 그동안 우리가 아는 세상에서 사라졌던 것이라고.

멀린은 정말로 누구였을까? 어디서 왔을까? 멀린의 가장 큰 열정, 가장 큰 희망, 가장 깊은 두려움은 무엇이었을까? 이런 질문에 대한 대답은 멀린의 잃어버린 시간의 장막 뒤에 숨겨져 있다.

그 답을 찾기 위해 멀린은 핀카이라로 여행을 떠나야 했다. 그곳은 켈트 족에게 바다 밑에 존재하는 섬, 인간이 사는 지구와 영적 존재가 사는 사후 세계를 이어주는 다리로 알려진 상상의 장소였다. 멀린의 엄마 엘런은 핀카이라를 '중간 지대'라고 부른다. 엘런은 섬을 둘러싸고 소용돌이치는 안개는 물도 아니고 공기도 아니라고 말한다. 안개는 물과 공기를 모두 닮았지만, 완전히 다르다. 마찬가지로 핀카이라는 유한하기도 하고 무한하기도 하고, 어둡기도 하고 밝기도 하고, 덧없기도 하고 영원하기도 하다.

시리즈 1권의 첫 페이지에서 어린 소년이 미지의 해안으로 떠밀려온다. 물에 빠져 죽을 뻔한 소년은 과거에 대한 기억이 전혀 없다. 부모가 누군지, 집이 어딘지, 심지어 자신의 이름조차 모른다. 분명 그 소년은 자신이 언젠가 멀린이 될 것이라는 사실을 알지 못한다. 시대를 통틀어 가장 위대한 마법사이자 아서 왕의 스승으로서 전설적인 1500년을 거슬러 매혹적인 인물이 되리라는 사실을 알지 못한다.

1권은 멀린이 진정한 정체성과 신비하고 때로는 놀랍기도 한 자기 능력의 비밀을 찾는 것으로 시작한다. 작은 것을 얻기 위해서는 많은 것을 잃어야 한다. 자신이 이해하는 것보다 훨씬 더 많은 것을…… 어쨌든 소년은 결국 '거인의 춤'의 수수께끼를 가까스로 푼다. 2권에서 여정이 이어지면서, 소년은 엄마의 목숨을 구할 수 있는 묘약을 찾기 위해 '마법의 일곱 노래'의 구불구불한 길을 따라간다. 그 과정에서 소년은 자신에게 주어진 역경의 몫을 극복해야 한다. 비록 그 가운데 하나는 그 어떤 것보다 힘겨울 테지만 말이다. 소년은 완전히 새로운 방식으로 보아야 했다. 마법사에게 어울리는 방식으로, 눈이 아닌 마음으로 보는 방식으로.

3권을 시작하면서 멀린은 이 모든 걸 이미 우리에게 보여주었다. 사실, 나는 3권을 최종회로 생각했었다. 그때 이 마법사에게 최후의 놀라운 사건이 일어났다. 멀린이 잃어버린 세월에 대한 이야기를 3권으로 끝마칠 수 없다고 분명히 말했다. 나는 멀린에게 처음에 이 책이 3부작이 될 거라 약속했다는 점과 그 자체만으로도 최소한 5년의 장기 프로

젝트라는 점을 상기시켰다. 그러나 멀린은 내 걱정을 아무렇지도 않게 떨쳐버렸다. 결국 멀린은 헤아릴 수 없는 미소를 머금고는, 이미 15세기를 산 사람에게 조금의 시간을 더 준들 뭐가 대수냐고 말했다. 삶의 기술을 배운 누군가에게 시간을 거슬러 가게 한들 어떠냐고 말이다.

거부할 수 없었다. 이것은 결국 멀린의 이야기가 아닌가. 그리고 멀린 자신과 마찬가지로, 이 이야기 속에 등장하는 수많은 등장인물들, 그러니까, 엘런, 리아, 카이르프레, 심, 트러블, 돔누, 스탕마르, 붐벨리, 할리아, 다그다, 리타 고르는 물론이고 아직 등장하지도 않은 인물들 또한 자신의 삶을 살았다. 이렇게 해서 3부작으로 계획된 시리즈는 12권짜리 서사시가 되었다.

3권에서 멀린은 다양한 형태의 불과 직면하게 된다. 멀린은 늙은 용의 불꽃, 화산의 용암 그리고 평생 처음으로 자신의 분명한 열정을 느낀다. 멀린은 자신과 마찬가지로 불꽃이 양면성을 지니고 있음을 발견할 것이다. 그것은 소멸시키기도 하고 파괴하기도 한다. 하지만 또한 따뜻하고 활기찰 수도 있다.

게다가 멀린은 '능력의 본질'을 탐구해야 한다. 능력은 불처럼 현명하게 사용할 수도, 끔찍하게 남용할 수도 있다. 능력은 불처럼 치유할 수도 파멸시킬 수도 있다. 어린 마법사는 자신의 마법과도 같은 능력을 잃을 필요가 있을지도 모른다. 그 능력이 진정으로 어디에 존재하는지 발견하기 위해서 말이다. 마법의 정수는 자신의 두 손으로 직접 만든 악기의 음악처럼, 눈에 보이는 곳 말고 다른 어딘가에 존재하기 때문이다.

이 마법사에 대해 알아갈수록, 나는 정말로 아는 것이 점점 더 적어졌다. 그러나 나는 멀린의 눈부신 은유와 암시에 끊임없이 충격을 받았다. 아무런 기억도, 과거도, 이름도 없이, 또한 자신의 경이로운 미래에 대한 그 어떤 단서도 없이 해안에 떠밀려온 소년처럼, 우리는 각자 삶의 어느 지점에서, 아니, 사실 삶의 여정을 거치며 몇 차례나 완전히 새롭게 시작한다.

하지만 물에 빠져 죽을 고비를 넘긴 소년처럼, 우리 각자에게는 숨은 능력, 숨은 재능, 숨은 가능성이 있다. 어쩌면 우리도 약간의 마법을 품고 있을지도 모른다. 어쩌면 우리는 우리 내면 어딘가에 존재하는 마법을 발견할 수 있을지 모른다.

1권과 2권에서처럼, 나는 많은 분들의 조언과 도움에 감사의 뜻을 전한다. 특히 아내 커리와 편집자 퍼트리샤 리 고쉬에게 감사를 전한다. 더불어 제니퍼 헤런의 활달한 정신에 감사를 표하고자 한다. 캐시 몽고메리의 전염성 강한 유머 감각과 카일렌 비어스의 확고한 믿음에도 감사한다. 이들이 없었다면, 멀린의 놀라운 이야기에 나는 벌써 주눅이 들어 지쳐 나가떨어졌을 것이다.

토머스 A. 배런

화려한 불꽃……

재빠른 바람……

찬란한 햇빛,

빛나는 달빛,

화려한 불꽃,

번쩍이는 번개,

재빠른 바람,

깊은 바다,

든든한 땅,

단단한 바위.

나는 오늘 일어난다

하늘의 능력을 뚫고.

성 패트릭의 7세기 찬송가, 〈사슴의 울부짖음〉 중에서 세월이 지날수록 기억이 안개처럼 모여든다. 비록 아주 오래전 일이기는 하지만 어떤 날의 기억은 마음속에 오늘 아침 떠오른 태양처럼 아주 또렷하게 남아 있다.

안개가 짙게 낀 날이었다. 분노에 이글거리는 짙은 연기가 무겁게 내려앉은 날이기도 했다. 핀카이라의 운명이 엄청난 위기에 처했지만, 유한한 생명체 가운데 그 누구도 그 사실을 알아차리지 못했다. 왜냐하면 그날 그 짙은 안개가 두려움과 고통과 아주 가녀린 희망의 실마리만 남겨놓고 모든 걸 덮어버렸기 때문이다.

셀 수 없이 오랜 세월 동안 꿈쩍도 않고 있던 산 같은 거대한 회색 바위가 느닷없이 꿈틀거렸다.

그런 변화를 불러일으킨 건 빠르게 흘러가며 바위에 부딪힌 마르지 않는 강의 물살이 아니었다. 그 바위와 진흙투성이 강둑 사이의 갈라진 틈을 오랫동안 미끄러지듯 흘러 내려가는 걸 즐기는 호리호리한 수달도 아니었다. 바위의 북쪽 기슭에 붙어 있는 이끼에서 몇 대째 살고 있는 점박이 도마뱀 가족도 아니었다.

아니, 그날 그 바위를 흔든 건 완전히 다른 것이었다. 그건 도마뱀들과 달리, 그곳에서는 한 번도 본 적 없는 것이었다. 그런데 사실, 그건 도마뱀이 처음으로 그곳에 자리 잡기 전부터 그곳에 존재했었다. 바로 그 바위의 깊은 곳이 그 흔들림의 근원이었기 때문이다.

안개가 강둑 안으로 모이며 두툼한 흰색 망토처럼 물 위에 내려앉자, 뭔가를 문질러대는 것 같은 소리가 허공을 가득 메웠다. 잠시 뒤 바위가 조금 더 흔들거렸다. 안개가 바위를 휘감자, 갑작스레 바위가 한쪽으로 기울었다. 도마뱀 세 마리는 깜짝 놀라 씩씩거리며 바위에서 펄쩍 뛰어내려 재빨리 달아나버렸다.

만약 도마뱀 가족이 다른 바위 꼭대기에 붙어 있는 이끼에 새로운 보금자리를 틀고 싶다 해도, 애당초 그런 기대를 이룰 가망이 없었다. 끊임없이 물살 튀는 소리와 더불어 뭔가를 문지르는 소리가 점점 더 크게 들려왔으니까. 강을 따라 나란히 자리 잡고 있던 바위 아홉 개가 하나씩하나씩 흔들리기 시작하더니 이내 더 맹렬하게 흔들렸다. 마치 바위들만이 느낄 수 있는 불안감 때문에 떨고 있는 것 같았다. 흐르는 강물 속에 반쯤 잠겨 있던 바위 하나가 강둑 위에 있는 솔송나무 숲을 향해 구르기 시작했다.

첫 번째 바위의 가장 윗부분이 꿈틀대기 시작했다. 자그마한 틈이 갈라졌다. 이내 또 다른 틈이 연이어 벌어졌다. 즉시 돌 조각이 들쭉날쭉 떨어져 나가고, 구멍 하나가 드러났다. 그 구멍이 기이한 오렌지색으로 반짝거렸다. 천천히 머뭇머뭇 무언가가 구멍 밖으로 밀고 나오기 시작했다. 그 무언가는 어렴풋한 빛을 내며 껍질을 긁어댔다.

발톱이었다.

* * *

저 멀리 북쪽에 있는 잃어버린 땅의 황폐한 산마루에 연기 줄기가 독사처럼 구불구불 하늘로 피어올랐다. 이 언덕 위에서 움직이는 건 연기뿐이었다. 풀벌레 한 마리도 보이지 않고, 바람에 흔들리는 풀 한 포기도 보이지 않았다. 땅은 불에 타버렸다. 강렬한 불길에 나무의 흔적은 사라지고, 강은 바짝 말라버렸으며, 바위조차 산산이 부서져버렸다. 재로 뒤덮인 까맣게 탄 산마루를 제외하고는 아무것도 남지 않았다. 그것은 이 땅이 오랫동안 용의 은신처였기 때문이다.

오래전 분노에 휩싸인 용이 숲을 모조리 불태우고 마을을 모두 집어삼켜버렸다. 핀카이라의 옛 언어에서 '불의 날개'를 의미하는 '발디어그'는 대대로 이어온 용의 마지막 황족이자 가장 두려운 존재였다. 핀카이라의 상당 부분이 발디어그의 분노에 찬 숨결 때문에 시커멓게 변해버렸다. 핀카이라의 주민들은 모두 발디어그의 그림자를 두려워하며 살아왔다. 마침내 강력한 마법사 투아하가 발디어그를 그 은신처로 가까스로 다시 몰아넣었다. 오랜 전투 끝에 마침내 발디어그는 투아하의 '잠의 마법'에 굴복하고 말았다. 그 뒤로 발디어그는 불꽃에 그을린 동굴 속에서 깊은 잠에 빠져들었다.

대부분의 핀카이라 사람들은 투아하가 기회를 잡았을 때, 그때 발디어그를 끝장냈어야 했다고 투덜거렸다. 투아하가 용을 살려둔 건 뭔가 나름대로의 이유가 있을 거라고 말하는 사람들도 있었다. 하지만 그 이유를 아는 사람은 아무도 없었다. 적어도 불의 날개가 잠들었으니 더 이상은 해를 끼치지 못할 것이다. 오랜 시간이 흘렀다. 너무 오랜 시간이 흘렀기에, 용이 다시 깨어나리라고 의심을 품는 이들이 늘어나기 시작했다. 용의 난폭한 행동에 대한 옛날이야기에 의심을 품는 이들도 생겨났다. 용이 정말로 존재했었다는 사실에 의문을 제기하는 사람까지 생겨났다. 그 해답을 찾기 위해 잃어버린 땅을 굳이 여행하려는 사람도 몇몇 있었다. 하지만 그 위험한 여행을 시작한 이들 가운데 다시 돌아온 사람은 거의 없었다.

'밝은 불꽃의 전투'의 결론에 대한 투아하의 말을 제대로 이해한 사람은 아주 드물었다. 투아하가 수수께끼처럼 말했기 때문이다. 그리고 투아하가 했던 대부분의 말은 시간이 지나는 동안 사람들의 기억 속에서 점점 사라졌다. 그럼에도 '용의 눈'이라는 제목의 시에 그 내용이 남아서 그나마 몇몇 음유시인들은 그것을 계속 살려냈다. 비록 이 시에 수많은 버전이 있고, 모든 버전이 각각의 이유로 애매모호했지만, 발디어그가 미래의 어느 어두운 날에 다시 깨어나리라는 사실에 대해서는 변함없이 한목소리를 냈다.

지금도 그 땅에서는 숯 냄새가 난다. 움푹 파인 동굴 근처, 용이 끊임없이 내뿜는 뜨거운 숨결 때문에 아지랑이가 어른거렸다. 드르렁드르렁 나지막하게 내뿜는 용의 코 고는 소리가 검게 그을린 시커먼 산마루를 가로질러 가득 울려 퍼졌다. 그러는 내내 용의 콧구멍에서 시커먼 연기 기둥이 끊임없이 뿜어져 나와 하늘을 향해 천천히 피어올랐다.

* * *

발톱이 위로 솟구치며 바위처럼 단단한 겉 표면을 조심스럽게 톡톡 두드렸다. 마치 얼어붙은 연못 위를 걸어가려는 사람이 얼음을 톡톡 두드리는 것 같았다. 마침내 단검처럼 날카로운 발톱 끝이 표면을 뚫고 나와 사방에 갈라진 틈이 생겼다. 긁어대는 것 같기도 하고 으르렁거리는 것 같기도 한 짓눌린 소리가 저 깊숙한 곳에서부터 들려왔다. 그러더니 갑작스레 발톱이 껍질을 활짝 찢어냈다.

거대한 알이 다시 흔들리며 강둑 아래로 굴러갔다. 알이 일렁이는 물살에 철퍼덕거리자, 껍질 조각이 더 떨어져 나갔다. 아침 햇살이 안개를 뚫고 스며들었지만, 입이 크게 벌어진 구멍에서 흘러나오는 오렌지색이 약해지지는 않았다.

양옆으로 더 많은 틈이 벌어졌다. 거대한 고리처럼 굽은 발톱이 구멍 가장자리를 난도질하자, 껍질 조각이 사방으로 튀었다. 강물 속으로, 진흙투성이 강둑 위로……. 그 안의 생물체는 끼잉 소리를 한 번 더 내뱉으며, 구멍 밖으로 발톱을 완전히 밀어냈다. 알록달록 보라색 비늘로 덮인 뒤틀리고 호리호리한 팔이 드러났다. 이윽고 깡마르고 굽은 어깨가 연보라색 점액질을 뚝뚝 흘리며 밖으로 나왔다. 어깨에서부터 축 늘어진 것은 쭈글쭈글 주름 잡힌 가죽 같은 피부였다. 분명 날개였다.

그러고 나서 무슨 이유에서인지, 팔과 어깨가 꼼짝 않고 그대로 있었다. 아주 한참 동안 알은 흔들리지도 않고, 아무 소리도 내뿜지 않았다.

알의 위쪽 절반이 갑작스레 떨어져 나가더니, 모래톱 위로 쿵 떨어져 내렸다. 오렌지색 광선이 자욱한 안개를 뚫고 비쳤다. 비늘에 덮인 어깨가 머뭇거리며 비틀비틀 올라와, 진홍색 점이 박힌 얇은 보라색 목을 떠받쳤다. 목에 묵직하게 매달린 머리가 허공으로 천천히 올라왔다. 다 자란 말의 머리통보다 두 배는 컸다. 거대한 턱 위로는 반짝반짝 빛나는 이빨이 나란히 박혀 있었다. 커다란 콧구멍 한 쌍이 실룩 움직이며,

처음으로 킁킁 공기 냄새를 맡았다.

삼각형 모양의 살아 있는 두 눈에서는 달아오른 용암 같은 오렌지색 불빛이 뿜어져 나왔다. 이 생명체는 두 눈을 연신 끔뻑이며 안개 사이로 다른 알들을 응시했다. 다른 알 역시 이제 금이 가고 틈이 벌어지며 서서히 열리기 시작했다. 이 짐승은 발톱 하나를 들어 올리며 이마 한가운데에 톡 튀어나온 누런색 혹을 긁으려 했다. 하지만 목표를 놓치고 대신 자기 코의 주름진 부드러운 피부를 쿡 찌르고 말았다.

아기 용은 크게 낑낑거리며 머리를 마구 흔들어댔다. 깃발처럼 생긴 푸른색 귀가 펄럭거렸다. 흔들림이 잦아들고 나서도, 오른쪽 귀는 얌전히 있지 못했다. 어깨 아래까지 축 늘어진 왼쪽 귀와 달리, 오른쪽 귀는 마치 제자리에 놓이지 않은 뿔처럼 옆으로 쭉 뻗어 있었다. 축 늘어진 부드러운 *끄트머리* 부분만이 그것이 귀라는 사실을 알려주었다.

* * *

연기가 피어나는 큼지막한 동굴 깊은 곳에서 거대한 모습 하나가 비틀비틀 움직였다. 언덕만큼이나 커다란 발디어그의 고개가 갑작스레 움직이자, 아주 오래전에 불꽃으로 검게 변해버린 해골 무더기가 와르르 무너져 내렸다. 발디어그의 호흡이 점점 더 가빠지더니, 폭포 수천 개를 합쳐놓은 것 같은 울음소리가 울려 퍼졌다. 거대한 두 눈은 아직 감겨 있었지만, 눈에 보이지 않는 적을 향해 발톱을 가차 없이 마구 휘둘렀다.

용의 꼬리가 채찍질하듯 움직이며 검게 타버린 돌벽에 부딪혔다. 용은 초록색과 오렌지색의 등 비늘 위로 굴러 떨어진 바위 때문이 아니라, 꿈속에서 느낀 고통 때문에 으르렁거렸다. 용을 잠에서 깨어나게 한 바로 그 꿈 때문에……. 날개 하나가 허공을 강타했다. 날개 끝이 움푹한 동굴 바닥을 긁어대자, 보석 박힌 칼과 마구, 금박을 입힌 하프와 트럼펫, 반짝반짝 빛나는 보석과 진주 수십 개가 사방으로 날아올랐다. 연기구름 때문에 날이 어두워졌다.

* * *

알 속의 생명체는 두 눈동자를 사납게 반짝였다. 코를 계속 벌름거리는 동시에 익숙한 충동을 느끼며 숨을 깊이 들이쉬고, 보라색 가슴을 한껏 부풀렸다. 콧구멍을 벌리고 숨을 내쉬자 콧바람이 쏟아져 나왔다. 하지만 불꽃은 나오지 않았다. 가느다란 연기의 흔적조차 없었다. 사실 이제 막 태어났기에, 용은 아직까지 불을 뿜어낼 수 없었다.

아기 용은 의기소침하게 다시 낑낑거렸다. 발 하나를 들어 올려 껍질 밖으로 마저 기어 나오더니, 이윽고 갑작스레 멈추었다. 머리를 한쪽으로 기울인 채 무슨 소리에 귀를 기울이는 듯했다. 한쪽 귀는 가느다란 푸른 깃발처럼 달랑거렸고, 다른 한쪽 귀는 하늘을 향해 높이 내민 채, 용은 꼼짝하지 않고 용의주도하게 귀를 기울였다.

갓 부화한 아기 용이 갑자기 깜짝 놀라 뒤로 물러섰다. 그러더니 알의 남은 부분 안에서 건들건들 움직였다. 강의 저쪽 강둑에 있는 안개 속 어두운 그림자를 알아차렸기 때문이다. 아기 용은 겁을 집어먹고, 껍질 안에서 몸을 깊이 움츠렸다. 하지만 주체할 수 없는 한쪽 귀가 알의 껍데기 밖으로 삐죽 튀어나오는 걸 막을 수는 없었다.

한참이 지나고 나서, 아기 용은 고개를 살짝 들어 올렸다. 가슴에서 심장이 쿵쿵 뛰었다. 아기 용은 그림자 하나가 흐르는 강물을 지나 천천히 다가오는 모습을 지켜보았다. 그림자는 다리 두 개 달린 기이한 모습을 띠기 시작했다. 거기에는 불길하게 번쩍거리는 흰 칼날이 달려 있었다. 아기 용은 그 칼날이 내려치기 위해 번쩍 위로 올라갔다는 것을 깨달았다.

1부

1

프살테리움의 마지막 현

"딱 한 번만 더."

말은 이렇게 했지만, 나 자신조차도 내 말에 확신이 들지 않았다. 나는 물때 낀 마가목*의 회갈색 껍질을 손바닥으로 스치듯 어루만졌다. 커다란 마가목 뿌리가 내 몸을 감쌌다. 살아 있는 나무의 부드러운 옆구리와 굴곡이 느껴졌다. 지난 몇 달 동안 내가 사용해온 연장들이 큼지막한 그릇처럼 우묵한 곳 안에 들어앉아 있었다. 돌 해머 하나, 철 쐐기 하나, 각기 다른 질감의 끌 세 개 그리고 내 새끼손가락만 한 조각칼 하나⋯⋯. 나는 그 연장들을 지나쳐, 큰 톱을 걸어두는 옹이 진 뿌리를 가로질러 최근까지 줄 여덟 개가 모두 놓여 있던 얇은 나무껍질 선반으로 손을 뻗었다.

줄 여덟 개. 줄을 하나씩 손보고, 팽팽하게 잡아당기고, 마침내 세레나데를 연주했다. 고대의 전통에 따라 가을 보름달 아래에서⋯⋯. 고맙게도 나의 스승 카이르프레는 그날 저녁 이전까지 몇 주를 기꺼이 바쳐

---

*장미과의 낙엽 활엽 교목.

가며, 그 복잡한 운율과 가락을 모두 익힐 수 있도록 나를 도와주었다. 그렇기는 하지만, 마침내 내가 그 모든 걸 정확한 순서대로 노래했을 때 달은 거의 다 지고 말았다. 이제 줄 일곱 개가 내 앞 나무뿌리에 놓인 자그마한 악기 위에서 반짝였다.

나는 마지막 남은 가장 짧은 줄을 잡아 가까이 당겼다. 그 줄을 살며시 어루만지자 줄 끝이 뒤틀리며 흔들렸다. 마치 살아 있는 것 같았다. 막 말을 하려는 누군가의 혀를 닮았다.

늦은 오후의 빛이 줄 위에서 노닐며, 마가목 밑동의 풀밭에서 반짝이는 가을 낙엽처럼 줄을 황금빛으로 물들였다. 줄은 짧았지만 놀라울 정도로 묵직했다. 그런데도 산들바람만큼이나 유연했다. 나는 나지막한 마가목 가지에 매달린 짙붉은 열매 위에 줄을 조심스레 올려놓았다. 다시 악기로 돌아가서, 마지막 두 개의 손잡이를 끼워 넣었다. 손잡이는 다른 것과 마찬가지로 산사나무 가지를 깎아 만들었다. 한 달간 이어진 가마 건조가 어제 비로소 끝났다. 손잡이를 참나무로 만든 공명판에 대고 문지르자, 아주 섬세한 소리가 났다.

마침내 줄을 뒤로 잡아당겼다. 손잡이 두 개에 마법사의 매듭 일곱 고리를 각각 묶은 뒤 꼬기 시작했다. 하나는 오른쪽에, 다른 하나는 왼쪽에. 줄이 점점 팽팽해지며 바람에 날리는 깃발처럼 곧게 펴졌다. 지나치게 팽팽해지기 전에 멈추었다. 이제 남은 건 줄 받침을 넣고 연주하는 일뿐이었다.

마가목 나무둥치에 몸을 기댄 채, 내가 직접 만든 악기를 물끄러미 바라보았다. 그건 프살테리움*이란 악기로, 자그마한 하프처럼 생겼지만

---

*14, 15세기에 특히 애용된 발현악기로 훗날 쳄발로의 전신에 해당한다. 보통 사다리꼴이며 울림 구멍이 있는 넓적한 공명판 위에 여러 개의 줄이 걸쳐 있다.

줄 뒤에 활 모양의 울림통이 달려 있다. 나는 그것을 들어 올려 자세히 들여다보며 감탄했다. 비록 내 손 정도의 크기였지만, 내게는 새로 태어난 별처럼 거대해 보였다.

내 악기야. 내가 직접 만든 내 악기.

나는 악기 틀의 꼭대기에 장식한 물푸레나무 조각을 따라 손가락을 가져다 댔다. 이 악기가 음악의 기원 그 이상이라는 걸 잘 알았다. 물론, 이 악기를 만드는 과정에서 어떤 실수도 하지 않았다면, 아니, 만약……

나는 천천히 파르르 거친 숨을 몰아쉬었다. 만약 카이르프레가 가르칠 수 없었던 한 가지를 내가 빼먹은 것이 아니라면……. 카이르프레도 제대로 설명할 수 없었던 그 한 가지는 마법사가 꼭 지녀야 할 핵심이라고 말했다. 카이르프레가 자주 상기시켰듯이, 마법사의 첫 번째 악기를 만드는 건 신성한 전통으로, 재능 있는 젊은이가 성년이 되는 걸 의미하기 때문이다. 마침내 악기를 연주할 시간이 되었을 때, 그 모든 과정을 성공적으로 완수하면, 악기는 저절로 음악을 흘려보낼 것이다. 그리고 그와 동시에 그 젊은이는 완전히 새로운 차원의 마법을 하게 될 것이다.

하지만 만약 그 과정을 성공적으로 완수하지 못하면…….

나는 프살테리움을 내려놓았다. 울림통이 우람한 나무뿌리에 다시 닿자, 줄이 부드럽게 땡그랑거렸다. 이 나무뿌리에 둘러싸여 전설적인 마법사인 우리 할아버지 투아하를 포함해 핀카이라에서 가장 유명한 마법사들이 자신의 첫 번째 악기를 직접 만들었다. 그래서 이 나무의 이름은 수많은 시와 이야기에 등장한다.

수선공의 마가목.

나는 나무껍질의 둥근 옹이 위에 손을 올려놓고, 커다란 나무가 들려주는 맥박에 귀를 기울였다. 느릿느릿하고 통통 튀는 리듬에 나무뿌리는 땅속으로 더 깊이 흘러 들어갔고 나뭇가지는 더 높은 곳을 향해 뻗었다. 나뭇잎 수천 개가 초록에서 황금빛으로 녹아들며, 나무가 숨을 쉬었다. 삶과 죽음 그리고 이 둘을 잇는 신비한 연대를 빨아들이고 있었다. 수선공의 마가목은 수많은 폭풍우를, 수 세기를 그리고 수많은 마법사를 내내 견뎌왔다. 내가 만든 프살테리움이 정말 제대로 연주를 해낼지 이 나무는 지금 알고 있을까? 문득 궁금했다.

나는 고개를 들어 드루마 숲의 언덕을 살펴보았다. 언덕은 모두 달리는 사슴의 뒷모습처럼 둥글둥글했다. 보라색, 오렌지색, 노란색, 갈색으로 화려한 색깔이 가을을 뽐냈다. 화려한 깃털의 새들이 나뭇가지에서 날아오르며 지저귀었다. 안개가 소용돌이치며 숨겨진 늪지에서 솟아올랐다. 산들바람을 타고 폭포 소리가 끊임없이 들려왔다. 내가 알던 그 어떤 곳보다 거친 이 숲은 핀카이라의 진짜 심장이었다. 내가 이 섬의 해안가에 쓸려오고 나서 처음으로 방황하던 곳이다. 그리고 내 자신의 뿌리가 이곳에 깊숙이 스며들어 있다는 걸 처음으로 느낀 곳이다.

마가목 나무둥치에 기대놓은 내 지팡이를 바라보며 슬며시 미소를 지었다. 그 지팡이 또한 이 숲이 내게 준 선물이다. 지팡이의 솔송나무 향이 끊임없이 그 사실을 일깨워주었다. 내게 어떤 마법이 있는지 그 울퉁불퉁한 지팡이에 모두 새겨져 있었다. 내 눈이 쓸모없어진 뒤로 내게 찾아온 투시력과 같은 몇몇 단순한 기술과 그 자체에 마법을 지닌 검을 제외하고 모두 지팡이에 새겨져 있었다.

그밖에도 더 많은 것이 있었다. 어쨌든 내 지팡이에는 투아하의 능력이 닿아 있다. 투아하는 세월을 벗어나, 무덤을 벗어나, 자신의 마법을 이 지팡이 자루 안에 넣어주었다. 형편없는 시력의 끝자락으로도, 나는 지팡이에 새겨진 상징들을 알아차릴 수 있었다. 내가 완전히 익히고 싶은 능력의 상징들이었다. 장소와 시간을 뛰어넘는 도약. 한 가지 형태에서 다른 형태로의 변신. 부러진 뼈뿐만 아니라 망가진 영혼도 치유하는 결속. 그리고 그 밖의 모든 것.

어쩌면, 정말 어쩌면…… 프살테리움이 이것과 비슷한 능력을 지니고 있을지도 모른다. 그게 정말 가능할까? 할아버지가 살던 시절 이후로 사라져버린 지혜와 영광과 더불어, 모든 핀카이라 사람들을 대신해 휘두를 수 있는 능력…….

나는 숨을 깊이 들이쉬었다. 그러고는 자그마한 악기를 두 손으로 조심스레 들어 올려, 줄 아래에 통나무 줄 받침을 밀어 넣었다. 손목을 재빨리 움직여 줄 받침을 제자리에 올렸다. 그리고 숨을 내쉬었다. 그 순간이, 운명의 순간이 이제 아주 가까이 다가왔다는 걸 알았다.

2
기본 화음

"다 됐어요. 연주할 준비되었어요."

내가 선언하듯 말했다.

"끝났다고?"

카이르프레의 헝클어진 회색 머리가 커다란 마가목 둥치 뒤에서 불쑥 나타났다. 카이르프레는 실망스러운 표정이었다. 마치 나무뿌리에 대한 서사시를 완성하는 데 필요한 남은 단어 하나를 찾지 못하기라도 한 듯한 표정이었다. 짙은 눈동자가 자그마한 악기를 쳐다보고 있었다. 카이르프레의 표정은 여전히 어두웠다.

"흠, 근사한 작품이구나, 멀린."

카이르프레가 뒤엉킨 눈썹을 치켜떴다.

"연주할 때까지는 끝난 것이 아니야. 언젠가 말했듯이, *진실은 발견될 것이다, 눈이 아니라 소리로.*"

카이르프레 뒤에 있는 둥근 언덕의 산기슭 위에서 웃음소리가 명랑하게 터져 나왔다.

"당신의 시가 하프 대신 들종다리를 언급한 것은 신경 쓰지 마세요."

카이르프레와 나는 엄마를 향해 고개를 휙 돌렸다. 엄마는 풀 위로 가볍게 발걸음을 옮기며 다가왔다. 엄마의 짙푸른 옷이 가을 냄새 물씬 한 산들바람에 나부꼈다. 엄마의 머리카락이 마치 빛나는 외투를 걸친 것처럼 어깨까지 축 늘어졌다. 그런데 내 관심을 끈 건 엄마의 눈동자였 다. 사파이어보다 훨씬 더 푸르른 눈동자.

카이르프레는 엄마가 다가오는 걸 바라보며 얼룩이 진 흰색 옷을 매 만졌다.

"엘런, 날 나무라기 위해서라도 당신이 제때 돌아오리라는 걸 짐작했 어야 했는데."

카이르프레가 투덜거렸다.

엄마의 눈이 미소 짓는 것처럼 보였다.

"누군가 가끔은 나무라기도 해야지요."

"믿기지 않아요. 게다가 저 아이가 만든 건 하프가 아니라 프살테리 움이랍니다. 비록 작지만, 프살테리온이라는 그리스 악기를 본따서 만 든 악기죠. 누군가 당신한테 그리스어를 가르쳐주지 않았소, 부인?"

카이르프레가 최대한 근엄하게 보이려 했지만, 순식간에 번지는 미소 를 감출 수는 없었다.

"그래요, 당신이 가르쳐줬지요."

엄마가 또다시 웃음을 애써 참았다.

"그렇다면 당신은 변명의 여지가 없군요."

"여기, 리버탕 열매야. 저 건너편 실개천에서 따왔단다. 널 위해 한 줌 가져왔지."

엄마가 내 연장들이 걸려 있는 나무뿌리 안의 우묵한 곳에 오동통한 보라색 열매를 쏟아 부으며 말했다. 엄마는 카이르프레를 향해 고개를 갸우뚱하더니, 열매 하나를 톡 던져주며 말했다.

"그리고 이건 당신 거예요. 제게 그리스 음악을 가르쳐주겠다고 약속한 대가예요."

카이르프레는 투덜거렸다.

"시간이 있으면……."

두 사람이 주고받는 농담을 나는 호기심을 갖고 귀담아들었다. 이유가 뭐든, 둘의 대화는 요즈음 때로 이런 식으로 흘러갔다. 나는 좀 당혹스러웠다. 두 사람의 말 그 자체가 중요해 보이지 않았기 때문이다. 아니, 둘의 농담 속에는 뭔가 다른 것이 있었다. 내가 딱 꼬집어 말할 수 없는 뭔가…….

두 사람을 지켜보며 입안에 열매를 몇 개 던져 넣어 상큼한 맛을 음미했다. 여기 둘이 있었다. 카이르프레는 마치 자기가 모든 걸 알고 있다는 것처럼 이야기했다. 어쩌면 위대한 영혼 다그다보다 더 많이 아는 것 같았다. 하지만 우리 엄마는 카이르프레가 자신이 아는 것이 얼마나 하찮은지 결코 잊은 적이 없다는 걸 잘 알고 있었다. 그동안 내게 마법의 신비에 대해 가르쳐주면서, 카이르프레는 자신의 한계에 대해 끊임없이 상기시켜주었다. 심지어 내가 첫 번째 악기를 만드는 일련의 과정을 따라야 한다는 것은 알았지만 자신도 그것이 정확히 무엇을 의미하는지는 알지 못한다고 고백했었다. 그러면서 적절한 악기를 고르는 일부터 가마에 불을 붙이기 위해 장작을 쌓는 일에 이르기까지, 카이르프레는 내 스승이라기보다는 내 제자라도 되는 것처럼 행동했다.

갑작스레 뭔가가 내 목 뒷덜미를 물었다. 나는 먹이로 착각해 나를 물어뜯는 곤충을 털어내며 소리쳤다. 하지만 범인은 이미 날아가고 없었다.

엄마의 푸른 눈이 나를 내려다보았다.

"무슨 일인데 그러니?"

나는 목 뒷덜미를 문지르며 자리에서 벌떡 일어나 우람한 나무뿌리에서 걸어 나왔다. 그러다가 하마터면 풀밭에 놓인 내 칼집과 검에 걸려 넘어질 뻔했다.

"모르겠어요. 뭔가가 날 물었어요."

엄마는 의아한 듯이 고개를 움직였다.

"쇠파리가 있을 때는 지났는데. 몇 주 전에 첫서리가 내렸잖아."

"그 말을 들으니, 파리에 대한 고대 아비시니아의 시가 떠오르는군요."

카이르프레가 엄마한테 윙크를 하며 말했다.

엄마가 씩 미소를 지었다. 또 한 차례 목을 따끔하게 무는 게 느껴졌다. 휙 돌아보니, 자그마한 빨간 열매가 언덕의 풀 아래로 떨어지는 게 흘끗 보였다. 나는 눈살을 찌푸렸다.

"쇠파리를 찾았어요."

"정말? 어디?"

엄마가 물었다.

나는 휙 돌아 늙은 마가목을 마주했다. 그러고는 팔을 들어 올리며 머리 위로 축 늘어진 나뭇가지를 가리켰다. 초록색과 갈색 나뭇잎으로 된 장막 사이로 덩굴로 엮은 옷을 입은 모습 하나가 몸을 웅크리고 있었다.

"리아, 왜 다른 사람들처럼 그냥 평범하게 인사하지 않는 거야?"

내가 고함쳤다.

잎사귀를 덮은 모습이 움직이며, 두 팔을 쭉 뻗었다.

"그거야 물론 이렇게 하는 게 훨씬 더 재미있으니까."

리아가 찡그린 내 얼굴을 바라보며 덧붙였다.

"남자 형제들은 때로 너무 유머 감각이 없단 말이야."

그러더니 나뭇가지를 미끄러지는 뱀처럼 민첩하게 움직이며 비비 꼬인 나무둥치를 타고 스르르 내려와 우리 앞에 폴짝 뛰어내렸다.

엘런은 깜짝 놀란 표정으로 리아를 바라보았다.

"넌 정말이지 영락없는 나무 소녀구나."

리아가 활짝 웃었다. 그러고는 우묵한 곳에 놓인 열매를 바라보더니 남아 있는 열매를 집어 들었다.

"음, 리버탕 열매네. 조금 새콤한데."

리아가 나를 향해 돌아서더니 내 손에 들린 자그마한 악기를 가리켰다.

"그래, 우리에게 언제 연주해줄 건데?"

"내가 준비되면. 너, 운이 좋은 줄이나 알아. 내가 그냥 내버려뒀기 때문에 그 나무에서 내려올 수 있었다고."

리아는 깜짝 놀란 것처럼 갈색 곱슬머리를 흔들었다.

"정말 마법으로 나를 나무에서 들어 올릴 수 있다고 내가 믿기를 바라는 거야?"

그렇다고 불쑥 대답하고 싶었지만, 그것이 사실이 아니라는 것을 잘 알았다. 적어도 아직은 아니다. 게다가 카이르프레의 깊은 눈망울이 나를 꿰뚫어보고 있는 걸 느낄 수 있었다.

"아니, 하지만 그런 날이 반드시 올 거야, 두고 보라고."

나는 맞받아쳤다.

"아, 물론이지. 그리고 발디어그가 마침내 깨어나서 우리 모두를 한 입에 꿀꺽 먹어 치울 날도 올 거야. 물론 그건 지금부터 수천 년 뒤가 될 수도 있겠지."

"아니면 오늘이 될 수도 있겠고."

"제발, 너희 둘, 말싸움 좀 그만둬라."

카이르프레가 내 옷소매를 잡아당겼다.

리아가 어깨를 으쓱해 보였다.

"전 무장하지 않은 사람하고는 절대 싸우지 않아요. 진짜로 써먹을 수도 없는 마법에 대해 떠벌이지 않는 한 말이에요."

리아는 싱글싱글 웃으며 덧붙였다.

이 말은 좀 지나쳤다. 나는 마가목 둥치에 기대놓은 내 지팡이를 향해 손을 뻗었다. 울퉁불퉁한 지팡이 자루, 조각이 새겨진 자루, 엄청난 능력을 지닌 향기로운 나무에 내 생각을 집중했다. 손가락 끝으로 명령을 내렸다.

내게로 와. 내게 도약해.

지팡이가 살짝 흔들리며, 나무껍질을 비벼댔다. 갑작스레 지팡이가 풀밭에 똑바로 섰다. 그러고는 곧장 허공을 날아와서 내 손으로 들어왔다.

"나쁘지 않네. 연습 좀 했구나."

리아가 잎사귀로 뒤덮인 몸을 살짝 구부렸다.

"그래, 집중하는 방법을 꽤 익혔구나."

엄마가 동의했다.

카이르프레는 텁수룩한 머리털을 흔들었다.

"하지만 자만심을 통제하는 법을 아직 배우지 못한 것 같아 무척 안타깝구나."

나는 부끄러운 표정으로 카이르프레를 흘끗 바라보았다. 그러면서 지팡이를 허리춤에 찼다. 하지만 내가 미처 뭐라 말하기도 전에 리아가 맞장구를 쳤다.

"어서, 멀린. 그게 뭔지 모르겠지만, 그 자그마한 악기로 우리한테 뭐든 연주해봐."

엄마가 고개를 끄덕였다.

"그래, 연주해보렴."

카이르프레는 미소를 지었다.

"엘런, 당신도 함께 노래할 수 있을 거요."

"노래라고요? 아니요, 지금은 아니에요."

"왜 안 된다는 거지요?"

카이르프레는 나를 뚫어지게 바라보았다. 걱정스럽기도 하면서 한편에는 기대를 품은 듯한 표정이었다.

"만약 멀린이 프살테리움을 연주할 수 있다면, 그건 정말로 축하할 만한 일이 될 거요. 난 그 누구보다 그걸 잘 압니다."

무슨 이유에서인지 카이르프레의 표정이 어두워지는 것 같았다.

"진짜, 만약 축하할 일이 있다면, 엄마의 노래보다 더 좋은 방법은 없지요."

리아가 재촉했다.

엄마의 뺨이 붉어졌다. 엄마는 살랑거리는 마가목 잎사귀를 향해 돌아서며, 잠시 생각에 잠겼다.

"음…… 좋아."

엄마는 우리 셋을 향해 손을 펼쳐 보였다.

"노래할게. 그래, 흥겨운 노래를 부르마. 지난날의 수많은 기쁨에 대해서."

엄마의 시선이 시인에게 꽂혔다.

카이르프레의 표정이 밝아졌다.

"그리고 다가올 날들의 기쁨에 대해서도."

카이르프레가 속삭이듯 덧붙였다.

엄마가 다시 얼굴을 붉혔다. 나는 엄마와 기쁨을 공유했다. 여기 내가 서 있다. 가족과 함께, 친구들과 함께. 이 섬이 점점 더 집처럼 편안하게 느껴졌다. 1년 전까지만 해도 이 모든 게 완전히 불가능할 것처럼 보였다. 나는 이제 열네 살이다. 이 숲에 살고 있다. 떨어지는 가을 낙엽처럼 평화로운 곳이다. 난 이곳에, 이 사람들과 함께 머무르는 것 말고는 아무것도 바라지 않는다. 그리고 언젠가 마법사의 기술을 익히는 것. 우리 할아버지처럼 진정한 마법을.

나는 손가락으로 프살테리움을 꽉 움켜쥐었다. 망치면 안 되는데!

나는 언덕 꼭대기에서 불어오는 상쾌한 공기를 깊이 들이마셨다.

"준비됐어요."

엄마는 긴장한 내 목소리를 듣고는 손가락으로 내 뺨을 어루만졌다. 오래전에 내가 직접 낸 불 때문에 상처 입은 바로 그 뺨이었다.

"괜찮지, 아들?"

나는 미소를 지으려 최선을 다했다.

"전 그저 제가 악기를 퉁기는 소리가 엄마의 노래와 잘 어울리기만 바랄 뿐이에요. 그뿐이에요."

엄마가 내 말을 믿지 않는다는 것을 알았지만, 엄마의 얼굴에서 긴장이 약간 풀렸다. 잠시 뒤 엄마가 물었다.

"이오니아 스타일로 연주할 수 있니? 네가 기본 화음을 쳐준다면, 잠깐만 연주해주면, 그 멜로디에 맞춰 노래할 수 있을 거야."

"그렇게 해볼게요."

"좋아!"

리아가 펄쩍 뛰어 마가목에서 가장 낮은 가지를 붙잡더니, 이리저리 몸을 흔들며 종소리 같은 웃음소리를 냈다. 황금색 잎사귀들이 우리를 향해 비처럼 쏟아져 내렸다.

"난 하프 소리가 참 좋더라. 네 악기처럼 아주 작아도 말이야. 그 소리를 들으면 여름 풀밭에서 춤추는 빗소리가 떠올라."

"있지, 여름은 지나갔어. 하지만 만약 무언가가 여름을 되돌릴 수 있다면, 그건 내 연주가 아니라 엄마의 목소리일 거야."

내가 단호하게 말했다. 그러고는 카이르프레를 향해 돌아섰다.

"마법의 주문을 외울 시간이 되었나요?"

카이르프레가 목청을 가다듬었지만, 표정이 다시 어두워졌다. 이번에는 좀 더 진지해졌다. 마치 시인의 생각을 가로질러 기이하고 일그러진 그림자가 내려앉기라도 한 것 같았다.

"먼저, 너한테 꼭 해줄 말이 있다."

카이르프레는 주저하며 단어를 골랐다.

"기억할 수 없는 아주 오래전부터 불가사의한 마법의 약속을 지닌 핀카이라의 소년이나 소녀는 누구라도 너처럼 수습 기간을 거치기 위해 집을 떠났어. 가능하다면 진정한 마법사와 함께 말이야. 하지만 마땅한 사람이 없으면 학자나 음유시인과 함께 길을 떠났단다."

"선생님처럼 말이죠."

카이르프레가 무슨 말을 하려는 걸까? 이건 나도 이미 다 알고 있는 사실이었다.

"그래, 얘야. 나처럼."

"그런데 왜 이런 이야기를 하시는 건데요?"

카이르프레가 입고 있는 옷처럼 이마에 주름이 잡혔다.

"왜냐하면 한 가지 더 알아야 할 것이 있으니까. 프살테리움을 연주하기 전에 말이다. 너도 알겠지만, 그 수습 기간은, 그러니까 악기를 연주하기 전에 마법의 기초를 익히는 시간은 보통…… 아주 오래 걸려. 네가 보낸 8개월에서 9개월보다는 훨씬 길지."

엄마가 나를 향해 고개를 기울이며 카이르프레에게 물었다.

"보통 얼마나 걸리는데요?"

"음, 그게, 음, 때에 따라 달라요. 당신도 알겠지만, 사람마다 제각각이에요."

카이르프레가 말을 더듬었다.

"얼마나 오래요?"

엄마가 다시 재촉했다.

카이르프레는 엄마를 뚱한 표정으로 바라보았다. 그러고는 낮은 목소리로 대답했다.

"5년에서 10년 정도."

엘런과 리아와 마찬가지로 나도 깜짝 놀랐다. 하마터면 나는 프살테리움을 떨어뜨릴 뻔했다.

"엄청난 재능을 가진 투아하조차도 수습 기간을 마치기까지 꼬박 4년이 걸렸지. 그 모든 걸 1년 안에 해낸다는 건, 음, 그건 정말 독보적인 일이야. 아니면 이렇게 말할 수 있을지도 몰라. 그건 듣도 보도 못한 일이라고."

카이르프레가 한숨을 쉬었다.

"이 말을 해주려고 했단다, 정말이야. 적절한 때와 장소를 찾으려고 했지. *훌륭한 운율만큼 드문 아주 적절한 시기에.*"

엘런이 고개를 저었다.

"그리고 또 다른 이유가 있겠지요."

카이르프레가 슬픈 표정으로 고개를 끄덕였다.

"당신은 날 너무 잘 알고 있군요."

카이르프레는 수선공의 마가목 뿌리를 매만지며, 안타까운 듯이 나를 바라보았다.

"너도 알겠지만, 멀린. 난 이 말을 하고 싶지 않았단다. 왜냐하면 내가 가르쳐주는 걸 익히는 속도와 신속함이 너의 재능 때문인지, 아니면 스승으로서 내가 부족해서인지 확신이 없었으니까. 혹시 내가 어떤 단계를 빼먹었을까? 혹시 어떤 가르침을 잘못 해석했을까? 이런 의문으로 가끔씩 난 괴로웠단다. 난 옛날 책들을 모두 확인해봤어. 그래, 여러 번 확인해봤지. 네가 모든 걸 제대로 했는지 알아보려고 말이다. 그리고 네가 제대로 해냈다는 걸 진정으로 믿는다. 안 그랬으면 여기까지 오도록 내버려두지도 않았을 테니까."

카이르프레는 몸을 곧추세웠다.

"설령 그렇다 하더라도 조심해야 해. 만약 프살테리움이 제대로 연주하지 못하면, 그건 네 잘못이 아니라 내 잘못일 테니까, 그래. 그리고 너도 알다시피, 멀린, 마법의 악기를 연주할 기회는 딱 한 번뿐이야, 딱 한 번. 만약 고귀한 마법을 소환해내지 못한다면, 넌 두 번 다시 기회를 얻지 못할 거야."

나는 침을 꼴깍 삼켰다.

"만약 제 훈련이 정말로 그렇게 빨리 진척되었다면, 분명 다른 요인들이 함께 작용했을 거예요. 선생님이 얼마나 훌륭한 스승인가와 관련없이 또 내가 얼마나 훌륭한 제자인지와는 상관없이 말이에요."

카이르프레가 눈썹을 치켜떴다.

"어쩌면 전 어떤 도움을 받았을지도 몰라요. 우리 둘 중 누구도 알아차리지 못한 곳에서부터 말이에요. 하지만 그곳이 어딘지는 저도 잘 모르겠어요."

나는 지팡이 자루를 엄지손가락으로 매만지며 생각에 잠겼다. 갑작스레 어떤 생각이 떠올랐다.

"내 지팡이, 예를 들면요, 그래요, 그래요, 바로 그거예요! 투아하의 마법, 선생님도 아시잖아요? 이 지팡이는 처음부터 저랑 함께했어요. 그리고 지금도 저랑 함께 이곳에 있고요. 분명, 악기를 연주하려 할 때, 이 지팡이가 다시 절 도와줄 거예요!"

나는 허리춤에 찬 끝이 뾰족한 지팡이 자루를 빙그르르 돌렸다.

"아니다, 애야. 그 지팡이가 예전에는 널 도와주었을지 모르지. 그건 사실이야. 하지만 이제 그건 너한테 아무 소용이 없어. 그건 가을 하늘처럼 분명해. 오직 프살테리움 그 자체가, 그리고 그게 무엇이든 프살테리움이 연주하도록 네가 불어넣는 바로 그 기술이, 네가 이 시험을 통과하느냐 마느냐를 결정할 거야."

카이르프레가 내 눈을 똑바로 바라보았다.

자그마한 악기를 쥐고 있는 내 손에 땀이 배기 시작했다.

"만약 실패하면, 프살테리움은 어떻게 될까요?"

"아무것도. 아무런 음악도 만들어내지 않을 거야. 그리고 아무런 마법도 일으키지 않겠지."

"만약 성공하면요?"

"네 악기는 스스로 연주할 거야. 기이하면서도 강력한 음악을 말이야. 적어도 과거에는 그랬었지. 그러니 너와 네 지팡이 사이에서 마법이 흐르는 걸 네가 느끼는 것처럼, 넌 프살테리움에서 그걸 느끼게 될 거야. 하지만 이건 다른 차원의 마법이란다. 네가 한 번도 알지 못했던 그런 마법 말이야."

카이르프레는 턱을 쓰다듬으며 말했다.

나는 입안이 바싹 말라서 입술을 달싹거렸다.

"문제는…… 프살테리움에 투아하의 손길이 닿지 않았잖아요. 오직 제 손길만 닿았어요."

카이르프레는 내 어깨를 지그시 눌렀다.

"음악가가, 마법사가 아닌 그저 정처 없이 떠돌아다니는 음유시인이 하프를 능숙하게 연주하면, 음악은 줄 안에 있을까, 아니면 그 줄을 퉁기는 손 안에 있을까?"

나는 어리둥절해 고개를 갸우뚱했다.

"그게 무슨 상관이에요? 우리는 지금 마법에 대해 이야기하고 있잖아요?"

"답을 아는 체하지는 않겠다, 얘야. 하지만 엄청난 지혜의 마법사들이 바로 그 문제에 대해 심사숙고해서 쓴 많은 책을 보여줄 수는 있어."

"그렇다면, 언젠가, 만약 진짜 마법사가 된다면, 제가 직접 대답해드릴게요. 하지만 지금 제가 원하는 건 줄을 퉁기는 것뿐이라고요."

엄마는 나를 본 후 카이르프레를 보고, 다시 나를 바라보며 말했다.

"지금이 바로 그 순간이라고 확신하니? 정말 준비가 된 거야? 난 정말이지 기다릴 수 있어."

"맞아, 난 지금 음악을 들을 기분이 아니야."

리아가 허리를 감싸고 있는 덩굴 하나를 꼬면서 맞장구를 쳤다.

나는 리아를 유심히 바라보았다.

"넌 내가 해낼 수 있다고 생각하지 않는구나, 그렇지?"

"아니, 단지 확신이 서지 않을 뿐이야."

리아가 차분하게 대답했다.

나는 약간 머뭇거렸다.

"음, 사실대로 말하면…… 나도 확신이 서지 않아. 하지만 이건 알아. 만약 여기서 주저한다면, 시도할 용기를 잃게 될 거라는 걸 말이야."

나는 카이르프레를 똑바로 바라보며 물었다.

"지금 시작할까요?"

카이르프레가 고개를 끄덕였다.

"행운을 빈다, 얘야. 그리고 명심해라. 만약 아주 아름다운 음악이 흘러나오면, 그러면, 다른 일들도, 놀라운 일들도 나타날 거라고 책에 쓰여 있으니까."

"그리고 노래는…… 널 위해 노래할게, 멀린. 무슨 일이 일어나든. 그 줄 안에 음악이 있든 없든 상관없이."

엄마가 부드럽게 덧붙였다.

나는 프살테리움을 들어 올리고, 늙은 마가목 가지를 올려다보았다. 주저하며 악기의 좁은 끝을 내 가슴 한가운데에 걸쳤다. 바깥쪽 가장자리를 손으로 둥글게 말아 잡았다. 심장이 두근대는 것이 나무를 통해 전해져 왔다. 산들바람이 잠잠해졌다. 바삭거리던 마가목 잎사귀들도 조용해졌다. 내 신발 끝에 앉아 있던 회색 등 딱정벌레조차도 기어가다 걸음을 멈추었다.

나는 속삭이듯 조용히 말했다. 그리고 오래된 주문을 외우기 시작했다.

내가 들고 있는 악기가
대담한 마법으로 안내하기를.

내가 가져오는 음악이
봄의 영혼처럼 꽃피기를.
내가 연주하는 멜로디가
지난날을 통과하며 깊어지기를.
내가 휘두르는 능력이
상처 입은 들판에 새롭게 씨를 뿌리기를.

　나는 기대를 품고 카이르프레를 바라보았다. 눈동자는 방황하고 있었지만, 카이르프레는 꼼짝 않고 서 있었다. 그 뒤로 풀이 무성한 드루마 숲 언덕이 마치 얼어붙은 것처럼 보였다. 언덕은 내 지팡이에 새겨진 조각처럼 그 자리에 꼼짝도 하지 않고 앉아 있었다. 나뭇가지 사이로 빛조차 새어들어 오지 않았다. 날갯짓을 하는 새도, 우는 새도 없었다.
　"제발, 내 유일한 소망이야. 가능한 한 높이 올라, 당신이 내게 줄 수 있는 어떤 재능이라도, 어떤 능력이라도 주기를. 나를 위해서가 아니라 다른 사람들을 위해서 그것을 사용하기를. 지혜와 더불어, 그리고 사랑과 더불어. *상처 입은 들판에 새롭게 씨를 뿌리기를.*"
　나는 큰 소리로 말했다. 프살테리움을 향해, 마가목을 향해, 허공을 향해…….
　아무것도 느껴지지 않았다. 심장이 서서히 가라앉았다. 나는 기대감을 가지고 기다렸다. 여전히 아무것도 없었다. 마지못해 프살테리움을 내려놓으려 했다.
　그때 아주 약하게 뭔가 흔들리는 것이 느껴졌다. 그건 머리 위의 나뭇잎이 아니었다. 발밑의 풀이 아니었다. 산들바람도 아니었다.
　그건 악기의 가장 짧은 줄이었다.

그걸 지켜보는 내 심장이 나무 악기의 테두리를 따라 쿵쿵 울렸다. 줄의 가장 먼 쪽 끝이 빙그르르 돌기 시작했다. 천천히, 천천히, 줄이 올라갔다. 사과 밖으로 고개를 조금씩 내미는 벌레처럼……. 점점 더 높이 올라오며 더 많은 줄을 잡아당겼다. 또 다른 쪽 끝도 깨어나며 손잡이를 똘똘 감았다. 곧 다른 줄도 따라 움직이기 시작했다. 줄의 끝이 감기고 팽팽해졌다.

악기가 스스로 조율하고 있었다! 프살테리움이 스스로 조율하고 있었다!

이윽고 모든 줄이 움직임을 멈추었다. 고개를 들자 카이르프레의 미소가 점점 번지는 모습이 보였다. 카이르프레가 고개를 끄덕였다. 나는 기본 화음을 튕길 준비를 했다. 왼손으로 끝자락을 더욱 단단히 감싼 채, 오른손 손가락을 구부렸다. 그리고 손가락을 조심조심 줄에 올려놓았다.

즉시 내 손가락 끝에 따뜻한 물결이 흘렀다. 내 팔로, 내 온몸으로 흘렀다. 마법적이기도 하고 음악적이기도 한 새로운 능력이 내 안에 끓어올랐다. 손등의 털이 모두 곤두서며 한꺼번에 움직였다. 내 귀에는 아직 들리지 않는 리듬에 맞추어 춤을 추었다.

바람이 일렁이더니 점점 강해졌다. 수선공의 마가목 가지가 흔들렸다. 우리 주변의 수목으로 뒤덮인 언덕에서부터 나뭇잎들이 위로 움직이기 시작했다. 처음에는 수십 개씩, 그러고는 수백 개씩, 그러고는 수천 개씩……. 참나무와 느릅나무, 산사나무와 너도밤나무, 루비, 에메랄드 그리고 다이아몬드의 빛을 뿜으며 어른거렸다. 나뭇잎들이 천천히 빙글빙글 돌며 우리를 향해 둥둥 떠왔다. 마치 엄청난 나비 떼가 집으로 돌아가는 것 같았다.

그러고 나서 또 다른 모습들이 나타나 마가목 주변을 빙글빙글 돌며, 나뭇잎과 함께 춤을 추었다. 빛의 조각, 무지개의 파편, 그림자의 다발, 안개 조각이 허공에서 더 많은 모양을 만들어냈다. 빙글빙글 돌아가는 모양, 뱀, 매듭 그리고 별. 내가 알아차릴 수 없는 곳으로부터 더 많은 형상들이 계속 나타났다. 빛이라든가 그림자나 구름으로 만든 게 아니었다. 뭔가 다른 것으로, 중간 지대에 있는 그 어떤 것으로 만들어진 것이었다.

이 모든 것들이 나무를 빙 둘러싸고는 음악과 마법에 이끌려 다가왔다. 나는 궁금했다. 프살테리움의 능력이 이제 또 무엇을 가져올까? 마침내 악기를 연주할 시간이 되었다는 걸 깨닫고 나는 미소를 지었다.

그리고 줄을 튕겼다.

3

핀카이라의 가장 어두운 날

내 손가락이 현을 튕긴 순간, 갑작스레 뜨거운 기운이 전해졌다. 내 손을 태울 만큼 강렬한 열기였다. 나는 팔을 휙 끌어당기며 비명을 질렀다. 프살테리움의 줄이 요란한 소리를 내며 펑 터져버렸다. 악기는 내 손에서 날아가며 불꽃을 뿜어댔다.

모두가 깜짝 놀라 입을 다물지 못한 채 그 모습을 지켜보았다. 불꽃이 허공에 매달린 프살테리움의 테두리와 울림통을 핥고 있었다. 줄과 마찬가지로, 통나무 줄 받침 또한 고통스러운 듯이 비틀렸다. 그와 동시에 마가목 주변에서 빙빙 돌던 형상들이 감쪽같이 사라져버렸다. 수많은 나뭇잎만 남겨놓은 채. 나뭇잎이 우리 머리 위로 비처럼 쏟아져 내렸다.

그러고 나서 불타는 프살테리움 한가운데에서 그림자 같은 형상이 나타나기 시작했다. 다른 사람들과 마찬가지로, 나는 깜짝 놀라 숨을 헐떡거렸다. 곧 그 형상은 수척하고 찡그린 얼굴이 되어갔다. 그것은 분노의 얼굴, 복수의 얼굴이었다.

그리고 내가 잘 아는 얼굴이었다.

결코 잊을 수 없는 두꺼운 턱살, 헝클어진 머리카락 그리고 날카로운 눈동자가 보였다. 볼록한 코, 조개껍질로 만든 귀걸이가 대롱대롱 매달려 있었다.

"우르날다!"

내가 그 이름을 크게 외치자, 그 이름 자체가 불꽃을 내며 딱딱 소리를 내는 것 같았다.

"누구라고?"

엄마가 그 불타는 얼굴을 멍하니 바라보며 물었다.

"어서 말해봐라, 그게 누구냐?"

카이르프레가 재촉했다.

나는 발아래 떨어진 낙엽처럼 바싹 마른 목소리로, 그 이름을 되풀이했다.

"우르날다. 소인들의 여자 마법사이자 통치자예요."

나는 울퉁불퉁한 지팡이를 손가락으로 만지작거리며, 아주 오래전에 우르날다가 날 어떻게 도와주었는지 떠올렸다. 그때의 고통이 떠올랐다. 그리고 나한테서 어떻게 약속을 억지로 받아냈는지도 떠올렸다. 난 그때 그 약속이 엄청난 고통을 불러일으킬지도 모른다고 의심했었다.

"저 여자는 우리 편이에요. 어쩌면 친구일지도 몰라요. 하지만 두려워해야 할 친구지요."

그 말에 프살테리움의 가장자리가 불꽃을 내며 터지고, 더욱더 몸부림쳤다. 나무 파편이 허공으로 날아가며, 지글지글 탁탁 소리를 냈다. 파편이 튀며 나뭇가지 위의 마른 열매에 불이 붙었다. 열매는 불꽃을 내며 타오르더니 마침내 주먹만 한 숯으로 변해버렸다. 불타는 파편 하나가 리아를 향해 튀었다. 다행히 잎사귀로 뒤덮인 리아의 어깨를 가까스로 비껴갔다.

불꽃으로 둥글게 둘러싸인 우르날다는 우리를 보더니 찡그렸다.

"멀린, 시간이 되었다."

마침내 우르날다가 거친 소리로 말했다.

"시간이라고요? 무슨 시간이오?"

나는 침을 삼키려고 해봤지만 잘되지 않았다.

불길이 나를 겨냥했다.

"네가 한 약속을 지켜야 할 시간! 넌 우리 종족에게 큰 빚을 지고 있어. 네가 아는 것보다 훨씬 큰 빚이지. 왜냐하면 우리는 우리 규칙에 어긋난다는 걸 알면서도 널 도와주었으니까."

우르날다는 넓적한 고개를 흔들어댔다. 부채 모양의 조개 귀걸이가 짤랑거렸다.

"이제 네가 우리를 도와주어야 할 시간이 되었다. 악이 우리 땅을 공격했어. 소인들의 땅을! 넌 이제 가야 해."

우르날다의 목소리가 나지막하게 울려 퍼졌다.

"그리고 혼자 가야 한다."

엄마가 내 팔을 꽉 잡았다.

"이 아이 혼자 갈 수는 없어요. 그럴 수 없다고요."

"조용히 해라, 여인아!"

프살테리움이 무지막지하게 뒤틀리더니 두 동강으로 부러지며, 불꽃을 분수처럼 내뿜었다. 하지만 두 동강 모두 허공에 남아서, 머리 위를 둥둥 떠다녔다.

"저 아이는 알 것이다. 지금이 저 아이의 시간이 아니라면 내가 저 아이를 부르지 않으리라는 것을 말이야. 저 아이는 우리 종족을 구할 수 있는 유일한 사람이야."

나는 몸을 비틀며 엄마의 움켜잡은 손을 뿌리쳤다.

"제가 유일한 사람이라고요? 왜죠?"

우르날다가 얼굴을 잔뜩 찡그렸다.

"내 옆으로 오면 말해주지. 하지만 서둘러! 시간이 부족해, 아주 부족해."

여자 마법사는 잠시 말을 멈추고, 다음 말을 신중히 골랐다.

"하지만 이 정도만 말해주지. 우리 종족이 공격을 받았어. 바로 오늘. 전에는 결코 이런 일이 없었어."

"누가 공격했는데요?"

"지금까지 아주 오랫동안 까맣게 잊었던 존재."

악기의 가장자리에서 더 많은 불꽃이 튀었다. 불타는 나무는 딱딱거리며 지글지글 소리를 냈다. 그때문에 우르날다의 말이 거의 들리지 않았다.

"발디어그가 깨어났어! 용이 불을 내뿜었어. 용의 분노와 함께 말이야. 진정으로 말하는데, 아, 그래! 핀카이라의 가장 어두운 날이 다가오고 있어."

몸서리가 쳐졌다. 불꽃이 갑자기 사라졌다. 검게 탄 악기의 잔해가 허공에서 빙글 돌더니, 배배 꼬인 연기를 내뿜으며 풀밭과 낙엽 위로 떨어져 내렸다. 우리 모두 뒤로 물러나 쏟아지는 숯 덩어리를 피했다.

나는 카이르프레를 향해 돌아섰다. 카이르프레의 얼굴이 바위투성이의 절벽처럼 굳어 있었다. 어두운 두려움이 깃든 주름이 보였다. 카이르프레는 우르날다의 마지막 말을 되풀이하면서 거친 눈썹을 치켜떴다.

"*핀카이라의 가장 어두운 날이 다가오고 있어.*"

"아들, 저 여자의 요구를 들어줘서는 안 돼. 넌 우리와 함께 여기 남아 있어야 해. 이곳 드루마 숲은 안전해."

엘런이 갈라지는 목소리로 속삭였다.

카이르프레가 눈을 가늘게 떴다.

"발디어그가 정말로 깨어났다면, 결코 그 누구도 안전하지 않아요."

카이르프레는 단호하게 덧붙였다.

"그리고 우리 문제는 우르날다가 아는 것보다 훨씬 더 심각해요."

나는 타는 숯을 신발로 쿵 밟았다.

"그게 무슨 말이에요?"

"'용의 눈'이라는 시. 필사본을 너한테 보여주지는 않았지. 난 그 시의 조각을 짜 맞추고 빈 부분을 메꾸느라 10년 이상을 소비했어. 거의 다 되었는데. 이런, 빌어먹을! 너한테 보여줄 계획이었지. 하지만 이렇게 빨리는 아니었어. 이런 식으로는 아니었지!"

시선이 프살테리움의 부스러기에 닿았다. 풀밭 위에 흩어진 낙엽 한가운데에 놓인 깨진 숯 조각과 시커멓게 그을린 줄 말고는 아무것도 남지 않았다. 나는 마가목 뿌리 근처에서 참나무 줄 받침대 조각을 찾아냈다. 그것은 여전히 줄의 일부와 연결되어 있었다. 가장 자그마한 줄에……

허리를 숙여 줄을 집어 들었다. 무척 뻣뻣하고 아무런 생기도 느껴지지 않았다. 방금 전의 버드나무 조각이라고는 도저히 생각할 수가 없었다. 지금 그 줄을 구부리려 하면, 두 손 안에서 산산이 부서져버릴 것이 불 보듯 뻔했다.

나는 고개를 들었다.

"카이르프레?"

"왜 그러니, 얘야?"

"그 시에 대해 말해주세요."

카이르프레는 휘파람 같은 한숨을 길게 내뱉었다.

"그건 빠진 것이 너무 많고 모호한 것들 투성이야. 그래서 두렵단다. 하지만 그게 우리가 가진 전부야. 마지막 몇 줄 이상을 기억할 수 있을지, 나도 잘 모르겠구나. 넌 더 많이 알아야 할 거야. 훨씬 더 많이. 만약 네가 정말로 용을 마주하게 된다면 말이다."

몸이 뻣뻣하게 굳어지는 엄마의 모습이 언뜻 보였다.

"계속해보세요."

내가 고집했다.

카이르프레는 엄마를 바라보지 않으려 애쓰며, 목소리를 가다듬었다. 그러고는 손을 쭉 뻗어, 저 멀리 안개 낀 언덕을 가리켰다.

"저기 북쪽 끝, 소인들의 영토 너머에 이 섬의 가장 외딴 땅이 있지. 바로 잃어버린 땅이란다. 지금 그곳은 검게 그을려 죽음의 냄새로 뒤덮여 있어. 하지만 한때는 이 숲처럼 꽃이 만발했었단다. 과일이 주렁주렁 매달린 덩굴, 푸릇푸릇한 초원, 오래된 나무들……. 용의 마지막 황제 발디어그가 나타나기 전까지는 그랬어. 잃어버린 땅의 주민들이 용의 짝을 그리고 용의 유일한 자손을 무참하게 죽였기 때문에, 용은 폭풍 같은 분노로 그 사람들한테 대항했어. 사람들을 괴롭히고 약탈하고 닥치는 대로 파괴했어. 살아 있는 것의 흔적조차 전혀 남기지 않을 정도였지. 용은 영원히 '불의 날개'가 되었단다."

카이르프레는 말을 잠시 멈추고는, 높이 솟구친 마가목 가지를 올려다보았다.

"마침내 발디어그는 자신의 분노를 남쪽으로 뻗쳤단다. 핀카이라의 나머지 지역으로 말이야. 바로 그때 네 할아버지 투아하가 용과 싸움을 벌였어. 투아하는 용을 황무지로 다시 몰아넣었어. 밝은 불꽃의 전투가 3년하고 하루 동안 하늘을 환하게 밝혔단다. 마침내 투아하가 승리를 거두고, 용을 마법의 잠에 빠져들게 했단다."

나는 손에 들린 프살테리움 조각을 살펴보았다.

"그런데 이제 잠에서 깨어난 거로군요."

"그래, 그래서 용의 눈에 대해 들려주는 거란다. 그 시는 너도 알겠지만, 투아하와 발디어그의 싸움 이야기를 들려주고 있단다. 그리고 투아하가 어떻게 위대한 마법의 무기로 결국 승리하게 되었는지를 알려주지."

"그 무기가 뭐였는데요?"

리아가 물었다.

카이르프레가 망설였다.

"말해주세요."

리아가 재촉했다.

카이르프레는 부드럽게 말했다. 하지만 그 말은 내 두 귀에 천둥처럼 들렸다.

"갈라토."

본능적으로 나는 가슴 쪽으로 손을 움직였다. 기이한 초록색 광채만큼이나 신비로운 능력을 지닌 보석 박힌 펜던트가 내 가슴에 아주 오랫동안 머물러 있었었다. 나는 리아의 두 눈동자가 내 움직임을 포착했다는 걸 알아차렸다. 리아 또한 갈라토를 기억하고 있다는 것도 알았다. 그리고 늪지의 도둑, 노파 돔누한테 그것을 빼앗겼다는 사실도…….

"그 시는 예언으로 끝나."

카이르프레가 말을 이었다. 카이르프레는 섬뜩한 표정으로 내 얼굴을 살폈다.

"의미가 명쾌하지 않은 예언이지."

카이르프레는 튀어나온 뿌리 위에 걸터앉았다. 시선은 어딘가를 향하고 있었다. 한참 뒤에 카이르프레가 시를 암송하기 시작했다.

발디어그가 눈을 뜰 때,
너무도 많은 것이 닫힐 것이다.
가장 어두운 날이
가장 깊은 고통을 가져올 것이다.
공포와 함께,
고통으로 가득 차오를 것이다.
발디어그가 다시 깨어나면
재앙이 뒤따를 것이다.

끝없는 분노와
대적할 수 없는 능력으로,
용은 복수할 것이다.
발디어그의 꿈은 아직 알에서 부화하지 않았다.
그 잃어버린 꿈을 찾아서
깨어날 때,
어떤 대가를 치르더라도
발디어그는 복수를 탐할 것이다.

보라! 그 무엇도 용을 멈출 수 없다,
단 하나의 적만 제외하고.

아주 오래전에 전투를 벌였던
적의 후손.
끔찍한 전투에서
둘은 끝까지 싸웠다,
과거의 분노와
광란이 다시 소생한다.

하지만 그 상대도
진정으로 성공하지 못하리라.
적의 노력은
결국 모두 실패할 것이다.
아무리 정복하려 애를 써도,
결국 목숨을 잃을 것이다.
용의 눈이 감기고,
용의 적도 죽는다.

그러면 공기가 물이 되고
물이 불이 될 것이다.
적은 모두
최고의 능력에 굴복할 것이다.
그러므로 모든 요소들이
합쳐질 때
용을 끝장낼 수 있을 것이다,
재앙을 끝낼 수 있을 것이다.

언덕 위에는 마가목 잎사귀들이 바스락거리는 소리 말고는 아무 소리도 들리지 않았다. 아무도 움직이지 않았다. 아무도 입을 열지 않았다. 우리는 검게 탄 악기처럼 꼼짝하지 않은 채 조용히 서 있었다. 마침내 리아가 내게 걸어와 내 손가락에 자기 집게손가락을 걸었다.

"멀린, 저 모든 게 뭘 의미하는지 모르겠어. 하지만 난 그 소리가 싫어. 그 느낌이 싫어. 정말 가고 싶은 거야? 네가 없어도 우르날다는 용을 막을 방법을 찾을지도 몰라."

리아가 속삭이듯 말했다.

나는 이마를 찌푸리며 손을 빼냈다.

"물론 가고 싶지 않아! 하지만 도움이 절실히 필요할 때 우르날다는 날 도와줬어. 그래서 나도 언제든 도와주겠다고 약속했단 말이야."

"용과 싸우겠다고 약속한 건 아니잖니!"

엄마가 격앙된 목소리로 소리쳤다.

나는 엄마를 향했다. 엄마는 방금 전까지만 하더라도 노래를 부를 만큼 기쁨에 넘쳐 있었다.

"엄마도 우르날다가 하는 말을 들으셨잖아요? 제가 자기네 종족을 구할 수 있는 유일한 사람이라고요. 그 이유는 저도 잘 모르지만, 분명 예언과 무슨 관련이 있을 거예요. 단 한 사람을 제외하고는 누구도 용과 싸워 이길 수 없어요. 아주 오래전에 싸웠던 적의 후손 중 하나. 그건 바로 저를 두고 하는 말이에요, 모르겠어요?"

"왜? 왜 그게 너여야 하는데?"

엄마가 애원하듯 물었다.

"왜냐하면 제가 투아하의 피를 물려받은 사람이니까요. 오랜 시간 동안 용과 싸워야 했던 그 모든 사람 중에서, 마침내 용을 이긴 유일한 마법사 말이에요. 적어도 한동안은 용을 무찌른 사람 말이에요."

나는 지팡이 끝을 톡톡 두드렸다.

"그리고 제가 그 임무를 이어갈 유일한 사람이라고요."

엄마의 사파이어 빛 눈동자가 어두워졌다. 엄마는 카이르프레를 향해 돌아섰다.

"왜 투아하는 기회가 왔는데도 용을 죽이지 않았나요?"

카이르프레는 두 손으로 헝클어진 머리카락을 천천히 쓸어 넘겼다.

"나도 모릅니다. 용의 마지막 꿈이 어떤 의미가 있는지 모르는 것처럼 말입니다. 아니, 공기가 물이 되고, 물이 불과 합쳐지는 게 무엇을 의미하는지 모르는 것처럼 말입니다."

카이르프레는 힘겹게 엘런에게서 시선을 돌려 나를 바라보았다.

"하지만 그 가운데 일부는 명확해 보이는구나. 아주 명확하지. 그건 바로 너를 발디어그의 적으로 지목한다는 사실이지. 핀카이라 대부분을 잿더미로 변하게 하는 걸 막을 수 있는 유일한 사람으로 지목하고 있지. 일단 용이 깨어나면, 용은 소인들의 영토를, 아니, 이 숲을 싹 쓸어버리는 것으로는 성에 차지 않을 거야. 용은 가능한 한 모든 것을 파괴하려 하겠지. 그러니까 멀린, 네가 용을 대적해야 할 거야. 네 할아버지가 밝은 불꽃의 전투에서 그랬던 것처럼. 하지만 이번에는 결과가 다를 거야. 이번에는…… 둘 다 죽게 될 테니까."

카이르프레는 침을 삼켰다.

"음유시인들은 모두 이 시가 얼마나 중요한지 잘 알고 있어. 그래서 내가 그렇게나 오랜 시간 이 시를 필사하려고 했던 거야. 이 모든 걸 짜 맞추려고 했지. 논쟁의 여지가 있기는 하지만, 그 누구도 전투의 결과에 대해서는 이의를 제기하지 않아. *용의 눈이 감기고, 용의 적도 죽는다.* 누가 용을 무찌르든, 그자 또한 죽음을 맞을 테니……."

리아는 흘러내려온 덩굴을 소매 안으로 집어넣으며, 카이르프레를 유심히 살펴보았다.

"하지만 그것 말고도 뭔가가 더 있지요, 안 그래요? 다른 음유시인들은 동의하지 않는, 뭔가 중요한 대목이 있는 거죠?"

카이르프레의 두 뺨이 붉어졌다.

"넌 네 엄마처럼 날 꿰뚫어볼 줄 아는 능력을 가졌구나."

카이르프레는 리아의 허리춤에 매달린 둥근 물체를 가리켰다. 그 오렌지색 물체가 은은하게 반짝이고 있었다.

"어쩌면 그래서 멀린이 너한테 불의 고리를 준 건지도 모르지."

리아는 불의 고리를 매만지며 생각에 잠겼다.

"사실, 난 멀린이 이걸 왜 저한테 줬는지 아직까지도 모르겠어요."

리아가 나를 흘끗 바라보았다.

"고마운 건 사실이지만 말이에요. 하지만 그건 이제 중요하지 않아요. 나머지 이야기를 해주세요."

바람이 강해지며 머리 위의 나뭇가지들이 덜거덕거렸다. 마치 전사가 창과 방패를 덜거덕거리는 소리처럼 들렸다. 낙엽이 우리 발치에서 바스락거렸다. 나뭇잎과 잔가지, 나무껍질 조각이 빙그르르 맴돌며 점점 더 많이 아래로 떨어졌다. 프살테리움이 불타며 내뿜은 열기 때문에 손가락이 여전히 쑤시고 욱신거렸지만, 공기에서 겨울의 한기가 느껴졌다.

카이르프레는 귀에 붙은 잔가지를 털어내며 말했다.

"확실하지는 않아. 하지만 예언의 핵심은 끝부분에 대해서 애매하게 언급한 것 같아. *최고의 능력.* 그게 무엇을 의미하든, 용보다 훨씬 강한 무엇임에 틀림없어. 그리고 훨씬 더 강한……."

"마법의 악기로 단 하나의 선율도 연주하지 못하는 저보다는 훨씬 더 강하겠지요."

"나도 안다, 얘야. 아직까지는 그렇겠지만, 넌 이 능력을 익힐 수 있어. 완전히 익힐 수만 있다면, 그 능력으로 용을 무찌를 수 있을 거야."

카이르프레는 초조한 눈빛으로 나를 바라보았다.

"그게 뭔데요? 도대체 용보다 더 강한 것이 뭐예요?"

내가 따지듯 물었다.

"이런, 빌어먹을! 얘야, 나도 그게 뭔지 알고 싶단다."

리아가 자기 허벅지를 탁 소리 나게 내리쳤다.

"갈라토일지도 몰라요! 갈라토가 예전에 도움을 준 걸 잘 알아요."

나는 리아의 주장을 반박했다.

"네 말이 맞다 하더라도, 지금은 갈라토를 되찾아올 시간이 없어. 갈라토를 찾으려면 이 섬의 정반대 쪽으로 가야 한단 말이야. 그런데 우르날다는 지금 당장 도움이 필요해! 우르날다의 영토까지 가는 것만 해도 며칠이 걸릴 거야. 지금 당장 그곳에 갈 수 있을 정도로 도약의 마법을 할 수 있다면 모르겠지만…… 하지만 그렇지 않잖아."

나는 검게 타버린 줄을 매만졌다.

"분명 지금은 아닐 거야."

나는 침울하게 고개를 가로저으며 말을 이었다.

"아니, 그 최고의 능력이라는 건 갈라토가 아닌 다른 뭔가를 뜻하는 거라고, 내가 그걸 발견할 수 있다고 믿어볼 수밖에."

엄마가 힘없는 목소리로 다시 한 번 나를 말렸다.

"하지만 넌 아무런 계획도 없잖니?"

"그건 멀린한테는 이상한 일이 아니에요. 멀린은 앞으로 나가면서 계획을 생각해내려 할 거예요."

리아가 자기 의견을 말했다.

"그렇다면 나도 나름대로 계획을 세워야겠구나. 기도해야겠다. 그리
고 미리 슬퍼하지 않도록 애써야지."

엘런이 엄숙하게 대답했다.

카이르프레가 한숨을 토해냈다.

"정말 이걸 하고 싶은 거니, 멀런? 우리랑 같이 이곳에 남기로 한다고
해도 널 비난할 사람은 아무도 없어."

나는 내 손에 든 바스러질 것 같은 줄과 나무조각을 물끄러미 내려
다보았다. 내 프살테리움의 잔해. 최고의 마법을 시도했지만 실패한 증
거다. 지팡이와 검만으로 어떻게 강력한 적에 도전할 수 있다는 희망을
품을 수 있단 말인가? 나는 치유의 약초와 귀중한 물건들이 든 작은
가방의 뚜껑을 열어, 숯으로 변한 프살테리움의 잔해를 그 안에 밀어
넣으려 했다. 그러다 문득 동작을 멈추었다. 왜 이걸 보관해야 하지? 이
건 나에게도, 다른 누구에게도 쓸모가 없는 물건이었다. 나는 프살테리
움의 잔해를 땅바닥에 버렸다.

그런데 그때, 이미 작은 가방 안에 들어가 있던 손가락 끝에 뭔가 부
드러운 물건이 만져졌다. 깃털이었다. 나는 서글픈 미소를 지었다. 내 이
름을 포함해 너무나 많은 걸 준 성마른 어린 매가 떠올랐다. 그 매는
절대로 전투에서 뒷걸음치지 않았다. 자신의 목숨을 던진 전투에서조
차도……

마침내 나는 고개를 치켜들었다.

"가야겠어요."

4

멀리서 울려 퍼지는 종소리

카이르프레가 내 어깨에서 나뭇잎 한 쌍을 손으로 쓸어내렸다.

"가기 전에, 애야. 이걸 가져가야해."

카이르프레가 허리를 숙여 내가 땅바닥에 버린 검게 탄 프살테리움 줄을 들어 올렸다. 카이르프레는 그 줄을 내 발 근처의 낙엽과 풀에서 조심스레 찾아냈다. 카이르프레의 손바닥 위에 있는 그 줄은 마치 태어나자마자 죽어버린 뱀의 시체처럼 보였다.

나는 카이르프레의 손을 밀쳐냈다.

"왜 그걸 가져가야 하는데요?"

"네가 이걸 만들었으니까, 멀린. 네 두 손으로 공들여 만들었으니까."

"쓸모없어요. 그건 제가 시험에 실패했다는 걸 상기시켜줄 뿐이에요."

나는 콧방귀를 뀌었다.

카이르프레의 뒤엉킨 눈썹이 위로 올라갔다.

"어쩌면, 어쩌면 그렇지 않을 수도……."

"하지만 선생님도 무슨 일이 벌어졌는지 똑똑히 보셨잖아요?"

"물론 봤지. 내 두 눈으로 똑똑히. 빛을 찾아라, 빛을 찾아라!"

카이르프레는 회색 머리카락을 뒤로 쓸어 넘겼다.

"네가 연주할 기회조차 갖지 못한 걸 봤지. 넌 우르날다의 방해를 받았어. 네가, 아니, 줄이 음악을 연주하기도 전에 말이다. 연주를 끝마칠 기회가 있었다면, 무슨 일이 벌어졌을지 몰라."

나는 커다란 마가목의 울퉁불퉁한 뿌리를 흘끗 바라보았다. 그곳에서 수많은 시간 동안 나는 프살테리움을 만들기 위해 몰두했다. 그리고 여러 가지 형태와 다양한 목적이 있는 연장들의 사용법을 열심히 익혔다.

"하지만 이제는 결코 확인할 수 없겠죠. 선생님이 말씀하셨잖아요. 절대 기회가 없을 거라고요."

카이르프레는 천천히 고개를 끄덕였다.

"그래, 마법의 악기를 만들 기회는 분명 없을 거야. 하지만 여전히 가능해. 비록 있을 법하지는 않지만, 이 악기를 연주할 기회가 아직 있을지도 몰라."

"카이르프레의 말이 맞을 수도 있어. 가능성은 언제나 열려 있다는 걸 너도 잘 알잖아."

리아가 낙엽을 밟으며 말했다.

나는 리아에게 이마를 찌푸렸다.

"불에 타버린 나무조각으로 음악을 만들어낼 수는 없단 말이야!"

"그걸 어떻게 알지? 너한테는 네가 아직 깨닫지 못한 능력이 있을지도 모른단다."

카이르프레가 대답했다.

"나는 절대 능력을 사용하지 못할 거예요. 그 상대가 용이든 용이 아니든 말이에요!"

화가 나서, 카이르프레의 손에서 프살테리움 줄을 휙 낚아챘다.

"이것 좀 보세요, 네? 선생님도 아시잖아요. 어린 마법사가 자신의 악기로 음악을 연주할 수 없다면, 그 마법사의 성장은, 그 마법사의 기회는 끝난 거라는 걸 말이에요."

카이르프레의 속 깊은 눈동자가 한참 동안 나를 응시했다.

"그래, 네 말이 맞아. 하지만 이 모든 것에는 우리가, 아니, 내가 이해하지 못하는 뭔가가 분명 있을 거야."

"나뭇잎들을 기억해? 네가 연주를 시작하기도 전에, 너는 사방에서 사물들을 끌어들였어. 나뭇잎뿐만 아니라, 마법의 사물들도 마찬가지야. 심지어 우르날다까지 그랬지! 어쩌면 프살테리움이 이미 자신의 능력을 보여주기 시작한 건지도 몰라."

리아가 말했다.

"맞는 말이다. 누가 알겠느냐? 어쩌면 그 능력이 나뭇잎을, 마법의 사물을 그리고 그 밖의 다른 것들을 모두 불러들인 건지도 모르지. 아직 도착하지 않은 어떤 것, 지금도 너한테 오고 있는 어떤 것을……."

카이르프레가 덧붙였다.

나는 비틀어진 줄과 줄 받침의 잔해를 미심쩍은 표정으로 유심히 노려보았다.

"이 안에 뭔가가 남아 있다고는 믿기지 않아. 정말 믿을 수 없어. 하지만…… 잠시 이걸 갖고 있다고 해서 해가 되지는 않겠지."

나는 그 잔해를 내 작은 가방 안에 밀어 넣으며 엄마에게로 시선을 돌렸다. 엄마는 마가목 둥치 옆에 조용히 서 있었다.

"정말 내게 필요한 건 무언가 강력한 것이에요. 아주 강력한 것. 나를 도와 발디어그에 맞서 싸울 수 있는 것."

카이르프레가 내 팔에 손을 가져다댔다.

"나도 이해한다, 애야. 내 말 믿으렴, 나도 이해해."

리아가 갑작스레 하늘을 가리켰다.

"저게 뭐지?"

카이르프레는 하늘을 올려다보았다. 그러고는 마치 눈에 보이지 않는 몽둥이의 공격을 받기라도 한 것처럼 몸을 푹 숙였다. 우리와 마찬가지로, 카이르프레도 울퉁불퉁한 시커먼 날개 한 쌍이 구름을 뚫고 나타나는 모습을 뚫어지게 바라보았다. 이윽고 핏빛의 입에서 거대한 이빨이, 아니, 엄니가 드러났다. 그 형상이 우리 머리 위를 빙빙 돌았다. 우리는 늙은 마가목 둥치 쪽을 향해 몸을 피했다.

"용은 아닐 거야."

엄마가 그 거대한 나무뿌리 너머로 발걸음을 옮기며 읊조리듯 말했다. 그러고는 그 형체가 한쪽으로 갑작스레 선회하는 모습을 바라보며 고개를 갸우뚱거렸다.

"아니, 아니야, 저기 봐봐! 그렇게 크지 않아. 커다란 박쥐 같아. 세상에나, 도대체 저게 뭐지?"

카이르프레가 숨넘어가는 소리를 냈다.

"세상에! 저건 벌써 오래전에 멸종했는데!"

카이르프레는 거친 마가목 껍질에 손을 비볐다.

"나무 옆에 꼼짝 말고 그대로 있어, 모두! 꼼짝하지 마. 안 그러면 저 녀석이 우리를 볼 테니까."

"저게 뭔데요? 왜 이렇게 두려운 걸까요? 마음 깊은 곳에서 두려움이 느껴져요. 단순히 우리 목숨을 빼앗으러 온 건 아닌 것 같아요."

나는 카이르프레의 팔을 꽉 움켜잡았다.

"그건 말이다, 멀린. 저건 우리 목숨을 빼앗으러 온 게 아니기 때문이란다. 비록 우리 생명을 쉽게 앗아갈 수 있기는 하지만 말이야. 저것은…… 네 능력을 빼앗으러 온 거야."

카이르프레가 미처 말을 잇기도 전에, 귀청이 찢겨 나갈 것 같은 커다란 울음소리가 숲이 우거진 언덕을 가로질러 울려 퍼졌다. 그 소리가 나를 마구 찔러댔다. 내 가슴이 그 칼날 같은 소리에 베인 것 같았다. 싸늘한 돌풍이 불어와 마가목 가지를 부러뜨렸다. 신음 소리와 나뭇가지 부러지는 소리가 뒤섞였다. 나뭇잎과 나무열매가 둔덕 위로 우수수 쏟아져 내렸다. 그 순간, 날개 달린 괴물이 허공에서 갑작스레 휙 돌더니 우리를 향해 곧장 아래로 내려왔다.

리아가 숨을 헐떡이며 말했다.

"저 녀석이 우리를 봤어!"

"저게 도대체 뭐예요?"

내가 따지듯이 물었다.

카이르프레가 흔들리는 나뭇가지 사이로 하늘을 올려다보았다.

"크리릭스야! 다른 사람들의 능력, 마법을 먹고 사는 녀석이야."

카이르프레는 몸으로 막아서며, 엘런을 나무둥치 틈으로 밀어 넣으려 했다. 하지만 엘런은 카이르프레를 밀어내며 소리쳤다.

"난 신경 쓰지 마요! 멀린을 보호해줘요!"

카이르프레의 두 눈은 박쥐 같은 괴물에 고정되었다.

"저 엄니는……."

간담이 써늘해졌다. 시커먼 괴물이 우리를 향해 다가왔다. 점점 더 가까이 다가왔다. 빛나는 엄니 세 개가 보였다. 날개의 앞쪽 가장자리에는 휘어진 발톱이 툭 튀어나와 있었다. 그 발톱이 내 살과 갈빗대와 두

근대는 심장을 찢어버릴 것만 같았다.

적어도 나는 저 괴물을 다른 사람들한테서 멀리 유인할 수 있어! 나는 검을 흘끗 바라보았다. 검은 나무 밑동, 나뭇잎 옆에 반쯤 파묻혀 있었다. 문득 더 강력한 무기가 갑작스레 떠올랐다. 지팡이! 나는 지팡이를 허리춤에서 재빨리 꺼냈다.

카이르프레가 내 팔을 붙잡고 말렸다.

"안 돼, 멀린!"

나는 카이르프레의 손에서 팔을 힘겹게 빼냈다. 그러고는 지팡이를 꽉 움켜잡고 나무뿌리 옹이 근처에서 뛰쳐나갔다.

크리릭스의 새된 비명이 허공을 갈랐다. 그 소리에 카이르프레의 외침이 묻혀버렸다. 바로 그 순간, 거대한 갈고리 모양의 날개 그림자가 마가목을 가로지르며 내려왔다. 괴물은 나무 꼭대기를 스치듯이 지나쳤다. 작은 나뭇가지들이 뚝뚝 꺾이고, 그 파편이 내 머리 위로 비처럼 우수수 쏟아져 내렸다.

나는 무기를 휘둘렀다. 지팡이에 새겨진 능력을 모두 소환했다.

지금이야. 난 지금 네 도움이 필요해!

크리릭스가 한쪽으로 몸을 기울이더니 두 날개로 허공을 갈랐다. 이윽고 나를 향해 쏜살같이 달려들었다. 머리와 몸을 뒤덮은 덥수룩한 갈색 털이 바람의 힘 때문에 납작하게 달라붙었다. 이 짐승은 입을 더 크게 활짝 벌리고, 엄니를 쭉 내밀었다. 나는 그 짐승에게 눈이 없다는 걸 깨달았다. 그 괴물이 보는 능력은 어딘가 다른 곳에서 나오는 것 같았다. 바로 나처럼 말이다.

엄니 세 개가 나를 향해 아치 모양을 이루었다. 나는 뒤로 물러섰다. 마가목 뿌리에 발뒤꿈치가 걸렸다. 균형을 잡으려 버둥거렸지만, 뒤로 넘어지고 말았다. 지팡이가 내 손에서 날아가 언덕 아래로 굴러갔다.

나는 일어서려 버둥거렸다. 그러다 칼집이 손에 잡혔다. 검! 나는 검 손잡이를 움켜잡았다. 검을 칼집에서 꺼내자, 검이 희미하게 울렸다. 마치 저 멀리서 울려 퍼지는 종소리처럼⋯⋯.

나는 가까스로 일어섰다. 크리릭스가 공격하기 전에 가까스로 검을 들어 올릴 수 있었다. 크리릭스는 내게로 곧장 달려들었다. 날개와 울음소리가 마치 한 몸처럼 비명을 질러댔다. 이제 크리릭스의 접힌 귀, 단검처럼 날카로운 발톱, 진홍색 엄니 끝이 눈에 들어왔다. 그 짐승의 그림자가 언덕 아래 나무 위로 쏜살같이 달려 내려와, 풀이 무성한 언덕으로 다가왔다.

나는 몸을 꼿꼿하게 세우고 자리를 잡았다.

검아, 나를 실망시키지 마!

마음을 다잡았다.

해볼 테면 해봐! 넌 이제 끝장이야!

그리고 검을 힘껏 휘둘렀다.

즉각 진홍색 불꽃이 머릿속에서 폭발했다. 동시에 강력한 힘이 나를 덮쳤다. 나는 뒤로 뒹굴었다. 그 힘이 내 가슴 깊숙한 곳에 닿은 것 같았다. 내 몸과 내 손에 들린 검에서 힘이 빠져나갔다. 나는 허공 속에서 빙글빙글 돌았다. 숨을 쉴 수가 없었다. 나는 땅바닥에 쿵 떨어졌다. 그러고는 데굴데굴 구르다 결국 멈추었다.

나는 바닥에 등을 대고 누워 있었다. 풀밭 위였다. 그리고 나뭇잎도 있었다. 그래, 나뭇잎 같은 느낌이었다. 하지만 여기는 도대체 어디지? 나는 힘겹게 숨을 헉헉거렸다. 드디어 공기! 몸을 일으키려 했지만, 일어설 수가 없었다. 내 위로 구름이 빙글빙글 돌았다. 그리고 다른 뭔가가, 그림자보다 훨씬 더 짙은 뭔가가 있었다.

"멀린, 조심해!"

그 외침이 내 안에서 나오는 것인지 아니면 다른 곳에서 나오는 것인지 알아차릴 수는 없었지만, 나는 그 목소리가 시키는 대로 했다. 힘겹게 옆으로 몸을 돌렸다. 바로 뒤이어 뭔가가 땅을 마구 난도질했다. 내 머리를 가까스로 비껴갔다. 뭔가가 부드럽게 울렸다. 마치 멀리서 울려 퍼지는 종소리 같았다. 마치…… 다른 무엇인가처럼, 내가 제대로 기억할 수 없는 무엇인가처럼.

나는 낑낑거리며 일어나 앉았다. 내 앞에서 또 다른 희미한 형체들이 둥둥 떠다녔다. 나뭇가지…… 발톱…… 아니면 검? 넓적한 나무둥치, 아니, 그것보다는……. 확신이 서지 않았다. 억지로 보려 해보았지만, 초점을 맞출 수가 없었다. 기억할 수가 없었다. 왜 이렇게 어지러운 거지? 도대체 이곳은 어디지?

내 앞에서 점점 더 커져가는 핏빛 형체를 힘겹게 쳐다보았다. 그 형체의 한가운데에는 두 개, 아니, 세 개의 뾰족한 뭔가가 빛나고 있었다. 그것은 둥근 모양이었다. 아니, 거의 둥글었다. 그것은 움푹했다, 아주 깊었다. 그것은…….

입이다! 갑작스레 기억이 돌아왔다. 크리릭스가 바로 내 위에 있었다! 그 짐승은 낮은 언덕 위에 서서 등을 마가목에 기대고, 날개를 쭉 펼쳤다. 엄니가 반짝거렸다. 발톱이 달린 발에 든 검이 쨍 하고 빛을 품었다. 내 검이다!

나는 일어서려 버둥거렸지만, 다시 땅에 고꾸라지고 말았다. 지쳤다. 짐승의 입이 점점 더 가까이 다가왔다. 벗어나려 발버둥 쳤다. 하지만 몸이 돌보다 더 무겁게 느껴졌다.

팔다리에는, 내 몸에는 아무런 힘도 남아 있지 않았다. 동굴 같은 입이 희미해지기 시작했다. 모든 게 붉게 보였다. 핏빛.

째질 듯한 소리가 들렸다. 나무 쪼개지는 것 같은 소리, 귀청을 찢을 것 같은 소리가 다시 들렸다. 그러고 나서 침묵. 완벽한 암흑이 나를 덮쳤다.

5

크리릭스의 금지된 마법

정신을 차려보니, 나는 또다시 나뭇잎 위에 누워 있었다. 뭔가 바삭바삭하고 떨떠름한 것이 내 혀에 달라붙어 있었다. 나는 그것을 뱉어냈다. 잔가지였다! 엄마가 내 가슴에서 머리를 들어 올렸다. 내 가슴에 귀를 기울이고 있었던 것 같다. 엄마의 두 뺨에는 눈물자국이 선명했지만, 사파이어 빛 눈동자에 안도감이 묻어났다.

엄마가 내 이마를 가볍게 쓰다듬었다.

"드디어 깨어났구나."

엄마가 바스락거리는 마가목 가지를 올려다보았다. 그러고는 감사하다는 듯이 눈을 감았다.

그 순간, 엄마 바로 뒤에서 뼈가 앙상한 거대한 날개 한 쌍이 흘끗 보였다. 크리릭스였다! 나는 후다닥 옆으로 몸을 굴려, 엄마를 힘껏 밀쳐냈다. 엄마가 마치 나뭇가지에서 떨어진 사과처럼 언덕 아래로 구르며 비명을 질렀다. 나는 한 번에 훌쩍 뛰어 일어섰다. 비록 비틀거리긴 했지만, 나는 엄마와 무시무시한 짐승 사이에 자리를 잡았다.

그러다 문득 멈추었다. 크리릭스는 버려진 목도리처럼 축 늘어진 채

마가목 가지에 매달려 있었다. 울퉁불퉁하고 두툼한 가지들이 양 날개의 둘레를 감싸고 있었다. 나무둥치에 기댄 털 덮인 몸체에 나뭇가지들이 박혀 있기도 했다. 한때는 너무나 위협적이었던 발톱은 죽은 듯이 매달려 있었다. 머리는 앞으로 축 늘어져 있었다. 엄니가 보이지 않았다. 심홍색 피로 물든 깊은 상처가 목을 가로질러 나 있었다.

"걱정 마라. 완전히 숨을 거두었단다."

카이르프레가 내 어깨에 손을 얹었다.

엄마가 우리 뒤에서 숨을 헐떡였다.

"휴, 죽을 뻔했네."

나는 휙 돌아섰다.

"죄송해요! 전⋯⋯."

"네가 무슨 생각을 했는지 알아. 난 기쁘구나, 아들. 의심의 여지없이, 네 힘이 돌아왔다는 걸 알게 되어서 말이야."

엄마는 어깨를 털어내며 억지로 미소를 지어 보였다.

나는 나무에 걸린 크리릭스를 향해 다시 돌아섰다.

"어떻게? ⋯⋯하지만⋯⋯ 어떻게?"

나는 입을 열었다.

"난 명확한 질문을 던질 수 있는 사람이 정말 좋아."

리아가 나무둥치 뒤에서 불쑥 나타나, 자신감 넘치는 표정으로 나를 바라보며 활짝 웃었다. 리아의 손에 내 검이 들려 있었다. 그 검은 찬란한 햇빛을 받아 반짝반짝 빛이 났다. 리아는 땅에서 칼집을 집어 들어, 칼날을 넣고는 내게 건네주었다.

"넌 피 묻지 않은 칼을 좋아하는 줄 알았는데. 이건 정말 심하게 붉은색이야. 이걸 보니까 썩은 물고기가 떠오르네."

내 얼굴에 떠오른 당혹스러운 표정을 보고, 리아는 카이르프레와 엘런을 바라보았다.

"제 생각에, 멀린의 궁금증을 채워줘야 할 것 같은데요. 안 그러면, 멀린이 하루 종일 질문을 끝도 없이 계속 퍼부을 것 같아요."

"빨리 말해줘! 도대체 무슨 일이 있었던 거야? 나한테 그리고 저기 있는 저 날아다니는 구더기한테 무슨 일이 있었던 거야?"

나는 버럭 소리를 질렀다.

카이르프레가 고개를 흔들었다.

"너한테 경고하려고 했지. 그런데 모든 일이 너무 순식간에 일어났어. 너도 알겠지만, 크리릭스는 마법의 능력을 먹고 살아. 벌이 꽃에서 꿀을 빨아먹는 것처럼, 먹잇감에게서 마법을 곧장 빨아들이지. 다른 사람들처럼 나도 크리릭스가 아주 오래전에 멸종했다고 생각했기 때문에, 크리릭스에 대해서 굳이 말해주지 않았던 거란다. *멍청한 실수, 가장 커다란 공포.* 훌륭한 스승이라면 크리릭스와 싸워 이길 수 있는 유일한 방법은 몰래 에둘러서 접근하는 거라는 걸 너한테 가르쳤을 거야. 예전의 마법사들이 힘겹게 배웠던 것처럼 말이다. 최악의 행동은 네 마법을 모두 드러낸 채 직접 맞서 싸우는 거란다."

"제가 한 것처럼 말이죠? 뭐가 날 공격했는지, 전혀 기억나지 않아요. 진홍색 불꽃만 기억날 뿐이에요. ……그리고 나서 제 모든 힘이, 제 모든 생명력이 빠져나간 것 같았어요. 심지어 투시력조차 망가진 느낌이 들었어요."

나는 검을 허리춤에 차며 머리를 흔들었다.

카이르프레의 텁수룩한 눈썹 밑에서 두 눈이 나를 진지하게 응시했다.

"더 나쁜 일이 일어날 수도 있었어. 훨씬 더 고약할 수도 있었단 말이다.”

나는 침을 삼키려 해봤지만, 목구멍이 마가목 껍질보다 훨씬 더 꺼칠 꺼칠한 느낌이었다.

“죽을 수도 있었다는 뜻이군요. 그렇다면 왜 곧장 죽지 않았지요?”

카이르프레가 손을 뻗어 내 손목을 톡톡 토닥였다. 처음에는 아무것도 알아차리지 못했다. 문득 내 옷소매 속에 둥근 구멍이 보였다. 숯에 타버린 자그마한 구멍. 뭔가 옷을 뚫고 곧장 녹아버린 것처럼 보였다.

“엄니가 이곳을 찔렀지. 엄니가 손가락 한 개 만큼만 살짝 비켜갔어도 넌 죽었을 거야. 그것만은 정말 확실해. 크리릭스의 엄니가 조금이라도 닿았다가는, 그 어떤 마법의 생명체도 능력과 생명을 모두 잃게 되니까. 제 아무리 강하고 크든 상관없이 말이야.”

카이르프레가 단호한 목소리로 말했다.

카이르프레는 수심에 잠긴 채, 숱 많은 머리카락을 손으로 쓸어내렸다.

“고대의 마법사들이 크리릭스와 직접 전투 치르는 걸 그렇게나 열심히 피하려 했던 것도 그 때문이란다. 더더군다나 마법의 무기를 들고서는 절대로 싸우려 들지 않았지. 마법의 무기는 크리릭스에게 더 많은 먹잇감을 안겨줄 테니까.”

“여기 제 검처럼 말이군요.”

“그래, 또는 네가 오래전에 구해낸 위대한 검 디퍼컷처럼. 이 섬의 가장 오래된 전설은 디퍼컷이 백 년 이상 숨겨져 있던 이유를 말해준단다. 그건 바로 크리릭스가 발견하지 못하도록 하기 위해서였어.”

카이르프레는 입술을 깨물었다.

“애야, 왜 네가 지팡이를 휘두르지 않기를 내가 바랐는지, 이제 알겠니? 네 지팡이는 디퍼컷보다 수십 배나 큰 마법이 있기 때문이야.”

나는 나뭇잎 위에 놓인 마법의 지팡이를 흘끗 바라보았다.

"직접 싸울 수 없었다면, 그럼 마법사들은 어떻게 크리릭스에 맞서 싸웠어요?"

"그건 나도 모르지. 하지만 이것만은 약속할 수 있어. 혹시라도 찾아 낼 수 있는 게 남아 있다면, 내가 찾아내마."

카이르프레가 눈살을 찌푸렸다.

나는 얼굴이 창백해졌다.

"그렇다면 선생님은 어떻게 이걸 막으셨어요?"

카이르프레는 수선공의 마가목을 고맙다는 듯이 흘끗 바라보았다.

"네 친구 덕분이지. 그리고 재능 있는 네 여동생 덕분이기도 하고."

즉시 나는 무슨 일인지 이해했다.

"리아! 네가 해냈구나! 나무의 언어를 사용해서! 나무한테 말한 거지? 그래서 나무가 크리릭스를 뒤에서 낚아챈 거지?"

리아는 별일 아니라는 듯이 어깨를 으쓱해 보였다.

"가까스로 시간 안에 맞추었지. 적어도 다음번에는 죽으려고 환장하기 전에 우리한테 미리 경고 좀 해줘."

난 어쩔 수 없이 방긋 웃었다.

"최선을 다할게."

그러고 나서 나는 나뭇가지에 축 처져 걸려 있는 박쥐처럼 생긴 거대한 괴물을 흘끗 바라보았다. 미소가 싹 가셨다.

"이 나무가 제아무리 강력한 능력을 지니고 있다 할지라도, 마법을 가진 괴물을 잡을 수는 없어. 그런데 왜 크리릭스는 이렇게 꼼짝 없이 당했지? 저 녀석이 다른 사람의 마법을 먹고살았다면, 분명 마법도 어느 정도 있었을 텐데……."

"마법이라고? 그건 우리가 보통 생각하는 게 아니야. 하지만 뭔가를 지닌 건 분명해. 선조들은 그걸 '금지된 마법'이라고 불렀어. 다른 사람의 마법을 없애거나 빨아들이는 기이한 능력 말이다. 금지된 마법은 진홍색 섬광을 내뿜는단다. 만약 그 섬광이 네게 곧장 향했다면, 네 마법의 일부를 마비시켰을 거야. 적어도 일시적으로는. 하지만 그게 널 죽이지는 못해. 널 죽이는 건 엄니의 몫이니까."

카이르프레가 생각에 잠긴 채 턱을 문지르며 말했다.

문득 카이르프레는 나뭇잎을 한 움큼 집어 들고는, 다시 땅으로 떨어뜨렸다.

"하지만 크리릭스의 자체적인 능력은 거기에서 끝난단다. 크리릭스는 도약, 변신, 결속 등 네가 익히려고 노력했던 그 기술을 자유자재로 구사할 수는 없어. 그래서 나무에 붙잡히고 나서 반격을 할 수 없었던 거란다."

나는 크리릭스의 사체를 가리켰다.

"그러니까 선생님이 제 검으로 녀석을 끝장냈어도 저 녀석이 어쩔 수가 없었던 거군요."

"아니, 우리 중 누가 검을 미처 잡기 전에, 저 녀석이 직접 칼을 사용했어."

리아가 대답했다. 얼굴이 어두워졌다.

카이르프레가 고개를 끄덕였다.

"어쩌면 저 괴물은 우리를 너무나 두려워했던 건지도 몰라. 그래서 우리보다 먼저 스스로 자기 목을 벤 건지도. 아니면 어쩌면……"

카이르프레는 침울하게 덧붙였다.

"자기가 살아남을 경우, 우리가 뭔가 중요한 걸 알아낼 거라는 걸 두려워했을지도 모르지."

"어떤 걸요?"

"이를테면 누가 그 오랜 세월 동안 저 괴물이 살아남도록 숨겨주었는지를."

나는 의아한 표정으로 카이르프레를 바라보았다. 시인의 얼굴에는 이미 근심이 가득했는데, 점점 더 어두워졌다. 카이르프레는 손가락을 들어 허공을 가리켰다. 자신만이 볼 수 있는 책의 책장을 넘기기라도 하는 것처럼……

"옛날에 마법과 관련된 것이라면 어떤 것이든 두려워한 사람들이 있었지. 가장 단순한 '경쾌한 비행사*'에서부터 가장 강력한 마법사에 이르기까지 말이야. 그 사람들은 마법을 모두 사악한 것이라고 생각했단다. 사실, 마법사들은 능력을 남용했기 때문에, 그런 두려움이 기정사실이 되어버렸지. 그 사람들은 모임을 만들어 자신들을 '정의로운 집단'이라고 불렀어. 그 모임은 비밀 회합을 열어 마법을 발견할 때마다 그 마법을 파괴할 계획을 세웠단다. 그 사람들은 '번갯불을 뭉개버리는 주먹'이 그려진 문장을 지니고, 대부분 숨어 지냈어."

카이르프레는 속삭이듯이 말했다.

카이르프레는 자기 주먹을 손바닥에 밀어 넣었다.

"결국 그 사람들은 크리릭스를 키우기 시작했어. 식욕이 왕성한 이 희귀한 짐승들을 훈련시키기 시작한 거야. 마법의 피조물들을 기습적으로 공격해 그 마법의 능력을 완전히 빼앗아버리도록 말이야. 마법의 능력을 뺏는 과정에서 크리릭스가 죽으면 보통 공격을 받은 존재도 죽

---

*2권에서 멀린이 완수한 마법의 일곱 노래의 임무 가운데 하나이다.

게 된단다."

카이르프레는 나를 간절한 표정으로 바라보았다.

"그 사람들이 가장 좋아하는 목표물은 너처럼 어린 마법사였어. 능력이 이제 막 무르익고 있는 마법사들 말이다. 크리릭스는 제각각 숨어서 마법사를 지켜보도록 임무를 부여받았어. 마침내 마법사의 능력이 나타나는 바로 그 순간까지 말이야. 그 젊은이가 첫 번째로 변신하는 순간이겠지. 전투에서의 첫 번째 승리 아니면 첫 번째 악기 연주. 바로 그 순간, 짐승은 하늘에서 갑작스레 마법사를 공격하지. 어린 마법사가 더 성장하는 걸 막으려고 말이야."

엘런의 시무룩한 표정을 바라보며 카이르프레가 얼굴을 찡그렸다.

"오늘은 정말이지, 핀카이라에서 가장 어두운 날이야."

나는 마치 크리릭스의 그림자가 다시 내 위를 지나가기라도 한 것처럼 몸을 움츠렸다. 이제 알았다. 누가 크리릭스를 보냈든, 그자는 내 능력을 쓰지 못하게 날 죽여버리려는 단 하나의 목적을 위해 그런 짓을 저질렀다는 사실을…… 아니면 내가 발디어그와 마주하는 걸 막으려고 그랬을까?

6

시간의 절반

잠이 오지 않아 솔잎을 깔아 만든 잠자리 위에서 이리저리 몸을 뒤척거렸다. 한쪽 팔로 머리를 받치고는 무릎 아래로 옷자락을 그러모은 채, 얼키설키 엮인 머리 위의 나뭇가지를 바라보았다. 해 질 녘 나무 사이로 스며드는 저녁 안개를 생각했다. 별이 총총 빛나는 바다를, 물 위에 수천 개의 눈이 반짝이는 바다를…….

하지만 그 어떤 것도 도움이 되지 않았다.

다시 이리저리 뒤척거렸다. 아! 뾰족한 솔방울 하나가 목 뒷덜미를 따끔 찔렀다. 그 솔방울을 옆으로 치우고, 어깨를 솔잎 깊숙이 파묻었다. 그리고 다시 한 번 편히 쉬려고 애를 썼다. 조금이나마 쉬어야 했다. 나는 의구심을 떨쳐내려 애썼다. 궁금증이 솔방울처럼 마음속에서 나를 찔러대고 있었다. 너무나 막연해서 어떤 단어로 그것을 표현할지도 알지 못했다.

숨을 깊이 들이쉬었다. 달콤하고 톡 쏘는 소나무 향이 눈에 보이지 않는 담요처럼 내 위를 스쳐 지나갔다. 하지만 이 담요는 서늘한 밤공기를 피할 수 있을 만큼 포근하지 않았다. 몸이 으스스 떨렸다. 머지않아이 숲에 첫눈이 내리리라는 걸 알았다.

또다시 숨을 깊이 들이쉬었다. 보통은 소나무 향을 맡으면 금세 마음이 편안해졌다. 발아래 놓인 조약돌처럼, 내 삶이 이리저리 방황하기 한참 전 어린 시절의 평온했던 날을 소나무 향이 떠올리게 해서 그런지도 몰랐다.

그 당시 나는 치유의 약초가 놓인 엄마의 탁자 위에 가끔 올라가곤 했다. 때때로 엄마가 약초를 체로 치고 거르는 모습을 하염없이 지켜보곤 했다. 그러는 사이 불가사의하고 경이로운 향기가 내 폐를 가득 채웠다. 하지만 내가 직접 약초를 섞어, 내 맘에 드는 색과 질감을 만들어낸 적도 있었다. 그러는 내내 냄새가 진동했다! 사향초, 너도밤나무 뿌리, 해초, 페퍼민트(한 번만 냄새를 맡아도 눈이 번쩍 떠지고 머리가죽이 욱신거릴 정도로 강렬한 향이었다), 라벤더, 초원에서 바로 따온 겨자씨 그리고 딜. 딜은 항상 재채기를 하게 만들었다. 그리고 물론 소나무도. 나는 솔잎 가는 걸 좋아했다. 그래서 내 손가락에서는 몇 시간이나 소나무 향이 짙게 풍기곤 했다.

그런데 왜 오늘밤에는 소나무 향에도 마음이 전혀 진정되지 않는 걸까? 솔잎은 마치 아주 작은 단검처럼 그저 내 어깨와 등과 다리를 파고들 뿐이었다. 나는 몸을 공처럼 둥글게 말아, 편하게 하려고 애썼다.

뭔가 내 등 한가운데를 쿡쿡 찔렀다. 리아의 다리가 분명했다. 리아도 잠이 오지 않는 모양이었다.

또다시 나를 쿡쿡 찔렀다.

"리아, 날 따라오겠다고 고집을 피운 걸로는 성에 차지 않는 거야?"

나는 투덜거렸다. 하지만 굳이 몸을 돌리지는 않았다. 잠시 말을 멈추고는 리아가 대답하기 전에 말을 정정했다.

"그러니까, 날 안내해주겠다고. 엄마한테 걱정을 끼쳐드리면서까지 말이야. 그런데 이곳까지 따라와서 날 발로 찰 필요는 없잖아?"

또다시 나를 쿡쿡 찔렀다. 이번에는 좀 더 세게.

"좋아, 좋아. 우르날다의 땅까지만 날 데려다주고 돌아가겠다고 엄마한테 약속했다는 걸 알아. 그래, 나도 그 생각에 동의했어! 하지만 네가 반나절쯤 시간을 벌어줄 수 있을 거라 생각했기 때문에 그랬던 거야. 밤새도록 잠도 못 자게 하리라고 생각한 건 아니란 말이야!"

어쩔 수 없었다.

또다시 나를 쿡쿡 찌르는 게 느껴졌을 때, 나는 재빨리 몸을 돌려 그것을 힘껏 낚아챘다.

그런데 그건 리아가 아니라 고슴도치였다. 내 주먹보다 약간 큰 고슴도치가 몸을 꽁꽁 말더니, 곤두선 털 안으로 얼굴을 파묻었다. 나는 당혹스러워하며 방그레 미소를 지었다. 불쌍하고 자그마한 생명체! 고슴도치도 분명 놀랐을 것이다. 분명 춥기도 하겠지.

나는 가시투성이의 둥근 생명체를 들어 올렸다. 비록 얼굴이 보이지는 않았지만, 수놈이 분명했다. 태어난 지 채 몇 달도 되지 않은 것 같았다. 자그마한 이 고슴도치는 길을 잃은 건지도 모른다. 가족을 잃어버린 것인지도. 아니면 그저 내 등의 온기에 끌려 가족 곁을 떠난 것일 수도…….

나는 고슴도치의 배를 손바닥에 올려놓고, 녀석의 등뼈를 따라 부드럽게 어루만져주었다. 작년에 나무의 언어를 꽤 익혔지만(바스락거리는 너도밤나무 소리를 이해한 뒤, 이제 느릅나무나 참나무와도 기초적인 대화를 나눌 수 있었다), 동물의 언어에 대해서는 여전히 아무것도 몰랐다. 그렇지만 동물의 울음소리는 어느 정도 흉내 낼 수 있었다. 어미 고슴도치가 새끼들한테 그렇게 노래하는 걸 들어봤으니까.

계속 쓰다듬어주자, 둥글게 몸을 만 고슴도치가 아주 천천히 똑바로 몸을 펴기 시작했다. 처음에는 뒷발의 가죽 발바닥이 나왔는데, 발가락은 전부 내 엄지손톱보다도 작았다. 그러고 나서 앞발이 나왔다. 뒤이어 배가 나왔는데, 진흙 속의 짙은 거품처럼 부풀어 있었다. 드디어 눈 하나가 나오고, 또 다른 눈 하나가 나왔다. 우리를 둘러싸고 있는 밤의 어둠보다 더 검었다. 마침내 드러난 코를 내 엄지손가락에 대고 킁킁거리며 냄새를 맡았다. 내가 좀 더 세게 문지르자, 고슴도치는 거친 한숨을 자그마하게 내쉬었다.

리아가 이 자그마한 생명체를 봤다면 엄청 기뻐했을 것이다. 이 생명체 때문에 잠을 깼다 하더라도 말이다. 그리고 내 자신의 어리석음을 인정하는 꼴이 되었다 할지라도 말이다. 고슴도치가 리아의 발이라고 착각했다는 걸 리아에게 말하면, 리아는 종소리 같은 웃음소리를 낼 것이다.

나는 솔잎으로 만든 잠자리 위에 똑바로 앉아, 투시력으로 리아가 자고 있는 고사리 군락을 보려고 고개를 돌렸다. 갑작스레 심장이 얼어붙었다. 리아가 사라지고 없었다!

나는 고슴도치를 내려놓았다. 애처롭게 끙끙거리는 고슴도치를 애써 무시한 채, 자리에서 벌떡 일어섰다. 투시력을 최대한 발휘해, 작은 숲의 그늘진 나뭇가지와 어두운 나무둥치를 살펴보았다. 리아는 어디로 간 걸까? 리아와 함께 걸으며, 나는 리아가 낮 동안 방랑하는 것에 익숙해져 있었다. 리아는 먹을거리를 찾아다니거나 사슴의 흔적을 뒤따라가거나, 시원한 작은 호수에 풍덩 뛰어들곤 했다. 하지만 밤에는 야영지에서 벗어난 적이 한 번도 없었다. 무엇이 리아의 호기심을 자극한 걸까? 아니면…… 혹시 무슨 일이 생긴 건 아닐까?

나는 입가에 두 손을 둥글게 모았다.

"리아!"

아무 대답이 없었다.

"리아!"

역시 아무 대답이 없었다. 숲은 이상할 정도로 괴괴했다. 나뭇가지가 탁탁거리거나 삐걱대지도 않았다. 새가 날개를 퍼덕거리는 소리도 들리지 않았다. 연신 낑낑대는 고슴도치 울음소리만이 숲의 적막을 깼다.

그때 고사리 뒤 어딘가에서 익숙한 목소리가 들렸다.

"그렇게 시끄럽게 굴 필요는 없잖아? 그러다가 숲속에 사는 생명체를 모두 깨우겠어."

"리아! 도대체 어디 있는 거야?"

나는 지팡이와 검, 작은 가죽 가방을 움켜잡았다.

"물론, 여기 있지. 여기 말고 어디에서 별을 볼 수 있을 것 같은데?"

나는 검을 허리춤에 차고, 고사리 밭을 서둘러 나갔다. 소나무 가지를 피하기 위해 몸을 숙일 때마다 삐죽빼죽한 가지들이 옷에 달라붙곤 했다. 갑작스레 나무가 흔들리고, 서늘한 산들바람이 내 얼굴을 때려댔다. 나는 바위가 흩뿌려진 자그마한 초원 끝자락에 서 있었다.

왼쪽 땅에서 샘물이 졸졸 흘러나오며 갈대로 둘러싸인 물웅덩이가 생겨났다. 그 옆에는 이끼 긴 평편한 돌이 하나 놓여 있었다. 리아는 팔로 정강이를 감싸고 얼굴은 하늘을 향한 채 그 돌 위에 앉아 있었다.

나는 리아 옆으로 다가갔다. 마음속에 품었던 혼란스러움이 눈 녹듯 한꺼번에 녹아내렸다. 리아는 한없이 편안해 보였다. 한없이 평화로워 보였다. 어떻게 리아를 탓할 수 있을까? 나는 지팡이를 바위에 기대놓고 리아 옆에 앉았다. 그리고 하늘을 바라보았다.

끝없이 넓은 공간에 별들이 둥글게 펼쳐져 있었다. 마치 천상의 웅장한 코러스 가수들처럼, 수많은 별들이 하늘을 가로지르며 나아갔다. 팔을 뻗어 연결되어 있는 것 같았다. 그걸 보고 있으니 리아가 살던 커다란 나무 집 벽에 새겨진 문구, 내 기억 속에 또렷이 새겨진 문구가 떠올랐다.

*위대하고 영광스러운 별의 노래.**

리아는 계속 하늘을 둘러보았다. 리아의 곱슬머리가 별빛에 반짝였다.

"너도 잠이 안 오는구나? 나도 그래."

"밤을 보내는 좋은 방법을 나보다 더 잘 찾아냈네. 난 그저 솔잎 위에서 이리저리 뒤척거리기만 했는데."

"저기 봐."

리아가 수직으로 곧장 떨어지는 별 하나를 가리키며 소리쳤다. 그 별은 잠시 환하게 불타더니, 이내 사라지고 말았다.

"난 저런 별똥별이 우리 세계의 어딘가로 떨어지는지 아니면 다른 세상으로 떨어지는지 궁금했어."

리아가 생각에 잠겨 말했다.

"그 너머 강물 속으로 떨어질지도 모르지. 저 별빛을 모두 나르며 끊임없이 흐르는 거대하고 완만한 강처럼 말이야."

나는 내 생각을 말했다.

"그래, 어쩌면 그 강이 시간의 절반을 묶는 솔기일지도 모르지. 너, 그 이야기 기억해? 반쪽은 항상 시작하고, 다른 반쪽은 항상 끝난다는

---

*2권에서 마법의 일곱 노래를 표현하는 말이다.

이야기 말이야."

리아가 속삭였다.

나는 바위 위에 팔꿈치를 얹고 몸을 기댔다.

"그 이야기를 어떻게 잊을 수 있겠어? 그날 밤에 별 그 자체가 아니라, 별들 사이의 공간에 존재하는 별자리 찾는 법을 네가 가르쳐줬잖아."

"그리고 넌 나한테 말 이야기를 해줬지. 이름이 뭐였더라?"

"페가수스."

"페가수스! 별 사이를 뛰어다니는 날개 달린 말. 꿈속에서 넌 말의 등을 껴안고서 달렸지. 나도 그렇게 날 수 있으면 얼마나 좋을까!"

리아가 웃었다. 종소리가 숲에 울려 퍼졌다.

나는 활짝 미소를 지었다.

"네 이야기를 들으니 내가 처음 말에 올라탔을 때 떨리던 그 느낌이, 그 자유가 생각나네."

"정말? 언제 말에 탔었는데?"

내가 그곳에 도착하고 처음으로 리아는 반짝이는 별에서 내게로 시선을 돌렸다.

"아주 오래전에. 정말 오래전이었지! 커다란 검정색 종마였어. 그건 우리…… 아버지 말이었어."

나는 그다음 이야기는 차마 하지 못했다. 리타 고르가 아버지를 타락시키기 전, 아버지에게 핀카이라를 통제하도록 사악한 정신을 불어넣기 전……. 그 이야기는 내 입안에서 너무나도 불쾌한 맛으로 남아 있었다.

"그 종마에 대해서는 그다지 생각나는 게 많지 않아. 그 말을 타던 일이 무척이나 좋았었다는 것만 빼고. 물론 누군가 날 잡아줬지. 나는 굉장히 작았으니까……. 하지만 달가닥달가닥하는 말발굽 소리가 정말 좋았어. 그리고 콧구멍에서 뿜어져 나오는 따뜻한 숨결도! 성안의 마구간에 있는 그 말을 보러 갈 때마다, 사과를 하나씩 가져가곤 했어. 그래서 내 손에 닿는 녀석의 따뜻한 숨결을 느낄 수 있었지.”

리아가 내 어깨를 부드럽게 감쌌다.

“정말 그 말을 좋아했었구나.”

나는 한숨을 쉬었다.

“그 모든 게 지금은 너무 흐릿해. 어쩌면 내가 너무 어렸던 것일지도 모르지. 그 말의 이름조차 기억나지 않아.”

“꿈속에서 그 말이 다시 돌아올지도 몰라. 언젠가 그럴 거야. 꿈이 과거를 기억나게 할 수 있으니까.”

난 입을 다물었다. 과거를 떠올리게 했던 단 하나의 꿈이 떠올랐다. 꾸고 또 꾸고 또 꾸었던 꿈. 그 꿈을 얼마나 싫어했는데! 그 꿈은 불쑥불쑥 내게 찾아왔다. 언제나 같은 장소였다. 핀카이라를 둘러싸고 있는 휘몰아치는 안개 너머, 바다 건너, 귀네드라 불리는 땅에 있는 황폐한 마을. 그곳에서 디나티우스라는 이름의 힘센 소년이 나를 공격했다. 난 분노에 차서 숨겨진 능력을 불러냈고, 불을 일으켰다. 허공에서 불쑥 터져 나온 불꽃을. 불꽃! 그 불꽃이 내 얼굴을 태웠다. 내 뺨과 이마를 태웠다. 그 불꽃 때문에 난 두 눈을 잃었다. 그리고 디나티우스는 목숨을 잃었다.

그 꿈의 끝은 항상 똑같았다. 디나티우스가 엄청난 고통이 담긴 비명을 질렀다. 두 팔이 불타는 나뭇가지 밑에서 뭉개졌다. 나 또한 항상 똑같이 잠에서 깨어났다. 보이지 않는 두 눈을 붙잡고 흐느꼈다. 그 불꽃의 고통을 느꼈다. 그 꿈을 더 끔찍하게 만든 건 그것이 실제로 일어났던 일이었다는 사실이다.

그 생각에 내가 몸서리치자, 리아는 자기 손가락을 내 손가락에 걸었다.

"미안해, 멀린. 널 화나게 할 뜻은 아니었어. 넌 그러니까…… 그 용을 생각하고 있구나?"

"아니, 아니. 내 자신의 용을 생각했을 뿐이야."

리아는 내 손가락을 풀어주고는 거친 바위 표면에 손을 문질렀다.

"안 좋은 거구나."

나는 침을 꼴깍 삼켰다.

"아주 안 좋지."

"때때로 용은 눈에 보이는 것과는 다르기도 해."

"그게 무슨 뜻이야?"

리아가 나를 똑바로 바라보았다.

"갈라토 말이야. 발디어그와 싸울 때 갈라토가 도와줄 수 있다는 걸 너도 알잖아. 갈라토는 어쩌면 너한테 유일한 기회일지도 몰라! 그런데 발디어그와 마주하기 전에 왜 먼저 갈라토를 찾으러 가지 않는 거야?"

내 두 뺨이 뜨거워졌다.

"시간이 없으니까! 너도 들었잖아……."

"그게 다야? 단지 그 이유 하나뿐이야?"

리아가 내 말을 끊었다.

"물론이지!"

"정말이야?"

"물론이지! 넌 내가 두려워서 갈라토를 찾으러 가지 않는다고 생각하는 거야? 그러니까……."

나는 주먹으로 바위를 쿵 내리쳤다.

"그러니까 뭘?"

리아가 부드럽게 물었다.

"돔누를 두려워해서. 카이르프레의 말이 맞았어. 넌 정말로 사람을 꿰뚫어보는 법을 알고 있어."

나는 눈이 휘둥그레져서 리아를 바라보았다. 리아가 어떻게 알았을까? 그 위험한 노파를 생각하는 것만으로도 나는 몸서리가 쳐졌다.

"어쩌면 그럴지도. 때로는 자기 자신의 용보다 다른 사람의 용을 보는 게 훨씬 쉬울 수가 있어. 그뿐이야. 그리고 네가 우르날다의 땅으로 곧장 가야 하는지 아닌지는 나도 몰라. 네 말처럼, 시간이 부족한 건 사실이야. 하지만 난 네가 돔누를 두려워하고 있다는 사실은 알고 있어. 무척 두려워하지. 그리고 그게 네 생각과 잠에 영향을 미치고 있다는 걸 알아야 해."

리아가 말했다.

나는 웃을 수밖에 없었다.

"너도 알다시피, 넌 문제가 많아. 하지만 가끔씩…… 넌 정말 그만한 가치가 있어."

"고마워."

리아가 나를 향해 대답하듯 웃어 보이며 말했다.

나는 이마를 찡그렸다.

"하지만 내 생각에는, 여전히 우르날다에게 곧장 가야 할 것 같아. 우르날다와 약속했으니까. 그리고 우르날다는 지금 당장 도움이 필요하고. 우르날다의 말 기억 안 나? 우리 종족이 공격을 받았어. 바로 오늘. 전에는 결코 이런 일이 없었어."

"만약 네가 어찌어찌해서 우르날다를 도와준다 해도, 우르날다는 너한테 고마워할 사람이 아니야."

"아니, 자기만의 방식으로 고마움을 표현할 거야. 그래, 우르날다는 심술궂고 무뚝뚝해. 그리고 쉽게 화를 내지. 하지만 적어도 믿을 수는 있어. 돔누와는 다르다고! 우르날다가 정말로 원하는 건 자기 종족을 안전하게 지키는 일이거든."

나는 잠시 생각에 잠겼다.

"만에 하나, 내가 갈라토를 다시 손에 넣을 수 있다 해도, 분명 제때에 성공해서 우르날다를 도울 수는 없을 거야. 그 무엇보다도, 난 갈라토가 어떻게 작동하는지 알아내지도 못했어. 그러니 어찌어찌해서 돔누에게서 갈라토를 되찾는 방법을 알아냈다 할지라도, 그게 얼마나 큰 도움이 되겠어?"

나는 하늘 위에 떠 있는 별의 바다를 흘끗 올려다보았다.

"또 이런 이유도 있어. 어쩌면 우르날다는 용에 대해 뭔가 알고 있을지도 몰라. 우리한테 도움이 될 수 있는 뭔가를 말이야. 같은 식으로 갈라토가 마지막 전투에서 승리하는 데 도움을 주었으니까. 우르날다는 결국 여자 마법사니까."

내 눈길이 리아의 눈길과 마주쳤다.

"그리고 마지막으로, 한 가지 이유가 더 있어."

나는 숨을 천천히 길게 내쉬었다.

"난 돔누가 두려워. 그 용만큼이나 돔누가 두려워."

리아가 이해한다는 듯이 고개를 끄덕일 때, 리아의 머리 위에서 별이 춤을 추었다.

"돔누라는 이름은 무슨 뜻이야?"

"어두운 운명. 돔누에 대해서는 그것만 알면 돼! 돔누는 오래된 마법을 끌어낼 줄 알아. 그래서 가장 강력한 정령들, 그러니까 리타 고르나 다그다조차도 돔누를 그냥 혼자 내버려두는 거야. 돔누가 굴복하는 걸 보고 싶지만, 한편으로는 그냥 내버려두고 싶기도 해."

바로 그때 내 지팡이가 돌에서 스르르 미끄러졌다. 나는 풀밭으로 손을 뻗어 지팡이를 잡으려 했다. 그때 뭔가 내 손등을 찔렀다. 나는 깜짝 놀라 벌떡 일어났다. 그 바람에 리아도 깜짝 놀랐다. 우리 둘 다 하마터면 바위 위에서 굴러 떨어질 뻔했다.

그 순간, 웃음이 나왔다. 나는 풀밭을 향해 손을 내밀었다. 그리고 자그마한 고슴도치를 들어 올려, 뻣뻣하게 곤두선 등을 쓰다듬어주었다.

7

원형 돌무더기

그로부터 며칠 동안, 우리는 드루마 숲을 통과하며 북쪽으로 계속 발걸음을 옮겼다. 리아가 여우와 사슴 발자국이 만든 숨어 있는 길을 잘 찾아낸 덕분에 제법 빠른 속도로 나아갈 수 있었다. 우리가 속도를 줄인 건 딱 두 번뿐이었다. 한 번은 엉덩이 높이까지 높게 자란 가시투성이 관목이 빽빽하게 뻗어 있는 곳을 지나갈 때였는데, 옷이 찢기고 정강이가 찔렸다. 또 한 번은 바위 부벽을 기어 올라갈 때였다. 그곳의 응달진 표면은 이미 얼음으로 덮여 있었다.

하지만 대부분의 시간 동안 리아가 엄청나게 속도를 내고 있어서 나는 숨도 제대로 고를 틈조차 없었다. 리아는 언덕 위를 뛰어오르고 개울을 뛰어넘고, 참나무와 너도밤나무, 솔송나무 사이를 쉽사리 달려갔다. 리아에게서 뒤처지지 않으려 버둥거리는 내내, 리아는 거의 사슴처럼 날렵하게 내달렸다. 리아가 향기로운 버섯이나 달콤한 열매를 발견할 때마다, 무척이나 고마웠다. 왜냐하면 그 열매가 우리의 배고픔을 달래주고, 쉴 기회를 주었기 때문이다.

하지만 나는 우리의 속도에 대해 한 번도 불평하지 않았다. 우르날다의 긴급한 요청이 여전히 귓가를 맴돌았다. 앞으로 기운 나무처럼, 시간이 무겁게 나를 짓눌렀다. 그곳에 좀 더 빨리 도착할 수만 있다면! 그리고 도착했을 때 무엇을 할지 좀 더 좋은 계획이 있다면!

그날 이른 오후에 우리는 백향목 숲에 들어섰다. 그곳은 언덕 아래 발치를 따라 숲을 이루고 있었다. 갑자기 바람이 강해졌다. 나뭇가지가 미친 듯 마구 흔들리며 딱딱 삐걱댔다. 나무둥치가 휘며 신음 소리를 냈다. 리아는 걸음을 멈추어, 귀에 거슬리는 그 소리에 귀를 기울였다. 시간이 지날수록 표정이 점점 어두워졌다.

드디어 리아가 나를 향해 돌아섰다.

"나무들이 이렇게 야단법석 떠는 건 처음이야."

"나무들이 뭐라고 하는데?"

"발길을 돌리라고 계속 떠드는데. *마법사의 지팡이를 든 소년이……*"

리아는 잠시 말을 멈추고는 혓바닥을 적셨다.

"죽을 것이다. 불꽃에 휩싸인 어린 묘목처럼 확실하게."

나는 몸을 움츠리며 여전히 아물지 않은 얼굴의 상처를 만졌다.

"하지만 되돌아갈 수 없어. 만약 내가 발디어그에 맞서 싸우지 않는다면, 이 숲의 모든 나무들을 포함해서 너와 다른 사람들 모두가 발디어그와 마주하게 될 거야. 드루마 숲이 무덤이 될 거라고."

백향목의 톡 쏘는 향이 콧구멍을 간지럽혔다.

"하지만 만약 내가 죽어야 한다면, 바라는 건 단지……."

나는 잠시 말을 멈추고, 나무가 삐걱거리는 소리에 귀를 기울였다.

"그 용을 죽일 수 있으면 좋겠어."

리아가 진회색 눈동자를 가늘게 떴다. 하지만 아무 말도 하지 않았다.

"문제는 어떻게 죽이느냐 하는 거야. 나는 용과 싸울 준비도 되어 있지 않아. 죽이는 것은 두말할 것도 없고! 분명 죽이지 못할 거야. 저기 마가목에서…… 무슨 일이 있었는지 잘 알잖아. 난 아직 그저 *마법사의 지팡이*를 든 소년에 불과해. 진정한 마법사가 아니라고."

나는 침울하게 말했다.

머리 위의 나뭇가지 하나가 톡 부러지며 우리 발 옆으로 떨어졌다. 리아가 입술을 깨물며 뒤돌아서 걸어갔다. 나는 생각에 사로잡힌 채 리아 뒤를 따라갔다.

이윽고 진흙 사이를 철퍽철퍽 걸어가는 우리 발소리가 나뭇가지의 흐느끼는 소리를 대신했다. 길 여기저기에 물웅덩이가 널려 있었다. 나무는 점점 드물게 나타났다. 아주 오래전에 익사해 하얗게 변한 나무뿌리밖에 없었다. 물새들이 일렁이는 안개 속에서 울어댔다. 썩은 냄새가 진동했다.

나는 걸어가며 리아를 향했다.

"이곳이 드루마 숲 북쪽 언저리에 있는 드넓은 늪지대야? 아니면 다른 곳이야?"

리아는 앞으로 나아가기 전에 나무껍질을 엮어 만든 신발을 둔덕에 올려놓고 견딜 만한지 확인해보았다.

"우리는 드넓은 늪지대 안에 있어. 하지만 그 이상은 나도 몰라. 여긴 내가 보통 때 다니는 길보다 훨씬 동쪽에 있어. 지름길로 왔거든. 그래야 시간이 좀 단축될 거라 생각했거든. 제대로 왔기만 바랄 뿐이야."

리아의 목소리가 낮아졌다.

진흙이 내 신발을 빨아당겼다.

"나도 그러길 바랄게."

우리 앞에는 늪지대 말고도 많은 위험이 도사리고 있다는 걸 나도 알고 있었다. 우리가 건너편에 도착하면, 안개에 쌓인 살아 있는 바위의 협곡이 나올 것이다. 다리, 팔, 머리가 갑작스레 몸에서 떨어져 나가 바위 턱에 짓이겨진 여행자들 이야기를 굉장히 자주 들었다. 또한 살아 있는 바위의 입술이 내 손을 집어삼킬 뻔했던 기억을 떨쳐내지도 못했다.

우리는 물이 들어찬 길을 철퍽거리며 걷기 시작했다. 썩은 나무둥치와 나뭇가지 위를 지나갔다. 습지 풀이 두껍게 깔린 길에 이르렀을 즈음, 태양이 구름 뒤로 사라졌다. 나는 어깨 너머로 서쪽 지평선을 바라보았다. 리아도 같은 방향을 흘끗 바라보았다. 문득 리아가 나를 바라보았다.

"구름이 몰려오고 있어, 멀린. 오늘밤에는 우리를 이끌어줄 별 하나 없을 거야. 해 질 녘까지 건너편에 닿지 못하면, 네 투시력에 의존해서 길을 찾아야 할지도 몰라."

공기 중에 썩은 냄새가 진동했지만, 나는 숨을 깊이 들이마셨다.

"그걸 걱정하는 것이 아니야. 내가 걱정하는 건 이 늪지대에 살고 있는 존재야. 어두워진 다음에 움직이는 존재 말이야."

우리는 조용히 계속 발걸음을 옮겼다. 무릎까지 오는 물이 철퍽철퍽 튀었다. 희미해지는 빛을 받으며 늪에서 기이한 소리가 거품이 일듯 부글부글 올라오기 시작했다. 한쪽에서 아무렇게나 마구 떠들어대는 소리가 자그맣게 들려왔다. 철퍼덕 소리가 우리 뒤에서 갑작스레 들렸다. 휙 뒤돌아보았다. 하지만 아무것도 없었다. 이윽고 누군가의 해골이 쪼개지기라도 하는 것 같은 고통스러운 비명이 들려왔다. 곧 어둑어둑해진 안개 속에서 흐느끼는 소리가 울려 퍼졌다.

느닷없이 뭔가가 내 피부를 주르르 미끄러져 지나갔다. 나는 깜짝 놀라 펄쩍 뛰었다. 그 바람에 신발이 훌러덩 벗겨졌다. 뭔지 모르지만 그것은 재빨리 사라졌다. 진흙 속에 파묻힌 신발을 찾아내느라 우리는 몇 분을 잡아먹었다.

어둠 속에서 아무런 변화도 없이 저녁노을이 찾아왔다가 사라졌다. 우리 주위로 땅거미가 짙어지며, 무시무시한 소리가 점점 높아졌다. 리아가 갑자기 비틀거리더니, 지독한 악취가 풍기는 물웅덩이 속으로 풍덩 넘어졌다. 리아가 일어났는데, 내 팔뚝만큼이나 길고 큼지막한 거머리 한 마리가 보였다. 리아의 등에 묻은 축축한 잎사귀에 붙어 있는 거머리가 리아의 목을 향해 꿈틀거렸다. 내가 지팡이를 휘두르자 거머리는 철퍼덕하고 땅으로 떨어졌다.

빛은 점점 더 희미해져갔다. 나는 지팡이를 짚어가며 흐르는 모래의 함정과 깊숙한 곳에 숨어 있을지도 모를 존재들을 피해 나갔다. 우리는 계속 걸어갔다. 북쪽을 향해 가려고 항상 애를 썼지만 태양이나 달, 별도 없이 어떻게 계속 방향을 유지할 수 있을까? 비틀거릴 때마다, 꾸불꾸불한 길을 돌 때마다 엄청난 대가를 치렀다. 시간이 지날수록 우리가 함께 머무르는 것조차도 힘들어졌다.

깊어가는 어둠 속에 잠긴 늪지에서 비틀리고 뒤틀린 기이한 형상들이 솟아났다. 처음에는 그저 저 아래에서 보글보글 솟아오르는 가스에 불과할 뿐이라고 애써 생각하려 했다. 아니면 희미해지는 빛의 장난으로 생긴 그림자에 불과할 뿐이라고. 하지만 그 유령 같은 형체는 가스처럼 또는 그림자처럼 움직이지 않았다. 마치…… 살아 있는 생명체처럼 움직였다.

그 형체는 한숨을 쉬기 시작했다. 흐느끼는 것 같았다. 그러더니 갑작스레 화가 나 으르렁거렸다. 내 두 귀를 고드름처럼 푹 찔러대는 외침이었다. 우리가 재빨리 걸음을 옮기자 그 형체는 더 바짝 다가왔다. 손이, 아니, 손처럼 보이는 뭔가가 내 옷을 움켜잡았다. 나는 재빨리 몸을 피했다. 그러다 하마터면 넘어질 뻔했다.

바로 그때 칠흑 같은 어둠 속에서 비스듬한 모습 하나가 희미하게 보였다. 한가운데 있는 높은 언덕 때문에 커다란 거북이 등짝처럼 둥글게 보였다. 비록 몸부림치는 모습들이 시야를 방해했지만, 그건 분명 섬이었다! 섬은 생명이 없는 것처럼 보였다.

"리아, 섬이야!"

내가 소리쳤다.

리아가 멈칫했다.

"정말이야?"

"저기를 봐."

리아는 옆으로 펄쩍 뛰어 형상 하나를 피했다.

"그럼, 어서 가자! 이것들이 우리를 진흙탕 속에 빠뜨려 죽이기 전에 말이야."

나는 리아의 팔꿈치를 붙잡고 서둘러 앞으로 내달렸다. 형상들은 더욱 미친 듯 몸부림치며 우리 주위를 빙빙 돌았지만, 우리는 용케 피했다. 마침내 우리는 섬의 가장자리에 이르렀다. 흐느끼는 소리가 계속 들려왔지만, 으스스한 형상들을 뒤에 남겨둔 채로 우리는 기슭으로 터벅터벅 걸어 올라갔다.

높은 곳으로 올라섰는데 주위는 칠흑처럼 어두웠다. 발아래서 매끈매끈한 덩굴이 찌그러지며 부서지는 소리가 들리기는 했지만, 섬은 꽤 바싹 메마른 것 같았다. 그리고 꽤 단단한 것 같았다. 나는 투시력으로 주변을 훑어보았다. 음울하고 신비하고 거대한 둔덕이 섬의 부드러운 표면과 나뉘어 있었다.

"여긴 아무것도 살지 않는 것 같아. 도마뱀 한 마리도……. 넌 어떤 것 같아?"

내가 물었다.

리아는 힘겹게 등을 쭉 펴며 대답했다.

"나도 몰라. 저것들이 이곳에 없어서 그저 기쁠 뿐이야."

나는 둔덕으로 다가갔다. 그러다 문득 깨달았다. 그것은 커다란 바위였다. 어린 참나무 정도의 높이였다. 나는 얼어붙고 말았다.

"이곳에 살아 있는 바위는 없어, 안 그래?"

"그래, 살아 있는 바위는 더 높은 곳에, 저 너머 언덕에 있어. 이곳 늪지대에서는 다른 것들을 조심해야 해."

나는 바위 근처로 조심스럽게 다가갔다. 지팡이로 바위를 톡톡 두드려보았다. 이끼가 떨어져 나가며 땅바닥으로 우수수 떨어졌다. 나는 바위 표면에 손을 얹고 기대었다. 마침내 바위의 단단함이 느껴졌다. 바위의 돌 같은 질감이 느껴졌다.

"음, 좋아, 괜찮아. 하지만 좀 이상한 것 같아. 이렇게 커다란 바위가 이런 늪지대 한가운데에 덩그마니 놓여 있다니. 마치 누군가 어떤 이유로 이 바위를 이곳에 옮겨놓은 것 같아."

나는 단호하게 말했다.

리아가 내 팔을 움켜잡았다.

"만약 이 바위가 저절로 여기 있는 거라면, 적어도 이것이 살아 있는 바위가 아니라는 걸 확신할 수 있어. 살아 있는 바위는 항상 떼 지어 움직이거든. 대여섯이 함께 말이야."

리아가 하품을 했다.

"멀린, 난 무지 지쳤어. 좀 쉬는 게 어때? 동틀 녘까지 말이야."

"그래야 할 것 같아. 어쨌든 빛이 다시 돌아오기 전까지는 저곳으로 되돌아가지 않을 거야. 좀 쉬자. 내가 먼저 망을 볼게."

나도 하품을 했다.

"망을 보다 졸지는 않을 거지? 난 손님 같은 건 누구라도 싫다고."

리아가 늪지대를 향해 손을 가리켰다. 괴로운 합창 소리가 계속 들려왔다.

"걱정 붙들어 매셔."

우리는 함께 바위 바닥에 털썩 주저앉았다. 피곤했지만 바위에 기대어 몸을 꼿꼿이 유지한 채, 깨어 있으려 했다. 어깨뼈 사이의 부드러운 곳으로 날카로운 손잡이가 밀려 들어왔다. 하지만 나는 꼼짝하지 않았다. 우리 뒤에 뭔가 단단한 것이 버티고 있어서 위안이 되었다. 오늘 밤에는 늪지대 괴물들이 더 이상 우리를 괴롭히지 못할 것이다.

리아는 내 발치에 몸을 쭉 뻗은 채 내 발목을 꽉 움켜잡았다.

"먼저 불침번을 서줘서 고마워. 여행 중에 누가 나를 돌봐주는 게 낯설어."

나는 지쳐서 투덜거렸다.

"그건 누구도 너와 함께 보조를 맞추어 걸어갈 수 없기 때문이야."

그러고는 이렇게 덧붙였다.

"도움이 필요한 사람은 엄마야. 엄마는 지금 무척이나 외로울 거야."

"엄마? 엄마는 마음이 심란할 거야. 분명 우리 때문에 걱정이 이만저만 아닐 거라고. 하지만 혼자 있는 건 아니잖아. 엄마 옆에는 카이르프레가 있잖아. 카이르프레는 소나무 송진처럼 엄마 옆에 딱 달라붙어 있을 거야."

리아가 옆으로 몸을 굴렸다.

"정말 그렇게 생각해? 카이르프레가 할 일이 얼마나 많은데. 내 생각에, 카이르프레는 엄마를 어딘가에 팽개쳐두고, 자기 할 일을 할지도 몰라."

나는 지팡이 자루를 손으로 쓰다듬었다.

리아의 웃음소리가 늪지대에서 뽀글뽀글 올라오는 소리와 뒤섞였다.

"그 두 사람한테 무슨 일이 일어났는지 알아차리지 못한 거야? 정말 그런 거야? 그걸 놓치다니, 넌 이 바위처럼 둔한 게 틀림없어."

"아니, 내가 뭘 놓쳤다고 그래? 나한테 말 안 했잖아. 그 둘이…… 음, 서로에 대해 관심이 있다는 것을 말이야, 안 그래?"

내가 매섭게 받아쳤다.

"아니, 두 분은 이미 그 이상이야."

"그 두 분이 사랑에 빠졌다는 거야?"

"그래."

"이봐, 리아! 넌 꿈꾸고 있는 거야. 아직 잠에 곯아떨어지지 않았는데……. 그런 일은 절대 일어나지 않아…… 음…….."

"과연 그럴까?"

"엄마한테는! 적어도 우리 엄마한테는 아니야."

리아가 낄낄 웃었다.

"이보세요, 오빠, 때때로 말이야, 오빠는 날 깜짝 놀라게 한다니까. 오빠는 지난 몇 달간 훈련에 집중하느라 전부 다 놓친 거야. 게다가 사랑에 빠지는 건 누구에게나 일어나는 일이야. 오빠한테도 말이야."

"아, 물론이지. 다음번에는 우리가 흐르는 모래 웅덩이에서 맛난 음식을 찾을 거라고 날 설득하려 하겠네."

나는 리아를 비웃었다.

리아는 포기한 듯 한숨만 지을 뿐이었다.

"난 너무 피곤해서 지금 당장은 아무것도 설명하고 싶지 않아. 오빠가 괜찮다면, 아침에 내가 한 수 가르쳐주지."

나는 맞받아치고 싶었지만, 입을 꾹 다물었다. 지금 당장은 우리 둘 다 휴식이 필요했다. 바위에 등을 기댔다. 나한테 한 수 가르쳐준다고? 리아는 어쩜 그렇게 자신만만할 수 있을까?

조용히 투덜대며 나는 투시력을 섬 너머로 뻗었다. 아무것도 움직이지 않았다. 아무것도 다가오지 않았다. 밤이 깊어가는 동안, 귀에 거슬리는 소리가 늪지대에 가득 찼다. 하지만 이곳 기슭에 우리 말고는 그 어떤 생명체도 없었다. 나는 바위 그 자체가 방문객을 막고 있는 건 아닌지 의문이 들기 시작했다. 그 이유는 알 수 없지만 말이다. 그러나 어쨌거나 그 모습 그 이상으로 으스스하게 보였다.

어쩌면 코를 찌르는 늪지대 특유의 공기 때문인지도 몰랐다. 아니면 너무 피곤해서 그런 건지도 몰랐다. 아니, 어쩌면 살아 있는 바위 그 자체의 조용한 마법 때문이었을지도. 그 이유가 무엇이든, 리아의 손이 내 발을 마구 잡아당기는 걸 느꼈을 때에야, 바위의 주둥이가 나를 집어삼키고 있다는 걸 깨달았다.

하지만 이미 늦었다.

8

살아 있는 바위 속에서

첫 번째는 침묵.

속삭이는 바람도 없고, 늪지대에서 울리는 소리도 없고, 부글부글 끓어오르는 가스도 없었다. 비명도, 재잘거림도, 휙휙 소리도 전혀 없었다. 살아 있는 내 심장이 뛰는 소리도 없었다. 내가 숨을 쉬는 소리도 없었다.

아무 소리도 없었다. 그 어떤 소리도 없었다.

내가 기억할 수 있는 소리가 있을까? 빨리! 잊어서는 안 된다. 우리가 오늘 아침에 건넌 시내? 맞아! 시냇물을 직접 보기 전에 그 소리를 한참 먼저 들었다. 물안개뿐만 아니라 물보라가 흩날리는 소리. 그 소리가 강둑으로 쏟아져 내렸다. 동틀 녘 첫 햇살에 닿은 얼음이 딱딱 소리를 내며 깨졌다. 물이 떨어지며 튀었다. 시냇물이 계속 자그맣게 소리를 내며 졸졸 흐르고, 도요새가 합창을 하듯 노래를 불렀다.

그런데…… 너무 완벽하고 너무 거대한 이 침묵이 노랫소리를 서서히 빨아들인다. 시간이 지나며 시냇물 소리는 점점 더 멀어져간다. 대신 고요함을 듣기 시작한다. 나는 넘치는 고요함을 듣기 시작한다. 그 안에서 구를 만큼 부드럽고, 그 안에서 헤엄칠 수 있을 만큼 깊다. 쨍그랑 소리, 불협화음은 더 이상 없다. 오직 침묵뿐. 공허함의 심장박동을 듣는 것 말고 누가 감히 다른 걸 바랄 수 있단 말인가?

나는 할 수 있다! 기억하려 애써야 한다. 해내야 한다. 하지만 내가 기억할 수 있는 소리는 너무 이질적이고 동떨어진 것만 같다. 기이할 정도로 멀리 느껴진다.

두 번째는 어둠.

빛이 사라진다. 아니, 빛이 존재한 적이 있던가? 아, 하지만 존재했었다! 나는 여전히 떠올릴 수 있다. 여전히 이글거리는 빛을 볼 수 있다. 어둠에서 빛나는 영원한 빛. 구름 위의 첫 번째 빛. 빛을 발하는 발자국이 하늘로 올라간다. 지평선 위의 빛남, 촛불 위의 불꽃, 별 위의 전율. 그리고 또 다른 빛, 눈동자 속으로 들어온 빛. 리아의 웃음, 엄마의 지식, 카이르프레의 연구.

여전히 어둠이 나를 빨아들인다. 나를 잠들도록, 나를 막으려 유혹한다. 왜 너울거리는 불꽃을 위해 싸우지? 너무 쉽게 그 싸움에서 지고 만다. 어둠으로 되돌아간다. 너무나 우아하게 밤이 낮을 뒤따라온다. 어둠이 전부다. 모든 것이 어둠이다.

빛! 너는 어디 있니? 어찌할 바를 모르겠어. ……너무 두려워.

세 번째는 정지된 상태.

움직일 수 있는 한, 나는 살아 있다. 내 두 뺨에 닿는 바람, 내 발 아래 닿는 땅, 내 손가락 사이로 꽃잎을 느낄 수 있는 한, 나는 살아 있다. 하지만 지금 내가 느낄 수 있는 거라고는 단단함뿐이다. 사방이 다 단단하다. 압박해오며 나를 짓누른다. 움직여라, 손가락아! 움직여라, 혓바닥아! 하지만 아무 반응이 없다. 존재하지 않는다. 내 뼈가, 내 피가, 내

살이 사라졌다. 짓눌려 무(無)가 되었다.

나는 움직일 수 없다. 느낄 수 없다. 숨을 쉴 수조차 없다. 내게 남은 거라고는 짓눌리고 응축된 것뿐이다. 내가 채찍처럼 탁 부러졌으면 좋겠다. 나뭇잎처럼 빙글빙글 돌면 정말 좋겠다. 하지만 무엇보다 쉴 수 있기를 간절히 바란다. 멈추어 있기를 간절히 바란다.

이제 내 귀에는 오직 침묵만이 들려온다. 오직 어둠만 본다. 오직 정지된 상태만 느낀다. 나는 받아들이고 이해하고 변하기 시작한다. 나는 단단하고 강하다. 나는 별 같은 인내심이 있다. 나는 영원하다. 구부러지지 않는다.

왜냐하면 나는 지금 돌이니까.

거의⋯⋯. 하지만 뭔가 여전히 남아 있다. 예전의 자아, 예전의 나. 나는 그걸 만질 수 없다. 그걸 뭐라 부를지 알지 못한다. 하지만 그 뭔가가 내 안에 아직 남아 있다. 저 아래, 저 깊은 곳에, 내 중심부 한가운데에. 너무 작아서 볼 수 없다. 너무 커서 잡을 수 없다. 으르렁거린다. 불꽃을 내며 타오른다. 꼬불꼬불 움직인다. 그것이 나한테 기억하라고 재촉한다. 할 수 있으면 도망가라고! 내게는 열망이 있다. 생명, 자아. 그래, 나는 아직도 내 자신의 목소리를 들을 수 있다. 심지어 또 다른 목소리도. 익숙한 목소리가 내 주위로 넘실거린다. 내게 그냥 쉬라고 재촉한다.

돌이 되어라, 젊은이. 돌이 되어 세상과 하나가 되어라.

아니! 나는 멀쩡히 살아 있다. 지금은 비록 바위 안에 둘러싸여 있더라도. 나는 변하고 싶다. 움직이고 싶다. 돌이 할 수 없는 그 모든 걸 하고 싶다.

넌 아는 것이 너무 없어, 젊은이! 돌은 변신의 진정한 의미를 이해해. 나는 별 안에 녹아들어 살고 있어. 불꽃을 내뿜었어. 혜성의 꼬리 안

에 세상을 둥글게 에워쌌어. 영겁의 시간 속에서 굳어 단단해졌지. 나는 빙하로 산산이 부서지고, 용암에 갇히고, 바닷속 평원을 가로지르며 쓸려갔어. 오직 다시 표면 위로 솟구치기 위해서. 흐르는 강 위로. 나는 갈기갈기 찢기고, 내팽개쳐지고, 솟아올라서, 각기 다른 곳에서 온 돌과 만났어. 번개가 내 얼굴을 내리치고, 지진이 내 다리를 찢어놓았지. 하지만 여전히 난 살아 있어. 왜냐하면 난 돌이니까.

나는 대답한다. 난 널 알고 싶어. 아니, 그보다 더, 나는 네가 되고 싶어! 하지만…… 나는 내가 누구였는지 잊을 수 없어. 내가 누구인지. 나는 해야 할 일이 있어, 살아 있는 바위야!

널 둘러싸고 있는 이 기이한 마법은 무엇인가, 젊은이? 나한테 저항하게 만드는 그것은 무엇이지? 넌 아주 오래전에 내 능력에 굴복해야 했는데.

난 몰라. 내 자신의 자아가 아직도 내게 붙어 있다는 것만 알아. 이끼 덩어리가 너한테 붙어 있는 것처럼.

오너라. 나와 함께하라. 돌이 되어라!

난 지금 너와 함께하고 싶어. 네 깊이를 느끼고 싶어. 네 능력을 알고 싶어. 하지만 아직…… 난 할 수 없어.

아, 너한테 해줄 수 있는 이야기가 있다, 젊은이! 네가 완벽하게 자유롭고 싶다면, 네 스스로 단단해져라. 그러면 내가 알고 있는 모든 걸 너한테 알려줄 수 있어. 왜냐하면 돌은 떨어져 있어도, 태어난 산맥과 평원과 바다와 결코 떨어질 수 없으니까. 돌의 능력은 그 자체에서 나오지 않아. 주변 모든 것에서 나오는 거야. 연결된 모든 것에서.

난 너한테서 배우고 싶어, 살아 있는 바위야! 정말로, 난 그러고 싶어. 하지만 난 여전히 내가 태어난 삶을 살고 싶어. 비록 그것이 헛되고 덧

없다 할지라도, 어쨌든 그것이 내 삶이니까. 넌 날 풀어줘야만 해!

넌 정말 기이한 녀석이구나, 젊은이. 널 거의 파괴했지만, 너를 먹어 치울 수는 없을 것 같구나. 네 안에는 내가 닿을 수 없는, 내가 깨부술 수 없는 뭔가가 있어. 단 하나의 가능성이 남아 있어. 이 말을 하는 건 슬프지만 말이야.

그게 뭔데?

그건 네게 최선은 아니야. 내게도 최선이 아니지. 아, 하지만 이게 유일한 선택이구나.

9

불타는 땅

쿵, 나는 살아 있는 바위의 밑바닥 옆쪽 땅바닥에 등을 박으며 떨어졌다. 리아가 갑작스럽게 비명을 지르면 보통 내 피가 서늘해졌지만, 지금은 그 소리가 반갑기 그지없었다. 무슨 소리든 들을 수 있어 기뻤다.

"멀린!"

리아는 두 팔을 내밀어 나를 끌어안았다.

"너무 꽉 안지는 마, 알았지?"

나는 몸을 뒤틀며 리아의 품에서 빠져나와 욱신거리는 가슴을 가볍게 두드렸다. 아팠다. 팔, 다리, 등뿐만 아니라 가슴도 아팠다. 귀도 아팠다. 사실, 온몸을 흠씬 두들겨 맞아 멍이 잔뜩 든 느낌이었다. 눈물자국이 있는 리아의 얼굴이 보였다. 퍽 마음이 놓이고 다행스러워 보이는 얼굴이었다. 나는 리아에게 다시 한 번 나를 안아달라고 손짓했다.

리아는 내 요청을 기쁘게 받아들였다. 이번에는 좀 더 부드럽게 끌어안았다.

"어떻게? 어떻게 해낸 거야? 살아 있는 바위가 다 잡은 먹잇감을 풀어줬다는 소리는 들어본 적이 없어."

리아가 불쑥 말했다.

두 뺨이 아팠지만, 나는 활짝 웃으며 말했다.

"대부분의 사람들은 나처럼 맛이 고약하지 않으니까."

리아가 포옹을 풀었다. 리아의 웃음소리가 늪지대 건너까지 울려 퍼졌다. 그리고 나서 아주 오랫동안 리아는 나를 뚫어지게 살펴보았다.

"네 안에는 분명 뭔가가 있어. 살아 있는 바위조차 짓누를 수 없는 뭔가가 있다고."

"어쩌면 큼지막한 내 머리통이겠지."

"아니, 아마 네 마법이겠지."

갈빗대가 욱신거렸지만, 나는 숨을 크게 들이쉬고 말했다.

"무언가 있다면, 최소한 그것이 내 핵심이라고 말할 수 있을지도 모르겠네. 근본적이고 소화시킬 수 없는 것."

리아는 잎사귀가 무성한 팔뚝으로 내 어깨에 묻은 돌 부스러기를 털어냈다.

"음, 지금 네 모습을 좀 봐봐! 네 옷은 갈기갈기 찢어지고, 머리는 먼지투성이야. 머리카락은 검지 않고 회색에 가깝다니까. 하지만 이렇게 살아 있잖아."

리아는 미소를 지었다.

"나, 얼마 동안이나 돌 안에 있었던 거야?"

"두세 시간 정도. 나오기 전에 막 해가 떴으니까."

나는 나를 토해낸 거대한 바위를 주의 깊게 올려다보았다. 그리고 바위를 향해 천천히 걸어갔다. 심장이 두근거렸다. 리아는 말리려 했지만, 나는 리아에게 잠자코 있으라고 했다. 그리고는 평평하고 이끼 낀 곳에 손을 머뭇머뭇 올려놓고 속삭였다.

"고마워, 위대한 바위야! 언젠가 내가 더 강해졌을 때, 네 이야기를 좀 더 들었으면 좋겠다."

확신이 든 것은 아니지만, 느낄 수 있었다. 내 손가락 밑에 있는 바위가 살짝 흔들리는 느낌이 들었다. 손을 빼내며 나는 허리를 숙여 땅바닥에 누워 있는 내 지팡이를 들어 올렸다. 살아 있는 바위의 그림자조차 지팡이의 반지르르한 윤기를 덮지는 못했다. 나는 울퉁불퉁한 지팡이 손잡이를 꽉 움켜잡았다. 지팡이는 여느 때처럼 내 손에 딱 맞았다. 잠시 뒤, 솔송나무 향이 늪지대의 썩은 냄새를 밀쳐냈다.

문득 리아가 숨을 헐떡이며 말했다.

"네 검! 검이 없어졌어."

나는 깜짝 놀랐다. 사실 내 검과 칼집 그리고 벨트가 모두 사라졌다. 그것들은 분명 살아 있는 바위 안에 남아 있을 것이다!

나는 뒤돌아보며 바위에게 간청했다.

"내 검을 돌려줘, 위대한 바위야! 발디어그를 물리치기 위해서는 검이 꼭 필요해!"

바위는 꼼짝하지 않았다.

"제발…… 아, 제발, 내 말을 좀 들어줘! 그 검은 이제 내 일부와 마찬가지야. 그리고 그 검은 그 자체의 마법을 지니고 있어. 그래! 난 그 검을 갖고 있어야 해. 아주 먼 훗날, 그걸 어떤 소년한테 줄 때까지 말이야. 왕이 되기 위해 태어난 소년. 위대한 능력을 지닌 소년. 위대한 그 소년은 그 검을 돌의 칼집에서 뽑아낼 거야."

바위는 여전히 꼼짝 않고 있었다.

"정말이야! 살아 있는 바위 네가 아니라, 그 소년이 칼집에서 칼을 뽑을 바로 그 순간을 기다리고 있을 돌이 그 검을 지니고 있어야 해."

아무런 반응이 없었다.

콧구멍이 벌렁거렸다.

"제발 돌려줘."

여전히 아무런 반응이 없었다.

"돌려달라니까!"

나는 명령했다. 지팡이를 꽉 잡은 채, 지팡이를 들어 올려 살아 있는 바위를 내리치려 했다. 그런데 문득 검의 이미지가 새겨진 지팡이를 잡고 있는 내 엄지손가락을 보고는 그대로 멈추었다. 이름의 능력을 지닌 상징. 이름! 검의 이름! 이것은 모든 진정한 이름들과 마찬가지로, 그 자체의 마법을 지녔다. 어쩌면, 정말 어쩌면……. 나는 바위를 향해 몸을 기울였다.

불현듯, 나는 움직임을 멈추었다. 나는 프살테리움을 튕긴 뒤부터 마법을 사용하지 않았다. 만약 내가 능력을 다시 불러낸다면, 다른 크리릭스가 날 공격하지는 않을까? 다른 사람들이 실패했던 곳에서 성공할 수 있을까? 크리릭스의 쩍 벌어진 붉은 입, 들쭉날쭉한 날개, 위력적인 엄니를 떠올리자 몸이 움츠러들었다. 하지만…… 만약 또 다른 공격에 대한 자연스러운 두려움이 날 지배하게 내버려둔다면, 그렇다면 난 누구지? 겁쟁이. 아니면 그 이상. 또 다른 크리릭스가 나타나든 아니든, 난 이미 능력을 빼앗긴 것이나 마찬가지다.

나는 이를 뿌드득 갈며, 돌 가까이로 몸을 숙였다. 썩은 냄새를 풍기며 늪지대에서 불어온 안개가 우리를 완전히 뒤덮었다. 늪지대의 으스스한 헐떡거림, 울음소리, 흐느낌이 더 가까이 다가왔다. 그 잡음 때문에 좀처럼 생각에 집중할 수가 없었다.

집중하며 두 손으로 내 입을 둥글게 감쌌다. 그래서 누구도, 심지어 리아조차도, 검의 진짜 이름을 들을 수 없도록, 그 이름을 살며시 말했다. 그러고 나서 목청껏 덧붙였다.

"검아, 바위의 깊은 곳에서 내게로 와. 네가 어디 있든, 나는 너를 소환하노라."

나는 초조하게 어깨 너머를 흘끗 바라보았다. 구불구불 넘실거리는 안개의 흔적 말고는 아무것도 보이지 않았다. 시간이 지날수록 덜거덕거리고 으르렁대는 소리가 점점 커졌다. 그 소리는 마치 바람이 다가오는 것처럼 계속해서 부풀어 올랐다. 마침내 그 소리가 늪지대의 소리조차 집어삼켰다.

살아 있는 바위가 갑자기 요동쳤다. 누르스름한 이끼 조각과 함께 바위 부스러기가 깨지고, 비바람을 맞은 바위 표면에 자그마한 틈이 벌어졌다. 돌은 마치 엄청난 공격을 받은 것처럼 이리저리 제멋대로 흔들렸다. 잠시 뒤 표면이 쩍 갈라지더니, 검과 칼집을 뱉어냈다. 검과 칼집이 땅바닥에 쿵 떨어졌다.

나는 얼른 뛰어가 내 귀중한 물건들을 챙겼다. 살아 있는 바위가 구르며 내 물건을 덮치려 했다. 리아가 옆으로 피하며 소리쳤다. 우리는 함께 섬을 가로질러 내달렸다. 우리가 섬 기슭에 닿았을 때, 내 신발 아래 덩굴이 짜부라지며 터졌다. 안개가 순식간에 걷히고 늪지대가 그 모습을 다시 드러냈다.

늪지대 속으로 다시 한 번 뛰어들기 전, 나는 재빨리 검을 허리춤에 찼다. 그러고는 뒤돌아서 살아 있는 바위를 쳐다보았다. 살아 있는 바위는 땅 위에서 살살 흔들리고 있었다. 나는 살아 있는 바위를 향해 소리쳤다.

"화내지 마, 위대한 바위야! 이 검은 네가 소화하기 힘들 거야. 그 주인과 마찬가지로 말이야! 언젠가 어쩌면 우리는 다시 만나게 될 거야."

덜커덩 깊게 울리는 소리를 내며, 바위는 우리를 향해 굴렀다. 나는 그 자리에 가만히 서서 기다리며 살아 있는 바위의 기분을 더 알고 싶지는 않았다. 리아와 나는 늪지대의 썩은 물속으로 첨벙 뛰어들었다. 내 신발 속으로 진흙이 스며들고, 다리에 물이 튀고 코에 물이 찼지만, 영문 모를 감사함을 느꼈다. 그 냄새와 소리가 불쾌했지만, 다시 냄새를 맡고 소리를 들을 수 있다는 사실에 감사했다. 그리고 자유롭게 움직일 수 있다는 것에 감사했다. 나는 두 다리로 늪지의 풀을 헤치고, 팔로 헤엄치며 앞으로 나아갔다.

아침 내내 우리는 늪지대를 헤치며 북쪽으로 무거운 발걸음을 옮겼다. 내 손에서 지팡이를 낚아채려 한 흐르는 모래의 웅덩이를 제외하고는 별다른 어려움이 없었다. 그럼에도 드디어 마른 땅에 이르렀을 때, 심장이 벌렁거렸다. 우리는 신발에서 진흙을 열심히 털어냈다. 나지막한 언덕 옆에 자라고 있는 늙은 사과나무 한 그루가 가을에 수확하고 남은 열매를 베풀어주었다. 비록 시들고 작았지만, 사과는 맛있었다. 우리는 손에 잡히는 대로 모두 먹어 치웠다. 리아는 그 근처에서 깨끗하고 시원한 시냇물을 찾아냈다. 그곳에서 우리는 남아 있는 늪지대의 악취를 씻어냈다.

우리는 계속해서 북쪽으로 나아가며 소인의 영토를 향해 걸음을 재촉했다. 땅이 점점 가팔라졌다. 풀 덮인 평원이 계단처럼 솟아나며 높은 고원지대로 변했다. 마르지 않는 강이 땅에서 샘솟았다. 그곳을 통해 소인들의 영토로, 발디어그의 영토로 들어선다는 것을 잘 알고 있었다. 분노한 용이 나를 발견하기 전에 내가 먼저 우르날다를 찾을 수 있으면 좋으련만! 어쩌면 내가 정말로 우르날다에게 도움이 될 수 있을지도 모른다. 어쩌면…… 우르날다가 날 도와줄 수 있을지도 모른다.

오후 중반에 우리는 잠시 쉬면서 기울어진 느릅나무 뿌리 사이에서 자라는 솜털이 보송보송한 회색 버섯을 먹었다. 잠시 동안이지만 먹는 동안 앉아 쉴 수 있었다. 나는 이마에서 땀을 닦으며 두 다리를 쭉 펴고 풀 덮인 평원을 유심히 살펴보았다. 마르지 않는 강이 동쪽으로 유유히 흐르고 있었다. 투시력으로 여전히 그 강바닥을 특징짓는 안개 끼고 삐뚤빼뚤한 통로 회랑을 확인할 수 있었다.

나는 그 강이 어떻게 흘러가는지 잘 알고 있었다. 평원에서 모인 뒤에 강은 점차 넓어지고 유속은 점차 빨라지며 핀카이라의 심장부를 통과해 곧장 흘러간다. 그 길의 대부분은 가파른 강둑이 있고 세찬 급류가 흐르고 있어서 강을 건너기가 힘들다. 사실, 강의 상류에서부터 저 남쪽의 말하는 조개가 있는 해변 사이에, 딱 한 군데 건널 수 있을 것 같은 곳을 발견했었다. 둥근 바위 아홉 개가 모여 있는 얕은 곳이었다. 우리는 이제 그곳에서 그리 멀지 않은 곳에 있었다. 나는 그곳으로 다시 가야 한다는 강렬한 충동을 느꼈다.

나는 리아에게 버섯을 또 하나 던져주고 나서(리아는 그 버섯을 곧장 입 안으로 집어넣었다), 안개를 손으로 가리켰다.

"저기에서 강을 건너는 게 어떨까? 바위가 있는 저곳 말이야."

리아가 버섯을 우적우적 먹으며 고개를 저었다.

"오늘 하루 바위는 겪을 만큼 충분히 겪었어! 게다가 지름길은 쭉 북쪽으로 가는 거야. 고원지대로 가서 강의 상류가 나올 때까지. 그곳에서 강을 건너는 건 어렵지 않아. 특히 물이 적은 이맘때에는 말이야."

리아의 말이 옳다는 걸 알았다. 하지만 뱀처럼 구불구불 뻗어 있는 안개를 계속 응시하며 말했다.

"이유는 모르겠지만, 왠지 저기서 강을 건너야 할 것 같아."

"뭐하러? 그러려면 반나절은 족히 허비할 거야. 몇 시간 있으면 해가 떨어져. 해가 떨어지면 곧 어두워질 거야."

리아가 나를 안타까운 눈빛으로 바라보더니 벌떡 일어섰다.

"가자."

"그래, 네 말이 맞아. 서두르는 게 최상이야."

나는 안개의 골짜기를 마지막으로 흘끗 바라보며, 리아를 따라 웃자란 풀 사이로 걸어갔다.

한 무리의 기러기 떼가 머리 위로 지나갔다. 기러기 떼가 아주 가까이서 날아갔기에, 부드럽게 휘젓는 날갯짓 소리까지 들을 수 있었다. 그날 우리가 보았던 다른 모든 새와 마찬가지로, 기러기 떼는 우리와 반대 방향으로 날고 있었다. 그 뒤를 이어 처음에는 빙글빙글 도는 먼지 뭉치처럼 보이는 것이 따라왔다. 마침내 윙윙거리는 소리를 듣고서야 그게 무엇인지 깨달았다. 사실, 거대한 벌 떼였다. 그 뒤를 이어 날개가 큰 백로 한 마리, 지쳐 빠진 갈매기 한 쌍, 도요새 한 마리, 제비 몇 마리 그리고 늙은 큰 까마귀 한 마리가 날개를 힘겹게 움직이며 따라왔다. 그러고 나서 풀밭에 숨어 있던 여우 가족이 우리를 향해 곧장 달려왔다. 여우의 넓적한 두 눈이 두려움에 반짝이는 모습을 바라보던 리아는 내게 걱정스러운 눈길을 보냈다. 우리는 계속 계단처럼 이어진 초원을 오르고 있었다. 하지만 리아의 속도는 살짝 느려졌다.

늦은 오후의 햇살이 풀밭을 황금색으로 물들일 때, 우리는 또 다른 고원의 입구에 이르렀다. 우리 둘 다 잠시 멈추었다. 눈앞에 펼쳐진 광경에 깜짝 놀랐다. 우리 머리 위의 하늘은 이상할 정도로 어두워 보였다. 지평선 위로 묵직한 장막이 드리워졌다. ……그런데 뇌운*보다는 더 가

---

*번개, 천둥, 뇌우 따위를 몰고 오는 구름.

늘고 밋밋해 보였다. 해가 지면서 생긴 그림자일까? 그 순간, 바람 한 점이 내 옷깃을 펄럭이며 스쳐 지나갔다. 나는 칼날처럼 나를 강타하는 향기를 처음으로 들이마셨다.

연기.

신음이 터져 나왔다. 저 위의 하늘은 구름 때문이 아니라, 그림자 때문이 아니라, 발디어그 때문에 어두워진 것이다.

리아가 나를 바라보았다. 평상시에는 그렇게나 밝던 리아의 얼굴이 무시무시할 정도로 섬뜩해 보였다.

"멀린, 지금까지 나는 의심을 밀쳐둘 수 있었어. 왜냐하면 널 도와주는 게 옳다고 생각했으니까. 하지만 지금은…… 자신이 없어. 저기를 봐! 땅이 불타고 있어. 발디어그의 성난 심장처럼. 저건 너무…… 음, 이렇게 용의 입안으로 곧장 들어가는 것은 무모해 보여."

"믿음을 가져."

나는 용감하게 대꾸했다. 하지만 침울한 목소리는 나 자신이 얼마나 확신이 없는지를 그대로 드러냈다. 나는 고개를 저었다.

"무모하다는 거, 나도 인정해. 하지만 이것 말고 뭘 어떻게 하겠어? 발디어그와 마주하는 걸 늦출수록, 용은 분명 더 많은 걸 파괴할 거야. 내 유일한 희망은 빨리 우르날다에게 가는 거야. 어쩌면 우르날다가 뭔가 유용한 방법을 알고 있을지도 모르잖아. 우르날다는 그 예언 속의 최고의 능력이라는 말이 무슨 뜻인지 알고 있을지도 몰라."

리아는 꼭 움켜쥔 주먹을 자기 허리에 대고 말했다.

"내가 그 예언에 대해 기억하는 건, 네가 이 용을 용케 죽인다 하더라도, 너도 용과 함께 죽게 된다는 거야! 그러니 용이 널 죽이고 살아남거나, 널 죽이고 용도 죽는 것밖에 없어. 어떤 경우든, 난 오빠를 잃게 된다고!"

나는 지팡이로 풀이 자란 둔덕을 툭 찔렀다.

"내가 그걸 모른다고 생각하는 거야? 봐봐. 우리는 여기에 있어. 소인의 영토와 아주 가까운 곳에. 그리고 내가 정말로 기댈 수 있는 무기는 뭐지? 지팡이하고 검, 그리고 그게 뭐든, 내가 지니고 있지만 아직 완성되지도 않았고, 제대로 익히지도 못한 마법의 능력. 이 모든 걸 다 합쳐도, 발디어그의 꼬리 비늘 하나만큼도 되지 않아."

나는 연기 자욱한 지평선을 훑어보았다.

"그리고 저게 최악은 아니야."

리아가 고개를 갸웃거렸다.

"무슨 뜻이야?"

"난 발디어그 말고도 또 다른 걸 걱정해야 한다는 생각을 떨쳐버릴 수가 없어."

리아는 의심스러운 눈빛으로 나를 노려보았다.

"불의 날개만으로도 충분하지 않다는 거야? 도대체 무슨 말을 하는 거야? 크리릭스? 아니면 은밀하게 크리릭스를 키운 자?"

"아니야. 그것도 한 가지일 수는 있겠지."

"그럼, 누굴 말하는 건데?"

내 목소리가 기어들어갔다.

"핀카이라를 자기 수중에 넣으려고 갈망하는 자. 핀카이라를 돌멩이처럼 와지끈 찌부러뜨리려는 자. 핀카이라를 자기 것으로 만들려는 자."

내 말이 끝나자마자 리아의 표정이 자작나무 껍질처럼 하얗게 질렸다.

"설마…… 리타 고르를 말하는 건 아니겠지? 무엇 때문에 리타 고르가 연관되어 있다고 생각하는 건데?"

"난, 음…… 나도 잘 모르겠어. 그냥 막연히 그래. 하지만 그렇게 오랫동안 잠을 자던 용이 왜 하필 지금 깨어났을까 궁금해. 이런 일을 가능하게 만든 마법 또는 금지된 마법에 대해 누가 이렇게 잘 알고 있을까? 난 그게 리타 고르인지 아니면 다른 누군지 잘 몰라. …… 아니면 그냥 멋대로 상상하고 있는 건지도 모르지. 하지만 의아한 생각이 드는 건 사실이야."

리아는 얼굴을 찡그리며 나를 바라보았다.

"정말 말도 안 되는 이야기네! 내 말 잘 들어봐, 멀린. 1년 전에 거인의 춤이 리타 고르와 그 군대를 무찌르고 난 뒤로, 리타 고르는 이 섬에 발을 들여놓지도 않았잖아! 넌 네가 알고 있는 적을 걱정하는 게 좋을 거야. 스스로 더 많은 적을 만들어내지 말고 말이야."

나는 풀밭 속으로 지팡이를 밀어 넣었다.

"그래, 좋아. 넌 정말 똑 부러지게 말하는구나. 맞아, 그건…… 음, 잊어. 자, 잠깐 동안만이라도 적 이야기는 하지 말자. 여기 이 별 모양의 꽃들을 좀 먹자."

"발디어그가 널 먹어 치우기 전에?"

나는 리아의 말을 무시한 채 풀밭에 자라는 노란색 별 모양 꽃을 한 움큼 땄다. 리아가 침울한 표정으로 바라보기에, 나는 꽃을 둥글게 말았다. 톡 쏘는 향이 짙게 풍겼다.

"네가 이 꽃을 먹는 법을 처음 보여줬을 때가 기억나. 넌 그걸 도보 여행자들의 영양분*이라고 불렀지."

---

*2권에서 멀린과 리아는 마법의 일곱 노래의 임무를 수행하기 위해 여행을 떠났다. 그 여정에서 리아가 별 모양 꽃을 도보 여행자들의 영양분이라고 말하며 멀린에게 권한 적이 있다.

"이제 난 그걸 우리 오빠의 마지막 식사라고 부를 거야."

나는 둥글게 만 꽃 뭉치를 반으로 잘라 리아에게 건넸다.

"우리 중 누구도 실컷 먹지 못하겠지. 발디어그를 막기 전까지는."

리아가 고개를 끄덕였다. 리아의 곱슬머리가 황금빛에 불타올랐다.

"맞아."

리아는 별 모양 꽃을 한 입 베어 물고는, 생각에 잠겨 조심스레 씹었다. 이윽고 꿀꺽 삼켰다.

"그래서 내가 같이 가려고."

"안 돼!"

"오빠 도움이 필요해. 우르날다가 오빠 혼자 오기를 원한다 해도 상관없어! 난 예전에도 오빠 구해준 적이 있잖아."

리아의 눈동자가 나를 향했다.

나는 지팡이를 손으로 만지작거리며 말했다.

"그랬지. 하지만 이번에는 불의 날개를 상대해야 하는 거야. 그 녀석은 우리가 알고 있는 생명을 전부 다 싹 쓸어버릴 수 있다고."

나는 집게손가락으로 리아의 손을 감싸고 부드럽게 덧붙였다.

"우리 엄마의 목숨을 포함해서 말이야. 엄마에게는 네가 필요해, 리아. 넌 내가 아니라 엄마를 보호해줘야 해."

리아가 고개를 수그렸다.

"기억 안 나? 넌 돌아오겠다고 엄마한테 약속했잖아. 날 소인의 국경지대까지만 데려다주겠다고 약속했잖아."

리아는 고개를 천천히 들었다.

"적어도…… 이거라도 받아줘."

리아는 자기 옆구리에 차고 있던 불의 고리에 손을 뻗었다.

"불의 고리는 안 돼. 그건 네가 보관해야 해."

"하지만 난 이걸 어떻게 쓰는지도 모른단 말이야!"

나는 리아의 손가락을 꼭 눌렀다.

"알게 될 거야, 언젠가는."

리아는 내 손을 떨쳐내며, 옷소매의 덩굴을 능숙하게 풀었다. 그러고는 아무 말 없이 내 손목에 선명한 그 초록색 팔찌를 묶어주었다.

"있잖아, 이게 네 주변의 모든 생명을 일깨워줄 거야. 그리고 네 안에 있는 생명을……."

리아는 단호한 표정으로 나를 살펴보았다. 하지만 나는 리아 눈동자 안의 먹구름을 볼 수 있었다.

"하지만 이것도 문제에서 벗어나는 걸 도와줄 수는 없겠지."

이제 내가 고개를 숙여 인사할 차례였다.

"그 어떤 것도 그런 걸 할 수는 없어."

난 온몸이 마비된 것 같았다. 그렇지만 잎으로 덮인 리아의 팔이 날 감싸고 있는 건 느낄 수 있었다. 나는 리아를 남겨두고 터벅터벅 걸어갔다. 내 미래는 지평선에 펼쳐진 장막 같은 연기만큼이나 어두웠다.

2부

10

사냥꾼과 쫓기는 자

얼마 지나지 않아 한줄기 심홍색 광선이 하늘에 스며들었다. 마치 완벽한 천상의 프살테리움 줄 같았다. 나는 곧 구불구불 굽이치는 시냇가에 도착했다. 강은 저무는 붉은 햇빛을 받으며 유유히 흐르고 있었다. 그곳은 마르지 않는 강의 상류였다. 리아가 예측한 대로, 좁은 수로를 건너는 건 수월했다. 봄이 와서 눈이 녹으면 그곳 또한 급류로 변할 테지만 말이다.

수로 안의 둥근 돌멩이에 발을 디디며 나는 리아가 말한 훨씬 두려운 다른 예측이 사실로 드러날지 궁금했다. 그리고 내가 리아를 다시 볼 수 있을지도 궁금했다. 우리가 초롱초롱 빛나는 별 아래에서 이야기를 나누었던 내 어린 시절의 이름 모를 말처럼, 리아는 단순한 동료 그 이상이었다. 친구 그 이상이었다. 리아는 내 일부였다.

나는 북쪽 강둑에 발을 디디며, 소인들의 땅을 살펴보았다. 저기 어딘가에, 저 넘실거리는 바위투성이 평원에, 소인들의 지하 영토로 들어가는 입구가 숨어 있을 것이다. 우르날다는 내 도움을 분명 고맙게 여길 것이다. 하지만 내가 자신의 도움을 절실히 필요로 하고 있다는 걸 알고 있을까? 왜 우르날다는 오직 나만이 자기 종족을 도울 수 있다고 생각했을까? 나는 여전히 궁금했다. 어쩌면 우르날다도 용의 눈에 대한 예언을 알고 있을지 모른다.

보라! 그 무엇도 용을 멈출 수 없다,
단 하나의 적만 제외하고.
아주 오래전에 전투를 벌였던
적의 후손.

몸서리가 쳐졌다. 내 혈관 속에 투아하의 피가 흐르는 건 사실이지만, 내게는 투아하의 지혜나 무기가 없기 때문이다. 그리고 발디어그와 대적할 수 있는 능력이 내게 없다는 걸 떠올리자 다시 몸서리가 쳐졌다. 발디어그가 *다시 깨어나면 재앙이 뒤따를 것이다.* 용을 죽이는 것은 그 자체로 충분히 힘겨울 것이다. 예언을 벗어나는 것도, 어쨌든 이 싸움에서 살아남는 것도 불가능할 것이라고 확신했다.

나는 지팡이 자루를 꽉 쥔 채, 우르날다를 찾을 최선의 방법을 곰곰이 생각했다. 아니, 더 정확히 말해 우르날다가 날 찾는 데 도움이 되는 방법을 생각했다. 만약 내가 눈에 띄게 움직인다면, 발디어그가 먼저 나를 발견할지도 모른다. 하지만 만약 눈에 띄지 않게 숨어 다닌다면, 소중한 시간만 허비하게 될 것이다. 결국 계속 눈에 띄게 움직이면서도 경계를 늦추지 않기로 결심했다.

안 그래도 고약한 연기 냄새가 점점 심해졌다. 눈에서 눈물이 핑 돌았다. 나는 길게 뻗은 평원에 들어섰다. 그곳은 들판이라기보다는 버려진 불구덩이처럼 보였다. 웃자란 풀 사이를 획획 소리 내며 스쳐 가던 내 지팡이 끝은 더 이상 앞으로 나가지 못했다. 부서지기 쉬운 줄기와 바싹 마른 땅에 지팡이가 닿아 바삭바삭 소리가 났다. 연기가 자욱한 하늘에는 검게 그을린 관목이 할퀸 듯 서 있었다. 평원 여기저기에 흩어져 있는 바위들은 마치 숯 덩어리처럼 보였다. 그리고 고약한 냄새가 끊임없이 났다!

나는 용의 흔적이 있는지 확인하기 위해 어두워지는 하늘을 투시력으로 연신 훑어보았다. 용은 엄청나게 클 테니 멀리서도 알아차릴 수 있을 것이다. 용이 무척 빠를 것이라고, 무시무시할 정도로 빠를 것이라고 예상했다. 용이 있는지 지켜보면서, 발아래 그늘진 땅 또한 유심히 살펴보았다. 절묘하게 위장해놓은 소인들의 터널에 빠지고 싶지 않았기 때문이다. 아무리 하찮아도 움푹 들어간 곳은 모두 다, 아무리 작아도 이상해 보이는 그늘은 모두 다 꼼꼼하게 확인했다.

바로 그때 걸걸한 목소리가 큰 소리로 명령을 내렸다. 그 목소리는 바로 내 왼쪽, 가시금작화 덤불 군락 뒤에서 흘러나왔다. 나는 목소리가 들려오는 곳으로 살금살금 가까이 다가갔다.

나는 검게 그을린 주엽나무 뒤에 몸을 웅크렸다. 소인 둘이 있었다. 소인들의 가죽 각반과 붉은 수염에 저무는 빛줄기가 닿았다. 비록 내 허리에도 오지 않는 작은 키였지만, 늠름한 가슴과 우람한 팔뚝은 소인들이 꽤 힘이 셀 것 같다는 경고를 해주었다. 소인들은 각각 양날의 도끼 한 자루, 기다란 단검 하나, 화살통 하나로 중무장하고 있었다. 소인들은 막 자신들의 활을 집어 들고 서둘러 화살을 시위에 걸었다.

뒤돌아보니 암컷과 수컷 사슴 한 쌍이 가파른 협곡 뒤의 시커멓게 변한 바위 가장자리에 웅크리고 있었다. 소인들은 사슴들을 함정에 몰아넣은 다음, 도망가기 직전에 쓰러뜨릴 작정인 게 분명했다. 암컷은 튼

실한 넓적다리에 힘을 주고 협곡 옆으로 펄쩍 뛰어가려 했지만, 요란한 소리와 먼지구름을 일으키며 옆으로 미끄러져버렸다. 그러는 사이 수컷은 큼지막한 뿔을 낮추고 사냥꾼들을 향해 곧장 달려들 태세를 했다. 뾰족한 뿔이 위험천만하게 반짝거렸다. 하지만 나는 그 뿔이 전속력으로 날아오는 화살에 대항할 수 없을 것임을 알았다.

위기에 처한 사슴을 보자 배가 옥죄어왔다. 아주 오래전, 수사슴으로 변신한 다그다가 죽음의 고비에 있던 나를 구해준 이후로 나는 사슴 고기를 절대 먹지 않았다. 하지만 다른 사람들이 사슴 고기를 즐기는 걸 방해하려 한 적은 한 번도 없었다. 마찬가지로…… 우아하고 품위 있는 사슴의 죽음을 우연히 목격한 적은 한 번도 없었다.

소인들이 활시위를 거는 그 순간, 암사슴이 갑자기 내가 있는 쪽으로 방향을 틀었다. 암사슴이 가시관목 틈으로 나를 봤는지 아닌지 알 수 없었다. 하지만 암사슴의 크고 총명한 갈색 눈동자가 공포에 휩싸인 건 아주 분명해 보였다.

"멈춰!"

나는 허공으로 뛰어오르며 소리쳤다.

소인들은 깜짝 놀라 움찔했다. 두 소인의 화살은 다 빗나가, 협곡의 바위 벽에 맞고 튕겨 나갔다. 동시에 암사슴과 수사슴은 소인들이 다시 화살통에 손을 뻗기도 전에 풀밭을 지나 쏜살같이 내달렸다. 풀쩍 멋지게 뛰어넘은 사슴들의 앞다리가 소인들의 가슴을 강하게 걷어찼다. 그리고 머리 위로 날아 멀리 달아나버렸다.

"도대체 이게 무슨 바보 같은 짓이야?"

소인 하나가 시위를 건 활을 내 가슴에 곧장 겨눈 채 따지듯 물었다.

"싸우러 온 게 아니에요. 저는 멀린이라고 해요. 우르날다가 불러서

왔어요."

나는 뒤엉킨 가시금작화 덤불에서 모습을 드러내며, 연기 자욱한 하늘을 향해 지팡이를 들어 올렸다.

"흥! 우르날다가 너한테 우리 사냥을 망치라고도 시켰냐?"

소인 하나가 날 향해 얼굴을 찡그렸다.

나는 머뭇거렸다.

"아니요. 하지만 달리 어쩔 수 없었어요."

"뭘 어쩔 수 없었다는 거야? 다리만 긴 이 한심한 멍청아! 사슴 고기 대신 사람 고기를 가져가야 할 것 같군."

두 번째 소인이 화가 나 발을 쿵쿵거리며, 들고 있던 활을 땅바닥에 내동댕이쳤다. 그러고는 도끼를 꺼냈다.

"좋은 생각이야. 요즈음은 어떤 고기든 구하기 힘들어. 넌 사슴 고기만큼은 맛이 없을 거야. 며칠 만에 처음 발견한 사슴이었단 말이야. 똑똑히 기억해둬. 참, 너 기억할걸. 너희 종족은 이 땅에 들어와서는 안 된다는 거, 우르날다가 그건 말해주지 않던?"

첫 번째 소인이 매섭게 말했다.

"빨리 당장 쏴버려. 녀석이 우리한테 속임수를 쓰기 전에 말이야."

두 번째 소인이 재촉했다.

"기다려봐요, 당신은 이곳이 금지된 땅이라고 말하지만 난 전에도 이곳에 온 적이 있어요."

나는 이의를 제기했다. 그러면서도 머릿속은 달아날 방법을 찾느라 분주히 움직였다. 비록 무릎은 후들거렸지만, 나는 시커멓게 그을린 땅 위에 최대한 당당하게 섰다.

"그리고 난 당신 종족을 도와주러 다시 온 거라고요, 당신 종족이 절

127

도와줬던 것처럼 말이에요."

"흥! 이제 알겠군. 넌 도둑인데다가 거짓말쟁이가 분명해. 우리 법은 이렇게 말하고 있지. 이곳을 지나가는 인간들을 도와주지 말고 죽이라고! 우르날다도 그 점은 똑똑히 기억하고 있을 거야. 우르날다의 기억력은 포동포동하고 자그마한 다리만큼이나 짧지만 말이야."

소인이 활을 뒤로 당겼다. 화살촉이 희미하게 반짝였다.

"정말 그래?"

그늘에서 날카로운 목소리가 튀어나오며 따지듯 물었다.

나랑 마찬가지로, 소인 둘도 휙 돌아서서 바위 옆에 서 있는 땅딸막한 모습을 마주했다. 우르날다였다. 우르날다는 검은 옷 위에 두건 달린 망토를 입고 있었다. 룬 문자의 자수가 수놓인 망토가 반짝였다. 텁수룩한 붉은색 머리카락이 후드 밖으로 삐져나왔는데, 보석 박힌 걸쇠, 장신구, 핀이 주렁주렁 매달려 있었다. 고둥 껍질로 만든 귀걸이도 달려 있었는데, 볼록한 코만큼이나 큼지막했다. 두툼한 손 하나는 자기 지팡이를 잡고 있고, 다른 손은 활을 든 소인을 가리켰다. 내 프살테리움을 집어삼킨 불꽃만큼이나 밝은 우르날다의 두 눈이 분노로 이글이글 타올랐다.

"우르-날다, 당신을 모욕할 생각은 없었어요."

첫 번째 소인이 활을 내리며 말을 더듬거렸다.

"그럴 생각이 없었다고? 욕을 먹는 사람이 듣지 않는다 할지라도, 모욕은 모욕이야."

이 여자 마법사는 오랫동안 그 소인을 노려보았다.

"하-하지만, 당신은 실-수한 거예요."

"내가 실수했다고? 나를 모욕한 것보다 더 나쁜 것은, 사냥꾼, 네가 여기 있는 우리 친구를 위협했다는 사실이야."

우르날다는 걸어서 그늘 밖으로 완전히 빠져나왔다. 우르날다가 나를 향해 고개를 끄덕이자 귀걸이가 찰랑찰랑 흔들렸다.

"내가 도착하기 전에, 네가 이 아이를 꼬챙이로 꿸 뻔했잖아."

나는 가슴을 쓸어내렸다. 소인은 놀라움에 숨을 헐떡이면서, 수염을 짜증스럽게 어루만졌다.

"하지만 이 아이는……."

"입 다물어! 저 아이는 인간일지 몰라도, 여전히 우리 친구라고. 아, 그래! 아주 소중한 친구지. 그리고 그보다 더, 저 아이는 우리의 유일한 희망이야."

우르날다는 소인을 노려보았다.

"우리 영토로 들어오면 안전하게 지켜주라는 내 명령을 까먹은 것 같군. 정말 그런 거야?"

"네-네, 우르날다. 까먹었어요."

우르날다의 손에서 한줄기 빛이 번쩍 튀어나왔다. 소인은 놀라서 숨을 헐떡거렸다. 차고 있던 각반이 신발 주변의 느슨한 양말처럼 축 늘어져버렸다. 소인의 바지가 벗겨진 줄 알았다. 하지만 이내 진실을 깨달았다.

"내 다리! 당신이 내 다리를 짧게 만들었어요! 내 다리가 반으로 줄었다고요!"

소인이 울부짖었다. 소인은 두 발로 서 있으려 버둥거렸지만, 동료의 팔꿈치 정도밖에 닿지 않았다.

"그래, 이제 네 기억력이 네 다리보다 더 길겠군!"

여자 마법사가 약을 올렸다.

소인은 털썩 주저앉았다. 이제 신고 있던 신발 높이보다 약간 더 컸을 뿐이다.

"제발, 우르날다. 제발 예전 다리를 돌려주세요."

"네 충성심에 대한 믿음을 보여주기 전까지는 안 돼."

다른 소인을 향한 우르날다의 눈동자가 반짝거렸다. 그 소인은 벌벌 떨면서 서 있었다.

"너한테도 똑같이 할 수 있어. 하지만 난 지금 사냥꾼이 부족해."

우르날다는 나를 향해 천천히 돌아섰다. 얼굴은 여전히 분노에 차 있었지만, 훨씬 부드러워진 것 같았다.

"너를 이렇게 불쾌하게 맞아서 미안하구나."

나는 존경의 뜻으로 고개를 숙였다. 그러고는 감사의 한숨을 쉬며 지팡이에 몸을 기댔다.

"당신이 이렇게 제때 도착해줘서 정말 기뻐요. 아주 기뻐요."

우르날다가 고개를 살짝 숙이자 고둥 껍데기가 흔들렸다.

"네 타이밍도 나만큼이나 적절하구나, 멀린. 너도 봐서 알겠지만, 오늘 밤에 발디어그가 이곳에 돌아올 거야."

내 몸이 뻣뻣하게 굳었다. 나는 하늘을 흘끗 올려다보았다. 해 질 녘 어스름인데다, 어지럽게 떠다니는 연기 때문에 하늘이 어두컴컴했다. 점차 당혹스러움이 두려움으로 바뀌었다. 내가 물었다.

"용이 오늘 밤에 돌아올 걸 당신은 안다는 건가요?"

"그래."

"어떻게 그렇게 확신할 수 있어요?"

우르날다의 두 뺨이 초췌했다.

"그건 말이야, 어린 친구, 내가 발디어그와 협정을 맺었거든. 아, 그래! 용은 가장 똑똑한 짐승이야. 자기가 뭘 원하는지 잘 알고 있지. 그리고 이번의 경우, 이런 말을 해서 유감이지만, 용이 진정으로 원하는 건…… 그건 바로 너야."

11

협정

내가 미처 움직이기도 전에, 우르날다가 손을 휘저었다. 진홍색 섬광이 내 마음을 바싹 타들어가게 했다. 나는 그 충격으로 뒤로 날아가, 쿵 소리를 내며 그을린 잔디밭 위로 나가떨어졌다. 즉각 심장이 찢기고, 폐가 완전히 짓눌린 것 같았다. 가슴의 고통! 진홍색으로 물든 어두운 하늘이 내 위로 내려앉았다.

나는 헐떡이면서 연기 자욱한 공기를 들이마셨다. 목이 따끔거렸다. 힘겹게 자리에 앉으려 낑낑거렸다. 그곳에 여자 마법사의 얼굴이 빙글빙글 돌았다. 여자 마법사는 뻔뻔스럽게도 나를 비웃고 있었다. 너무 어지러웠다. ……멀지 않은 곳에 칼집에서 뽑은 내 검이 땅 위에 놓여 있었다. 그보다 더 먼 곳에 지팡이가 있었다. 나는 가까스로 그 모습을 볼 수가 있었다. 모든 게 뒤엉켜 희미하게 보였다. 이런 느낌이 전에도 있었던가? 최근에? 기억이 또렷하지 않았다. ……언제였지? 기억이 나지 않았다.

내 검, 만약 검을 되찾을 수만 있다면, 내 자신을 보호할 수 있을 거야.

나는 중얼거렸다.

나는 떨리는 손을 앞으로 뻗으며, 어지러움을 막으려 최대한 힘을 냈다. 그러면서 생각을 모았다.

내게 와, 검아. 내게 도약해와!

아무 일도 일어나지 않았다.

어딘가에서 킬킬 웃는 우르날다의 웃음소리가 들려왔지만, 나는 검에 온 생각을 집중했다.

내게 도약해와, 명령이다. 도약해!

여전히 아무 일도 일어나지 않았다.

다시 한 번 시도해보았다. 온 힘을 모아 모든 걸 검에 쏟아 부었다.

도약해!

여전히 아무런 변화도 없었다.

"이런 말을 해서 미안한데, 멀린, 넌 이제 아무것도 아니야!"

여자 마법사는 히죽 웃으며, 검을 향해 걸어가더니 낚아챘다.

"한때 네 것이었지만 이제는 내 거야."

"내 검이에요, 돌려줘요!"

나는 일어나려 버둥거렸지만, 힘없이 픽 쓰러지고 말았다.

우르날다의 눈망울이 이글거렸다.

"아니, 이건 네 검이 아니야."

우르날다는 내게 허리를 구부리며, 소름 끼치는 목소리로 속삭였다.

"난 네 검을 갖는 게 아니야, 네 능력을 갖는 거지."

언제 이런 느낌이었는지 갑작스럽게 떠올랐다. 크리릭스! 배가 뒤틀렸다. 마음이 마구 소용돌이쳤다. 나는 숨을 헐떡이며 일어서려 버둥거렸다. 갓 태어난 망아지처럼 몸이 흐물흐물하게 느껴졌지만, 우르날다를 똑바로 바라보았다.

"우르날다! 저한테 이럴 수는 없어요! 난 당신 친구예요, 안 그래요? 당신 입으로 그렇게 말했잖아요! 어떻게 이럴 수 있어요?"

"간단해. 금지된 마법만 조금 있으면 돼."

우르날다가 대답했다.

다리가 휘청거렸다. 나는 검댕 투성이 땅에 다시 고꾸라졌다.

"도대체 왜? 난 당신을 도울 수 있어요! 난 발디어그를 꺾을 수 있는 유일한 사람이라고요. 그게 바로 용의 눈의 예언이란 말이에요."

"흥! 그런 예언은 아무런 가치도 없어. 중요한 건 내가 발디어그와 맺은 협정이야."

우르날다가 나를 비웃었다. 땅딸막한 손가락으로 귀걸이 하나를 만지작거리며 험악한 표정으로 나를 유심히 살펴보았다.

"너도 알겠지만, 용은 잠자는 마법에서 깨어났어. 누군가가 용이 깨어 있는 삶에서 가장 소중히 여기는 부분을 파괴했기 때문이지. 용이 그 무엇보다 귀중하게 여기는 것을 말이야."

나는 핑핑 도는 머리를 마구 흔들었다.

"그게 뭔데요?"

"모르는 척하는 것 같은데, 멀린. 넌 이미 알고 있잖아."

"몰라요! 제 말 믿어주세요."

"좋아, 그렇다면 내가 알려주지. 발디어그가 깨어난 건 누군가가, 가장 똑똑한 누군가가 알들을 발견했기 때문이야. 누군가 발디어그의 후손들을 숨겨둔 곳을 발견했지. 그러고 나서 그 피에 굶주린 누군가가 그 어린 새끼들을 모조리 죽였기 때문이야. 그건 정말 위험천만한 짓이었어."

우르날다는 화를 내며 내 검을 허공에 휘둘렀다.

"자기 알들을 소인의 땅 근처에 숨겨놓았기 때문에, 발디어그는 우리가 그런 짓을 했다고 믿어. 아무 죄 없고, 올바른 우르날다의 백성들이! 그래서 발디어그는 이곳으로 날아와서, 우리 땅을 불태우고, 꼬리로 땅을 박살내서 우리 터널을 무너뜨리고, 내 사냥꾼 수십 명을 산 채로 불태웠단 말이야."

우르날다가 검을 더 거칠게 휘둘러댔다.

"폐허! 파괴! 마침내, 그래, 마침내 나는 발디어그를 설득했어. 소인이 죽이지 않았다는 것을 말이야."

나는 말을 하려 했지만, 우르날다가 소나기처럼 말을 퍼붓는 바람에 아무 말도 할 수가 없었다.

"무척이나 똑똑하고, 무척이나 현명한 이 우르날다가 남아 있는 알들을 아주 조심스럽게 살펴보았지. 결국 증거를 찾아냈어. 소인이 아니라 인간이 저지른 짓이라는 증거를. 사악한 마음이 물든 인간! 발디어그를 설득해 증거를 자세히 살펴보도록 하는 일은 쉽지 않았어. 남은 알의 흔적 위로 높이 날아오르는 것조차 발디어그에게는 분노가 치미는 일이었으니까. 통제할 수 없는 분노가."

우르날다는 허공을 향해 검을 무자비하게 찔렀다.

"하지만 나는 끈덕지게 요구했어. 그리고 마침내 성공했지. 발디어그는 인간이 범인이라는 걸 깨달았어. 자신의 오랜 적 투아하만이, 투아하가 살아 있지 않다면 그 후손만이 그런 끔찍한 짓을 저지를 수 있다고 판단한 거야."

내 뺨이 붉어졌다.

"발디어그가 어떻게 그런 판단을 내렸어요?"

"간단해. 그건 사실이니까."

우르날다의 앙 다문 입술이 일그러졌다.

"아니요, 사실이 아니에요!"

나는 일어서려 했지만, 우르날다가 검으로 나를 위협했다. 결국 다시 주저앉을 수밖에 없었다.

"그래서 나, 우르날다가 불의 날개와 협정을 맺었지. 사실이야! 우리는 합의했어. 널 용한테 넘기면, 용은 우리 종족을 영원히 평화롭게 내버려두기로 했지. 하지만 용은 원래 인내심이 없어. 그래서 그리 오랫동안 기다리지는 않겠다고 했지."

우르날다는 검게 탄 흙을 쿡 찔렀다.

"우리는 오늘밤에 만나기로 했어. 만약 내가 널 포로로 잡지 못했다면, 용은 딱 일주일 더 기다려주기로 약속했어. 7일, 그 이상은 없어. 만약 일곱 번째 되는 날 밤에 널 내놓지 못한다면, 그렇다면 우리 종족을 깡그리 전멸시키겠다면서 용은 벼르고 있지. 그리고 직접 널 찾아낼 때까지 닥치는 대로 모두 다 죽이겠다고 했어."

"하지만 난 발디어그의 알을 죽이지 않았어요! 내가 어떻게 그럴 수 있었겠어요? 수개월 동안, 나는 악기를 연주하는 일 말고는 아무것도 하지 않았단 말이에요."

"흥! 아주 쉽게 빠져나가는구나. 아무도 눈치채지 못하게 말이야."

"그건 사실이 아니에요."

우르날다는 의심의 눈초리로 나를 바라보았다. 불꽃같은 눈동자는 용처럼 이글거렸다.

"여러 가지 면에서 그건 대담하고 비현실적인 행동이야. 이 땅에서 용을 없애는 것! 비열한 용의 종족을 완전히 파괴하는 것 말이야!"

우르날다는 검을 내 옆 땅속으로 비틀어 꽂았다.

"넌 알아야 해. 그것이 소인들에게 해를 가져온다는 것을. 우르날다의 종족 말이야."

"난 안 그랬어요, 안 그랬다고 말했잖아요!"

우르날다는 검을 들어 올려 내 머리 위로 휘둘렀다. 검은 나를 살짝 비켜갔다.

"네 핏속에는 살인이 흘러! 그걸 부인하겠다고? 넌 능력을, 강인함의 느낌을 즐기고 있어. 내 말이 사실이라는 걸 잘 알 거야, 멀린! 투아하의 하나밖에 없는 아들, 그러니까 네 아버지 스탕마르가 우리 소인과 핀카이라에 무슨 짓을 했는지 똑똑히 보라고! 스탕마르는 이 땅을 망쳐놓았어. 스탕마르는 우리 아이들을 죽였어. 그자의 외동아들인 네가 네 아버지와 다르다고 어떻게 말할 수 있지?"

"난 달라요!"

나는 몸을 웅크렸다. 더 이상 흔들리지 않는 투시력의 초점을 우르날다의 반짝이는 눈동자에 맞추었다.

"스탕마르를 마침내 물리친 사람은 바로 나예요! 그 이야기 못 들었어요? 내 말이 의심스럽거든 다그다한테 직접 물어보세요."

여자 마법사는 투덜거렸다.

"그건 아무 의미 없어. 네가 네 아버지보다 훨씬 더 무자비하다는 것 말고는 말이야."

우르날다는 내 검 끝 모서리로 자기 손톱을 찔렀다.

"사실대로 대답해봐. 넌 핀카이라에서 용이 영원히 사라지는 걸 보고 싶지 않다는 거냐?"

"아니요. 그건 부인할 수 없어요. 하지만……."

나는 인정했다.

"그렇다면 어떻게 네가 죽이지 않았다고 믿을 수 있지?"

우르날다는 내 목을 향해 검을 내밀었다. 칼자루를 잡고 으르렁거리는 우르날다의 입술이 일그러졌다.

"하지만, 이제 넌 이해해야 해. 네가 정말로 그랬는지 아닌지는 중요하지 않아. 그래, 아무런 상관이 없지."

"상관이 없다고요? 지금 당신은 내 목숨 이야기를 하고 있잖아요!"

나는 검게 타버린 흙을 주먹으로 쿵 내리쳤다. 시커먼 먼지구름이 피어올랐다.

"그리고 우리 종족의 목숨이지. 그것이 훨씬 더 중요해."

우르날다가 고개를 끄덕였다. 귀에 대롱대롱 매달린 고둥 껍데기가 짤랑거렸다.

"중요한 건, 용은 네가 자신의 새끼들을 죽였다고 믿고 있다는 사실이야. 네가 정말로 그랬든 아니든, 그건 아무 의미가 없어. 용이 원하는 건 인간의 살점을 뜯어먹어서 복수라는 식욕을 채우는 거야. 바로 널 말이야."

우르날다는 몸을 바짝 기울여 불룩한 코를 내 코에 대고 눌렀다.

자포자기의 심정으로 나는 내 지팡이를 향해 기어가기 시작했다. 하지만 우르날다가 한발 더 빨랐다. 우르날다가 지팡이를 향해 손을 흔들자, 지팡이가 땅에서 솟아올라 연기 자욱한 하늘로 빙빙 올라갔다. 소인 둘은 놀라움에 입을 떠억 벌리며 올려다보았다.

"자, 내가 네 능력을 빼앗았다는 걸 아직도 의심하니? 네가 마법사의 지팡이를 나한테 휘두를 수 있다고 생각하는 거야?"

우르날다가 톡 쏘아붙였다. 내가 대답하기도 전에, 우르날다는 기이한 주문을 내뱉었다. 심홍색 빛이 지글지글 반짝이더니, 내 지팡이가 완전히 사라져버렸다.

나는 공허함으로 가슴이 쓰라렸다.

내 능력. 사라져버렸어! 내 지팡이, 내 소중한 지팡이. 사라져버렸어!

우르날다가 심각한 표정으로 나를 지켜보았다.

"넌 그럴 자격이 없지만, 난 여전히 자비롭다. 아, 그래! 너에게 투시력을 남겨주겠어. 그래야 용을 만족시켜줄 테니까. 적어도 1, 2분 정도, 네 자신을 지킬 수 있다고 믿게끔. 용이 널 죽이고 나면 나와의 약속을 지키겠지. 같은 이유로, 이걸 너한테 돌려주지."

우르날다는 내 검을 하늘 높이 휙 던지고는, 큰 소리로 명령을 내렸다. 검은 나를 향해 날아와, 갑작스레 허공에서 방향을 바꾸어 내 허리에 찬 칼집 안으로 곧장 미끄러져 들어갔다.

"하지만 경고하는데, 만약 나에게 그 검을 써먹으려고 했다가는, 네 두 다리를 잘라버리는 데 그 검을 사용하겠어. 저기 있는 내 사냥꾼처럼 짧게 말이다."

우르날다가 으르렁거렸다.

최근에 더 짧아진 소인이, 헐렁한 각반을 꽉 움켜잡고, 징징 흐느껴 우는 소리를 냈다.

우르날다는 숨을 들이켰다.

"이제 때가 되었다. 일어나라, 명령이다!"

우르날다는 자신의 지팡이를 저 건너편 고원에 우뚝 솟은 피라미드 모양의 바위투성이 언덕을 향해 가리켰다.

"저 언덕으로 걸어가라. 용이 곧 저곳에 도착할 것이다."

힘없이 나는 끙끙 신음하며 일어섰다. 내 마음이 비틀거렸다. 몸이 욱신거렸다. 두려웠다. 결국 난 발디어그의 손에 목숨을 잃게 될 것이다.

하지만 이렇게는 아니다. 아니, 이렇게는 절대 안 된다.

비록 능력의 일부가 돌아왔지만, 가슴 한가운데에서 공허함을 그 어느 때보다 더 강하게 느꼈다. 마치 가슴 한가운데가 찢어진 것 같았다. 마법사로서의 내 미래는 이미 먹구름이 잔뜩 끼었다. 이보다 더 나쁠 수는 없었다. 내게 어떤 능력이 있었든, 이제 그 능력은 사라져버렸다. 내가 아직까지 이해하지도 못한 그 마법의 재능 말이다. 그리고 그것과 함께, 그 이상의 무언가가 사라져버렸다. 내 영혼에 아주 가까운 무언가가…….

12

이야기의 원

바로 그때 사냥꾼 하나가 울부짖듯 큰 소리로 외쳤다. 일제히 뒤돌아보니, 거대한 암사슴 한 마리가 어스름한 평원을 가로지르며 달려오고 있었다. 암사슴은 굽이치는 평원 위를 우아하게 재빨리 달려왔다. 날아다니는 그림자 같았다. 그 암사슴이 계곡에서 본 큰 눈망울의 암사슴인지는 알 수 없었다. 나는 잔인한 사냥꾼들과 배신을 밥 먹듯 하는 동맹이 있는 이곳에서 저 암사슴이 멀리 달아나기를 바랄 수밖에 없었다.

"음, 사슴 고기. 빨리! 달아나기 전에."

우르날다가 혀를 차며 채근했다.

말을 끝마치기도 전에 소인 두 사람은 화살을 시위에 걸고, 건장한 팔에 힘을 잔뜩 주어 활을 뒤로 잡아당겼다. 적어도 이번에는 화살 하나가 표적을 맞출 거라고 확신했다. 하지만 이번에는 그걸 막을 방법이 없었다.

화살이 날아가기 직전에 암사슴은 연기 자욱한 하늘로 높이 뛰어 올랐다. 암사슴이 뛰어오르자 내 심장도 붕 떠올랐다. 완벽한 표적이었다.

"쏘라고! 내가 말했지."

우르날다가 명령했다.

갑작스레 거대한 동물이 우르날다를 뒤에서 밀쳤다. 우르날다는 끔찍한 비명을 지르며 소인 둘 사이로 날아갔다. 그 바람에 소인들의 화살이 땅바닥으로 튀었다. 우르날다만큼이나 깜짝 놀란 사냥꾼들은 우르날다의 무게를 견디지 못하고 쓰러져버렸다. 어안이 벙벙해진 것 같은 우르날다는 소인들 위에 누워 낑낑거리며 신음했다. 얼마 전에 키가 더 줄어든 소인이 일어서려 해보았지만, 헐렁한 각반에 걸려 벌러덩 넘어지고 말았다. 그 소인이 우르날다의 얼굴에 곧장 곤두박질치는 바람에 조개껍질 귀걸이 하나가 박살나버렸다.

동시에 거대한 사슴뿔이 나를 허공으로 들어 올렸다. 나는 뒤로 넘어지며, 털이 곤두선 거대한 목 위로 쓰러졌다. 수사슴이었다. 즉각 우리는 평원을 가로질러 내달렸다. 나는 꽉 붙들려고 안간힘을 썼다. 두 다리를 뾰족한 뿔에 걸치고, 두 팔로 단단한 목을 꽉 감싸 안았다. 거대한 몸통이 내 아래에서 통통 튀어 오르듯 움직이는 동안, 거친 털이 내 두 뺨을 연신 긁어댔다. 곧 소인들의 외침이 희미해져갔다. 들리는 것이라고는 힘차게 질주하고 또 질주하는 발굽 소리뿐이었다.

이렇게 얼마나 달려왔는지 알지 못했다. 밤의 절반을 달린 것 같기는 했다. 수사슴의 목 근육이 돌처럼 단단하게 느껴졌다. 수사슴은 질주하고, 질주하고, 또 질주했다. 나는 적어도 한 번 떨어져, 땅에 쿵 처박혔다. 하지만 순식간에 뿔이 나를 다시 들어 올려 끔찍한 질주가 계속 이어졌다.

마침내 머리가 핑핑 돌고 몸 여기저기에 상처를 입은 채, 나는 다시 떨어져 내렸다. 이번에는 뿔이 나를 다시 들어 올리지 않았다. 내 등이 땅에 닿아 굴렀다. 곧 목에 닿은 축축한 풀밭의 서늘함을 느꼈다. 이리저리 부딪힌 내 몸은 드디어 녹초가 되었다. 희미하게 어떤 목소리를 들은 것 같았다. 거의 인간의 목소리 같았지만 어딘가 모르게 달랐다. 내 머리는 발굽으로 밟는 것처럼 끊임없이 쿵쿵 울렸다. 그리고 난 무거운 잠에 빠져들었다.

깨어나 보니, 시냇물 소리가 들렸다. 근처에서 물이 부딪히며 흘렀다. 풀밭에 얼굴을 처박고 있다는 것을 깨닫고는 힘겹게 몸을 돌렸다. 목과 등이 뻐근했다. 특히 어깻죽지 사이가 아팠다. 환한 빛! 높이 떠오른 태양이 내 얼굴을 따뜻하게 비춰주었다. 공기 중에는 여전히 연기가 살며시 끼어 있었지만, 어젯밤보다는 가볍고 깨끗해 보였다.

어젯밤! 그 모든 일이 정말 일어난 걸까? 목이 끔찍할 정도로 뻣뻣했지만, 겨우겨우 일어나 앉았다. 그러고는 갑작스레 숨을 죽였다. 그곳, 거품을 일으키며 흐르는 시냇물 옆의 쓰러진 나무둥치 위에 내 또래의 젊은 여자 하나가 앉아 있었다.

아주 오랫동안 그 여자와 나는 아무 말 없이 가만히 앉아 있었다. 그 여자는 나를 지나쳐 시냇물을 보고 있는 것 같았다. 어쩌면 부끄러워하고 있는 건지도 몰랐다. 설령 그렇다 할지라도, 그 여자의 커다란 갈색 눈망울이 나를 조심스레 지켜보고 있다는 걸 알 수 있었다.

아름답다는 단어로는 그 여자를 설명할 수 없었다. 그 단어가 나를 설명하지 못하는 것처럼. 그 점은 잘 알고 있었다. 하지만 그럼에도 불구하고 그 여자에게는 뭔가 강력하고 인상적인 기운이 흘렀다. 그 여자는 상당히 길고 좁은 턱을 손으로 받치고 있었다. 무척 편안해 보였지만, 여차하면 움직일 태세였다. 땋은 머리는 습지대 풀처럼 황갈색과 적갈색으로 반짝반짝 빛났고 어깨까지, 노란색 옷 등 뒤까지 흘러내렸다. 옷은 버드나무 줄기로 짠 것처럼 보였다. 신발은 신고 있지 않았다.

"음, 음, 우리 여행자가 깨어났군."

저음의 낭랑한 목소리가 선언하듯 말했다.

휙 돌아보니 키가 크고, 가슴이 널찍한 젊은이 하나가 풀밭을 헤치며 우리를 향해 다가오고 있었다. 황갈색의 단출한 옷을 입은 남자가 보폭이 넓은 걸음걸이로 성큼성큼 다가왔다. 남자의 턱은 여자의 턱처럼, 다부지게 튀어나와 있었다. 그 남자의 눈동자는 여자의 눈동자만큼 크지는 않았지만, 여자와 마찬가지로 짙은 갈색이었다. 그 남자 또한 맨발이었다.

즉시 나는 이 둘이 남매라는 걸 직감했다. 동시에 이들에게 외모와 다른 뭔가가 있다고 예리하게 느꼈다. 하지만 그게 무엇인지는 알아차릴 수 없었다.

나는 자리에서 일어서며 둘을 향해 고개를 끄덕였다.

"날씨가 좋네요."

젊은 남자는 고개를 끄덕여 보였다.

"푸르른 초원이 그대를 맞아주기를."

남자는 손을 내밀었다. 하지만 그 동작이 왠지 약간 서툴러 보였다. 우리는 악수로 인사를 나누었다. 남자의 튼튼한 손가락이 내 손가락을 감싸쥐었다.

"난 에르먼이라고 해."

에르먼은 고개를 나무둥치로 까딱해 보이며 말을 이었다.

"저긴 내 여동생, 에오-라할리아. 내 여동생은 그냥 할리아라고 부르는 걸 좋아해."

할리아는 아무 말도 하지 않고, 나를 계속 경계하듯 바라보았다.

에르먼은 움켜진 손을 풀어주었다.

"우리는 이 지역에 사는 종족이야. 넌 누구니?"

"난 멀린."

에르먼의 얼굴이 밝아졌다.

"매하고 같은 이름인 거야?"

나는 슬픈 미소를 지었다.

"그래, 한때 친구가 있었지. 아주 소중한 친구, 쇠황조롱이. 우리는…… 함께 많은 일을 했어."

에르먼의 큰 눈동자가 이해한다는 듯이 반짝였다. 에르먼은 내가 말하지 않은 것을 아는 것처럼 보였다.

"너희랑 달리, 난 이 지역 출신이 아니야. 너희는 나를 여행자라고 부르겠지. 네가 이미 말했듯이."

내가 계속 말을 이어갔다.

"음, 젊은 매*, 난 네 여행이 널 이곳으로 데려온 걸 기쁘게 생각해. 내 여동생도 마찬가지고."

에르먼은 기대 섞인 표정으로 할리아를 흘끗 바라보았다. 하지만 할리아는 아무 말도 하지 않았다. 그저 나무둥치 위에서 초조한 듯 자세를 바꿀 뿐이었다. 할리아는 내 시선을 피한 채 에르먼을 똑바로 바라보았다. 믿지 못하겠다는 표정이 역력했다.

에르먼은 나를 다시 바라보며, 내가 잠을 잤던 무성한 풀밭을 가리켰다.

"여행하느라 완전히 녹초가 된 것 같더군. 네 변덕스러운 꿈이 널 깨우지 않았다면 넌 분명 일주일 *내내* 잠을 잤을 거야."

---

*에르먼이 멀린을 부르는 이름이다.

일주일 내내.

내게 남은 시간은 일주일이었다. 아니, 어젯밤부터 일주일이었으니까 발디어그가 돌아오려면 이제 일주일도 안 남았다! 날 먹어 치우기 위해 발디어그가 올 것이다. 날 먹어 치우지 못한다면, 지나가는 길에 마주치는 모든 걸 닥치는 대로 먹어 치울 것이다.

내가 갑작스레 긴장하는 모습을 보고, 에르먼이 자기 손을 내 어깨 위에 얹었다.

"널 충분히 잘 알지는 못해, 젊은 매. 하지만 난 네가 문제에 빠진 걸 알아. 어쨌든 네 문제가 곧 우리 문제라는 느낌이 드는데."

에르먼의 시선이 마치 바위투성이 해안에 몰아치는 파도처럼 나를 훑었다.

할리아가 펄떡 일어났다.

"오빠!"

할리아는 말을 멈추고 머뭇거리며 말을 잇지 못했다. 마침내 좀 더 차분한 목소리로, 하지만 에르먼보다는 울림이 덜한 목소리로 물었다.

"기다려야 하지…… 않을까? 오빠는 너무 빨리 믿는 것 같아."

"어쩌면, 하지만 느낌이 와."

에르먼이 대답했다.

여전히 나를 똑바로 바라보지 않은 채, 할리아는 내 쪽으로 손을 흔들었다.

"저 아이는 이제 막 깨어났어. 오빠는 아직…… 저 아이와 이야기를 차례로 나누지도 않았잖아."

당혹스러운 표정으로 나는 에르먼이 심사숙고하듯 갈색 눈동자를 감았다가 다시 뜨는 모습을 지켜보았다.

"네 말이 맞아, 할리아."

에르먼이 나를 돌아보았다.

"우리 사슴 종족에게는 수많은 전통, 수많은 운율이 있어. 그 가운데 일부는 아주 먼 옛날부터 전해져왔지."

참새가 방향을 바꿔 나는 것처럼 에르먼은 재빠르게 시내 가장자리로 몸을 움직여 부드러운 진흙 옆에 무릎을 꿇었다.

"우리에게는 이야기를 차례로 나누는 오래된 전통이 있어. 우리 자신을 소개하는 방법으로 말이야. 그래서 다른 혈통이나 종족에 속하는 누군가를 만났을 때, 우리는 가끔씩 그것을 청해."

에르먼이 말을 이었다.

"차례로 이야기를 나눈다는 게 무슨 뜻이야?"

에르먼은 시냇물에 손을 뻗어 가느다란 회색 돌 하나를 꺼냈다. 그러고는 돌에서 물기를 털어내더니, 진흙 위에 커다란 원을 그렸다.

"우리 각자는 이야기의 일부를, 오직 일부만 말하는 거야. 새로 온 사람이니까 네가 먼저 시작하는 거야."

에르먼은 돌로 원을 똑같이 3등분했다.

"우리가 이야기를 다 마치면, 각각의 부분들이 결합되어, 우리에게 완전한 원을 만들어주지."

"그리고 완전한 이야기를……. 정말 멋진 전통이네. 하지만 지금 꼭 그걸 해야 할까? 난 있잖아, 이야기하기보다는 듣는 게 훨씬 좋을 것 같은데. 그리고 지금 당장 내 생각은…… 다른 곳에 있어. 내게 남은 시간이 얼마 없어. 너무 부족해! 사실, 난 빨리 가봐야 해."

나는 강둑으로 걸어가 에르먼 옆에 무릎을 접고 앉았다. 나는 숨을 죽여 덧붙였다.

“어디로 가야 할지 나 자신도 알지 못하지만 말이야.”

할리아가 고개를 끄덕였다. 마치 내 반응이 자신의 의심에 확신을 심어주기라도 한 것처럼.

“이제…… 봤지? 저 아이는 이야기를 좋아하지 않아.”

할리아가 자기 오빠한테 말했다. 목소리에는 여전히 주저함이 담겨 있었지만 그러면서도 다급했다.

“아, 하지만 나 할게! 난 항상 이야기를 엄청 좋아했어. 이야기가 우리를 어디로 데려갈지는 아무도 몰라.”

나는 이마에 흘러내린 머리카락을 밀어냈다.

“그래, 이야기가 널 어디로 데려갈지는 아무도 모르지.”

에르먼이 동의했다. 그러고는 나를 유심히 바라보았다.

“자, 젊은 매. 우리 원에 함께하자.”

에르먼의 짙은 갈색 눈동자 뒤의 무언가가 내게 말했다. 이 특별한 사람들과 함께 이 특별한 곳에 좀 더 오래 머무르는 게 중요할 수 있다는 것을. 그리고 이들은 내 이야기를 흥미롭게 들을 것이다. 관심을 가지고 판단할 것이다.

“좋아, 그럼, 어떻게 시작하면 될까?”

내가 물었다.

“네 맘대로.”

나는 입술을 깨물고, 이야기를 시작할 최고의 방법을 생각해내려 했다. 동물, 그래, 그게 좋을 것 같았다. 지금 나처럼 홀로 살았던 동물. 나는 폐에 공기를 잔뜩 집어넣었다.

“이야기는 이렇게 시작해. 숲의 창조물과 함께. 늑대 한 마리.”

나는 선언하듯 말했다.

할리아는 내 선택에 깜짝 놀랐다. 큰 눈동자로 나를 연신 지켜보고 있던 할리아의 오빠조차도 움찔했다. 의심의 여지없이 내가 잘못 선택했다는 걸 알았다. 하지만 그 이유를 정확히 알 수는 없었다.

"늑대는 길을 잃었지. 땅에서가 아니라 자신의 마음속에서 말이야. 늑대는 높은 언덕을 정처 없이 떠돌며, 내키는 대로 탐험하고 잠자고 사냥을 했어. 늑대는 자기가 좋아하는 돌 위에서 몇 시간이고 앉아, 밤하늘의 진주를 향해 울어댔어. 하지만…… 늑대는 숲이 감옥처럼 느껴졌지. 나무는 모두 동물 우리의 빗장처럼 느껴졌고. 왜냐하면 늑대는 혼자였으니까. 자신이 알아차릴 수조차 없는 방식으로 말이야. 늑대는 대답을 찾고 싶었어. 하지만 문제를 이해조차 하지 못했지. 동료를 간절히 원했지만, 알지 못했어……."

나는 계속 말을 이어 나갔다. 그러다 목이 막혀 기침을 했다.

"어디서 찾아야 하는지 알지 못했어."

에르먼은 얼굴을 찡그렸다. 동정 때문인지 아니면 실망 때문인지, 알 수 없었다. 하지만 난 이제 내 이야기 부분은 끝났다는 걸 알았다. 에르먼도 그걸 알았다. 에르먼은 돌을 능숙하게 휘두르며, 원의 위쪽 3분의 1 안에 그림을 그리기 시작했다. 그게 내 이야기의 상징이라는 걸 깨달았다. 그런데 나라면 머리나 몸체나 늑대를 그렸을 텐데, 에르먼은 발자국을 그려 넣었다. 늑대의 발자국을.

에르먼은 할리아나 나를 바라보지 않고, 원을 바라보며 이야기를 시작했다.

"늑대는 숲이 빗장 쳐진 동물 우리가 아니라는 사실을 깨닫지 못했어. 숲은 포개진 발자국으로 이루어진 끝없는 미로라는 걸 깨닫지 못했지. 하나의 발자국이 끝나는 곳에서, 또 다른 발자국이 시작되었어. 사슴이 이 길로 뛰어갔지. 오소리가 저 길로 달려갔어. 거미 한 마리가 나 뭇가지에서 떨어졌어. 다람쥐 한 마리가 다른 나뭇가지로 올라갔어. 갓 태어난 뱀 한 마리가 바닥을 따라 주르르 미끄러져 나아갔어. 하늘을 가로질러 독수리 한 쌍이 솟구쳤지. 이 흔적들은 모두 서로 연결되어 있었어. 그래서 산마루를 따라 걸어갈 때, 늑대는 사실 다른 모든 동물 의 흔적을 따라 여행했던 거야. 늑대가 길에서 벗어나 다음 먹잇감을 사냥할 때조차, 사냥꾼과 사냥감의 흔적이 하나가 되었지.”

에르먼은 노래하듯 말했다.

에르먼의 목소리가 점점 잦아들었다. 물방울을 튀기며 흐르는 시냇 물 소리 때문에 거의 들리지 않을 정도였다.

“그래서 늑대는 마지막 참나무가 말라죽어, 다람쥐들이 집을 옮겨갈 수밖에 없을 때 그 사실을 알아차리지 못했어. 토끼 굴에 전염병이 돌 아, 토끼들이 모조리 죽었을 때 슬퍼하지도 못했어. 노란 등의 나비가 숲을 펄럭거리며 날기를 멈추었던 날도 알아차리지 못했지. 나비를 먹 이로 삼던 어치와 까마귀들이 사라진 것도 알아차리지 못했어.”

에르먼이 말을 멈추었다. 그러고는 원의 자기 부분에 각기 다른 한 무리의 발자국을 그렸다. 에르먼이 말했던 그 모든 동물을 비롯해 많은 동물의 발자국을. 에르먼이 말을 다 끝마치자, 할리아가 가까이 걸어왔 다. 할리아는 여전히 내 시선을 피하고 있었다. 잠시 할리아는 땋은 적 갈색 머리카락을 만지작거리며 진흙에 그려진 그림들을 심사숙고하듯 뚫어지게 바라보았다.

“숲은 점점 더 조용해졌어. 날이 갈수록 아주 조용해졌지. 나뭇가지 에서 지저귀는 새들은 점점 줄어들었어. 덤불 사이를 어슬렁거리는 짐 승도 점점 줄어들었지. 하지만 늑대는 산마루의 돌 위에서 더 자주 울어댔지. 너무나 배가 고파서 울부짖었어. 먹을거리가 점점 더 귀해졌으니까. 그뿐만이 아니야. 늑대는 점점 더 외로워서 크게 울어댔어."

할리아가 이야기를 시작했다.

할리아는 우아하게 허리를 숙여, 에르먼의 손에 들려 있던 호리호리한 돌을 들었다. 할리아는 다시 이야기를 시작하다, 문득 잠시 말을 멈추었다. 할리아의 입에서 마침내 이 말이 튀어 나왔다.

"그날이 되었어. …… 새로운 생명체가 숲에 들어온 날이."

할리아는 돌을 거칠게 깊이 휘둘러, 원의 남은 부분을 또 다른 발자국으로 채웠다. 신발을 신은 인간의 발이었다.

"이 생명체는 숲에 들어왔어. 화살과 칼을 들고서. 그 인간은 남몰래 늑대가 울부짖는 돌에 다가갔어. 하늘로 솟구쳐 경고를 해줄 새 한 마리 남아 있지 않았지. 그 인간이 가는 길에 뿔뿔이 흩어지는 짐승 한 마리 없었어. 인간이 늑대를 죽여 …… 심장을 도려냈을 때, 애도해줄 이 하나 남아 있지 않았지."

13

사슴처럼 달려서

할리아는 자신의 이야기가 끝나자, 물을 튕기며 흐르는 시냇물을 진지한 표정으로 바라보았다. 나는 할리아의 잔인한 이야기에 충격을 받았지만, 그 목소리에 담긴 고통에 더욱 큰 충격을 받았다.

에르먼은 천천히 일어나 할리아를 마주했다.

"공정하게 말해서, 늑대가 좀 더 잘 이해했다면 죽지 않았을 텐데, 안 그러니?"

"어쩌면."

할리아가 대답했다. 평소보다 더 오래 말을 멈추고 나서, 다시 말을 이었다.

"하지만 이렇게 묻는 게 공정할지도 몰라. 잘못이 늑대한테 있을까? 아니면 늑대를 죽인 인간한테 있을까?"

"둘 다. 그게 보통 그것의 방식이니까. 그러니까, 잘못 말이야. 나는 내 자신의 잘못이 다른 누군가의 잘못과 결합되는 걸 자주 봤어. 그래서 일이 더 꼬이는 거야."

나는 자리에서 일어나 단호하게 말했다.

할리아가 시냇물의 가장자리까지 물러섰지만, 에르먼은 가만히 서서 이상한 듯이 나를 바라보았다.

"젊은 매, 넌 어떻게 네 잘못에 대해 그렇게 많이 알고 있지?"

나는 주저 없이 대답했다.

"나한테도 여동생이 있어."

에르먼의 얼굴에 미소가 번졌다. 하지만 할리아가 에르먼을 날카롭게 노려보자마자, 그 미소는 이내 사라졌다.

"이제, 말해봐. 여긴 왜 왔지? 그리고 네 안에서 외로운 늑대를 이렇게 많이 느끼는 이유는 뭘까?"

지팡이에 기대야겠다는 갑작스러운 충동을 느끼며, 나는 본능적으로 풀밭을 훑어보았다. 그러자마자 기억이 났다. 내 지팡이가 사라졌다. 파괴되었다. 내 능력과 함께⋯⋯.

마법사의 지팡이를 든 소년.

드루마 숲의 나무들은 나를 그렇게 불렀다. 나는 그 기억에 움츠러들었다.

"내겐 뭔가⋯⋯ 남다른 게 있었어. 뭔가 귀중한 것. 그런데 지금은 잃어버렸어."

에르먼의 짙은 눈썹이 일그러졌다.

"그게 뭔데?"

나는 주저했다.

"우리한테 말해봐, 젊은 매."

나는 그 단어를 침착하게 내뱉었다.

"마법. 진정한 마법사가 될지 아닐지는 모르지만, 나는 재능이 있었어. 마법의 재능이."

나는 말을 잠시 멈추고는, 두 사람 얼굴에 나타난 의구심을 읽었다.

"내 말을 믿어야 해. 나는 우르날다의 요청으로 소인들의 땅으로 들어왔어. 발디어그, 그러니까 불의 날개와 싸우는 것을 돕기 위해서. 그런데 우르날다가 날 공격했어. 내 능력을 빼앗아갔어."

나는 가슴에 손을 가져다댔다.

"음, 나는 느껴. 지금 이 공허함을. 내 마법, 내 존재를 그냥 빼앗겨버렸어. 너희가 이런 감정을 느낄 수만 있다면…… 내가 진실을 말하고 있다는 걸 알게 될 거야."

핀카이라 사람들처럼 끝이 약간 뾰족한 에르먼의 귀가 잠깐 떨렸다.

"난 느낄 수 있어."

에르먼이 부드럽게 말했다.

에르먼은 자기 여동생을 향해 돌아서며, 할리아가 자기 말에 동의하는지 아닌지를 표정으로 물었다. 하지만 할리아의 표정엔 강한 불신만 드러나 있었었다. 할리아는 고개를 천천히 가로저었다. 기다랗게 땋은 머리가 햇빛에 반짝거렸다.

나는 입을 앙다물었다.

"다른 건 믿지 않는다 할지라도, 이것만은 잘 들어줘. 내가 발디어그를 막을 방법을 찾지 못하면, 6일하고 반나절 뒤에 핀카이라의 모든 사람들이 발디어그의 분노에 직면하게 될 거야."

에르먼의 눈이 커졌다.

"하지만 어디서 시작해야 할지조차 모르겠어!"

내 손은 허공을 움켜쥐었다. 마치 그것이 내 지팡이라도 되는 것처럼…….

"지금 그냥 용한테 굴복해야 할까? 용이 나를 먹어 치우게 놔둬야 할까? 그러면 용이 만족하겠지. 우르날다는 용이 분명 그럴 거라고 말했어. 하지만 그래서는 안 돼! 용은 난폭한 행동을 멈추지 않을 거야. 자기 멋대로 닥치는 대로 파괴할 거라고. 난 그걸 막아야 해."

"넌 네 자신에게 너무 무리한 걸 요구하고 있어."

에르먼이 말했다.

나는 다시 한숨을 쉬었다.

"내 탓도 있으니까."

내 시선이 발치에 있는 진흙 속의 원에 닿았다.

"그건 가망 없어, 정말로. 우리 이야기 속의 늑대처럼."

좌절감에 나는 주먹으로 내 손바닥을 쳤다.

"그 사슴 두 마리는 날 그냥 죽게 내버려두었어야 해!"

할리아가 깜짝 놀라 물었다.

"그게 무슨 말이야?"

나는 움츠러들었다.

"만약 지금까지 내가 한 이야기를 믿지 못한다면, 이 이야기도 절대 믿지 않을 거야."

할리아는 처음으로 나를 똑바로 바라보았다.

"우리한테 말해봐…… 사슴에 대해서 말이야."

"음, 이렇게 말하는 걸로 충분하겠지. 이유가 뭔지 모르겠지만, 용감한 사슴 두 마리가 어젯밤에 목숨을 걸고 날 구해줬어. 날 이곳으로 데려온 바로 그 사슴들. 정말이야! 그 사슴들한테 감사의 인사를 했으면 좋았을 텐데. 만약 그 사슴들이 그런 수고를 하지 않았다면, 일은 더 단순해졌을지 모르겠지만 말이야. 지금 그 사슴들이 어디에 있는지 전혀 모르겠어."

할리아의 진지한 눈동자가 나를 훑어보았다. 이전과는 다른 새로운 의심이 눈동자 안에 스며들었다. 그러더니 내가 자신을 바라보고 있다는 걸 갑작스레 깨닫고는, 부끄러운 듯이 시선을 돌려버렸다.

에르먼이 할리아를 향해 몸을 숙였다.

"저 아이의 말에 대해 어떻게 생각하는지 말해봐. 난 그 말이 사실이라고 생각해."

할리아는 에르먼의 팔을 붙잡았다.

"저 아이가 한 말의 일부가 사실일지도 몰라…… 하지만 오직 일부분만이야. 기억해, 저 아이는…….

할리아는 하던 말을 갑자기 멈추었다.

"믿어서는 안 되는 존재야."

에르먼은 할리아의 팔을 뿌리쳤다.

"우리들과 크게 다르지 않은 존재야."

에르먼은 고동색 머리카락 사이로 손을 밀어 넣고는 나를 똑바로 바라보았다.

"불의 날개가 깨어났다는 건 비밀이 아니야. 불의 날개가 최근에 소인들을 벌하기 위해 많은 짓을 저질렀다는 것 또한 사실이고. 왜냐하면 소인들은 핀카이라의 이 지역에서 친구들이 별로 없고, 소인들의 땅과 맞닿은 곳에 사는 우리 대부분은 소인들이 이런 문제를 자초했다고 생각하니까. 하지만 네 이야기가 사실이라면, 발디어그의 분노는 뭔가 다른 원인 때문인 게 틀림없어."

나는 단호하게 고개를 끄덕였다.

"맞아. 발디어그의 알, 그러니까 용의 어린 자식들이 죽임을 당했어."

차가운 바람이 일며 풀밭에 물결을 일으켰다.

할리아는 땋은 머리를 어깨 너머로 넘기며 말했다.

"난…… 용이 가여운 것 같아. 용은 너무나 많은 땅, 너무나 많은 생명을 죽였어. 그렇지만 용의 새끼들이 불쌍하다고 생각해. 그런 식으로 죽임을 당했다니. 도망갈 기회조차 없이 말이야."

나는 이마를 찌푸렸다.

"난 그 어린 것들한테 아무런 동정도 안 느껴. 그 어린 것들은 자라서도 오직……"

나는 말끝을 이을 수 없었다. 내가 무슨 말을 하려는지 깨달았으니까.

자기 아버지처럼.

우르날다가 내게 한 말과 뭐가 다르단 말인가?

에르먼의 목소리가 또렷하게 울려 퍼졌다.

"난 그 모두에게 동정을 느껴. 그 어린 것들도 용으로 태어나고 싶어 태어난 게 아니잖아."

에르먼은 말을 멈추고 나를 바라보았다.

"누가 그 어린 것들을 죽였는지 넌 알아?"

"인간."

에르먼의 귀가 다시 한 번 떨렸다.

"그 인간이 도대체 누군데?"

나는 침을 꼴깍 삼켰다.

"발디어그는 그게 나라고 믿고 있어. 내가 발디어그의 강력한 적, 투아하의 핏줄을 물려받았으니까. 하지만 내가 그런 게 아니야. 맹세코 내가 안 그랬어."

에르먼의 이마에 주름이 잡혔다. 에르먼은 한참 동안 나를 유심히 바라보았다. 드디어 에르먼은 단호하게 말했다.

"난 네 말 믿어, 젊은 매."

에르먼은 숨을 크게 쉬더니 말했다.

"널 도와줄게."

"오빠! 그러면 안 돼!"

조심스럽게 말하던 할리아가 단호하게 소리쳤다.

"만약 저 아이 말이 사실이라면, 핀카이라에 사는 모두가 일어나 도 와주어야 해."

"하지만 오빠는 그 말이 사실인지 아닌지 모르잖아!"

"충분히 알아. 하지만 한 가지 더 알고 싶어. 그 오랜 세월 동안, 용의 알들이 어디에 숨어 있었는지 하는 것 따위 말이야. 만약 알의 잔해를 발견할 수만 있다면, 누가 진짜 알을 죽였는지를 알려주는 증거를 찾을 수 있을 거야."

에르먼이 툭 불거져 나온 턱을 문질렀다.

"나도 그 생각을 안 해본 게 아니야. 하지만 알의 흔적은 어디든 있 을 수 있어! 우리는 그걸 찾을 시간이 없어. 가장 먼저 찾아야 할 건 살 해자가 아니야. 발디어그를 막을 방법을 먼저 찾아야 해!"

내가 대답했다.

그 말에 문득 내 안에 어떤 생각이 떠올랐다. 필사적이고, 기이한 아 이디어. 그리고 그 생각과 함께 공포의 압도적인 느낌도……

"에르먼! 남은 시간이 얼마나 되는지 모르지만, 그 시간 동안 내가 해 야 할 일을 이제 알겠어. 바보 같은 희망인지도 몰라. 하지만 다른 방법 은 모르겠어."

나는 에르먼을 정면으로 바라보았다.

"그리고 이 일은 너무나 위험해서 누구한테도 함께하자고 부탁할 수가 없어."

할리아의 근심 어린 얼굴이 밝아졌다. 하지만 에르먼은 나를 심각한 표정으로 바라보았다.

"아주 오래전에 벌어진 우리 할아버지와 발디어그의 싸움에 대해 내가 아는 얼마 안 되는 지식 중 하나는, 우리 할아버지가 위대한 능력을 지닌 물건 하나의 도움으로 승리를 거두었다는 사실이야. 마법으로 가득한 목걸이, 갈라토라고 알려진 목걸이."

갈색 눈동자 두 쌍이 일제히 나를 바라보았다.

"한동안 나도 목에 그 목걸이를 걸고 있었어. 하지만 난 그 목걸이의 비밀을 다 알아내지 못했어."

어깨가 축 처졌다. 나는 내 자신에게 능력이 없다는 것, 갈라토의 마법이 내게 아무 소용도 없다는 것을 깨달았다. 하지만…… 최소한, 아직 기회는 있었다. 나는 늠름하게 보이려 애를 썼다.

"어쨌든, 그 목걸이를 되찾아야만 해! 만약 되찾을 수만 있다면, 그 목걸이는 다시 한 번 용을 무찌를 수 있을 거야."

"그 목걸이가 지금 어디 있는데?"

에르먼이 물었다.

나는 입술을 깨물었다.

"돔누의 수중에 있어. 어두운 운명이라 불리는 여자. 그 여자는 유령의 늪 끝자락에 살고 있어."

할리아는 코로 숨을 크게 들이쉬었다.

"그렇다면 넌…… 다른 계획을 궁리하는 게 좋을 거야. 6일하고도 반나절 동안에 그곳까지 갔다 다시 돌아올 수 없을 테니까."

할리아의 말에 기운이 빠졌다.

"네 말이 맞아. 내가 사슴처럼 날렵하게 뛸 수 있다 할지라도, 그건 정말 힘들 거야."

에르먼이 고개를 뒤로 젖혔다.

"하지만 넌 해낼 수 있어."

그게 무슨 뜻인지 묻기도 전에, 에르먼은 뒤를 돌아 풀밭을 가로질러 달리기 시작했다. 에르먼의 발이 쉼 없이 움직였다. 에르먼은 빨리, 더 빨리 뛰어가서, 마침내 다리가 움직이는 게 안 보일 정도로 빠르게 달렸다. 에르먼이 앞으로 몸을 숙이자, 넓적한 등은 거의 수평이 되었다. 두 팔은 거의 땅에 닿을 듯했다. 목의 근육이 단단해지고, 턱은 앞으로 쭉 뻗었다. 그러고는 놀랍게도 에르먼의 두 팔이 다리로 변하며 잔디밭 위를 쿵쿵 치고 달렸다. 에르먼의 옷은 녹아내려 털로 바뀌었다. 그 사이 다리와 손은 발굽이 되었다. 머리에서 커다란 뿔이 튀어나왔는데, 양쪽에 각각 다섯 개씩이었다.

에르먼은 옆으로 몸을 휙 돌려, 다부진 엉덩이에 힘을 주고는 들판을 가로질러 달렸다. 즉각 에르먼이 우리 앞에 다시 섰다. 영락없는 수사슴이었다.

14

에르먼의 선물

나는 깜짝 놀라, 수사슴의 깊은 갈색 눈동자를 들여다보았다.

"날 구해준 게 너였구나."

에르먼이 뿔 달린 고개를 끄덕였다.

"그랬지. 여동생하고 난 널 도와주려고 했어. 네게 도움이 되고 싶었어. 너도 우리를 도와주었으니까."

에르먼이 힘주어 말했다. 목소리가 전보다 훨씬 더 굵었다.

할리아는 걱정스레 이마를 찌푸리며, 가느다란 손을 뻗어 수사슴 목에 난 덥수룩한 털을 쓰다듬었다. 그러더니 재빨리 말했다.

"한 번이면 충분해, 오빠. 은혜는 갚았잖아. 정말 또 하려는 거야?"

할리아가 굳은 표정으로 나를 흘끗 바라보며 덧붙였다.

"인간을 위해서? 인간이 우리 부모님의 목숨을 앗아갔다는 걸 꼭 상기시켜야겠어? 인간들이 우리 엄마와 아빠의 어깨를 먹잇감으로 잘라 갔다는 것을……. 그리고 나머지 시체를 썩어 문드러지게 내버려두었다는 것을?"

둘은 서로 눈길을 주고받았다. 마침내 에르먼이 부드럽게 말했다.

"할리아, 네가 느끼는 그 모든 고통이 얼마나 큰지 알아. 하지만 난 두려워. 우리가 수많은 늪지대를 헤쳐 나간 것처럼, 너는 고통을 헤쳐 나가지 않고 그 고통이 너한테 달라붙게 내버려뒀어. 수개월 동안 우리 등에 올라탔던 피에 굶주린 진드기처럼 말이야."

할리아는 애써 눈물을 참았다.

"이 거머리는 떨어지지 않을 거야."

할리아는 감정을 억누르며 말했다.

"그리고…… 그것 말고 더 있어. 어젯밤, 우리가 두 발 달린 사람의 모습이 다시 되고 나서, 나는 꿈을 꾸었어. 아주 끔찍한 꿈을! 나는 들어갔어. ……아주 어둡고 위험한 곳으로. 강이었던 것 같아. 아주 세차게 흐르는 강. 그리고 바로 내 앞에 수사슴의 시체가 있었어. 사방이 피투성이였어! 수사슴은 몸을 바르르 떨며 죽어가고 있었어. 그 장면을 보고 눈물을 흘렸어! 그 수사슴의 눈을 바라볼 정도로 가까이 다가갔을 때 잠에서 깨어났어."

에르먼은 초조한 듯이 발굽으로 풀밭에 발길질을 했다.

"그 수사슴이 누구였는데?"

"……잘 모르겠어. 하지만 난 오빠가 죽는 걸 보고 싶지 않아!"

할리아는 두 팔로 수사슴의 목을 꼭 감싸 안았다.

그 말을 들으니 가슴이 너무 아팠다. 나는 강 상류에서 리아와 헤어지며 나누었던 포옹이 또렷하게 떠올랐다. 그리고 다시 리아와 함께 있고 싶다는 생각이 들었다.

"할리아의 경고를 따르도록 해, 에르먼. 네 도움을 간절히 원하지만, 그건 대가가 너무 커. 아니, 무엇을 하든, 난 혼자 해야 해."

내가 단호하게 말했다.

할리아의 눈에 희미하게 안도의 표정이 비쳤다.

에르먼이 나를 지켜보며 말했다.

"네 여동생과 헤어지는 게 힘들었지?"

에르먼의 추측에 당황했다. 하지만 그냥 고개만 끄덕였다.

에르먼은 뿔을 기울였다. 이 때문에 한쪽 끝이 할리아의 뺨을 가볍게 스쳤다.

"형제자매가 서로를 그렇게나 걱정하는 종족이 악랄하고 사악하다고 할 수 있겠어?"

할리아는 아무 말도 하지 않았다.

수사슴은 육중한 머리를 들어 올려 내게 말했다.

"우리 사슴 종족은 아주 오랫동안 너희 인간에 대한 두려움과 분노를 안고 살아왔어. 널 도와주는 것이 인간과 우리를 결속시키는 데 도움이 될지 어떨지 난 몰라. 하지만 다른 생명체를 도와주는 것이 바른 일이라는 건 나도 알고 있어. 그 발자국의 모양이 어떻든 상관없이 말이야. 그러니까 난 하겠어."

할리아는 숨을 깊이 몰아쉬었다.

"오빠는 확실히 방향을 정한 거야?"

"그래."

"그렇다면, 나도 함께할 거야."

할리아는 온몸을 흔들며 단호하게 말했다.

에르먼이 이의를 제기하려 하자, 할리아는 한 손을 들어 올렸다.

"오빠의 선택이 존중받아야 한다면, 왜 내 선택은 그래서는 안 되는 거지?"

에르먼이 분노하자, 할리아는 에르먼의 귀를 부드럽게 쓰다듬어주었다.

"눈물을 흘려야 한다면, 난 오빠한테서 멀리 떨어진 곳에서가 아니라 오빠 옆에서 흘리겠어."

수사슴의 촉촉한 코가 할리아를 부드럽게 어루만졌다.

"네가 눈물 흘릴 일은 없을 거야."

에르먼이 잠시 말을 멈추고 나서 덧붙였다.

"나도 눈물 흘리지 않기를 바랄 뿐이야."

그 말에 할리아는 자기 오빠한테서 뒤로 물러섰다. 할리아는 자기 손을 흘끗 내려다보며, 햇빛에 손가락을 쭉 뻗었다. 이윽고 할리아는 너른 들판을 향해 몸을 돌렸다. 한낮의 햇빛을 머금은 풀냄새가 코를 찔렀다. 할리아는 눈 깜짝할 사이에 내달리더니, 사슴의 우아한 기품을 내뿜으며 껑충 뛰어 초록색의 어린 가지들 사이로 나아갔다. 할리아는 몸을 돌려 우리를 향해 다시 뛰어왔다. 할리아의 발굽이 잔디밭 위로 가볍게 뛰어올랐다.

에르먼은 두 귀를 펄럭거리더니 나를 똑바로 바라보았다.

"이제 네 차례야."

나는 깜짝 놀라 뒤로 주춤주춤 물러섰다. 그러다 그만 진흙투성이 강둑 가장자리에서 미끄러지고 말았다. 나는 시냇물 속으로 첨벙 빠졌다. 온몸이 축축하게 젖은 채로 뺨에 진흙을 질질 흘리며 풀밭 위로 다시 기어 올라갔다.

할리아는 내게서 시선을 돌렸다. 하지만 나는 할리아가 쿡 웃음을 터뜨리는 모습을 놓치지 않았다.

"저 아이는 마법사일지도 몰라. 하지만 네 발로 걷는 연습을 하기 전에 두 발로 걷는 연습부터 해야 할 것 같아."

"금방 배울 거야."

에르먼이 예언하듯 말했다.

"하-하지만, 기다려봐, 나한테는 마법이 없어! 그리고 내가 마법을 부렸을 때에도, 변신의 기술은 여전히 생소했었어. 나는 사슴으로는 고사하고 바람 한 점으로도 변신할 수 없었다고."

나는 소매에서 물기를 짜내며 더듬거렸다.

"방법이 있어. 비록 마법은 네 것이 아니라 내 것일 테지만, 넌 그걸 나눠 가질 수 있을 거야."

에르먼이 커다란 뿔을 아래로 내렸다.

"여기, 네 검을 받아."

"안 돼! 그러면 안 돼!"

할리아가 앞다리로 발길질하며 소리쳤다.

"가는 길 내내 네가 저 아이를 등에 태워서 데리고 갈래? 나는 저 아이를 소인들의 땅에서 여기까지 가까스로 데리고 왔어. 돔누의 굴은 훨씬 더 멀어."

에르먼이 나한테 명령하듯 말했다.

"내 뿔 하나를 잘라. 깔끔하게 한 번만 휘두르기만 하면 돼."

나는 칼자루를 꽉 잡고 검을 칼집에서 꺼냈다. 검은 마치 가리개를 덮은 종처럼 희미하게 울렸다. 나는 에르먼의 머리에서 가장 멀리 있는 뿔을 겨냥해 있는 힘껏 검을 휘둘렀다.

갑작스레 번쩍 빛이 나며 뿔이 잘려 나가 땅에 툭 떨어졌다. 마치 숲 속 빈터와 같은 신선한 향신료 향이 공기를 가득 메웠다. 나는 깊이 숨을 들이켰다. 아주 오래전 내게 지팡이를 주었던 솔송나무 숲이 떠올랐다. 에르먼이 뒷발굽을 들어 올려 잘려 나간 뿔을 쿵쿵 밟았다. 밟고 또 밟았다. 드디어 멈추었을 때, 자그마한 은빛 가루 무더기가 남아 있었다.

나는 검을 칼집에 꽂고, 몸을 숙여 좀 더 가까이 들여다보았다. 빛 속에서 자그마한 수정들이 반짝반짝 빛났다.

에르먼이 앞발로 내 어깨를 살짝 건드렸다.

"네 손과 다리에 가루를 비비면, 젊은 매, 넌 한동안 우리 종족의 능력을 얻을 거야. 넌 인간에서 사슴으로 변신할 수 있고, 다시 인간으로 돌아갈 수도 있어. 그저 그걸 바라기만 하면 돼."

에르먼의 목소리에는 경고의 뜻이 담겨 있었다.

"하지만 기억해. 사슴으로서 살아남기 위해서는 사슴처럼 보아야 할뿐만 아니라, 사슴처럼 생각해야 해."

나는 그게 무슨 뜻일까 의아해하며 침을 꼴깍 삼켰다.

에르먼은 말을 이었다.

"거기에 위험도 도사리고 있다는 사실을 명심해. 이 능력은 세 달간 지속될 수도, 3일만 지속될 수도 있어. 누구도 예측할 수 없지."

"만약 내가 사슴으로 있을 때, 이 능력이 사라지면 어쩌지?"

"그러면 넌 영원히 사슴으로 남게 될 거야. 이 선물은 두 번 다시 받을 수 없을 거야. 그러니 네가 다시 변신하는 걸 도와줄 수는 없어."

잠시 동안 나는 에르먼의 한없는 눈동자를 바라보았다.

"그 선물을 받아들일게. 그리고 그 위험도 받아들이고."

나는 신발을 벗고, 가루를 내 손바닥 위에 올린 다음, 그걸 내 다리와 손에 골고루 문질렀다.

수사슴의 뿔이 내 허벅지를 찔렀다.

"발가락 하나하나까지 꼼꼼하게 다 발라야 돼."

나는 마침내 그 과정을 다 끝내고 나서 일어섰다.

"음······ 만약······ 내가 사슴으로 변신하면, 내 작은 가방은 어떻게 되는 거지? 내 검은?"

"네가 사슴으로 존재하는 동안 마법이 그 물건들을 숨겨줄 거야. 그리고 네가 다시 인간이 되었을 때 그 물건들을 되돌려줄 거고."

"그렇다면 난 이제 준비됐어."

할리아는 콧방귀를 뀌었다.

"아직 아니야! 신발을 다시 신는 게 좋을걸. 안 그러면 인간의 모습으로 돌아왔을 때, 맨발이 될 테니까. 그리고 머지않아 물집이 된통 잡힐 테니까."

할리아의 목소리 톤에 기분이 상했지만, 나는 아무런 대답도 하지 않았다.

에르먼은 웃으며 쉰 목소리로 나지막하게 말했다.

"이제 달려, 젊은 매! 네 자신의 움직임을 즐겨. 저기 있는 저 강물처럼 유연하게, 산들바람처럼 가볍게."

나는 풀밭을 터벅터벅 걸어갔다. 축축한 신발이 묵직하게 땅을 쿵쿵 울렸다. 신발 밑으로 물이 튀었다. 굳이 뒤돌아보지 않고도 할리아의 냉소적인 시선을 느낄 수 있었다.

나는 더 빨리, 더 빨리 달렸다. *강물처럼 유연하게.* 앞으로 몸을 기울여 두 팔을 축 늘어뜨렸다. *산들바람처럼 가볍게.* 무릎이 구부러졌다. 보폭이 더 확실하고 더 강하게 느껴졌다. 턱이 쭉 뻗어 나갔다. 두 손이, 아니, 뭔가 다른 것이 풀밭에 닿았다. 등이 길게 늘어났다. 목도 늘어났다. 즉각 나는 들판을 가로질러 달리고 있었다.

나는 한 마리 사슴이 되었다.

매끈매끈한 내 그림자가 풀밭을 가로지르며 날았다. 내 머리 꼭대기에 자그마한 뿔 하나가 솟아났다. 한쪽에는 끝이 두 개, 다른 한쪽에는 끝이 세 개짜리 뿔이었다.

그다지 어렵지 않은데, 나는 혼잣말을 했다. 어깨 너머로 뒤를 흘끗 바라보니, 잘생긴 수사슴과 암사슴이 굽이치는 시냇물 옆에 있었다. 그 사슴들에게 성큼성큼 달려가기로 마음먹고, 재빨리 몸을 휙 돌렸다. 왼쪽 뒷다리가 오른쪽 앞다리에 부딪혔다. 나는 균형을 잃고 비틀비틀 쓰러지고 말았다.

나는 몸을 제대로 추스르지 못했다. 무릎이 후들후들 떨렸다. 이내 에르먼과 할리아가 내 옆으로 다가왔다. 수사슴이 걱정스레 내 옆구리를 쿡 찔렀다. 옆구리보다 자존심이 더 상처를 입었다. 나는 몇 걸음 뚜벅뚜벅 걸으며 별로 다치지 않았다는 걸 수사슴에게 보여주려 했다. 할리아의 경우, 음, 나는 할리아가 무얼 생각하는지 굳이 신경 쓰지 않기로 했다.

"자, 우린 강을 건너야 해. 운이 따라줘야 어두워지기 전에 평원에 들어설 수 있어."

에르먼이 기다란 입술을 움직이며 큰 소리로 말했다.

에르먼은 반짝반짝 빛나는 시냇물을 향해 성큼성큼 뛰어갔다. 두 귀를 앞으로 치켜 올리고, 단 한 번에 강물을 깔끔하게 넘어갔다. 할리아가 그 뒤를 따랐다. 너무나도 우아했다. 나는 그 뒤에서 껑충 뛰었지만, 부드러운 것과는 거리가 멀었다. 다른 사슴들처럼 시냇물을 뛰어넘으려 했지만, 내 뒷다리는 차가운 물속에 첨벙거리며, 아래쪽이 흠뻑 젖고 말았다. 나는 강둑 위로 허둥지둥 올라가 둘을 따라잡기 위해 최선을 다했다.

에르먼이 앞장서서 잠시 남쪽으로 갔다. 그러더니 계단처럼 이어진 초원 위로 방향을 틀었다. 예전에 리아와 함께 지나던 곳이었다. 웃자란 풀과 때늦게 핀 루핀* 사이를 헤치며 달리는 리듬이 내 근육과 뼈 속으로 스며들기 시작했다. 아주 차츰차츰 스며들었기에, 나는 그런 일이 일어나고 있다는 것조차 눈치채지 못했다. 내 몸이 공기만큼이나 좀 더 유연하게 움직이기 시작했다.

가을로 접어들어 울긋불긋해진 풀밭을 헤치고 달리며, 나는 내 시력이 좋아졌다는 사실을 깨달았다. 아주 좋았다. 낮 동안에는 진짜 시력에 견줄 수 없는 투시력에 더 이상 의존할 필요가 없었다. 나는 세세한 것, 모서리, 감촉을 음미했다. 때때로 그저 좀 더 자세히 들여다보기 위해서 달리는 속도를 늦추기도 했다. 거미줄에 이슬방울이 맺히고, 덤불이 무지개처럼 우아하게 휘고, 씨앗이 바람을 타고 공기 중에 둥둥 떠다녔다. 내 두 눈동자가 여전히 검은색인지, 아니면 앞서가는 동료들처럼 갈색인지 알 수는 없었다. 하지만 그건 아무 문제도 되지 않았다. 왜냐하면 두 눈은 결국 세상을 향해 열린 창문이었으니까.

시력이 좋아진 것처럼 후각도 엄청 좋아졌다. 사방에서 친밀한 향기가 밀려들었다. 우리가 소인의 땅에서 멀어질수록, 연기의 흔적이 사라지는 걸 냄새로 알 수 있었다. 마음이 놓였다. 나는 이 화창한 가을날의 은은한 향기를 맘껏 들이켰다. 굽이굽이 흘러가는 시냇물, 자작나무 둥치의 오래된 벌통, 가시금작화 뿌리 사이에 숨겨진 여우 굴…….

하지만 그 모든 감각 중에서 가장 새로운 건 바로 청각이었다. 그전까지 전혀 들어보지 못한 소리들이 끊임없이 내게로 쏟아져 들어왔다. 내 발굽이 끊임없이 쿵쾅거리는 소리뿐만 아니라, 나보다 저만큼 앞서 달려가는 사슴 두 마리가 함께 보조를 맞추어 걷는 발굽 소리도 또렷

---

*키가 큰 화초의 하나.

하게 들려왔다. 또한 땅을 통해 울려 퍼지는 진동도 전달되었다. 달리는 중에도, 속삭이는 듯한 잠자리 날갯짓 소리와 들쥐가 서둘러 허둥지둥 달아나는 소리도 알아차릴 수 있었다.

　태양이 서쪽 언덕에 가까이 내려앉을 때, 내 청력이 감각적인 두 귀 너머로까지 뻗어 나간다는 사실을 깨달았다. 신비롭게도 나는 소리뿐만 아니라 땅 그 자체도 듣고 있었다. 두 귀가 아니라 온몸으로 들을 수 있었다. 발굽 아래의 긴장과 유연함, 바람의 흐름, 기어 다니거나, 주르르 미끄러져가거나, 날아가거나 달리면서 이 초원을 공유하고 있는 그 모든 생명체들 사이의 은밀한 상호작용을……. 그걸 들을 뿐만 아니라 감탄해 마지않았다. 우리는 다 함께 단단하게 묶여 있으니까. 마치 풀포기가 땅에 묶여 있는 것처럼.

15

발자국에 담긴 의미

태양이 거의 지평선에 닿았을 무렵, 에르먼이 커다란 뿔을 안개 낀 골짜기를 향해 돌렸다. 나는 그곳이 마르지 않는 강의 둑이라는 걸 알았다. 뒤따라가 보니, 급류와 첨벙거리는 물소리가 점점 커져갔다. 안개가 팔처럼 나를 휘감았다. 나는 걸음을 늦췄다. 수사슴이 우리를 건널 목으로 데려왔다는 걸 깨달았다. 그곳은 내가 잘 알고 있는 곳이었다. 예전에 리아와 함께 있으면서 느꼈던 기이한 갈망, 강의 가장자리에 있는 커다란 바위를 보고 싶다는 갈망이 다시 불쑥 일었다.

강물이 요란하게 흐르는 소리는 또렷하게 들려왔지만, 자욱한 안개 때문에 강을 직접 볼 수는 없었다. 에르먼과 할리아의 황갈색 털가죽이 땀으로 번들거렸다. 에르먼과 할리아는 암녹색 갈대 쪽으로 달려갔다. 할리아가 어깨로 자기 오빠의 어깨를 다정스레 쿡 찔렀다. 그러고 나서 둘은 고개를 숙이고 새싹을 뜯어 먹기 시작했다.

내가 다가가자 수사슴이 뿔을 들어 올려 만족스럽다는 듯이 머리를 끄덕이며 나를 맞았다.

"달리는 법을 잘 배우고 있군, 젊은 매."

"난 듣는 법도 배우고 있어."

할리아가 우리 대화를 무시하며 갈대를 뜯어먹었다. 할리아는 입을 시끄럽게 움직였다.

나도 갈대를 씹어 먹기 시작했다. 맛이 썼지만, 먹자마자 몸에 새로운 기운이 샘솟는 것이 느껴졌다. 뿔을 덮고 있는 녹용 표면조차 움찔하는 것 같았다. 나는 다시 씹기 시작했다.

나는 우적우적 씹어 먹으며 만족스러운 듯이 고개를 끄덕였다.

"이게 도대체, *우적우적*, 무슨 갈대야?"

"바닷말 종류야. 우리 사슴 종족이 바닷가에 살았을 때부터 있던 거야. 혓바닥에 질감이 느껴지지? 말린 뱀장어 껍질 같아."

에르먼이 우적우적 씹으며 대답했다.

에르먼은 뜯어 먹으면서 잠깐 동안 멍하니 생각에 잠겼다.

"더 이상 해안가에 살지는 않지만, 우리는 갈대의 이름과 그 쓸모를 잘 간직하고 있어. 갈대로 바구니와 커튼과 우리 옷을 엮지. 비비고 갈아서 개암 오일과 섞어, 겨울 저녁에 불을 피우기도 하고. 새끼가 태어나면 갈대를 담요처럼 덮어줘. 그리고 죽으면 머나먼 여정에 데려가는 장례용 망토로 쓰지."

에르먼은 검은 코를 또다시 갈대 덤불에 비벼댔다.

"하지만 가장 유용한 쓰임새는 바로 우리에게 먹을거리가 된다는 사실이야."

갑작스레 할리아가 고통스럽게 울부짖었다. 할리아는 허공으로 펄쩍 뛰며 머리를 이리저리 흔들어댔다. 에르먼은 할리아 옆에서 코로 할리아의 목을 쓰다듬었다. 할리아는 계속 머리를 저어대며 낑낑거렸다.

"무슨 일이야, 동생?"

"뭔가를 깨문 것 같아, 아, 아파! 돌 같은 거였어. 이빨이…… 부러진 것 같아."

할리아는 덜덜 떨며 입을 벌렸다. 뒤쪽 이빨에 피가 묻어 있고, 입술로 핏방울이 흘러내렸다.

"아…… 정말 아파. 지끈거려. 하필 지금 이럴 게 뭐야?"

할리아는 발굽을 쿵쿵거렸다.

에르먼은 걱정스러운 표정으로 할리아를 바라보았다.

"저런 상처는 어떻게 치료하면 좋을지 나도 잘 모르겠는데."

할리아는 여전히 머리를 내밀며 갈대를 발로 걷어찼다.

"난…… 아! 선지자 미아흐에게 가야겠어. 그는……."

"너무 멀어. 미아흐의 마을은 여기서 꼬박 하루 걸린단 말이야."

에르먼이 말을 가로막았다.

할리아가 몸을 부들부들 떨었다.

"그렇다면 이건 그냥, 아! 때가 되면…… 저절로 낫겠지."

"아니야, 아니야, 도움이 될 만한 걸 찾아봐야 해."

에르먼이 강하게 말했다.

"하지만 어디서? 그냥…… 정처 없이 떠돌아다니며 찾아봐야 한다는 거야?"

할리아가 눈을 꼭 감았다. 눈을 다시 떴을 때, 속눈썹에 눈물방울이 그렁그렁 맺혀 있었다.

"난…… 오빠랑 같이 있고 싶어."

"기다려봐. 난 마법은 잃어버렸을지 모르지만, 치유에 대해서는 조금 알고 있거든."

내가 힘주어 큰 소리로 말했다.

"싫어! 난…… 저 아이에게 치료받고 싶지 않아."

할리아가 날카롭게 외쳤다.

에르먼은 할리아에게 시선을 고정했다.

"저 아이한테 맡겨보자."

"하지만 저 아이는……. 저 아이는…… 남자라고."

할리아가 몸서리쳤다. 할리아는 조심조심 혀를 말아서 깨진 이빨을 문질렀다.

"아, 에르먼!"

할리아는 머리를 까딱까딱하며, 한동안 아무 말도 하지 않았다. 마침내 할리아는 자그마한 소리로 물었다.

"오빠는…… 정말 저 아이를 믿는 거야?"

"응, 믿어."

"알았어, 그렇다면 저 아이한테…… 해보라고 해."

할리아가 속삭였다.

난 발굽으로 땅을 쿵쿵 세게 밟았다.

"손, 손이 필요해. 어떻게 하면 변신할 수 있지?"

"그냥 자연스럽게 걸어봐. 그러면 다시 변신하게 될 거야."

에르먼이 대답했다.

비록 잠시 동안이라 할지라도, 내가 새로 발견한 감각을 잃는다는 것이 마음 아팠지만, 나는 우리가 뛰어서 건너온 땅을 향해 뒤돌아섰다. 그러고는 안개 장막 속으로 터벅터벅 걸어 들어가, 구불구불한 노란색 풀 더미를 어디에서 봤는지 기억해내려 애썼다. 그건 엄마가 '상처 입은 자의 담요'라고 부른 식물이었다. 나는 엄마가 그 식물로 상처를 치유하는 걸 여러 차례 보았다. 비록 이빨에 사용하는 걸 본 적은 없지만.

그저 잘되리라는 희망을 품었다.

몇 발자국 걷고 나서 발굽이 평평해지고 등이 위로 휘면서 목이 짧아지기 시작했다. 움직임이 갑자기 어색해지고, 뒤죽박죽된 느낌이 들었다. 그리고 호흡이 옅어졌다. 곧 시냇물을 첨벙거리느라 여전히 축축하게 젖어 있던 내 신발이 풀밭 위에 쿵쿵 닿았다.

안개가 어느 정도 걷혔다. 나는 기억을 더듬어 노란색 풀 더미를 찾아보았다. 몇 분 동안 찾아보았지만 찾지 못했다. 시력이 이제 너무 약해서 눈에 띄지 않는 걸까? 걷잡을 수 없는 안개가 그걸 완전히 집어삼켜버린 건가? 하지만 마침내 그것을 발견했다. 나는 허둥지둥 다가가 솜털이 보송보송한 잎사귀 하나를 딴 후 똑바로 서서 친구들에게 되돌아갔다.

"여기, 이걸로 네 이빨을 감싸야 해."

나는 손바닥에 잎사귀를 들고 숨을 헐떡였다.

할리아는 끼잉거리며 온몸을 덜덜 떨고 있었다.

"도움이 될 거야. 적어도…… 통증은 줄여줄 거야."

나는 할리아를 구슬렸다.

할리아는 두려운 것처럼 신음 소리를 냈다. 에르먼이 살며시 목을 툭 치자, 할리아는 입을 벌리고 혓바닥을 들어 올려 피 묻은 이빨을 드러내 보였다. 나는 조심스럽게, 아주 조심스럽게 내 손가락 끝을 할리아의 이빨 표면에 문질렀다. 갑자기 이빨 틈 사이에 박혀 있는 자그마한 자갈이 손가락에 잡혔다. 나는 그 자갈을 힘껏 잡아당겼다. 할리아는 다시 신음 소리를 내기는 했지만, 내가 이빨과 잇몸에 나뭇잎을 감싸도록 한참 동안 입을 크게 벌리고 있었다. 내가 치료를 마치자마자 할리아는 고개를 획 잡아 뺐다.

"괜찮을 거야."

내가 말했다. 하지만 내 생각과 달리 그다지 확신이 느껴지는 목소리는 아니었다.

천천히 할리아가 입술을 오므렸다. 할리아는 부들부들 떨면서 고개를 이리저리 흔들었다. 나는 할리아가 잎사귀를 뱉으려 한다고 확신했다.

하지만 할리아는 뱉지 않았다. 대신 할리아의 갈색 눈동자가 나를 향해 파르르 떨렸다.

"이거 정말 맛이 고약해. 썩은 참나무 껍질이나 뭐 그런 것 같아."

할리아는 말을 멈추더니 머뭇거렸다.

"하지만…… 약간…… 괜찮아진 느낌은 들어."

에르먼의 큰 머리가 까딱거렸다.

"고마워, 젊은 매."

나는 갑작스레 암사슴처럼 부끄러움을 느끼며 몸을 옆으로 돌렸다.

"아니야, 내가 더 고마워. 내가 사슴이 될 수 있게 해주었으니까, 적어도, 잠시 동안은."

"넌 곧 다시 발굽으로 자주 걸어야 할 거야. 만약 마법이 지속된다면 말이야."

에르먼은 자기 여동생을 흘끗 바라보았다. 할리아는 잎사귀 위로 혀를 가볍게 움직였다.

"하지만 지금은 네게 손가락이 있어서 정말 기뻐."

할리아가 한 발 가까이 다가와 숨을 천천히 내쉬며 말을 꺼냈다.

"그리고…… 지식, 진정한 지식. 난 인간들이 땅의 언어를 저버렸다고 생각했어. 식물, 계절, 돌의 지식을. 글로 적힌 단어의 언어를 위해서 말이야."

"모든 인간이 저버린 건 아니야."

나는 그렇게 대답하고 칼집을 톡톡 두드리며 어설프게 웃었다.

"내 말 믿어, 난 돌에서 몇 가지를 배웠어."

문득 책 표지 사이에서 끊임없이 보물을 찾으려 하는 카이르프레가 떠올랐다.

"그리고 글로 적힌 단어도 그 자체의 미덕을 지니고 있다고."

할리아는 회의적인 눈빛으로 나를 바라보았다.

"정말이야. 책에 적힌 구절을 읽는 것은 마치, 음, 발자국을 따라가는 것과 같아. 아니, 딱히 그런 건 아니야. 그건 발자국에 담긴 의미를 찾는 것과 같아. 어디로 가는지, 왜 전속력으로 달려가거나 느릿느릿 걸어가는지, 전날의 발자국과는 어떻게 다른지 따위 말이야."

나는 에르먼과 할리아에게 설명했다.

할리아는 호기심이 이는 것처럼 귀를 실룩 움직였지만, 더 이상 아무 말도 하지 않았다. 그 순간 바람의 방향이 바뀌었다. 우리 주위의 안개에 살짝 틈이 생기면서 그사이로 빛이 조금 스며들었다. 바닷말 위로 햇볕이 쏟아졌다. 마치 바닷말 속에서 빛이 나는 것처럼 보였다.

할리아가 한숨을 지으며 말했다.

"정말 아름다워."

나는 고개를 끄덕였다.

"안개가 움직이는 모습이 정말 사랑스럽지 않니? 마치 일렁이는 파도의 그림자 같아."

나는 고개를 끄덕이다 말고 말했다.

"난 안개가 아니라 햇빛을 바라보고 있었어. 햇빛이 갈대를 물들이는 모습을, 햇빛이 닿는 것마다 물들이는 모습을 말이야."

"음, 내가 움직임을 보는 동안, 너는 빛을 보았다는 말이지?"

할리아가 귀를 실룩거렸다.

"그런 것 같군. 같은 순간의 각기 다른 두 가지 측면이지."

에르먼이 쉰 듯한 목소리를 냈다. 거의 히죽거리는 소리 같았다. 휘몰아치는 안개가 에르먼의 뿔을 감쌌다. 갑작스레 바람의 방향이 다시 바뀌었다. 수사슴의 몸이 긴장으로 뻣뻣해졌다. 콧구멍이 떨렸다.

할리아가 잎사귀를 신경질적으로 씹었다.

"저 냄새…… 저게 도대체 뭐지?"

잠시 에르먼은 대답도 하지 않고, 꼼짝하지도 않았다. 마침내 에르먼이 뿔을 아래로 숙이며 단호하게 말했다.

"저건 죽음의 냄새야."

16

부화하지도 못한 꿈

우리는 빠르게 흘러가는 강물의 강둑에 조심조심 발걸음을 옮기며 다가갔다. 급류가 철썩 사납게 몰아쳤다. 석양의 빛으로 붉게 물든 여러 갈래의 안개가 우리 발치로 몰려들며, 물보라가 밧줄처럼 우리를 휘감았다. 발밑에 느껴지는 흙은 점점 부드럽고 축축해졌다.

나는 강가에서 잠시 멈추어 에르먼과 할리아가 내려가는 모습을 지켜보았다. 땅이 울퉁불퉁 거칠었지만, 둘 다 꽃잎으로 굴러 떨어지는 한 쌍의 이슬방울처럼 우아하게 움직였다. 그들과 달리 나는 몸을 똑바로 세우고 섰다. 반은 인간이고 반은 핀카이라 사람인 젊은이. 두 발의 발걸음이 비틀비틀 굉장히 불안정했다. 손가락을 구부리며 그 섬세함을 느꼈지만, 내 발굽이 그리웠다. 그리고 더욱이 내 마법이 그리웠다. 에르먼이 준 선물 덕분에, 적어도 일시적으로나마 가슴속에 자리한 공허함을 잊었다.

다시 변신하는 거야! 그래, 지금. 나는 뒤돌아 강둑 끝을 따라 달렸다. 그런데 에르먼이 갑자기 멈추어 서서 뿔을 세우며 고개를 들었다. 할리아도 마찬가지였다. 둘은 꼼짝도 하지 않은 채 등의 털을 세웠다.

그 둘처럼 나도 꼼짝 않고 서 있었다. 자욱한 안개 사이로, 이제 반대편 강둑의 끝자락이 보였기 때문이다. 그리고 그 땅을 상처로 얼룩지게 만든 살육의 광경이 보였기 때문이다.

내 기억 속의 커다란 바위들은 더 이상 그곳에 없었다. 부서진 껍질, 고약한 냄새를 풍기며 피가 엉겨 붙은 내장뿐이었다. 즉각적으로 나는 그것이 바위가 아니라는 걸 알아차렸다. 그건 알이었다.

용의 알.

부서진 알의 흔적이 진흙투성이 강가에 여기저기 흩어져 산더미처럼 쌓여 있었다. 나는 목 부분을 발견했는데, 잔인하게 난도질당한 채였다. 그리고 진홍색과 초록색 무늬의 너덜너덜한 날개 하나도 찾았다. 물보라처럼 휘날린 살점 몇 개를 제외하고, 모든 게 죽음의 순간에 얼어붙은 것처럼 보였다.

늑대들도 이 시체에 다가오지 않았다. 독수리들도 이 시체의 고기조각을 쪼아 먹지 않았다. 새로 태어난 비늘이 여전히 번쩍거렸다. 나는 즉시 그 이유를 알아차렸다. 썩어가는 살점의 고약한 냄새만큼이나 강력한 무언가가 이 모든 냄새 위로 둥둥 떠다니고 있기 때문이었다. 발디어그가 언제든 나타날 수 있다는 가능성 말이다.

나는 강둑을 내려가 일행과 합류했다. 진흙이 내 신발에 달라붙었다. 그러는 사이 점점 커져가는 두려움이 가슴을 짓눌렀다. 우리가 얕은 곳으로 발걸음을 옮기자, 차가운 물이 내 두 발을 찰싹 때렸다. 하지만 눈앞의 폐허만큼 소름끼치는 것은 없었다. 나는 혼잣말을 했다, 그냥 그건 용일 뿐이라고. 다른 누군가를 파괴하기 전에 죽임을 당했을 뿐이라고. 그렇다 할지라도…… 에르먼의 말이 여전히 나를 괴롭혔다.

에르먼은 반대편 강둑으로 껑충 뛰어 올라갔다. 그러고는 왼쪽으로 획 방향을 틀더니 앞발을 들어 올리고 위로 몸을 구부려 무언가를 주의 깊게 살펴보았다.

나는 최대한 서둘러 에르먼 뒤를 따라서 기어 올라갔다. 에르먼의 발굽 아래의 땅바닥 위에서 희미한 자국이 보였다. 피로 인해 짙은 오렌지색으로 물들어 있었다. 즉각 나는 그것이 발자국이라는 걸 깨달았다. 인간의 발자국이었다. 나는 이것이 바로 우르날다가 용의 분노를 소인들에게서 나에게로 돌리도록 사용했던 증거라고 확신했다.

할리아가 조심조심 다가와 고개를 숙여 발자국에 코를 대고 킁킁 냄새를 맡았다. 코가 거의 땅에 닿을 정도였다. 할리아는 나를 흘끗 바라보았다. 눈동자에 예의 그 미심쩍어하는 표정이 드러났다. 할리아는 혓바닥을 움직이며 내가 준 잎사귀를 뱉어냈다. 그러고는 흐르는 강물 때문에 거의 들리지 않는 목소리로 말했다.

"그게 누구든, 이 인간이 엄청난 고통을 가져왔네."

"그리고 발디어그는 더 큰 고통을 가져올 테고."

에르먼이 섬뜩하게 덧붙였다.

"우리가 성공하지 못한다면 그렇겠지. 그런데 시간은 점점 흘러가고 있어. 해가 벌써 지고 있어."

나는 안타깝게 고개를 가로저었다.

"이 발자국은 내 발자국하고 너무나 닮았어."

할리아가 콧방귀를 뀌었다.

"인간의 발자국은 모두 똑같아 보여. 묵직하고 흉측하지."

에르먼이 발굽으로 진흙을 탁 내리쳤다.

"아니야, 동생. 여기 보이지? 발뒤꿈치의 가장자리가 뭉뚝해. 하지만 끝이 날카로워. 평범한 발자국이 아니야. 숯이나 딱딱한 바닥 위를 걸으며 둥글게 무디어졌어.”

할리아는 내 발자국을 돌아보았다. 한참 뒤에 할리아가 덧붙였다.

“그러게, 좀 다른 것 같네.”

주저하며 할리아가 나를 다시 한 번 더 흘끗 바라보았다.

“미안해, 난 그저……”

“괜찮아, 이 이야기는 다시 하지 말자.”

내가 대답했다. 나는 에르먼을 바라보며 물었다.

“뒤꿈치의 모양이 뭘 의미하는 건데?”

“시간이 지나면서 들쭉날쭉한 뭔가에 닳아 없어졌다는 뜻이지. 어쩌면 이 사람은 동굴 같은 곳에 살고 있을지도 몰라. 거친 돌이 있는 곳. 아니면 땅 밑의 미로 같은 터널 속.”

“우르날다가 터널의 왕국에 살고 있어. 하지만 우르날다는 인간이 신는 신발을 신지는 않아. 게다가 우르날다가 발디어그의 새끼들을 공격할 이유가 뭐가 있겠어? 그렇게 하면 자기 종족이 발디어그의 분노를 살 게 불 보듯 뻔할 텐데 말이야.”

나는 골똘히 생각에 잠겼다.

그리고 천천히 숨을 내쉬었다.

“그건 말이 안 돼.”

할리아의 두 귀가 씰룩 움직였다.

“다른 가능성도 있어. 이 사람은, 이 인간은, 일부러 발자국을 남겼을 수도 있어. 우리를 속이려고 말이야.”

“말 되네, 인간은 때로는……”

에르먼이 수긍했다.

“속임수를 잘 쓰지.”

할리아가 마저 말을 끝마쳤다.

에르먼이 뿔을 한쪽으로 기울이며 고개를 갸우뚱 움직였다.

"사슴은 전혀 속이지 않는다고 말하는 거야? 넌 적에게 절대 속임수를 쓰지 않을 거야?"

할리아는 목을 꼿꼿이 세웠다.

"날 방어하기 위해서라면 쓸 수도 있어."

할리아는 안개에 감싸인 시체 더미 쪽을 흘끗 바라보았다.

"아니면, 언젠가, 내 새끼들을 위해서라도."

나는 부서진 알을 향해 터벅터벅 걸어갔다. 알껍데기 조각을 옆으로 치워내다가 그대로 얼어붙고 말았다. 내 앞에 잘려 나간 팔 하나가 놓여 있었다. 발톱이 손가락처럼 뻗어 있었다. 팔의 모습이 내 팔과 크게 다르지 않았지만, 크기는 거의 두 배나 컸다. 팔 아래쪽으로 무지갯빛 심홍색 비늘 하나가 있었다. 손목은 백조의 목처럼 우아했다. 발톱은 저 너머의 잡을 수 없는 뭔가를 움켜잡으려는 것처럼 앞으로 쭉 뻗어 있었다.

이 생명 없는 팔의 무언가가 나를 끌어당겨 그걸 만져보게 만들었다. 두 손으로, 손가락으로…….

나는 무릎을 접고 그 길이를 따라 어루만졌다. 비늘이 붙어 있었지만, 팔은 부드러웠다. 새로 태어난 아기의 토실토실한 다리와 거의 흡사했다. 얼마 전까지 살아 있었다. 그리고 어렸다. 그리고 아무 죄도 없었다.

나는 이 비극이 너무도 무서웠다. 생명도 없고, 형체도 없고, 미래도 없다. 이렇게 버려졌다. 이렇게 살해당했다. 발디어그가 내뿜는 분노의 끝이 어디인지 알지 못한다고 해도 전혀 이상하지 않았다.

나는 투아하의 예언에 적힌 문구를 혼잣말처럼 암송했다.

끝없는 분노와

대적할 수 없는 능력으로,

용은 복수할 것이다.

발디어그의 꿈은 아직 알에서 부화하지 않았다.

그 잃어버린 꿈을 찾아서

깨어날 때,

어떤 대가를 치르더라도

발디어그는 복수를 탐할 것이다.

갑작스레 에르먼이 고개를 움직였다. 뿔에서 물방울이 튀었다. 에르먼과 할리아의 몸이 마치 하나처럼 뻣뻣해졌다. 둘은 내가 도저히 알아차릴 수 없는 뭔가를 알아차린 것이 틀림없었다. 분명 뭔가를 느끼고 있었다.

문득 귀에 거슬리는 묵직한 소리가 내게도 들렸다. 마치 저 멀리서 화산이 폭발하는 것 같은 소리. 그 소리는 강 건너, 저 너머에서 들려왔다. 점점 커져갔다. 바람이 휘몰아쳤다. 공기가 미세하게 따뜻해졌다. 연기 냄새가 희미하게 피어올랐다. 문득 거대한 그림자가 붉게 물든 안개에 어두컴컴한 그늘을 드리웠다.

"용이야! 뛰어!"

에르먼이 소리쳤다.

사슴 두 마리는 흩어지며 안개 속으로 뛰어갔다. 반면 나는 반들반들한 강둑 너머로 비틀거렸다. 날아다니는 천둥소리가 허공을 가득 채웠다. 그림자가 다시 머리 위로 지나갔다. 나는 겁에 질려 다시 사슴으로 변신할 생각을 했다. 순간, 갑작스레 진흙 속으로 미끄러지며 균형을 잃었다. 소용돌이 속에서 나는 강가 쪽으로 굴러떨어졌다. 차가운 물이 내 다리 위로 흘러갔다. 내 검 위로도. 숨을 헐떡이며 나는 벌떡 일어나 야트막한 모래톱을 가로질러 달렸다.

저 멀리 가파른 강둑 위에 툭 튀어나온 곳이 보였다. 거기에는 물보라에 흠뻑 젖은 장막 같은 빽빽한 풀이 매달려 있었다. 그리고 풀 장막 너머로 강물이 휩쓸고 간 어두컴컴한 공간이 희미하게 보였다. 동굴이었다.

머리 위로 포효하는 소리가 점점 커져갔다. 나는 동굴 속으로 내달렸다. 진흙 위에서 구르고 또 굴러서 마침내 활처럼 휜 강둑 벽에 쿵 부딪혔다. 잠시 동안 나는 어둠 속에 누워서 숨을 헐떡였다. 서늘한 강물을 느끼며, 일어나 앉아 무릎을 가슴에 꼭 끌어안았다. 물이 뚝뚝 떨어지는 풀의 장막을 응시하며, 만족감을 느꼈다. 발디어그를 용케도 피했다. 물론 잠시뿐이기는 하지만. 피할 수 없는 운명을 잠시나마 늦춘 것만으로도 충분히 자부심을 느낄 만한 일처럼 느껴졌다.

밖에서 들려오는 흐르는 강물 소리에 귀를 기울였다. 이 안전한 동굴이 무척이나 고마웠다. 이곳은 축축하고 냄새가 심했다. ……고약했다. 하지만 이보다 더 훌륭한 은신처가 어디 있단 말인가? 그런데 느닷없이 뭔가 내 다리에 닿았다.

17

무기력 상태

나는 깜짝 놀라 뒤로 후다닥 물러났다. 칼자루를 꽉 쥔 채, 칼집에서 검을 꺼내려 버둥거렸다. 하지만 칼집 입구에 진흙이 잔뜩 끼여 있어서 검은 좀처럼 밖으로 나오지 않았다. 나지막한 천장 아래 몸을 구부린 채, 나는 속절없이 잡아당기고 또 잡아당겼지만 소용없었다.

동굴에서 빠져나가야 한다! 지금 당장! 빠져나갈 수 있을 때 빠져나가야 한다. 그게 무엇이든, 그것이 다시 움직이기 전에. 하지만…… 나는 주저했다. 풀의 장막 너머에서 발디어그가 나를 기다리고 있을지도 모른다. 다시 한 번 검을 잡아당기려 해보았다. 이번에도 역시 꼼짝하지 않았다.

갑작스레 태어나 처음 들어보는 소리가 어둠 속에서 울려 퍼졌다. 신음 소리 같기도 하고, 고함 소리 같기도 하고, 속삭임 같기도 했다. 그 소리가 점점 커지더니 갑자기 뚝 그쳤다. 나는 흙벽에 바싹 붙었다. 진흙이 내 목덜미로 줄줄 흘러내렸지만, 꼼짝하지 않았다. 거의 숨도 쉬지 않았다. 고약한 냄새에 숨이 막힐 것 같았다. 냄새가 전보다 훨씬 더 심했다. 그것이 무엇이든, 나는 이 괴물이 그냥 나를 못 보고 떠나기를 바랄 뿐 다른 방도가 없었다.

그러고 나서 희미한 오렌지색 불빛이 동굴을 아주 천천히 비치기 시작했다. 처음에는 그 불빛이 어디서 나오는지 알아차릴 수 없었다. 그 불빛이 기이하고 보기 흉한 그림자를 만들어냈기 때문이다. 그 그림자는 벽에서 점점 커졌다가 차츰 물러났다. 몰래 다가오는 거인, 몸부림치는 뱀, 땅에 부딪히는 나무…….

하지만 마침내 나는 그 불빛이 어디에서 나오는 건지 알아냈다. 오렌지색 세모난 불빛은 동굴의 저쪽 끝, 바닥 바로 위에서 흘러나왔다. 바람에 흔들리는 초처럼 불빛이 이리저리 흔들리며 깜빡거렸다.

비록 두려움에 사로잡혔지만, 나는 내가 할 일을 했다. 두 손으로 바닥에서 진흙 덩어리를 퍼 올려 그걸 둥글게 뭉쳤다. 그리고 세모난 불빛을 향해 곧장 내던졌다. 철썩 소리가 나더니, 곧장 불빛이 사라졌다. 동시에 끙끙거리는 신음 소리가 다시 들려왔다. 이번에는 소리가 너무 크게 들려, 두 귀를 막아야만 했다. 나는 몸을 꿈틀거리며 뒤쪽 벽으로 좀 더 바짝 다가갔다.

즉시 벽 전체가 내 뒤에서 흔들렸다. 진흙이 내 머리 위로 쏟아져 내렸다. 그 순간 나는 강둑이 내 위로 무너져 내릴 거라고 생각했다. 하지만 진흙 벽은 무너지지 않았다. 대신 내가 전혀 예상하지 못한 일이 벌어졌다.

벽이 숨을 쉬었다. 낑낑 요동치면서 표면 전체가 천천히 머뭇머뭇 숨을 내쉬었다. 고약한 냄새의 바람이 몰아치며 동굴을 맴돌았다. 발디어 그가 밖에서 기다리고 있든 없든 상관없이 그저 제때 탈출할 수 있기를 바라며 축축한 풀의 장막으로 몸을 굴렸다.

내가 동굴 밖으로 막 몸을 굴려 강물로 나올 즈음, 기다란 숨이 멈추었다. 처음 갑자기 숨을 쉬었던 것처럼, 갑자기 숨이 멎었다. 나는 그것이 죽음의 문턱에 들어선 뭔가의 거의 마지막 숨결이라고 확신했다. 아니면 마침내 죽은 건지도 모르겠다. 입구에서 머뭇거리며, 나는 동굴 안으로 스며든 지는 태양의 심홍색 한줄기 빛을 유심히 살펴보았다. 빛줄기는 내 어깨에 부딪혀 생긴 입구의 틈에서부터 동굴 안쪽의 세모난 불빛이 새어나온 바로 그 지점에 내려앉았다.

심장이 얼어붙었다. 그곳, 시커먼 진흙 안에 거대한 머리 하나가 비스듬히 놓여 있었다. 다 자란 말보다 두 배나 컸다. 그건 용의 머리였다.

으스스한 빛으로 잠깐 동안 동굴을 가득 채웠던 그 눈은 이제 감겨 있었다. 눈꺼풀에는 기다란 속눈썹이 달려 있고, 속눈썹에 부서진 껍질 조각이 붙어 있었다. 혹이 이마에 튀어나와 있었다. 주름 잡힌 코를 따라 보라색 비늘이 나란히 붙어 있었다. 단검처럼 날카로운 이빨 수십 개가 반쯤 열린 입안에서 반짝거렸다. 희한하게도 왼쪽 귀만 진흙 속에서 느릿느릿 나부꼈다. 오른쪽 귀는 은빛을 띠는 푸른색이었는데, 허공에 뻣뻣하게 뻗어 있었다. 마치 엉뚱한 곳에 달린 뿔 같았다.

갑작스레 동정심이 밀려들었다. 도대체 어떤 무시무시한 것이 아직 부화하지도 않은 이 어린 새끼를 알에서 나와 이 굴 속에 숨게 만든 걸까? 나는 궁금했다. 내 등에 닿은 커다란 몸체의 움직임을 떠올리자 피부가 간지러웠다. 그 움직임은 분명 이 녀석의 마지막 삶의 몸부림이었을 것이다. 말로 표현할 수 없는 본능이 이 용이 암컷일 거라는 추측을 하게 만들었다. 만약 그렇다면, 이 암컷은 알을 낳을 기회도 갖지 못할 것이다.

나는 팔을 들어 올려 입구 위에 매달려 있는 풀을 몇 움큼 잡아당겼다. 심홍색 빛이 더 많이 동굴 속으로 스며들었다. 나는 투시력을 발휘해, 날카로운 발톱 한 쌍을 찾아냈다. 자줏빛으로 물든 발톱이 진흙에서 툭 튀어나왔다. 내가 잠시 머무르던 곳에서 그리 멀지 않은 곳에, 꼬리 하나가 둥그렇게 말려 있었다. 그 꼬리에는 굽은 갈고리 두 개가 달려 있었다. 머리 쪽을 돌아보며, 나는 아무렇게나 솟구친 귀를 보고 슬픈 미소를 지었다. 그 어떤 것도, 심지어 죽음조차도, 그 귀를 아래로 눕히지 못했다.

나는 용의 상처가 궁금했다. 굶어서 죽은 걸까? 미처 내가 보지 못한 치명적인 상처 때문에 피를 흘린 걸까? 아니면 여느 버려진 아이처럼 그저 슬픔과 두려움에 고통스러워하는 걸까? 그러다 결국 죽고 만 걸까?

그 순간 또 다른 묵직한 신음이 아까보다는 더 약하게 동굴 안에서 들려왔다. 아직 살아 있다! 용의 거대한 몸집이 떨리며, 땅바닥이 흔들렸다. 진흙 덩어리가 위에서 뚝뚝 떨어지며 내 머리와 어깨로 튀었다. 용이 눈을 살며시 뜨더니 파르르 떨었다. 이윽고 다시 감았다. 하지만 나는 분노에 이글거리는 용의 표정을 알아차렸다.

나는 입술을 깨물며 머뭇거렸다. 그러고 나서⋯⋯ 천천히, 아주 천천히 용에게 가까이 기어갔다. 나는 조심스럽게 손을 펼쳐 용의 눈 위에 올린 다음 정교한 속눈썹을 쓰다듬었다. 용은 눈을 다시 뜨지 않았다. 좀 더 부드럽게 손을 코의 보라색 비늘로 움직여 거대한 콧구멍에서 멈추었다. 내 손바닥이 그걸 다 덮지 못할 정도로 콧구멍이 컸다. 공기가 희미하게 펄럭거리며 내 손가락을 따뜻하게 해주었다. 내가 어린 시절 타던 그 말의 콧김이 떠올랐다. 난 그 말의 이름조차 기억할 수 없었지만, 습기 머금은 말의 숨결은 결코 잊지 못했다. 하지만 이 괴물의 숨결은 급속도로 희미해져가고 있다는 걸 알 수 있었다.

하지만 만약 자그마한 생명의 불꽃이 아직 남아 있다면? 어쩌면 내가 할 수 있을지도……. 하지만 안 돼! 내게는 더 이상 마법이 없었다. 나는 턱을 앙다물었다. 우르날다의 배신을 저주했다. 우르날다가 내 재능을 훔쳐가지 않았다면, 하늘과 땅을 소환할 수 있을 텐데. 하늘과 땅은 결속의 능력의 근원으로, 우주를 실처럼 엮어서 그 어떤 깊은 상처라도 치유할 수 있을 것이다.

내 손은 용의 코에서 힘없이 미끄러져 내렸다. 나는 능력을 불러낼 수 없었다. 이 불쌍한 짐승을 위해 해줄 수 있는 일이 아무것도 없었다. 무기력했다! 나는 한숨을 지으며 가슴을 후벼 파는 공허함을 그 어느 때보다 더 강하게 느꼈다.

문득 뭔가가 내 손을 잡아당겼다. 용의 비늘 하나가 덩굴 팔찌에 걸렸다. 그 팔찌는 리아가 헤어질 때 나한테 준 것이었다. 희미해져가는 빛 속에서도 팔찌는 초록색으로 찬란하게 반짝반짝 빛났다. 리아가 그걸 내 손목에 채워주며 뭐라고 말했더라?

이게 네 주변의 모든 생명을 일깨워줄 거야. 그리고 네 안에 있는 생명을…….

나는 눈을 감고, 다시 목소리를 들었다.

네 안에 있는 생명…….

하지만…… 그것이 다른 누군가에게 무슨 소용이란 말인가?

자연스럽게 나는 작은 가죽 가방에 손을 넣어 약초 한줌을 꺼냈다. 그러고는 손바닥을 마주 비벼 약초를 최대한 잘게 부수었다. 즉시 마가목 껍질, 너도밤나무 뿌리, 은빛 박하향이 동굴의 고약한 냄새와 뒤섞였다. 그러고 나서 신발 한 짝을 힘겹게 벗었다. 신발을 임시 그릇으로 삼아 그 안에 약초를 넣은 뒤 그걸 뒷굽에 모았다. 나는 축축하게 젖은 옷에서 물을 짜서 신발 안에 넣어 손가락으로 잘 섞었다. 그리고 용 가까이로 몸을 숙였다. 머리가 진흙 속으로 비스듬히 기울어져 있었기에, 초록색의 반짝이는 약초 방울을 살짝 벌어진 입안으로 넣을 수 있었다.

약초 방울이 용의 혓바닥에 닿았다. 나는 용이 그걸 삼키기를 기다렸다. 하지만 아무 반응이 없었다.

다시 한 번 신발에 든 약초 방울을 조금 더 따라 부었다. 그러고 나서 생명의 어떤 표시라도 있기를 기대하면서 기다렸다. 하지만 용은 삼키지 않았다. 아니, 꼼짝하지 않았다. 아니, 신음조차 없었다.

"삼켜!"

내가 명령했다. 내 목소리가 축축한 벽에 둔탁하게 울려 퍼졌다. 나는 몇 방울을 더 따랐다. 약초 방울은 혀 옆으로 미끄러져 바닥에 떨어졌다.

황혼의 마지막 빛은 한참 전에 사라졌다. 힘겨운 그날 밤 내내 나는 계속 노력했다. 등이 아파왔다. 추위에 맨발이 욱신거렸다. 잠을 자지 못해 머리가 빙빙 돌았다. 하지만 나는 멈추지 않았다. 눈꺼풀이 다시 파르르 떨리기를, 그 오렌지색이 다시 동굴을 비추기를 감히 기대했다. 아니, 용이 실제로 뭔가를 삼키기를 기대했다. 하지만 내 희망은 아무런 성과를 거두지 못했다.

약초 방울이 마침내 동이 났을 때, 나는 용의 목을 천천히 어루만지려 했다. 아주 오래전 내가 열병으로 몸부림칠 때 엄마가 나한테 해주었던 것처럼. 하지만 아무 소용이 없었다. 드문드문 간헐적인 숨을 제외하고. 이 숨소리 또한 시간이 지날수록 점점 희미해졌다. 용은 그 어떤 생명의 흔적도 보여주지 않았다.

새벽의 첫 번째 희미한 빛이 동굴 안으로 스며들었을 때, 나는 내 모든 노력이 물거품으로 돌아갔다는 걸 깨달았다. 나는 아무 움직임 없는 짐승을 유심히 지켜보며, 은은하게 빛나는 아름다운 비늘을, 살벌하게 굽은 발톱을 보고 깜짝 놀랐다. 부화한 아기 용은 꼼짝 않고 누워 있었다. 정말이지 고요했다.

나는 침울하게 뒤돌았다. 이 동굴이 주는 죽음의 느낌에서 어서 빨리 벗어나고 싶었다. 강 건너편의 폐허처럼, 이곳은 때 이른 죽음으로 악취가 진동했다. 밖에 어떤 위험이 도사리고 있는지 모른 채 나는 축축한 풀의 장막 사이로 빠져나갔다.

18

안개의 장막

나는 미끄러운 강둑을 굴러 내려갔다. 진흙을 가로지르며 미끄러졌다. 마침내 강가에서 멈추었다. 굽이치며 흐르는 강물이 귓속으로 왈칵 쏟아져 들어왔다. 차가운 물보라가 얼굴을 흠뻑 적셨다. 다시 한 번 짙은 안개 띠가 주위를 온통 휘감았다.

발디어그의 흔적이 있는지, 아니, 동료들의 흔적이 있는지, 반대편 강둑을 조심스레 살펴보았다. 알의 부스러기 말고는 아무것도 없었다. 깨진 알껍데기, 응고된 내장, 썩어가는 살 조각……. 휘몰아치는 안개 기둥과 강물만 움직일 뿐이었다.

후회스러운 마음으로 갓 부화한 아기 용의 최후를 간직하고 있는 동굴을 흘끗 뒤돌아보았다. 발디어그의 마지막 후손. 그 어린 것들을 누가 죽였든, 그자는 잃어버린 땅에서 잠자는 용과 용의 분노를 일부러 깨우려고 한 것일까? 그게 내 자신이든 또는 다른 누구든, 그 살해자는 인간이 비난받도록 일부러 그런 짓을 한 걸까? 도저히 알아낼 방법이 없었다. 어쩌면 그저 발디어그의 후손을 죽이는 것이 살해자의 목표였는지도 모른다.

그렇다면 살해자의 목표가 무엇일까? 갓 부화한 새끼들을 제거하는 것? 아니면 불의 날개를 깨워 사납게 미쳐 날뛰도록 하는 것? 하지만 그건 말이 안 되었다. 아니, 어쩌면 소인들의 적이거나, 발디어그가 소인들을 무지막지하게 공격하기를 바라는 자일지도 모른다. 아니면 우리 아버지의 종족, 그러니까 핀카이라에 살고 있는 사람들의 적일 수도. 그런 적이 많다는 걸 나도 잘 알고 있었다. 이 땅 위에는 수많은 상처가 있었다. 스탕마르가 왕위에 있을 때 말이다! 그 상처는 도저히 치유할 수 없는 것이었다.

나는 강가에 무릎을 꿇고 앉았다. 두 손을 컵처럼 모아, 차가운 물속에 담갔다. 그러고 나서 진흙이 잔뜩 묻은 얼굴을 씻어냈다. 마침내 칼집에서 진흙을 다 빼냈다. 찐득찐득한 진흙 덩어리를 없애고 나니, 검이 마침내 칼집에서 뽑혀 나왔다.

나는 손가락으로 은빛 칼자루를 매만졌다. 칼자루는 물보라에 반짝반짝 빛났다. 어쩌면 살해자는 그저 소인들의 적이 아닐지도 모른다. 사람들의 적이 아닐지도 모른다. 어쩌면 핀카이라의 모든 생명체의 적일지도 모른다. 발디어그의 분노로 실제 혜택을 누릴 수 있는 자. 그건…… 리타 고르와 같은 자였다.

나는 소매로 얼굴을 쓱 닦아내며 얼굴을 찡그렸다. 아니, 아니, 그럴 수는 없다. 리아가 경고한 것처럼, 새로운 적을 만들어내는 건 부질없는 짓이었다. 지금 당장만 해도 문제는 충분히 많다. 하지만…… 리타 고르를 제외하면, 누가 용의 알을 찾아낼 만큼 영악하고, 이제 막 태어난 용을 죽일 만큼 잔인할 수 있단 말인가?

뭔가가 내 머리 위로 솟아올라 안개에 그림자를 드리웠다. 발디어그! 발디어그가 돌아왔다!

그 순간 높고 날카로운 외침이 축축한 공기를 갈랐다. 나는 그게 용의 소리가 아니라는 것을 즉각 알아차렸다. 왜냐하면 그 소리는 나를 공격한 적이 있었으니까. 잘못 들었을 리 없다.

그건 크리릭스가 울어대는 소리였다.

고개를 들어 하늘을 보니, 박쥐같은 날개가 안개 속에서 불쑥 나타났다. 크리릭스는 치명적인 엄니를 드러낸 채 나를 향해 곧장 날아들었다. 나는 검 손잡이를 향해 손을 뻗었다. 그러다 문득 얼어붙고 말았다.

검이 무슨 소용이란 말인가? 나는 지난번 수선공의 마가목 아래에서 저 엄니를 마주했을 때를 결코 잊을 수 없다. 그때의 엄청난 충격. 그때의 어마어마한 고통. 내가 가졌던 마법이 전부 사라져버렸다. 너무나 두려웠다.

크리릭스는 아래로 돌진하며, 시뻘건 입을 쫙 벌렸다. 무시무시한 엄니 세 개가 나를 향해 아치 모양을 하고 있었다. 크리릭스의 날카로운 울음이 휘몰아치는 안개 사이를 뚫고 나왔다. 크리릭스가 발톱을 들어 올려 나를 갈기갈기 찢으려 했다.

갑작스레 시커먼 모습 하나가 강 건너편에서 안개를 뚫고 불쑥 나타났다. 에르먼이었다. 성큼성큼 물살을 헤치며, 수사슴은 크리릭스가 날아오는 방향을 향해 펄쩍 뛰어들었다. 엄청난 소리를 내며 둘은 허공에서 부딪혔다. 나는 펄쩍 뛰어 옆으로 비켜났다. 둘이 강둑 안으로 떨어지자 사방으로 진흙이 튀었다.

둘은 강물 속으로 굴러 떨어졌다. 에르먼이 먼저 두 다리를 세우고 다시 서서 뿔을 겨누고 크리릭스를 공격했다. 크리릭스는 미친 듯이 울어대며 발톱을 마구 휘둘러 수사슴의 옆구리를 난도질했다. 크리릭스의 공격을 온몸으로 받아내며 에르먼은 크리릭스를 향해 곧장 밀고 나아가 날개 하나를 꼼짝 못하게 만들었다. 선홍색 피가 강물 속으로 흘러 들어가서 소용돌이쳤다.

나는 검을 뽑았다. 그 순간 심홍색 불꽃이 튀었다. 칼날이 징 하고 울리는 소리 너머로 에르먼의 날카로운 비명이 들려왔다. 크리릭스가 다시 에르먼을 공격했다. 커다란 수사슴은 비틀거리더니 강 한가운데에서 푹 쓰러졌다. 나는 물보라 속으로 껑충껑충 뛰어가 강물을 헤치고 달리면서 검을 휘둘렀다.

크리릭스는 옆으로 빙빙 돌았다. 거대한 박쥐처럼, 엄니를 드러내고 다치지 않은 성한 날개를 내게 휘둘렀다. 나는 몸을 숙였다. 하지만 깡마른 날개 모서리가 내 뺨을 후려쳤다. 내가 칼날을 크리릭스의 가슴에 꽂을 때, 내 발 아래 강의 돌 하나가 미끄러졌다. 나는 뒤로 자빠지고 말았다. 그 바람에 검이 내 손에서 날아가버렸다. 얼음처럼 차가운 물이 나를 덮쳤다.

미처 몸을 가누기도 전에, 뭔가 묵직한 것이 내 머리 위로 떨어져, 나를 물속으로 깊이 밀어 넣었다. 갈빗대가 부러졌다. 나는 헉헉대면서 물을 마시며, 얼굴과 가슴을 짓이기는 털 뭉치로부터 빠져나오려 안간힘을 썼다. 내 폐는 아우성치고, 내 마음에는 먹구름이 드리워졌다.

즉시 강력한 손 하나가 내 팔을 꽉 잡고는 힘껏 잡아당겼다. 드디어 숨을 쉴 수가 있었다. 나는 콜록콜록 기침을 해대면서 분수처럼 물을 뿜어냈다. 마침내 떨리던 몸이 진정되었다. 겨우 할리아를 알아볼 수 있었다. 할리아는 인간의 모습을 한 채 나를 물속에서 끌어내고 있었다. 할리아는 헉헉거리는 나를 강가에 털썩 내려놓았다. 그러고는 이내 사라졌다.

잠시 뒤 나는 팔꿈치를 기댄 채 몸을 일으켰다. 강 하류 쪽에 반쯤 잠긴 크리릭스의 몸통이 누워 있었다. 사슴뿔의 부러진 파편이 등에 꽂혀 있었다. 문득 차가운 물보다 더 차가운 사실을 깨달았다. 크리릭스 맞은편에 또 다른 몸통이 누워 있었다. 진흙투성이 강둑에 큰대자로 널브러져 있는 건 에르먼의 몸통이었다.

나는 일어나 비틀비틀 에르먼 옆으로 다가갔다. 할리아는 진흙에 앉아 수사슴의 머리를 자기 무릎 위에서 감싸 안았다. 할리아의 기다란 얼굴은 슬픔으로 일그러졌다. 할리아는 에르먼의 목에 난 상처에서 흘러내리는 피가 자신의 옷을 적시고 있다는 걸 알아차리지 못하는 것 같았다. 아무 말 없이 할리아는 에르먼의 이마와 부러진 뿔을 쓰다듬었다. 그러는 내내 에르먼의 깊은 갈색 눈동자를 바라보고 있었다.

"오빠, 죽으면 안 돼, 안 된단 말이야. 날 이렇게 남겨두면 안 돼."

할리아가 나지막하게 속삭였다.

에르먼이 숨을 들이키려 하자 가슴이 부들부들 떨렸다.

"난 죽을 거야, 할리아. 하지만 널 남겨둔다고? 그건…… 절대로 그렇게 하지는 않을 거야."

할리아의 커다란 눈망울이 에르먼의 눈동자를 뚫어져라 바라보았다.

"우리는 아직 할 일이 많아, 오빠하고 내가 말이야! 봄에 꽃이 흐드러지게 필 때 콜윈 언덕을 달리지도 못했잖아."

에르먼의 얼굴이 굳었다. 에르먼의 발굽이 할리아의 허벅지를 찔렀다.

"사슴으로서 너와 나란히 달리는 걸 얼마나 간절히 바라는지 너도 잘 알잖아. 그리고 인간으로서 네 옆에 서 있는 것도. 하지만 지금은…… 난 인간의 모습으로 변신할 능력조차 없어."

"아, 에르먼! 이건 내가 꾸었던 꿈보다 훨씬 더, 지독히 더 끔찍해."

"여기, 너한테 도움이 될 만한 찜질 약을 만들어줄 수 있어."

나는 자리에서 일어서며 제안했다.

에르먼의 발굽이 나를 툭 쳤다. 에르먼의 시선은 엄하지만 친절했는데, 나를 완전히 집어삼킬 것만 같았다.

"아니, 젊은 매. 그러기에는 너무 늦었어. 네가 아직 능력이 있다 할지라도, 네 능력으로도 안 돼."

나는 입술을 깨물었다.

"내가 이전에 무슨 능력을 지녔든, 그건 지금은 고통일 뿐이야."

"크리릭스는…… 그게 크리릭스였지, 맞지? 마법을 먹고사는 동물? 난 크리릭스가 아주 오래전에 멸종했다고 생각했어."

에르먼이 숨을 들이켜며 말을 이었다.

"내 선생님도 그렇게 생각하셨어, 카이르프레."

에르먼이 눈을 껌뻑였다.

"음유시인 카이르프레가 네 선생이라고? 넌 정말 축복받았구나."

나는 이맛살을 찌푸렸다.

"내가 지금 찾고 있는 유일한 축복은 널 도와주는 거야. 자, 에르먼."

에르먼이 내 말을 무시한 채 물었다.

"하지만 어디에서…… 크리릭스가 온 거지? 왜 널 공격한 거지?"

"나도 몰라. 카이르프레는 누군가가 그 녀석들을 키우고 있다고, 살생을 훈련시키고 있다고 생각해."

에르먼은 힘겹게 침을 꼴깍 삼켰다.

"크리릭스는 네가 여전히 마법을 갖고 있다고 생각하는 거야. 그렇지 않다면 널 공격할 이유가 없잖아?"

나는 고개를 가로저었다.

"내가 갖고 있는 유일한 마법은 네가 나한테 준 거야. 놈이 그걸 눈치

챈 것이 분명해.”

에르먼이 몸을 움츠렸다. 에르먼은 여동생을 향해 말했다.

“날 용서해줘.”

할리아가 눈물을 참으며 비통한 목소리로 대답했다.

“노력해볼게.”

강물에서 물보라가 일더니 촛불처럼 부드럽게 수사슴 위에 내려앉아, 에르먼의 피 묻은 몸을 어루만졌다. 또다시 물보라가 다가오고, 또 다가왔다. 나와 할리아만큼이나 강물도 슬퍼하는 것처럼 보였다. 문득 우리 주변의 공기가 이 세계와 사후 세계를 나누고 있는 안개의 장막처럼 흔들리며 어른거리기 시작하는 걸 알아차렸다. 그 순간 안개 그 자체보다 훨씬 더 알아차리기 힘든 또 다른 존재가 우리 곁에 다가왔다.

할리아는 고개를 치켜들었다. 처음에는 의아한 눈빛으로 그다음에는 놀라운 눈빛으로 쳐다보았다. 자기 오빠의 몸에 뭔가 변화가 일어나고 있다는 걸 알아차렸다. 에르먼의 빛나는 근육이 이완되었다. 에르먼의 얼굴은 다시 차분해 보였는데, 마치 누군가 속삭이는 걸 귀담아듣기라도 하는 것처럼 한쪽으로 약간 갸우뚱 기울어졌다. 마침내 에르먼이 입을 열었다. 여전히 목소리에 슬픔이 배어 있었지만, 친숙한 울리는 목소리가 돌아왔다. 그 목소리에는 내가 표현할 수 없는 뭔가 다른 느낌이 있었다.

“동생아! 정령들이 왔어. 나를 데려가려고. 나를 기나긴 여정으로 안내하려고. 하지만 가기 전에, 나 또한 꿈이 있었다는 걸 꼭 알아줘. 그 꿈은…… 너의 시간이 기쁨으로 넘쳐나는 거야. 봄에 강물이 넘쳐나는 것처럼.”

할리아가 고개를 더 숙였다. 에르먼의 머리에 닿을 듯했다.

"오빠 없이는 그런 시간을 상상할 수 없어."

에르먼의 숨이 느려졌다. 에르먼은 더 힘겹게 이야기를 건넸다.

"그럴 시간이…… 꼭 올 거야, 할리아. 그리고 그전에 네가 두려움을 느끼는 순간과 네 꿈속에서…… 너를 찾아올게."

할리아는 두 눈을 감으며 시선을 돌렸다.

에르먼이 떨리는 발굽으로 내 손을 어루만졌다.

"용기를…… 가져, 젊은 매. 갈라토를 찾아. 넌 네가 아는 것보다…… 훨씬 더 큰 능력을 지니고 있어."

"제발, 죽지 마."

나는 애원했다.

깊은 갈색 눈동자가 감겼다. 그러더니 살짝 경련이 일었다.

"푸르른 초원이…… 그대를 맞아주기를."

에르먼은 마지막으로 숨을 내쉬고는 더 이상 숨을 쉬지 않았다.

19

회오리바람

안개에 둘러싸인 가운데 에르먼의 피가 우리 팔뚝에 뚝뚝 떨어져 내렸다. 할리아와 나는 수사슴의 묵직한 몸을 강둑에서 눈에 띄지 않는 곳으로 낑낑거리며 옮겼다. 그곳에 싱싱한 초록 풀 한 움큼이 파릇파릇 피어 있었다. 우리는 촉촉하고 기름진 땅에 에르먼의 무덤을 만들었다. 할리아는 거머리말로 장례용 망토를 엮어, 에르먼의 목 위에 조심스럽게 덮어주었다. 나는 무덤을 다 채우고 나서, 무덤이 파헤쳐지지 않도록 꼼꼼히 살폈다. 몹시 힘이 들었지만, 무덤에 큰 돌을 갖다 얹었다. 등이 아팠다. 하지만 심장은 훨씬 더 아팠다.

내가 묵묵히 일을 하는 내내 할리아는 무덤 옆에 아무 말 없이 가만히 서 있었다. 가끔 할리아의 눈에서 눈물이 뺨을 타고 흘러내렸다. 할리아는 이따금 노란색 옷을 꽉 움켜잡거나 잔디를 쿵쿵 밟아댔다. 할리아는 몸 안에 이글거리는 격렬한 폭풍을 그렇게 드러냈다. 나는 돌을 다 모으고 나서 할리아 옆에 섰다. 위로는 고사하고 차마 얼굴을 쳐다볼 수도 없었다.

드디어 할리아가 자기 오빠의 무덤에서 눈길을 떼지도 않은 채, 입을 열었다.

"오빠는 널 '젊은 매'라고 불렀어."

나는 아무 말 없이 고개만 끄덕거렸다.

"그건 우리 종족에게 의미 있는 이름이야."

나는 아무 말도 하지 않았다.

할리아는 여전히 나를 바라보지도 않은 채 말을 이어갔다. 목소리가 아주 아득하게 들렸다.

"이런 이야기가 있어. 첫 번째 발굽의 첫 번째 발자국처럼 아주 오래전 젊은 매에 대한 이야기야. 그 매는 새끼 사슴과 친구가 되었어. 새끼 사슴이 다리를 다쳤을 때 음식을 가져다주었지. 길을 잃었을 때는 집으로 인도해주었고."

나는 고개를 가로저었다.

"네 오빠는 날 믿었어. 내가 나 자신을 믿는 것보다 더."

할리아의 둥근 눈이 내 쪽으로 휙 움직였다.

"오빠는 나도 믿었어."

할리아는 크게 한숨을 내쉬었다.

"넌 곧 떠나겠지?"

"응."

할리아는 땋은 머리를 어깨 너머로 넘겼다.

"음, 만약 내가 너랑 함께 갈 거라고 생각한다면, 그건 착각이야."

"난 함께 가달라고 부탁한 적 없어……."

"좋아. 만약 네가 부탁했다면, 내 대답은 '싫어'야."

할리아는 조약돌 하나를 발로 걷어찼다.

"'싫어'야, 정말로."

나는 한참 동안 할리아를 유심히 살펴보았다.

"난 부탁한 적 없어, 할리아."

"'싫다'고. 하지만 오빠는 나한테 부탁했어. 직접 말로 부탁한 건 아니지만 눈길로 부탁했어."

할리아는 무덤에 쌓인 돌을 바라보았다.

"넌 나랑 같이 가지 않아도 돼. 넌 이미 충분히 고통받았어."

할리아가 고개를 숙였다.

"맞아."

문득 강둑에 놓인 내 검이 눈에 띄었다. 나는 강 옆으로 몸을 숙여 검에 묻은 진흙을 닦아냈다. 침울한 표정으로 검을 칼집에 다시 넣었다. 그러고 나서 에르먼의 무덤 위에 쌓아놓은 돌덩어리보다 더 무거운 발걸음을 할리아를 향해 천천히 옮겼다. 할리아는 조금도 움직이지 않았다. 총명함과 슬픔이 가득 찬 눈길로 그저 나를 물끄러미 바라볼 뿐이었다. 나는 한발 앞에서 걸음을 멈추었다.

할리아의 손을 잡고 싶었지만 꾹 참았다.

"미안해. 정말 미안해."

할리아는 아무런 반응도 보이지 않았다.

우리는 몇 분 동안 그렇게 거기 서 있었다. 어색한 침묵이 감돌았다. 우리 다리 곁에서 휘감아 도는 안개와 마르지 않는 강의 급류 말고는, 아무것도 움직이지 않았다. 아무것도 변하지 않았다. 나는 다시금 깊은 정적을 느꼈다. 살아 있는 바위 안에서 느꼈던 것과 같은 느낌. 그리고 내 안의 어딘가 깊숙한 곳에서 사슴의 조용한 마법이 느껴졌다.

어디선가 불쑥 거센 바람이 불어와 나를 후려쳤다. 할리아의 옷이 다리에 부딪히며 흩날렸다. 강에서 물보라가 흩날리며 우리를 적셨다. 안개가 조각조각 날리며 사라졌다. 바람이 거세게 으르렁거리며 우리 둘을 뒤로 몰아넣었다. 할리아는 땋은 머리가 위로 곧장 흩날리자 비명을 질러댔다. 나는 몸의 균형을 유지하려 안간힘을 써봤지만, 바람 때문에 미끄러운 진흙 위에 똑바로 설 수가 없었다. 그러다 앞에 있는 강 쪽으로 넘어지고 말았다. 거의 강물에 빠지려는 그 순간, 그때…….

바닥에 넘어지지 않았다.

갑작스레 나는 허공에 붕 떠서 사납게 몰아치는 회오리바람에 이끌려갔다. 내 옷이 펄럭거리며 부풀어 올랐다. 옷이 내 얼굴을 뒤덮기도 했다. 할리아는 근처 허공에서 공중제비를 돌다가 다리가 내 몸에 부딪쳤다. 나는 할리아를 향해 소리쳤지만, 바람이 내 말을 다시 목구멍으로 밀어 넣어버렸다. 우리는 이리저리 마구 빙글빙글 돌며 허공 위로 더 높이 솟아올랐다.

어느 순간 소용돌이치는 나선형 안개 사이로 생명력이 넘치는 풀 한 포기가 투시력으로 얼핏 보였다. 우리가 에르먼을 묻은 바로 그곳이었다. 강의 상류에는 발디어그가 낳은 알의 흔적이 여기저기 흩어져 있었다. 순간 바람이 우리를 집어삼킨 것처럼, 짙은 먹구름이 모든 걸 집어삼켰다. 구름 같은 회오리바람이 내 귀에 비명을 질러댔다.

이리저리 마구 떠밀리며 빙빙 돌아 위아래로 옆으로 내동댕이쳐지는 동안, 가지고 있던 물건들도 흩어졌다. 무언가 내 몸을 잡아당기고, 호되게 때리고, 마구 돌리는 느낌이 들었다. 한꺼번에 도처에서 공격을 받았다. 눈에서는 눈물이 나고, 사납게 때려대는 바람 한가운데에서 거의 숨조차 쉴 수 없었다. 할리아는 좀 나은 상태일까? 이 소용돌이치는 폭풍이 우리를 어디로 데리고 가든, 살아서 그곳에 도착할 수 있기만 바랄 뿐이었다. 머지않아 나는 정신을 잃고 말았다.

깨어나보니 부드러운 돌바닥 위에 엎드린 채 대자로 누워 있었다. 여전히 머리가 핑 돌았다. 머리는 굉음과도 같은 소리에 쾅쾅 울렸다. 그 소리는 바다의 파도처럼 끊임없이 들려왔다. 나는 돌을 꽉 붙잡았다. 너무 딱딱한 것 같다! 얼마 지나지 않아 몸을 뒤집으려 해봤다. 드디어 있는 힘껏 몸을 돌려 등을 대고 누울 수 있었다. 머리가 여전히 어지러웠지만, 미약하게나마 억지로 몸을 일으켜 앉았다.

할리아가 내 옆에 누워 있었다. 얼굴이 창백해 보였다. 할리아는 간헐적으로 숨을 쉬었다. 이제는 완전히 풀어헤쳐진 황갈색 머리카락이 돌바닥을 가로질러 뻗어 있었다. 나는 할리아를 향해 떨리는 손을 뻗었다. 그러다 갑자기 동작을 멈추었다.

그 울부짖는 굉음은…… 내 머리에서 들리는 소리도 아니고, 바다에서 들리는 소리도 아니었다. 그건 목소리였다. 수백, 수천의 목소리. 그 목소리들이 우리 주위를 완전히 둘러싸고, 한꺼번에 소리치고 있었다.

우리 둘은 좌석들이 둥글게 모여 있는 커다란 원 한가운데 누워 있었다. 그 의자에는 함성을 질러대는 사람들이 가득 차 있었다. 그것은 원형극장이었다! 비록 원형극장을 직접 본 적은 없었지만, 어린 시절에 귀네드에서 로마의 원형극장에 대해 들려주던 엄마의 이야기를 똑똑히 기억하고 있었다. 엄마는 원형극장이 스포츠 경기를 하거나 때로 산 제물을 바치는 거대한 공간이라고 설명해주었다.

여전히 머리가 어질어질했다. 나는 투시력에서 희미한 안개를 흔들어 없애며, 상황을 파악해보려고 애를 썼다. 돌바닥이 지금껏 본 그 어떤 안마당보다 훨씬 더 넓게, 우리를 겹겹이 빙 둘러싸고 있는 사람들을 향해 쭉 뻗어 있었다. 많은 사람들이 우리에게 주먹을 흔들어 보이며 소리쳤다. 그 함성은 환호성이라기보다는 비웃음에 더 가깝다는 느낌이 들었다.

불현듯 원형극장 저 끝의 큼지막한 문 한 쌍이 스르륵 열렸다. 어둠 속에서 거대한 검은 종마 한 마리가 바퀴 달린 마차를 끌며 전속력으로 뛰어나왔다. 근육이 빵빵한 전사 한 명이 마차에 앉아 우람한 팔을 군중을 향해 들어 올렸다. 군중이 격려의 함성을 지르는 사이, 전사는 말의 매끈한 갈기 위로 채찍을 휘두르며, 우리를 향해 마차를 곧장 몰았다.

저자가 우리를 밟아 뭉개려 해!

번갯불처럼 번뜩이는 깨달음이 머리를 스쳤다.

나는 버둥버둥 일어서며, 할리아의 겨드랑이 아래로 손을 뻗었다. 필사적으로 할리아를 내 등에 업으려 했다. 그러는 내내 함성을 외치는 군중 위로 종마의 발굽이 돌 위에서 쿵쿵거리는 소리가 들려왔다. 마차는 점점 우리 쪽으로 가까이 다가왔다.

마침내 끙끙대며 가까스로 할리아를 바닥에서 들어 올릴 수 있었다. 뒤를 흘끔 바라보니, 미친 듯한 말의 두 눈동자와 승리에 도취된 듯한 미소를 지으며 우리를 바라보는 전사가 보였다. 가슴이 마구 요동쳤다. 나는 한 걸음 옮겼다. 그러고는 또 한 걸음. 군중은 미친 듯 소리쳤다.

두 다리가 털썩 꺾였다. 나는 무릎을 꿇었다. 할리아가 고꾸라지며, 바닥에 떨어지면서 끙 하는 신음을 냈다. 나는 이리저리 주위를 둘러봤다. 뒤에서 마차가 바퀴로 우리를 짓이기려는 찰나였다. 나는 본능적으로 할리아 앞에 내 몸을 내던졌다.

바로 그 순간, 전차가 허공 속에서 녹아들었다. 원형경기장, 군중, 굉음 또한 마찬가지였다. 남아 있는 거라고는 돌, 검은 종마 그리고 전사뿐이었다. 으스스한 푸른빛이 방 가장자리를 둘러싸며 깜빡거렸다. 마치 이곳이 정말로 방이라는 것을 알려주기라도 하는 것처럼. 하지만 그 이상은 볼 수 없었다. 벽도 없고, 천장도 없었다. 오직 어둠뿐이었다. 수평선 위에 푸른빛이 춤추듯이 너울거릴 뿐이었다.

전사는 한 손을 반짝반짝 빛나는 가슴받이 위에 갈고리 모양으로 구부리고 다른 한 손은 채찍을 움켜잡은 채, 말 위에 올라타고 있었다. 우리를 보고 호탕하게 낄낄거리며 웃었다. 이윽고 기적과도 같이 전사도 변하기 시작했다. 수염이 덥수룩한 얼굴이 점점 더 넓어지고 부드러워지더니 머리카락이 모두 사라졌다. 세모난 귀 두 개가 튀어나오고, 높이 솟은 이마 한가운데 주름진 사마귀 하나가 툭 튀어나왔다. 머리카락이 하나도 없는 머리 가죽을 가로질러 들판의 고랑처럼 주름이 잡혔다. 내 눈동자보다도 더 검은 늙은 눈동자 두 개가 우리를 노려보았다. 오직 전사의 미소만 남았다. 비록 그 미소에 뒤틀리고 보기 흉한 이가 눈에 띄었지만……

"돔누!"

목소리가 제대로 나오지 않았다. 갑자기 목이 말랐다.

"널 다시 보니 정말 반갑구나, 우리 아가."

돔누는 부대자루 같은 옷을 톡톡 두드리고는, 우리 곁을 빙글빙글 맴돌기 시작했다. 맨발이 돌 위에서 스르륵 소리를 냈다.

"넌 내게 저 마차를 몰 수 있는 정말 멋진 기회를 줬어. 모두들 인간은 아이디어가 매우 빈약하다고 말하지. 하지만 저 로마인들은 정말 멋진 아이디어를 지녔더군."

돔누는 말을 멈추고는, 이마 위에 난 사마귀를 긁적였다.

"아니, 그게 게일 족*이었던가? 픽트**였나? 뭐 어떤 인간이었든, 상관

---

* 스코틀랜드 고지(高地) 사람 또는 아일랜드의 켈트 사람.
** 스코틀랜드의 작은 언덕 등에 산다고 여겨지는 요정의 일종.

없지. 인간은 보통 아이디어가 형편없어. 아이디어를 더 흥미롭게 만들 상상력이 없었지."

검은 종마는 발굽을 탁탁 치며 크게 히힝 울었다. 돔누는 빙빙 돌다 말고, 힘센 말을 흘끗 바라보았다. 환하게 웃는 입 사이로, 이가 보였다. 돔누의 목소리가 점점 더 차분해지고, 점점 더 위협적으로 변했다.

"넌 동의하지 않니, 내 망아지야? 너한테는 그 흥분이 너무 과했던 거냐?"

돔누는 더 가까이 다가와 천천히 종마의 코를 손으로 문질렀다. 종마 는 살짝 떨었지만, 머리는 여전히 높게 치켜들고 있었다.

"다시 체스 조각으로 되돌아가고 싶은 게야?"

그러자 내가 처음으로 돔누의 동굴을 방문했을 때 보았던 검은 체스 말이 떠올랐다. 당시 말은 지금처럼 기백을 보여주었다. 그리고 이 말은 내게 희미하게 어떤…… 종마를 떠올려주었다……. 이름이 뭐였더라? 나는 입술을 깨물며 아주 오래전 그때를 떠올렸다. 아버지가 단단한 팔 로 나를 감쌌던 걸 느꼈다. 그리고 우리를 태우고 성의 영토를 내달리 던 강인한 말의 등을 느꼈다. 다른 건 모두 잊어버렸더라도, 그 종마의 당당한 걸음걸이와 위엄 있는 숨결을 결코 잊을 수 없었다. 그리고 내 손에서 사과를 먹던 모습을…….

돔누가 종마에게 말하는 동안, 할리아는 내 옆에서 꿈틀거리며 눈을 떴다. 대머리 노파를 본 할리아의 몸이 뻣뻣하게 굳었다. 뺨에 혈색이 약간 돌아오기는 했지만, 할리아는 여전히 아파 보였다.

"일어설 수 있겠어?"

내가 속삭이듯 물었다.

"난…… 잘 모르겠어. 그 소용돌이 바람이…… 우린 지금 어디 있는 거지? 저…… 노파는 누구야? 내가 뭘 놓친 거지?"

할리아는 걱정스러운 표정으로 나를 살펴보았다.

"많은 걸 놓쳤지. 내가 말해줘도 믿지 못할 거야."

나는 할리아에게 억지 미소를 지었다.

할리아는 이마를 찡그리며 내 팔을 붙잡고, 무릎을 굽혀 일어났다. 할리아의 눈길은 다시 한 번 돔누에게 향했다.

"저 여자는 왠지 으스스해. 저 여자는 도대체 누구야?"

"돔누. 우린 돔누의 동굴에 와 있는 것 같아……."

"자, 이제, 우리의 두 번째 손님이 깨어났군."

돔누가 끼어들었다. 돔누는 날카로운 눈빛으로 종마를 흘끗 바라보고는 우리에게로 스르르 미끄러지듯 다가왔다. 이윽고 할리아를 향해 몸을 구부리며, 주름진 머리 가죽을 손으로 매만졌다.

"사슴 여인이군, 맞나?"

돔누는 일부러 혓바닥을 딱딱 찼다.

"턱을 보면 언제나 알 수 있어. 혈기 왕성한 골격이야. 난 그 모양을 알지! 너무나 사랑스럽게 갈라지지."

두려움에 몸이 굳어 있었지만, 할리아는 최대한 차분하게 들리도록 담담하게 말했다.

"맞아요, 사슴 종족 소녀예요……."

할리아는 시선을 먼 곳으로 향했다.

"그리고 간청하는데, 아니, 요구하는데, 우리를 풀어주세요. 지금…… 당장."

"요구한다고? 지금 요구라고 했나?"

노파는 다시 한 번 빙글빙글 돌면서 허기진 늑대처럼 우리를 유심히 살펴보았다.

"더 이상 요구 따위는 안 하는 게 좋을 거다, 우리 아가. 버릇이 없구나, 정말 버릇이 없어. 때가 되면 널 어떻게 할지 결정할 거야. 말한테 교훈을 어떻게 가르쳐줄지 결정한 것처럼."

그 말에 종마는 다시 돌바닥을 쿵 밟았다. 종마는 당당하게 콧바람을 불었다.

돔누는 이제 더 이상 빙빙 돌아다니지 않았다. 짙은 눈동자가 가늘어졌다. 방 저 구석에서 푸른빛이 기이하게 부풀며 열기 없는 불꽃처럼 딱딱 소리를 냈다.

"그래 이해한다, 내 망아지. 넌 변신이 필요해. 삶에 대한 다른 시각이 필요하지."

돔누의 목소리는 부드럽게 들렸다. 그와 동시에 위협적으로 들리기도 했다.

돔누가 집게손가락을 들어 올렸다. 집게손가락을 슬쩍 훑어보고는 자기 피부를 가로질러 희미하게 빛나는 푸른빛을 지켜보았다. 그러고는 손가락을 조심스럽게 천천히 핥았다. 마침내 돔누는 축축한 손가락을 자기 입술에 대고 아주 부드럽게 바람을 불었다.

종마는 뒤로 물러서며 큰 소리로 히힝거렸다. 그러면서 거대한 발굽을 허공에 대고 마구 발길질했다. 갑작스레 종마는 자그마한, 날카로운 코의 짐승으로 줄어들었다. 뱀처럼 가냘프게 변했다. 갈색 털에 자그마한 검은 눈동자의 족제비였다. 자그마한 짐승은 우리에게 애처로운 표정을 지어 보이더니, 바닥을 가로질러 황급히 달아나며, 푸른 불꽃 속으로 사라졌다.

할리아는 숨을 헐떡이며 내 손목을 꽉 붙들었다.

돔누는 삐뚤빼뚤 고르지 않은 이를 활짝 드러냈다.

"불쌍한 자그마한 망아지. 이제 녀석은 쉴 기회를 얻은 거야."

돔누의 눈길이 다시 우리를 향했다.

"물론, 난 녀석에게 이빨을 주지 않았어. 그래야 녀석한테 이빨을 사용하고자 하는 유혹이 들지 않을 테니까, 그러니까 부적절하게 말이야."

"당신은 비열해! 그런 짓은 정말 끔찍한 거라고요! 말은 그냥……."

나는 외쳤다.

"버르장머리가 없구나."

돔누의 얼굴은 솟구치는 푸른빛 속에서 어른거렸다.

"난 네가 똑같은 짓은 또 하지 않으리라 믿는다."

돔누는 툭 튀어나온 사마귀를 긁으며 생각에 잠겼다.

"특히 내가 너에게 값비싼 음식을 먹일 생각이니까."

돔누는 쭈글쭈글한 두 손을 딱 부딪쳐 소리를 냈다. 즉각 바닥 한가운데 놓인 참나무 탁자 위에 어마어마한 성찬이 나타났다. 김이 모락모락 나는 빵, 우유 푸딩, 구운 사과, 버터를 바른 채소, 송어, 물과 와인이 담긴 병 그리고 구운 밤나무 향이 나는 큼지막한 파이가 우리 앞에 놓였다.

입에 침이 고였다. 배가 마구 요동쳤다. 나는 파이를 먹으려고 했다. 하지만 할리아를 흘끗 바라보니, 할리아도 나처럼 미심쩍어하는 눈치였다. 우리는 동시에 고개를 가로저었다. 나는 다리에 힘을 주며 할리아가 일어서는 걸 도와주었다. 할리아는 비틀비틀 움직였다. 할리아는 저 멀리 사라진 족제비 쪽을 바라보았지만, 나는 돔누와 눈길이 마주쳤다.

"우린 당신 음식 먹고 싶지 않아요."

"정말? 넌 사슴 고기를 더 좋아하니?"

돔누는 자기 머리 가죽을 두드렸다.

나는 이맛살을 찌푸렸다.

"차라리 노파 고기가 낫겠어요."

방 저쪽의 푸른빛이 이글거렸다. 하지만 돔누는 우리를 싸늘하게 쳐다보았다.

"배가 안 고프다니 놀랍구나, 우리 아가들. 어쨌든 너흰 이곳에 상당히 오랫동안 있었어."

"오랫동안이라고요? 우리가 이곳에 얼마나 있었는데요?"

나는 돔누를 노려보며 물었다.

돔누는 다시 빙글빙글 돌기 시작했다. 발이 돌 위에서 쿵쿵 소리를 냈다.

"아, 계획대로 될 때 너 같은 아이들이 얼마나 사랑스러울 수 있는지! 아직 날 수 없어 화를 내는 자그마한 참새들처럼 말이야! 하지만 그래, 우리 아가, 내 자그마한 소용돌이가 너를 잡아온 건 상당히 오래전이지. 나는 네가 깨어나지 못하면 어쩌나 걱정했단다. 적어도 내가 마차를 몰 기분이 아니었을 때는 걱정했지."

돔누는 한쪽 귀 옆의 주름을 긁어댔다.

"심지어 네가 절대 깨어나지 않는다는 데에 나 혼자 내기를 걸기도 했어. 지금은 내 곁에 아무도 없으니까. 비록 그 내기에서 졌지만, 이기기도 했지. 만약 네가 내 뜻을 알아차린다면 말이야. 아주 훌륭한 결과야. 난 이기는 게 정말 좋아."

돔누가 나지막하게 낄낄 웃었다.

"얼마나 오래되었는데요?"

내가 재차 물었다.

돔누는 여전히 빙글빙글 돌며 하품을 하면서, 삐뚤빼뚤 고르지 않은 이를 모두 드러냈다.

"음, 이제 적어도 이틀은 지났다고 말할 수 있겠는걸."

"이틀이라고요? 그럼 이제 저한테는 3일밖에 남지 않았다고요!"

나는 소리쳤다.

"뭐가 남았다는 거지, 우리 아가? 무슨 중요한 약속이라도 있는 거냐?"

나는 돔누 앞으로 다가가 돔누의 발걸음을 멈춰 세웠다.

"네, 약속이 있어요."

나는 멈칫했다. 더 말해도 되는지 확신이 서지 않았다.

"아주 중요한 사람과 말이에요."

"그래? 안되었군, 정말 안되었어. 난 네가 발디어그를 만나러 가는 길이라 생각했는데 말이야."

노파가 소름 돋는 눈초리로 물었다.

나는 주춤했다.

"맞아요, 사실이에요. 그래서 당신을 찾고 있었던 거예요, 돔누."

나는 몸을 꼿꼿이 세웠다.

"그러니까…… 제 갈라토를 찾으러 온 거라고요."

돔누는 기이하게도 입술을 반쯤 들어 올리며 냉혹한 미소를 지었다.

"정말 흥미롭군. 나도 똑같은 이유로 널 찾고 있었으니까."

"그게 무슨 말이에요?"

돔누의 이마를 가로질러 푸른빛이 춤을 추었다.

"그러니까, 우리 아가, 누군가 갈라토를 훔쳐갔거든."

20

이온

내 무릎이 힘없이 털썩 꺾였다.

"훔쳐갔다고요?"

방 안의 푸른 불꽃이 부풀어 올랐다. 가느다란 그림자가 죽은 나무처럼 돌바닥을 가로질러 춤을 추었다.

"그래, 우리 아가. 누군가 갈라토를 훔쳐갔어. 이런! 제기랄! 정당한 소유자인 나한테서 가져갔다고."

"아니요. 당신이 아니라 제가 정당한 소유자예요."

나는 주먹을 쥐고 허리에 얹었다.

돔누는 한 손을 함부로 들고 말했다.

"음, 원칙적으로 말해 네가 그 물건에 대한 소유권을 주장할 수는 있겠구나."

"주장이라고요?"

"네가 그 물건의 주인이라고 말할 수도 있겠지. 하지만 그보다 더 중요한 사실은, 내가 그 물건을 가지고 있다는 거지. 아니, 적어도 한때 가지고 있었지. 그걸 누가 훔쳐갔든 내게 다시 돌려줘야 할 거야."

214

돔누는 주먹을 꽉 움켜쥐었다. 뼈가 우두둑하고 쪼개지는 소리가 조그맣게 들렸다. 마치 누군가의 해골을 짓이기는 것 같은 소리였다.

"그리고 이런 일이 다시는 일어나지 않도록 만반의 준비를 갖추어야 하겠지."

돔누가 나지막하게 으르렁거렸다.

할리아는 사슴 같은 눈을 돔누의 발에 고정한 채로, 머뭇머뭇 물었다.

"누가…… 그걸 훔쳐갔다는 거예요?"

돔누는 오른 손바닥을 벌리며 눈을 깜빡였다. 붉은 포도주가 찰랑거리는 은빛 술잔이 나타났다. 이리저리 비비 꼬인 뱀이 술잔의 테두리를 장식하고 있었다. 돔누는 천천히 한 모금 마시더니, 마지막으로 입술을 핥았다.

"우리 아가, 질문은 누가 그런 짓을 했느냐가 아니란다. 누가 그런 짓을 할 수 있는가가 옳은 질문이지. 내 집은 비록 초라하지만, 방어가 아주 잘 되어 있거든."

내 시선은 성찬이 잔뜩 차려진 탁자 위를 두리번거렸다. 그러고는 지평선을 바라보았다. 종마가 끌고 온 마차가 처음 나타났던 곳. 오직 푸른빛의 둥근 원만이 이제 그곳을 나타내고 있었다. 내가 금방이라도 저 마차에 짓이겨질 거라고 확신했다는 게 믿기지 않았다. 하지만 아까는 정말 현실처럼 느껴졌다. 마차 바퀴에 뭉개질 줄로만 알았다.

"누군가 당신 동굴에 들어와 물건을 훔쳐갈 거라고는 상상할 수 없어요. 당신은 아주 강력한 마법을 할 줄 알잖아요!"

돔누는 또다시 술을 한 모금 마시다 말고 중간에 멈추었다. 돔누가 술잔을 불쾌한 표정으로 노려보자, 성배는 돔누의 손바닥 안에서 녹기 시작하더니 은 웅덩이를 이루었다. 곧 거품이 뽀글뽀글 일며 김이 모락

모락 났다. 마침내 돔누가 눈을 깜빡거리자, 모든 것이 사라져버렸다. 돔누는 우리를 향해 눈길을 돌렸다. 그 눈길은 밤 그 자체보다 더 어두워 보였다.

"그게 바로 요점이야, 우리 아가. 누가 갈라토를 훔쳐갔든, 내 마법은 전혀 문제가 되지 않았어. 아니, 그자는 내가 아주 오랫동안 만나보지 못한 무기를 갖고 있었어. 마법 그 자체를 무력하게 만드는 무기 말이야."

나는 깜짝 놀랐다.

"당신 말은…… 금지된 마법을 말하는 건가요?"

돔누가 고개를 끄덕였다. 그 모습이 푸른빛을 받아 아른거렸다.

"그것이 더 이상 핀카이라에 남아 있지 않다고 철석같이 믿었기에 나는 대비를 못했지. 다시는 안 돼! 그것을 휘두른 자는 내가 동굴을 떠나기만을 기다렸어. 나는 몇 십 년 만에 한 번씩 동굴을 비우거든. 그자는 내 마법의 실 몇 가닥을 풀고는 곧장 들어왔어. 금지된 마법은 어떤 흔적이든 지워버리지."

돔누가 사악한 미소를 짓자 삐뚤빼뚤한 이가 드러났다.

"하지만 한 가지 결함이 있었어."

돔누는 가까이 몸을 기울였다. 그러고는 비밀스럽게 속삭이는 목소리로 말했다.

"갈라토는 자기 주인을 위해서만 봉사한다는 걸 넌 기억할 거야. 그것을 주인이 기꺼이 주었을 경우에만 작동하지. 그러니까 이 경우는 확실히 주인이 기꺼이 준 것이 아니었지."

나는 작은 가방의 가죽 끈을 손으로 매만지며 돔누의 말을 곰곰이 생각했다.

"그렇다면 누가 갈라토를 가지고 있든 그걸 사용할 수는 없겠군요."

"바로 그거야, 우리 아가. 그 실수 또한 드러나고 있지. 그러니까 갈라토를 훔쳐간 자는 마법에 대해 상당히 많이 알고 있을 뿐만 아니라 탐욕스럽고 거만하며 충동적인 자임에 틀림없어."

나는 작은 가방 안으로 손을 넣었다. 내 프살테리움의 남은 줄 하나가 만져졌다. 그 줄은 너무 딱딱하고 부서지기 쉬웠다.

"난 도둑이 누군지 알아요."

돔누가 나를 의심스러운 눈초리로 바라보았다.

"네가 안다고?"

"네."

나는 가슴속의 공허함을 느끼며 고개를 끄덕였다.

"내 능력을 훔쳐간 자와 같은 자예요."

"자세하게 말해봐, 우리 아가."

나는 할리아와 눈빛을 주고받았다.

"말하기 전에 약속해줘요. 이번에는 절대 배반하면 안 돼요."

깜빡이는 불빛에 돔누의 삐뚤빼뚤한 이가 훤히 드러났다.

"왜 그러니, 우리 아가! 날 못 믿는다는 거냐?"

"안 믿어요! 절대 안 믿을 거예요."

나는 돔누를 신중하게 바라보았다.

"하지만 당신과 협력하겠다고 약속할게요. 비록 잠시 동안이지만."

돔누는 부드럽게 으르렁거렸다.

"동맹을 맺겠다, 그 말인가?"

"네, 동맹이오."

"조건은 뭔데?"

나는 주먹을 불끈 쥐었다.

"만약 우리가 능력을 합쳐 갈라토를 되찾는다면, 나는 갈라토를 갖고 발디어그와 싸울 수 있어요. 지금부터 사흘 뒤에……. 만약 내가 살아남는다면 갈라토는 당신 거예요. 나는 갈라토에 대한 아무런 주장도 하지 않겠어요."

돔누의 짙은 눈동자가 커졌다.

"만약 네가 살아남지 못한다면?"

"그래도 갈라토는 당신 거예요. 당신이 발디어그와 싸워야 할지도 모르겠어요. 하지만 난 더 이상 이곳에 남아 당신을 곤란하게 만들지 않을 거예요."

"음, 군침 도는 제안이군. 하지만 한 가지 조건을 더 덧붙여야겠다. 만약 네가 내 도움을 받아 다시 갈라토를 되찾게 된다면, 넌 내게 뭔가를 보여줘야만 해."

돔누는 나를 엄하게 노려보았다.

무슨 말인지 궁금해서 나는 고개를 치켜들었다.

"제게 뭘 보여달라는 거지요?"

돔누는 주저하며, 머리카락 없는 머리를 몇 차례 두드렸다.

"아, 그다지 중요한 건 아니야, 정말이야. 그냥 사소한 거야."

"그게 뭔데요?"

돔누가 바짝 몸을 기울이는 바람에 우리 코가 거의 닿을 뻔했다.

"그 목걸이가 어떻게 작동하는지 나한테 보여줘야 해. 특히 한가운데 있는 그 초록색 보석 말이다."

나는 뒤로 주춤주춤 물러섰다. 하마터면 할리아와 부딪힐 뻔했다.

"당신은…… 당신도 모른단 말이에요? 당신의 그 모든 능력에도 불구하고 말이에요?"

돔누는 목소리를 낮추는 시늉을 했다.

"내가 알고 있으면 이렇게 너한테 부탁하겠니? 난 떠돌이 음유시인이 너한테 말해줄 수 있는 정도만 알 뿐이야. 그 능력은 정말로 엄청나다는 것 그리고 완전히 신비롭다는 것 말이야."

나는 카이르프레의 설명을 떠올리며 그 말을 인용했다.

"알고 있는 것 이상으로 엄청나다."

"정말 그렇지. 내가 아주 짧은 시간, 그러니까 천 년이나 이천 년 안에 그 모든 비밀을 꿰뚫어볼 수 있다는 건 의심의 여지가 없어. 하지만 널 아는 누군가가 이런 생각을 하게 만들었어. 네가 도와주면 좀 더 빨리 알아낼 수 있다고 말이야. 이런! 젠장, 빌어먹을! 그자의 이름이 뭐더라? 리타 고르와 함께 항상 게임을 하던 그 자그마한 녀석 이름이……."

"다그다. 다그다가 리타 고르와 했던 싸움은 게임이 아니에요."

내 얼굴이 붉어졌다. 자그마한 녀석이라니!

돔누는 조그맣게 낄낄거렸다.

"정말 천진난만하군! 매력적이야, 우리 아가, 매력적이야."

돔누는 나의 경멸과 멸시를 아랑곳하지 않고 말을 이었다.

"아마도 언젠가 넌 모든 게 게임이라는 걸 터득하게 될 거다. 어쩌면 마차 경주를 하는 것처럼 아주 진지한 게임. 아니면 하찮은 일들로 가득한 삶처럼 의미 없는 게임."

나는 두 발을 단단히 버티고 서서, 발뒤꿈치를 돌바닥에 문질렀다.

"절대 그럴 리 없을 거예요."

돔누는 허공에 대고 손을 흔들었다. 돔누의 손은 푸른빛으로 넘쳐났다.

"그건 중요하지 않아. 네가 더 많은 걸 배울 만큼 오래 살 수 있으리라 생각하지 않으니까. 설령 그렇다 할지라도, 난 다그다의 말이 사실이라고 생각하고 위험을 감수할 거야. 다그다가 내게 말했지. 언젠가 반은 인간인 멀린이라는 자가 갈라토의 능력을 진정으로 익힐 거라고 말이야.”

나는 너무 놀라 숨이 멎을 뻔했다.

“음, 당신의 조건을 받아들일게요. 비록 그 예언이 실현되리라고는 믿지 않지만 말이에요. 어떻게 그럴 수 있겠어요? 오랫동안 그 목걸이를 차고 있으면서, 내 가슴에 닿는 그 무게를 느끼면서, 난 오직 이것 하나밖에 못 배웠어요. 그 마법이 진정 무엇인지 모르지만, 뭔가…… 감정과 관련이 있다는 것을요.”

돔누가 갑자기 동요하며 자기 목에 잡힌 주름을 잡아당겼다.

“무슨 감정?”

“사랑이오.”

돔누는 상한 우유를 마신 것 같은 표정을 지었다.

“젠장! 그 말이 사실이야?”

나는 고개를 끄덕였다.

“음…… 말했듯이, 위험 부담은 내 몫이야. 난 갈라토의 능력을 알아낼 수 있는 방법을 찾고 싶을 뿐이야. *자, 됐다, 우리 아가. 동맹. 당분간이지만.*”

“기다려요. 나도 조건이 하나 더 있어요.”

나는 깜빡거리는 푸른 불빛을 흘끗 바라보았다.

돔누는 의심스러운 눈초리로 나를 바라보았다.

“무슨 조건?”

“동맹을 맺기 전에 저 종마를 원래의 모습으로 돌려놓아주세요.”

할리아가 깜짝 놀랐다. 할리아의 갈색 눈동자가 놀란 표정으로 나를 바라보았다. 그리고 확신할 수는 없었지만, 감사의 표정도 담겨 있는 것 같았다.

"저 말을? 왜 그래야 하지?"

돔누가 물었다.

나는 숨을 들이켜며 내 자신의 발굽으로, 내 자신의 튼튼한 네 발로 달리던 때의 느낌을 떠올렸다.

"당신은 제 도움이 필요하니까요."

돔누가 투덜거렸다.

"그렇군. 좋아, 그 멍청한 짐승이 톡톡히 교훈을 얻었는지 의심스럽긴 하지만."

돔누는 방 저쪽을 향해 손가락 하나를 튕겼다. 갑자기 커다란 말 울음소리가 들리더니, 뒤이어 말발굽 소리가 들렸다. 검은 종마가 달려왔지만, 돔누와는 멀리 있으려 했다. 종마는 할리아에게 조심스럽게 다가와 할리아가 내민 손에 코를 비볐다. 그러고는 꼬리를 살랑살랑 흔들며 옆걸음으로 내게 다가왔다. 나는 종마의 반짝반짝 빛나는 털에 살며시 손을 얹고, 실크처럼 부드러운 털을 쓰다듬었다. 종마는 그에 대한 반응으로 부드럽게 힝힝거렸다.

"저 녀석이 널 알고 있어."

할리아가 알아차렸다.

나는 종마의 검은 갈기를 어루만지며 친숙한 냄새를 들이마셨다. 천천히 내 입꼬리가 위로 올라갔다.

"난 이 녀석을 알고 있어. 이 말의 이름은…… 이온이야. 우리 아버지의 말이었지. 그리고 내 첫 번째 친구이기도 했고."

돔누는 어깨를 으쓱해 보였다.

"정말 감동적이군. 아주 멋져. 그럼 난 저 말을 내기에 거는 걸 생각해야겠군. 튼튼한 짐승이기는 하지만 통풍이 잘 되는 낡은 마구간에서 구해준 이후로 저 녀석은 내게 문젯거리밖에 안 되었거든."

이온은 큰 소리로 콧바람을 불었다. 하지만 돔누는 이온에게 전혀 관심을 보이지 않았다.

"내게 정말로 필요한 건 좀 더 순하고 복종하는 녀석이야. 차라리 고블린이 나을지도 모르겠어. 내 체스 판에 쓸 말로 말이야. 네가 우리의 자그마한 동맹에 동의한다면, 저 종마는 네 거야."

나는 목에 닿는 이온의 따뜻한 숨결을 느끼며 고개를 끄덕였다.

"하지만 이 말은 내 것이 아니에요. 다른 누구의 말도 아니죠. 이 말은 자신에게만 속해요, 오직 자신에게만."

이온은 내 어깨에 코를 들이밀었다. 나는 계속 이온의 갈기를 어루만져주며, 어릴 적에 그 곁에 딱 붙어 있던 때를 떠올렸다. 문득 충동적으로 탁자 위의 접시에 놓인 사과 하나를 집어 들었다. 이온은 자기 코로 사과를 살짝 밀쳐두고, 내 손에 따뜻한 콧바람을 다시 한 번 내뱉었다. 그러고는 입술로 사과를 감싸 한 모금 물고는, 큰 소리를 내며 씹어 먹었다. 그 모습을 지켜보는 할리아의 얼굴에 희미하게 미소가 번졌다.

"그러지! 우리 아가. 내가 저 말을 풀어주지."

나는 이온이 사과를 한 입 더 씹어 먹는 모습을 지켜보고는, 돔누를 향했다.

"이제 우린 동맹을 맺은 거예요."

돔누는 탁자 위에 여전히 김이 모락모락 피어나는 빵을 향해 손을 뻗었다. 그러더니 빵을 뜯어 반은 내게 주고 반은 할리아에게 건넸다.

할리아는 마지못해 빵을 받아 들었다.

"여기. 비록 일시적이기는 하지만 우리가 동맹을 맺는다면, 넌 능력이 필요할 거야."

돔누는 또 다른 빵 덩어리를 뜯어 그걸 자기 입안에 툭 던져 넣었다.

"음, 나쁘지 않군. 그러니까, 냠냠, 그래, 냠냠……."

이온은 사과를 다 먹어 치우고는, 자신의 부드러운 코를 내 손목에 비벼댔다. 동시에 나도 빵을 먹었다. 즉시 내 입안에 잘 구운 빵 냄새가 가득 퍼졌다. 삼키기도 전에 이온은 자신의 코로 내 어깨를 밀었다. 나는 활짝 웃으며 접시로 손을 뻗어 이온에게 사과 하나를 더 주었다. 이온이 사과를 먹는 동안, 나도 빵을 먹었다. 그러자 할리아도 빵을 먹기 시작했다.

할리아와 나는 통나무 탁자를 향해 함께 움직였다. 돔누가 손을 튕기자 나무의자 세 개가 나타났다. 할리아와 나는 음식에 푹 빠져, 배가 터지도록 게걸스럽게 먹고 마셨다. 돔누는 밤나무 소스를 뚝뚝 흘려가면서 단 몇 초 만에 파이를 다 먹어 치웠다. 아쉬워하는 내 표정을 보고는 손을 흔들었다. 블루베리가 박혀 있는 새로운 파이가 갑자기 접시를 채웠다. 어쨌든 할리아와 나는 그걸 먹을 여유가 있었다.

드디어 돔누가 자기 의자를 밀었다.

"이제 네 능력을 빼앗아간 그자에 대해 말해봐. 그리고 왜 그자가 갈라토를 훔쳐간 녀석과 같은 놈이라고 생각하는지 그 이유도 말해봐."

나는 송어의 기름진 소스가 묻은 턱을 손등으로 쓱 닦아냈다.

"난 우르날다를 말하는 거예요, 소인들의 마법사."

돔누가 비웃었다.

"터널에 사는 그 늙어 빠진 여자 마법사를 말하는 거냐? 그 여자 마법사가 거만하고 탐욕스러운 건 사실이야. 하지만 인내심이라든가 교활함이라고는 없어. 그리고 무엇보다 마법에 대해 아는 거라고는 쥐뿔도 없지. 나는 그 여자 마법사가 금지된 마법을 휘두를 수 있다고는 믿지 않아. 그 마법은 무척이나 위험해. 그 마법을 휘두르면 휘두르는 사람의 마법도 파괴되거든."

"우르날다가 그걸 저한테 사용했다고요!"

나는 벌떡 일어섰다. 두 손으로 내 갈빗대를 눌렀다.

"내 모든 마법, 내 모든 능력이 지금은 사라지고 없어요. 우르날다는 심지어 제 지팡이도 가져갔어요."

나는 침을 꿀꺽 삼켰다.

돔누의 늙은 눈동자가 나를 유심히 살폈다.

"사실이 아니야. 지금도 네 안에 마법이 있다는 걸 난 알 수 있어."

나는 할리아와 눈빛을 슬프게 주고받았다.

"분명 제 친구가 저한테 선물해준 마법을 느끼는 거예요. 하지만 그 마법은 딱 한 가지만 할 수 있게 해줘요."

"그게 뭐지, 우리 아가?"

할리아는 내게 경고의 눈빛을 보냈다.

"그건…… 일종의 영광을 아는 거요."

나는 천천히 숨을 들이마셨다.

"비록 그 마법조차도 오래 지속되지는 않지만요."

돔누의 머리가죽에 주름이 더 깊이 잡혔다. 돔누 뒤로 푸른 불꽃이 뒤틀리며 비비 꼬이더니, 우람한 두 손 위로 그림자를 드리웠다.

"지속되지 않을 거야. 내 생각에는 넌 이 용과 대결하려는 결심이 무척이나 강하구나. 난 그걸 분명히 알 수 있어. 음, 이제, 말해봐. 우리가 지난번에 만났을 때 내가 했던 예언을 기억하고 있니?"

나는 어깨를 으쓱해 보였다. 돔누의 가시 박힌 말이 마치 귀에 들리는 듯이 생생했다.

"당신은 내가 핀카이라에 파괴를, 철저한 파괴를 가져올 거라고 말했어요."

"그래, 맞다, 우리 아가. 그걸 너무 진지하게 받아들이지는 마라. 게다가 난 지금 내 예언이 약간은 가혹했다고 생각하니까."

"정말인가요?"

"그래, 그 생각 자체가 틀려서 그런 것은 아니라는 걸 명심해. 난 네가 그런 문제를 일으킬 정도로 오랫동안 살 수 있을지 정말로 의심스러우니까."

그림자가 탁자 위를 가로질러 무덤 도굴꾼처럼 흔들렸다.

나는 얼굴을 찡그릴 수밖에 없었다.

"어떤 경우든 우리는 네 남은 시간을 가장 생산적으로 사용할 수 있는 방법을 생각해내야만 해."

돔누가 이어 말했다. 우리를 둘러싼 불꽃이 탁탁 소리를 냈다.

"아니, 아니, 넌 남아 있는 얼마 안 되는 그 시간을 우르날다를 찾느라 허비할 뿐이야."

"하지만 왜죠? 난 우르날다가 훔쳐갔다고 확신해요."

돔누는 고개를 절레절레 저었다. 그 바람에 푸른빛의 잔물결이 파도처럼 머리가죽에 일었다.

"네 말이 맞을 가능성도 있겠지. 하지만 난 정말로 네 말이 의심스러워. 하지만 덕분에 좋은 생각이 났어. 이런! 내가 좀 더 일찍 생각해냈어야 하는데. 장소가 한 군데 있지. 신탁과 비슷한 곳이야. 그것은 어떤 질문에도 답을 해줄 수 있어. 죽을 운명을 지닌 생명체가 묻는 질문에 말이야. 그래서 나는 안 돼. 하지만 너한테는 효과가 있을 거야."

망설이면서 나는 이마에 흘러내린 머리카락을 쓸어넘겼다.

"그곳이 어딘데요? 가기 어려운 곳인가요? 저한테는 시간이…… 별로 없어요."

"전혀 어렵지 않아, 우리 아가. 그리고 이번에는 회오리바람도 필요 없지! 난 도약으로 널 그곳에 보낼 수 있어."

나지막하게 낄낄거리는 웃음이 돔누의 목구멍을 가득 채웠다.

"참, 네가 괜찮다면 마차를 사용할 수도 있지. 시간이 좀 더 걸리겠지만 훨씬 더 흥미진진할 거야."

돔누는 내 표정을 보고는 이마를 찌푸렸다.

"좋아, 도약으로 하자."

"난 여전히 확신이 서지 않아요. 만약 우르날다가 갈라토를 갖고 있다면, 내가 그걸 되찾아오는 데에는 시간이 엄청 걸릴 거예요."

돔누는 포도주 병에 손을 뻗어 입을 동굴처럼 넓게 벌리고는 포도주를 목구멍 아래로 모조리 쏟아 부었다.

"아, 우리 아가, 이해하지 못하겠니? 만약 우르날다가 갈라토를 가지고 있지 않다면, 넌 네 시간을 쓸데없는 일에 모조리 사용하게 될 거야. 하지만 만약 우르날다가 그걸 가지고 있다면, 신탁이 너한테 솔직하게 말해줄 거야. 이 방법으로 확실히 알게 될 거야, 누가 진짜 도둑인지."

돔누는 포도주 병을 주먹으로 깨부쉈다. 돌 위로 유리 조각이 퍼졌다.

"그리고 그것은, 빌어먹을, 그것은…… 난 정말로 그걸 알고 싶지 않구나."

나는 천천히 고개를 끄덕였다.

"그렇다면 좋아요. 저한테 신탁에 대해 말해주세요. 그곳에 어떤 사람이 있나요?"

"사람이 아니야, 정확히 말하면. 신탁은 남쪽 끝에 있어. 바다 근처에, 절벽으로 둘러싸인 곳에, 연기가 피어오르는 가파른 절벽에."

그 말에 할리아의 몸이 굳어졌다. 할리아는 뭔가를 말하려 했지만 돔누가 할리아의 말을 끊어버렸다.

"그건 아주 간단해, 우리 아가! 넌 그저 물어보기만 하면 돼."

돔누는 일렁이는 불빛을 흘끗 바라보았다.

"그러니까 사소한 장애물을 넘은 다음에."

나는 움츠러들었다.

"어떤 장애물인데요?"

푸른빛이 방 안에 폭발하듯 퍼지며 모든 걸 집어삼켰다.

3부

21

안개의 탄생

소금. 내 입술 위에……. 허공에…….

나는 갑작스레 깨달았다. 내 다리와 등이 축축하게 젖었다는 것을. 완전히 쫄딱 젖었다. 나는 몸을 뒤척였다. 그때 뭔가 거친 게 내 목덜미를 긁어댔다. 나는 화들짝 놀라 얼른 일어나 앉았다. 연보라색 불가사리 한 마리가 내 어깨에서 내려와 내 옆으로 털썩 떨어졌다.

조수 웅덩이! 나는 조수 웅덩이 안에 앉아 있었다. 해초 줄기가 내 팔에 엉겨 붙었다. 부풀어 오른 끈적끈적한 해삼이 내 엉덩이를 감쌌다. 그리고 그곳에 할리아가 나를 향해 미소를 지으며 앉아 있었다. 할리아는 투명한 검은 모래 해안을 어루만지는 파도를 등진 채, 거친 나무조각에 기대어 있었다. 할리아는 웃음을 그치고 재빨리 내 시선을 피했다.

"이런, 젠장!"

나는 욕을 퍼부으며 얕은 웅덩이 밖으로 나왔다. 일어서니 옷에서 물이 줄줄 흘러내려 신발에 튀었다.

"하필이면 여기에 착륙할 게 뭐람!"

할리아의 시선이 내 쪽을 향해 움직였다. 이윽고 저 먼 곳을 바라보며 말했다.

"곧 마를 거야."

할리아는 조용히 입을 열었다. 그러다 아주 오랫동안 말을 멈추고는 파도 너머에서 물결치듯 움직이는 안개 벽을 바라보았다.

"이곳은 보기보다 훨씬 더 많은 열기를 머금고 있거든."

할리아의 말이 무슨 뜻인지 의아하게 생각하며, 나는 따끔거리는 등을 문질렀다. 불가사리한테 물렸던 부분의 아픔은 희미해졌지만, 그 냄새는 전혀 그렇지 않았다. 게다가 문지르니 더 고약했다. 마늘과 비슷하지만 더 강한 냄새가 주변을 맴돌며, 짭짤한 바다 냄새조차 밀어냈다. 나는 그 냄새를 씻어내기 위해, 조수 웅덩이로 몸을 기울여 물을 약간 끼얹었다.

"잠깐만 기다려봐. 보라색 불가사리 냄새는 그다지 오래가지 않거든. 그래도 노란색 불가사리가 아니어서 천만다행인 줄 알아야 해. 그 냄새는 없어지려면 며칠은 걸리니까 말이야. 그리고 이 바다에는 노란색 불가사리가 엄청 많아."

할리아가 계속 안개를 바라보며 말했다.

나는 짜증스럽게 할리아를 노려보았다.

"불가사리에 대해 어떻게 그렇게 잘 아는 거야? 그리고 여기를 어떻게 그렇게 잘 알아?"

할리아는 내게 시선을 돌렸다. 안개보다 훨씬 더 부드러운 표정이었다.

"이곳에서 어린 시절을 보냈으니까. 우리 종족이 서쪽 숲으로 떠나기 전에 말이야."

"어린 시절이라고? 정말? 이 섬에는 이런 해안이 아주 많은데……."

나는 할리아 곁으로 첨벙첨벙 발걸음을 옮기며 물었다.

"어디에도 이런 모래는 없어. 저런 절벽도 없고."

할리아는 검은 수정을 향해 손가락을 들어 보였다. 그러고는 내 뒤 어딘가를 올려다보았다.

돌아보니 깎아지른 절벽이 죽 늘어서 있었다. 발치에 있는 모래만큼이나 까맸다. 절벽은 불길하게 우뚝 서 있었다. 마치 죽은 나무 숲 같았다. 여전히 수평선 위에 떠 있는 강렬한 태양빛에도 불구하고, 절벽은 온통 그림자 투성이였다. 우뚝 솟은 바위에서 가느다란 연기가 하늘로 피어올랐다.

나는 와들와들 몸을 떨었다. 등에 축축하게 달라붙은 옷 때문만은 아니었다.

"돔누가 말한 연기가 피어오르는 절벽이구나."

"신탁은 어디 있을까?"

할리아는 엄지발가락으로 새조개 하나를 쿡 찔러 그걸 모래 위에 뒤집어놓았다. 그러자 조개껍질에서 기다란 회색 다리 하나가 나오더니 옆으로 기어가기 시작했다. 잠시 뒤, 새조개는 다시 몸을 뒤집고는 바닷물을 찍 뿜어냈다. 할리아는 그 모습을 지켜보며 골똘히 생각에 잠긴 채 미소를 지었다.

"여긴 살기 좋은 곳이야. 친구들로 넘쳐. 지금도 말이야."

"친구라고?"

나는 소름 끼치는 험악한 절벽을, 그러고는 어두운 해안선을 다시 흘끗 바라보았다.

"조개와 불가사리를 제외하고 이곳에는 우리밖에 없어."

"뭐, 아무도 없다고?"

233

할리아는 한참 동안 머뭇거렸다. 마침내 고개를 절레절레 저었다. 땋지 않은 머리에 햇빛이 닿았다.

"우리 종족은 이곳에 있어."

"하지만 네 종족은 이곳을 떠났다고 말하지 않았어?"

"그랬지. 발자국이 이미 모래 속으로 녹아든 사람들만 빼고."

나는 짭조름한 공기를 깊이 들이마셨다. 그 어느 때보다 더 혼란스러웠다.

"무슨 말인지 이해가 안 가."

할리아는 절벽을 향해 손을 흔들었다.

"사슴 눈으로 봐, 멀린. 인간의 눈으로 보지 말고."

나는 뒤돌아 투시력으로 절벽 위를 바라보았다. 절벽 위의 그림자를 꼼꼼히 살펴보았다. 그 가장자리를 느껴보았다. 등 뒤에서 철썩거리던 파도 소리가 희미해지며 다른 소리로 바뀌었다. 가까운 것도 같고 먼 것도 같았다. 뭔가를 팅기는 소리, 뭔가를 두드리는 소리, 계속 뛰어대는 심장처럼, 계속 달리는 발굽처럼······.

이내 나는 가파른 경사면을 가로질러 엮여 있는 희미한 선을 알아차렸다. 그 선은 사방으로 이어져 있었는데, 절벽의 모든 솟아난 곳과 움푹한 곳을 따라 이리저리 휘어 있었다. 오래된 흔적일까? 유구한 세월 동안 셀 수 없는 발굽으로 닳게 된 낡은 흔적일까?

그리고····· 움푹 들어간 곳. 동굴. 그림자보다 더 어두웠다. 신비로움이 가득했다. 그리고 그 이상의 뭔가가 있었다.

나는 고개를 끄덕였다. 드디어 이해했다.

"네 조상들이 아직 이곳에 있구나."

할리아는 암사슴처럼 우아하게 자리에서 일어섰다.

"그래, 우리 조상들은 동굴에 묻혔어. 그리고 내 일부도 조상들과 함께 있지."

할리아는 한숨을 내쉬었다.

"내 심장 속에서 나는 여전히 이 해안과 함께 있어. 저기 저 남색 홍합이 저 바위에 붙어 있는 것처럼 말이야. 꿈속에서 난 이 안개 사이를 둥둥 떠다녀. 우아한 은빛 해파리처럼 모래톱 사이를 헤엄쳐 다녀. 물과 한 몸이 되어 영원히 숨을 쉬지."

할리아의 말이 마치 안개처럼 날 감쌌다.

"그럼 넌 왜 떠났는데?"

"절벽 때문이야. 절벽 주변의 오래된 용암 산이 꿈틀거리며 연기가 피어올랐어."

할리아가 초조해하는 갈매기처럼 해안선을 노려보았다.

"'아주 오래된 옛날'에 그랬던 것처럼 불을 내뿜지는 않았지만 산은 다른 것을 내뿜었어. 아주 사악한 것들을……."

눈 밑의 얇은 살갗이 파르르 떨리기 시작했다. 불을 내뿜는 산이라는 말에, 내가 저지른 불이, 내 얼굴에 영원히 상처를 남긴 불꽃이 떠올랐다. 나는 손을 뻗어 내 살갗을 어루만졌다. 문득 내 손이 얼어붙었다. 내 눈 아래 이 상처는 그 불꽃 때문에 생긴 것이 아니었다. 아니다! 이건 그것보다 더 오래전에 난 상처였다.

어떻게 그걸 잊을 수 있을까? 아주 오래전, 이곳과 비슷한 황량한 해안에서 멧돼지 한 마리가 날 공격했다. 나는 멧돼지의 먹잇감이었다. 멧돼지가 으르렁거리는 소리가 아직도 똑똑히 기억난다. 그 날카로운 엄니가 아직도 눈에 선하다. 그 뜨거운 입김이 아직도 느껴진다. 그리고 그 두근거리던 맥박 하나하나를 생생하게 기억할 수 있었다. 그것이 진짜 멧돼지가 아니라는 사실을, 그것이 정령의 세상에서 온 사악한 장군 리타 고르였다는 사실을 알았을 때의 충격이 똑똑히 기억난다.

할리아는 자기 어깨로 내 어깨를 툭 쳤다. 나는 할리아가 에르먼에게 그렇게 했던 걸 본 적이 있었다.

"무슨 고민이 있구나, 다 보여."

공기가 축축했지만 목이 바싹 말랐다.

"그 사악한 것들, 산에서 나왔다는 거 말이야, 그게 뭐였는데?"

할리아는 이마를 찌푸렸다. 그러고는 몸을 숙여 모래에서 구슬우렁이 한 마리를 들어 올렸다. 멍한 표정으로 할리아는 나선형 둥근 크림색 껍데기를 손가락으로 매만졌다.

"넌 벌써 알고 있는 것 같은데? 정령들, 화난 정령들. 이곳에 살던 사람들의 죽음을 찾아다니는 정령들."

내가 고개를 끄덕이자 할리아가 이마를 더 찌푸렸다.

"절벽에서, 동굴에서, 바다에서 정령들이 튀어나왔어. 아무도 그 이유를 몰랐지. 병과 고통이 뒤따랐다는 것만 알 뿐이었어."

할리아는 몸을 움츠렸다. 뭔가를 떠올린 듯했다.

"그리고 정령들이 예전에도 딱 한 번 왔다는 것도 알고."

"그게 언제였는데?"

할리아는 바위 위에 조개껍데기를 조심스럽게 내려놓았다. 몸을 곧추세우기에 앞서 할리아는 잠시 멈추어 분홍색 꽃 모양 말미잘을 살짝 건드렸다. 그러면서 높은 파도가 다시 돌아오기를 시무룩한 표정으로 마냥 기다렸다. 드디어 할리아는 다시 일어나 나를 바라보았다. 할리아의 눈동자는 이제 놀랍다기보다는 슬퍼 보였다.

"에르먼이라면 너한테 말해줄 수 있었을 텐데. 에르먼은 옛날이야기를 모두 알고 있었거든."

나는 몸을 감싸 안으며 좀 따뜻해지기를 바랐다.

"나도 에르먼이 보고 싶어."

"나도 그래. 나도 정말 보고 싶어."

할리아가 속삭였다.

나는 할리아가 혀로 입술을 적시는 모습을 지켜보았다.

"이제 이빨 좀 괜찮아?"

"아직도 좀 아파. 하지만 다른 곳보다는 그다지 아프지 않아."

할리아가 슬픈 목소리로 말했다.

"네가 하고 싶지 않으면, 그 이야기 안 해줘도 괜찮아. 난 그저 느낌이⋯⋯."

"해볼게."

파도와 그 너머의 일렁이는 안개를 향해 갸름한 턱을 돌린 채, 할리아는 우울한 리듬으로 이야기를 시작했다.

"아주아주 오래전에 언어는 모든 것을 이해하고, 모든 것을 어루만지고, 모든 것을 간직할 수 있었어. 일단 말하면, 모든 이야기는 하나의 빛나는 실이 되었어. 그 실은 살아 있는 무한한 태피스트리*를 짰어. 그것은 이곳 절벽에서부터 바다까지, 이 해안선을 가로질러 그리고 파도 밑으로 쭉 이어졌지. 그곳에서 닿을 수 없는 곳까지, 알 수 없는 곳까지 쭉 뻗어갔어. 태피스트리는 색상과 형태, 어두운 곳과 밝은 곳을 지닌 채 살아 있었는데 여러 가지 이름으로 불렸어. 우리 사슴 종족은 그걸 '카펫 카에로츨란'이라고 불렀어."

---

*여러 가지 색실로 그림을 짜 넣은 직물. 또는 그런 직물을 제작하는 기술.

할리아는 게 한 마리를 물끄러미 바라보았다. 너덜너덜한 해초 잎으로 장식한 게는 할리아의 발치에서 떠다니는 나무조각을 가로질러 어슬렁어슬렁 걸어갔다.

"시간이 지나면서 그 카펫은 더욱더 밝아지고, 더욱더 짜임새가 풍성해졌지. 그러다 마침내…… 그 카펫은 너무나 사랑스럽게 자라서 그걸 독차지하려는 자의 관심을 끌게 되었지. 그자는 그 속에 담긴 이야기를 음미하는 게 아니라, 그 속에 켜켜이 쌓여 있는 열망, 열정, 슬픔, 기쁨을 느끼는 게 아니라, 그저 소유하려고만 했지. 독차지하려고 했어. 통제하려 했어."

"리타 고르."

나는 따끔거리는 상처를 만지며 말했다.

"그래, 리타 고르. 리타 고르는 정령 전사들을 보내 절벽을 들락거리게 했어. 사슴 종족을 쫓아내고, 남아 있으려는 사람들은 독살했지. 그러고는 그 카펫을 가져가버렸어. 그러던 어느 날 태양이 떠올랐는데 너무 슬퍼 돌아올 수 없었다고 해. 그래서 그 순간부터 쭉 핀카이라는 온통 어둠 속에 던져진 거야."

해안으로 파도가 밀려왔다. 파도는 계속해서 우리 발을 때리려 했다. 가마우지 한 쌍이 안개 속에서 솟아올라 시끄럽게 날갯짓을 하더니 모래톱에 첨벙 내려앉았다. 그 가운데 한 마리가 물속으로 목을 쑥 집어넣더니, 살아 팔딱거리는 초록색 물고기 한 마리를 부리에 물고 나타났다. 황금빛 태양을 받은 물고기는 살아 있는 에메랄드처럼 반짝거렸다.

"지금은 햇빛이 비치는데."

내가 부드럽게 말했다.

"그래, 위대한 정령 다그다가 리타 고르와 싸워 이겨 이야기의 태피스트리를 되찾았기 때문이야. 다그다가 어떻게 해냈는지 아무도 몰라. 그러기 위해 다그다가 뭔가 아주 소중한 걸, 자신의 귀중한 능력 하나를 포기했다는 이야기는 들었어."

한기가 몰려와 흠뻑 젖은 내 옷 아래 깊숙이 닿았다.

"다그다는 그런 대가를 치르고 나서 그 태피스트리로 뭘 했는데?"

할리아의 둥근 눈이 나를 향했다.

"다그다는 그걸 없애버렸어."

"뭘 했다고?"

"없애버렸다고."

할리아는 잔잔한 바다를 바라보았다. 자욱한 안개 장막에 가려진 바다를…….

"먼저 다그다는 별똥별의 흔적을 바늘로 삼아 이야기의 실을 모조리 풀어버렸어. 그러고 나서 그걸 자신의 실과 함께 짰어. 다그다의 실은 공기와 물로 만든 것이었어. 마침내 다 짜고 났을 때, 새롭게 탄생한 직물은 단어의 그 모든 마법 그리고 그 이상의 마법을 품었지. 그것은 공기도 아니고, 물도 아니었어. 그 둘을 모두 지닌 것이었지. 그 가운데 있는 무언가이기도 하고. 그건 바로……."

"안개."

내가 그 말을 끝마쳤다.

할리아가 고개를 끄덕였다.

"그러고 나서 다그다는 마법의 안개를 이 섬에 사는 사람들한테 주었어. 다그다는 해안선을 마법의 안개로 완전히 감쌌지. 그래서 모든 해안, 모든 만에서 그 신비로운 물안개를 느낄 수 있었어. 그래서 이 해안에서 숨 쉴 때마다 그 마법과 섞일 수 있었어."

부끄러운 듯 할리아는 어깨를 으쓱해 보였다.

"이렇게 해서 우리 종족의 이야기 속에서 핀카이라의 영원한 안개가 탄생하게 된 거야."

한참 동안 우리 둘 다 아무 말도 하지 않았다. 갈매기 한 마리가 머리 위에서 끼룩끼룩 울어댔다. 조개들은 조수 웅덩이 옆에서 물을 뿜어댔다. 그 너머로 해안을 찰싹찰싹 때리는 파도 소리가 들려왔다. 파도는 바다로 밀려가며 검은 모래를 빨아들였다. 이윽고 지는 태양이 구름 뒤로 숨었다. 갑자기 한기가 몰려왔다.

할리아는 나를 빤히 쳐다보았다.

"너 춥구나."

또 한 차례 한기가 느껴졌다.

"흠뻑 젖어서 그래. 나한테 정말 필요한 건 불이야. 아주 자그마한 불씨라도 좋아. 그러니까, 우리가 여기 이 떠다니는 나무조각들을 좀 모으면……."

"안 돼, 그렇게 하면 녀석들의 눈에 띄게 될 거야."

할리아는 고개를 저었다. 고동색 머리카락이 흩날렸다.

내 두 눈이 커졌다.

"정령들을 말하는 거야?"

할리아는 절벽을 흘끗 바라보았다. 절벽은 전보다 더 어둡게 우뚝 솟아 있었다.

"정령들은 뿔뿔이 흩어져 있을 거야. 아주 오래되었어. 그래도…… 난 두려워."

"아주 작은 불씨면 돼. 몸을 말릴 수 있을 정도로만."

나는 두 팔을 날개처럼 움직였다.

"음…… 꼭 그래야만 한다면."

아무 말 없이 우리는 물 위에 떠다니는 나무조각들을 줍기 시작했다. 나는 해안 쪽 높은 곳의 조개들이 모여 있는 곳에서 오래된 해초 더미를 찾아냈다. 줄기는 바싹 말라 있었다. 나는 추위에 벌벌 떨며 손가락으로 그걸 잡아 뜯어 엉성하게 둥지를 만들었다. 그러고 나서 불쏘시개 위로 뾰족한 돌 두 개를 부딪쳐 불꽃을 만들어내려 했다. 불꽃은 처음 몇 번은 둥지에 이르지도 못하고 축축한 모래 위로 떨어졌다. 하지만 마침내 줄기에 불이 붙었다. 나는 불이 타오르게 살살 바람을 불어댔다. 이윽고 가느다란 연기가 하늘로 피어올랐다.

머지않아 할리아와 나는 탁탁 타오르는 불꽃 앞에서 몸을 따뜻하게 데웠다.

"발굽이 있을 때가 그립기도 하지만, 이렇게 두 손을 유용하게 쓸 수 있어 좋네."

내가 말했다.

할리아는 침울하게 고개를 끄덕였다.

"발굽은 속도를 만들어낼 수 있지만, 두 손은 음악을 만들어낼 수 있다고 에르먼이 말하곤 했어."

오래전 음악을 만들어내려 했던 내 비참한 시도를 떠올리며 나는 얼굴을 찡그렸다.

"어떤 손은 그럴 수 있겠지, 어쨌든."

"너도 시도해봤어?"

나는 나무조각을 내 무릎에 대고 부러뜨린 뒤, 불에 던져 넣었다.

"시도해봤었지."

할리아가 나를 물끄러미 바라보았다. 마치 내가 좀 더 이야기해주기를 기대하는 눈치였다. 내가 더 이상 아무 말도 하지 않자, 할리아는 손바닥에 모래를 약간 퍼 올렸다.

"음악은, 진정한 음악은 마법과도 같아. 안개처럼 규정하기 힘들어."

천천히 나는 작은 가방에서 타버린 프살테리움 잔해를 꺼냈다. 참나무 줄 받침 잔해를 들고, 검게 타 딱딱해진 줄을 만지작거렸다. 나는 그 줄이 다시 악기의 일부가 되어 있는 모습을 상상해보았다. 내 손을 찻잔 모양으로 오므리고, 그 모든 빛나는 줄이 온전하게 되어 있는 모습을. 하지만 악기는 불꽃을 내며 터졌고, 한 줌의 숯이 되어버렸다. 이 줄이 예전에 어떤 마법을 지녔든, 이제는 사라져버렸다. 한때 내 손가락에 마법이 있었던 것과 마찬가지로……

"한 번은 카이르프레가 내게 물었어. 음악이 줄 안에 있는지 아니면……"

할리아가 활짝 웃어 보이며 내 말을 이었다.

"아니면 그 악기를 켜는 사람의 손에 있는지? 우리 엄마도 나한테 똑같은 질문을 했었지. 엄마가 나한테 버드나무 하프 연주를 가르쳐주셨거든."

"넌 대답했어?"

"아니."

"네 엄마는?"

"아니."

할리아는 떠다니는 나무조각에서 따개비 하나를 떼어내고는, 불꽃 속에 나무조각을 집어던졌다.

"하지만 이 해안 바위에 함께 앉아 있을 때, 엄마가 말했어. 악기는 스스로 음악을 만들어내지 못한다고. 오직 소리만 낼 뿐이라고.”

할리아는 이마를 찡그렸다.

“엄마 말이 정확히 기억나지 않아. 하지만 엄마는 뭔가 다른 것도 말해줬어. 악기는 뭔가 더 높은 것으로 활용해야 한다고. 그래, 우리 엄마는 그걸 최고의 능력이라고 불렀어.”

나는 그 말에 펄쩍 뛰었다.

할리아가 나를 노려보았다.

“왜 그래?”

“내가 발디어그를 막으려면 바로 그게 필요해. 최고의 능력. 그건 갈라토를 의미할 수도 있어. 아니면 다른 뭔가를 의미할 수도 있고.”

나는 마지막 남은 나무조각으로 불타는 석탄을 그러모았다.

“그게 무엇이든, 내가 그걸 가지고 있다고는 생각하지 않아.”

할리아는 나를 유심히 살펴보았다. 얼굴 한쪽이 붉게 달아올랐다.

“그럴지도. 하지만 너한테는 뭔가가 있어.”

나는 의심의 눈초리로 할리아를 바라보았다.

“그게 무엇이든, 넌 돔누한테 그 종마를 원래의 모습으로 되돌려놓으라고 말했어. 그리고 종마를 풀어주게 한 것도 똑같이 중요한 점이야.”

할리아는 몸을 돌려 출렁이는 파도를 바라보았다.

“고결한 행동이었어. 거의…… 수사슴 같은 행동이었지.”

나는 작은 가방의 덮개를 들어 올려 프살테리움 줄을 다시 집어넣었다.

“어쩌면 한 가지는 올바르게 했을지도 몰라. 난 그저 그 노파가 약속을 지켜 이온을 풀어주기만을 바랐을 뿐이야.”

할리아는 기다란 머리카락을 흔들었다.

"난 네가 믿는 것만큼 돔누를 믿지 않아. 정말이야! 돔누는 그 목걸이를 되찾기 위해 네 도움이 필요했던 것뿐이야. 그래서 너한테 수레바퀴에 대해 말했던 것이고."

"수레바퀴라고?"

"신탁 말이야, 연기 나는 절벽 안에 있는 물건."

할리아의 얼굴이 굳어졌다.

"그건…… '와이의 수레바퀴'라고 불려."

나는 할리아의 팔을 꽉 잡았다.

"너, 그 수레바퀴에 대해 알고 있는 거야?"

"많이는 몰라. 그게 저 위 어딘가에 숨겨져 있다는 것만 알아."

할리아는 잠시 말을 멈추었다.

"그리고 그곳이 무시무시한 장소라는 것도. 아주 오래전에 정령들이 산에 왔을 때부터 줄곧 말이야."

"넌 돔누가 말한 '사소한 장애물'이 무슨 뜻인지 아는 거지?"

"아니, 그리고 난 그게 뭔지 알고 싶지도 않아."

할리아는 말을 멈추고 숨을 들이마셨다.

"하지만 절벽 근처에 마을이 하나 있어. 그곳에서 좀 더 많은 걸 알아낼 수 있을지도 몰라. 그곳은 어마어마한 곳이야. 그곳에는 가득 차 있어……."

할리아는 멈칫하다 이어 말했다.

"인간 종족들이. 자신의 발자국을 알아차리지도 못하고, 사슴을 그저 스포츠로 죽이는 자들이야. 그러니까…… 넌 내가 알고 있는 다른 인간하고는 달라."

순간 할리아의 두 뺨에 불꽃이 밝게 빛났다. 그리고 내 두 뺨도 밝게 빛난 것 같았다. 갑작스레 할리아가 얼굴을 찡그렸다.

"그 마을은…… 난 그곳에 가본 적이 없어. 그리고 가보고 싶지도 않고! 하지만 네 경우는 달라. 내가 어렸을 때 그곳은 신탁을 찾아 나선 사람들이 절벽으로 올라가는 출발점이었어. 그곳의 누군가가 뭔가 유용한 걸 알고 있을지도 몰라."

나는 할리아가 작별인사를 준비하려 한다는 걸 알아차리고 서글펐다. 할리아의 제안이 고맙기도 했지만 말이다.

"그곳으로 가면, 시간을 좀 벌 수 있겠는걸."

"거칠긴 해도 그곳은 결국 시간을 벌어줄 수 있을 거야. 하지만 남은 시간에 숨겨진 계곡 안에 감춰놓은 신탁을 찾는 일은 가장 위험한 일이야. 정확한 발자국을 알아차리지 못하면, 넌 겹겹이 쌓인 절벽 사이에서 그리고 서쪽 가장자리에 있는 작은 언덕의 미로에서 며칠을 헤매게 될 거야."

할리아가 한숨을 내쉬었다.

그리고 말을 멈추었다. 할리아의 아랫입술이 떨렸다.

"그래서…… 내가 직접 널 그곳으로 데리고 갈 거야."

심장이 쿵쾅거렸다.

"하지만 시간이 많이 걸릴 거야. 사슴의 모습으로 갈 수 없으니까. 마을 사냥꾼들이 너무 위험하거든."

나는 할리아의 얼굴을 뚫어지게 바라보았다.

"고마워, 할리아."

"이건 단지…… 우리 오빠가 했을 일이기 때문이야."

"그럼, 어서 가자. 아직 햇빛이 남아 있는 동안. 이 불을 먼저 끄고."

내가 단호하게 말했다.

나는 남아 있는 숯을 발로 밟아 뭉갰다. 하지만 내가 발을 들어 올리자마자, 숯은 다시 살아났다. 당혹스러워서 나는 신발을 흘끗 바라보았다. 다시 한 번 나는 불을 쿵쿵 밟아 끄려 했다. 다시 한 번 불이 되살아났다. 나는 불붙은 장작 중에서 가장 큰 것을 근처 조수 웅덩이로 차 넣었다. 장작이 타닥타닥 지글거렸지만, 불은 계속 붙어 있었다. 김이 모락모락 피어나며 안개와 뒤섞였다.

"빨리 출발해야 해. 얼른 출발하면 좋겠어."

할리아가 다급하게 말했다.

22

차가운 바람

할리아는 홍합이 덕지덕지 달라붙은 미끌미끌한 바위를 지나쳐, 가장 가까운 절벽 아래의 날카로운 틈으로 나를 이끌고 갔다. 그곳에서 우리는 굽이굽이 이어져 있는 희미한 오솔길을 발견했다. 그곳은 절벽만큼이나 시커먼 흙먼지로 뒤덮여 있었다. 아무 말 없이 우리는 그 오솔길을 따라 안쪽으로 걸어 들어갔다. 그러고는 왼쪽으로 방향을 틀어 또 다른 오솔길로 들어섰다. 이윽고 오른쪽으로 방향을 틀어 또 다른 오솔길로 들어섰다. 방향이 너무 자주 바뀌는 바람에, 머리 위의 우뚝 솟은 절벽이 아니었다면 방향 감각을 완전히 잃어버릴 뻔했다.

깎아지른 부벽과 시커먼 바위 사이를 꼬불꼬불 나아가는 내내, 우리는 산의 정령의 흔적이 있지는 않은지 바짝 긴장했다. 마침내 바다 소리와 바다 냄새가 희미해졌다. 우리가 따라가던 오솔길이 어느덧 점점 넓어졌다. 왼쪽으로 그루터기 가득한 들판이 줄지어 나타났다. 반면 오른쪽으로 시커먼 절벽이 흐릿하게 보였다. 바위투성이의 가파르고 자그마한 언덕이 절벽과 우리 사이를 갈라놓았다. 구름에 살짝 가려진 태양이 서쪽에 낮게 드리워져 있었다. 고동색과 붉은색으로 물든 가을 들

247

판에 황금빛 햇빛이 비쳐들었다.

네다섯 마리 양이 우리를 아랑곳하지 않고 풀을 뜯어먹고 있었다. 그 들판 옆에서 문득 할리아가 발걸음을 멈추고는 길게 뻗어 있는 그림자를 조심스레 살펴보았다.

"난 정령들이 없는 게 더 걱정스러운 건지, 인간들이 있는 게 더 걱정스러운 건지 잘 모르겠어."

할리아가 경계를 늦추지 않고 말했다.

"난 다른 걸 걱정하고 있는데. 시간! 갈라토를 손에 넣든 아니든 내가 발디어그를 마주해야 할 때까지 사흘밖에 남지 않았어. 이 신탁 덕분에 갈라토를 찾을 방법을 알아낸다 해도, 어쨌든 그걸 다시 돌려받아야 해. 게다가 사용법도 익혀야 하고."

내가 우울하게 말했다.

할리아는 흘러내린 머리카락을 흔들더니, 엉킨 머리카락을 손가락으로 빗기 시작했다.

"그리고 한 가지 더 있어, 멀린."

내 눈썹이 치켜 올라갔다.

"넌 어쨌든 소인들의 영토로 되돌아가야 해. 여기서 조금이라도 지체하면 안 돼. 네가 할 수 있는 한, 만약 방법을 선택할 수 있다면, 사슴처럼 뛰어서. 어쨌든 그 여행을 떠나려면 적어도 이틀은 필요할 거야. 그 말은 갈라토를 찾을 시간이 딱 하루밖에 없다는 이야기야."

할리아의 말을 곰곰이 생각하며 나는 신발로 땅바닥을 비벼댔다. 내가 그 아기 용을 구하려고 애쓰며 사용한 것과 똑같은 신발이었다. 나는 아기 용을 구하려고 했지만 구하지 못했다. 이번에도 실패할까?

바위 하나가 갑자기 저 위 절벽에서 쿵 소리를 내며 떨어졌다. 깜짝 놀란 할리아가 손으로 머리카락을 걱정스레 잡아당겼다.

"정령들이⋯⋯."

나는 할리아의 시선을 마주했다.

"넌 이제 같이 안 가도 돼. 너도 알잖아, 넌 내가 부탁한 것보다 이미 훨씬 더 많은 걸 해줬어."

"나도 알아. 하지만 그래도, 네 곁에 좀 더 있을 거야. 마을까지. 하지만 마을에 도착하면 너랑 헤어질 거야."

할리아가 등을 꼿꼿하게 세웠다. 할리아는 그늘진 절벽을 흘끗 바라보았다.

"그리고 이 섬에 네게 줄 행운이 남아 있는지 모르지만, 어쨌든 행운을 빌게."

나는 고맙다는 말을 무척 하고 싶었다. 그리고 그보다 더한 것을, 말로 표현할 수 없는 것을 말하고 싶었다. 하지만 내 목구멍은 주먹처럼 단단히 닫혀 있었다.

할리아는 헝클어진 머리카락을 다시 손으로 빗질한 후, 뒤돌아서 오솔길을 천천히 걸어가기 시작했다. 나는 할리아가 향하는 바위투성이의 작은 언덕과 그 뒤로 연기가 피어나는 우뚝 솟은 바위를 바라보았다. 황금색에서 오렌지색으로 짙게 물든 햇빛이 먹구름을 뚫고 비쳤다. 하지만 절벽은 그 어느 때보다 어두워 보였다. 내 투시력으로도 알아차릴 수 없을 정도로 어두웠다.

아무 말 없이 우리는 계속 걸었다. 오솔길은 곧장 작은 언덕으로 방향이 바뀌었다. 작은 언덕은 우리 옆구리에 닿을 만큼 아주 가까이 있었기에, 때로 산이 시야에서 사라졌다. 할리아의 맨발이 조약돌과 먼지 위에서 바스락 소리를 냈고, 내 신발에서는 걸음을 내디딜 때마다 바삭바삭 소리가 울려 퍼졌다. 오솔길이 계속 넓어지더니 곧 고르지 못한 울퉁불퉁하고 탁 트인 길이 나왔다. 그러나 그림자에 덮인 바위 덩어리들이 점점 더 가까이 짓누르는 것 같았다.

할리아는 노란 점이 박힌 뱀 한 마리를 요리조리 능숙하게 피하며, 내게 걱정스런 표정을 지어 보였다.

"와이의 수레바퀴는, 신탁으로서 분명 그 자체의 강력한 마법을 갖고 있을 거야. 하지만 리타 고르의 정령들보다는 강하지 않을 거야. 그래서 리타 고르가 정령들을 이곳에 보냈겠지. 그걸 파괴하라고, 아니면 그걸 자기 목적에 복종시키려고."

나는 계속 성큼성큼 발걸음을 옮겼다. 주위에 그림자가 점점 더 짙어졌다. 나는 숨이 차 헉헉거리며 대답했다.

"난 그저 리타 고르가 정령들하고 같이 오지 않았기를 바랄 뿐이야."

할리아가 가늘게 숨을 들이마셨다.

"리타 고르가 정말 왔을 거라 생각하는 거야?"

"나도 모르겠어. 그냥…… 음, 난 우리가 아는 것보다 훨씬 더 많이 리타 고르가 연관되어 있을 것 같다는 느낌을 떨쳐버릴 수가 없어. 정령들이 돌아왔을 뿐만 아니라 다른 것들도 함께 왔을 것 같아. 예를 들어, 크리릭스. 왜 크리릭스가 지금 돌아왔을까? 그리고 금지된 마법의 출현. 사마귀가 있는 돔누의 코앞에서 갈라토를 훔칠 정도로 강력한 존재. 그 이유를 설명할 수는 없어도, 아기 용을 그렇게 처참하게 죽일 정도로……."

할리아는 나를 의심스러운 눈초리로 바라보았다.

"마치 새끼 사슴의 울음이 바람에 흔들리는 참나무 잎사귀의 떨림과 관련이 있다고 말하는 것과 같은데."

"바로 그거야. 모든 게 연관되어 있어! 난 왜 그런지, 어떻게 그런지 알지는 못해. 웬일인지, 그냥, 그렇다는 거야."

내가 단호하게 말했다.

할리아의 얼굴은 걱정스러워 보였다. 할리아는 바위가 이리저리 놓여 있는 길을 따라 계속 걸어갔다.

"네 말은…… 다른 사람 말처럼 들려."

잠시 뒤 우리는 굽은 길을 돌았다. 그러다가 갑작스레 멈춰 섰다. 우리 앞으로 붉은빛에 비친 연기 기둥 세 개가 솟아올랐다. 절벽이 아니라 굴뚝에서 피어올랐다. 마을이었다.

할리아는 바짝 긴장했다. 한쪽 발을 조약돌 위에서 초조하게 비벼댔다.

"난…… 두려워."

나는 할리아의 팔을 붙잡았다.

"넌 더 이상 갈 필요 없어."

할리아가 내 손을 뿌리쳤다.

"나도 알아. 하지만 언제 돌아갈지는 네가 아니라 내가 정해."

우리는 함께 계속 걸어갔다. 양쪽에 솟은 작은 언덕 같은 높은 벽은 사라지고, 자그마한 계곡이 나타났다. 그곳의 그늘 속에 금방이라도 무너져 내릴 것 같은 마을이 숨어 있었다. 돌투성이 들판에 점점이 박혀 있는 바로 그 돌로 만든 집이었다. 오두막은 모두 일고여덟 채로 보였는데, 네모난 바윗덩어리처럼 생겼다. 오두막 하나의 지붕은 이미 무너져 내렸다. 하지만 누구도 그걸 고칠 생각을 하지 않는 것 같았다. 굴뚝에서 구불구불 피어오르는 연기, 풀을 뜯어먹는 양 그리고 가장 큰 건물 벽에 기대어 껴안은 채 웅크리고 있는 한 쌍의 사람 그림자를 제외하면, 이 마을 전체는 근처에 톡톡 튀어나온 바위로 착각하고 말 수도 있었다. 계곡 저쪽에 우뚝 솟은 산은 연기가 피어오르는 어둡고 불길한 예감의 우뚝 솟은 바위 사이로 물결처럼 흘러 들어갔다.

할리아는 고개를 이리저리 돌리며 흠흠 냄새를 들이마셨다.

"내가 이곳에 대해 했던 말 기억하지? 여기 봐! 이곳에 사는 사람이 누구든, 땅과 조화를 이루지 못했어, 결코. 저기 보이지? 손바닥만 한 마당도, 화분도, 심지어 앉을 의자 하나 없어. 저 오두막집 대부분은 창문 하나 없어."

나는 고개를 끄덕였다.

"여기는 사람들이 문제에서 빠져나오려 도망쳐 온 그런 곳 같아. 아니면 문제를 일으키려고 여기로 온 것인지도 모르지."

빗방울이 살짝 떨어졌다. 나는 이제 지평선을 가리고 있는 먹구름을 흘끗 바라보았다. 팔 같은 구름이 시커먼 뱀처럼 몸부림치며, 절벽을 향해 뻗어 있었다. 서쪽에서 차가운 바람이 매섭게 불며, 금방이라도 비가 쏟아질 것 같았다. 오늘밤에는 저녁노을을 볼 수 없을 것이다. 그리고 당분간 하늘에 별도 없을 것 같았다.

침울한 표정으로 나는 절벽을 바라보며 곰곰이 생각에 잠겼다.

"폭풍이 불면 저기로 올라갈 수 없을 거야. 뭔가 쓸모 있는 방법을 배울 수 있든 없든, 마을에서 폭풍이 지나가기를 기다려야 해. 날씨가 좋아져 별이 뜨면, 나는 바로 떠날 거야. 그때까지는 그냥 지나가는 나그네일 뿐이야."

"나그네 둘."

할리아가 단호하게 말했다. 할리아는 숨을 길게 내쉬었다.

"아무리 비가 심하게 내리치더라도 바위틈에서 피난처를 찾는 게 나을지도 몰라."

"정말이야?"

할리아는 고개를 높이 치켜들었다.

"아니, 하지만 나는 어쨌든 가볼 거야."

걸어가는 내내 차가운 바람이 우리를 사납게 밀어붙였다. 길은 마을 끝자락을 돌아 좁은 계곡으로 곧장 이어졌다. 구름이 전보다 더 많이 몰려들어, 가장 가까이 있는 오두막 말고는 아무것도 보이지 않았다. 내가 예상했던 것보다 훨씬 더 빨리 비가 소나기처럼 퍼붓더니, 이내 폭우가 되어 마구 쏟아졌다. 우뚝 솟은 바위 저 너머로 천둥이 울려 퍼지며, 더할 나위 없이 아름다운 하늘의 발굽처럼 쿵쾅거렸다. 우리가 좀 더 큰 건물로 가까이 다가갔을 때 빗줄기가 돌 지붕을 요란하게 두드려댔다. 우리가 저 멀리서 보았던 웅크리고 있던 그 한 쌍은 이미 건물 안으로 들어갔다. 판자를 대충 덧댄 문이 조금 열려 있었다.

머리에서 빗물을 툭툭 털어내고 옷소매에서 물기를 짜낸 다음, 나는 안을 흘끔 들여다보았다. 또렷하게 보이지 않았다. 벽난로 바닥에서 석탄 덩어리 불꽃이 타닥타닥 타오를 뿐이었다. 여분의 탁자와 의자 몇 개 그리고 백발의 허리 구부정한 노인이 다른 방에서 나오는 게 보였다. 이곳은 선술집이 분명했다. 앞치마를 두른 노인이 점토로 된 접시를 두 손에 들고 날랐다. 누군가 그 노인을 소리쳐 불렀다. 어찌나 목소리가 큰지, 그 노인은 하마터면 접시를 떨어뜨릴 뻔했다. 노인은 온순하게 고개를 끄덕였는데, 축 늘어진 콧수염 끝자락이 김이 모락모락 피어나는 내용물 안에 풍덩 빠졌다.

"수프! 빌어먹을 내 수프 빨리 가져오란 말이야!"

불가 탁자에서 남자 하나가 고래고래 고함쳤다.

노인은 부랴부랴 접시를 가져갔다. 남자는 접시를 낚아채, 불 옆벽에 발을 뻗은 채 세 모금 만에 수프를 다 마셔버렸다. 그러고는 접시를 바닥에 쨍그랑 내팽개쳤다. 접시는 산산조각 나버렸다. 늙은 웨이터가 허리를 구부려 치우려 하자, 남자는 늙은 웨이터를 향해 다시 소리쳤다.

"불에 장작 좀 더 넣어, 알았어? 난 쫄딱 젖어 춥단 말이야, 안 보여? 아주 거지같은 여인숙이구먼. 손님을 송장처럼 얼어붙게 할 작정이야?"

백발이 한쪽으로 쏠린 웨이터는 깨진 접시 조각을 앞치마 안에 주워 담고는 옆방으로 갔다. 곧 다른 손님 곁을 비틀거리며 지나쳤다. 이 손님은 비를 쫄딱 맞고 들어와서, 말린 고기를 마구 뜯어먹으며 어두침침한 구석자리에 앉아 있었다. 검은 망토에 달린 모자 때문에 얼굴을 완전히 가렸지만, 그 남자의 태도는 불가에 앉은 남자만큼 쌀쌀맞다는 걸 알 수 있었다.

나는 걱정스러운 표정으로 할리아를 바라보고 나서 문을 크게 열었다. 지붕에 부딪히는 세찬 빗소리 때문에 삐걱거리는 문소리가 들리지 않았다. 그런데도 두 남자의 머리가 즉시 우리 쪽을 향했다. 모자를 쓴 남자의 얼굴이 그림자에 가려 있었지만, 나는 기분 나쁜 눈초리를 느낄 수 있었다. 할리아는 내 뒤에 바짝 붙은 채 문가에 서서 망설였다.

"더럽게 춥네! 그 빌어먹을 문 좀 닫아! 너 때문에 감기 걸리겠어."

난롯가의 남자가 투덜거렸다. 그 남자의 눈은 거친 턱수염처럼 불에 비쳐 붉게 빛났다.

할리아는 한순간 마치 달아날 것처럼 보였지만, 건물 안으로 발걸음을 옮기며 문을 쾅 닫았다. 나는 맞은편에 놓인 조잡한 탁자를 향해 고개를 끄덕여 보였다. 그 탁자는 방 안의 다른 남자와 그리 멀지 않은 곳에 놓여 있었는데, 그 남자의 검은 모자는 여전히 비에 젖어 축축했다. 그 남자는 소리치는 난롯가의 남자보다는 훨씬 유순해 보였다. 우리가 탁자를 향해 발걸음을 옮길 때, 그 백발의 웨이터가 돌아왔는데, 석탄 덩어리의 무게 때문에 전보다 더 깊이 허리를 구부리고 있었다. 웨이터는 우리가 지나가는 것도 알아차리지 못했다.

갑작스레 모자를 쓴 남자가 벌떡 자리에서 일어났다. 손에서 녹슨 단검이 반짝였다. 내가 미처 검을 뽑기도 전에, 그 남자는 탁자를 발로 밀어 나를 할리아 쪽으로 밀쳤다. 할리아와 나는 바닥에 함께 나뒹굴었다.

두툼한 망토를 입은 그 남자는 재빨리 우리 곁을 지나쳤다. 우리가 다시 몸을 추스르는 동안, 삐걱거리는 문이 꽝 하고 닫혔다. 나는 그 남자를 뒤쫓아 달려가 문을 열고, 비에 흠뻑 젖은 길, 돌 오두막, 황량한 들판을 살펴보았다. 하지만 어디에도 그 남자의 흔적은 보이지 않았다.

이마에 흘러내린 머리카락을 밀며, 나는 할리아를 돌아보고 말했다.

"감쪽같이 사라졌어."

"그 사람이 왜 그런 거지? 우린 그 남자한테 아무 짓도 안 했잖아?"

할리아가 몸을 벌벌 떨며 물었다.

"넌 너무 가까이 갔어, 얘야. 넌 그 남자의 사생활을 방해한 거라고."

백발의 웨이터가 말했다. 석탄 덩어리는 벽난로에 다 넣고 없었지만, 웨이터는 여전히 허리를 숙이고 있어서, 주름진 이마가 할리아의 가슴 중간 정도까지 왔다.

할리아가 얼굴을 찡그렸다.

"퍽 친절한 마을이네."

늙은 웨이터는 힘겹게 껄껄 웃었다.

"아주 친절하지. 얘야, 이곳은 제대로 된 이름조차 없어. 오랫동안 머무는 사람도 없고. 단지 루가이드 주인님만 있단다. 그분이 이 선술집

주인이지. 그리고 이 늙은 바초드도. 그리고 절름발이 양 몇 마리하고."

바초드는 불가의 턱수염 난 남자를 노려보았다.

"이곳은 야비한 곳이란다. 얘야, 이것만은 확실하게 말해줄게. 피할 수 있을 때 빨리 피해."

나는 힘껏 끙끙거리며 탁자를 똑바로 세웠다.

"우리가 여기 잠깐 앉아 있어도 될까요? 몸만 좀 말릴게요."

바초드의 귀까지 덮은 흰 머리카락이 기름기가 좔좔 흐르는 콧수염과 함께 이리저리 흔들렸다.

"뭐든 먹기 전에 돈을 낸다면야, 주인님이 반대하지 않겠지."

바초드는 넝마조각을 꺼내 탁자를 닦기 시작했다.

"다른 사람 근처에는 앉지 마라, 별 탈 없이 있고 싶다면 말이다."

"그럴게요."

나는 의자에서 곰팡이 핀 치즈 조각을 쓸어내고, 할리아 옆에 앉았다.

"그런데 저기 저 길은 어디로 이어지나요? 분명 절벽 꼭대기로 이어지지는 않는 것 같은데요."

나는 최대한 아무렇지도 않은 척 물었다.

바초드는 계속 탁자를 닦았다.

"아, 그 좁은 통로는 나보다 더 늙었지. 어쩌면 바위보다 더 오래되었을지도 몰라. 그 길은 마치 똬리를 튼 뱀처럼 이 마을을 굽이굽이 돌 뿐이야. 어디로도 통하지 않아."

바초드의 귀에 거슬리는 목소리가 한 단계 낮아졌다.

"유령이 그 길을 만들었다는 말도 있어."

"유령이라고요?"

"산에서 내려온 유령. 넌 그 이야기를 들어보지 못했겠지, 그렇지? 음

그렇다면, 알아둬야 할 거다. 그건 사실이란다. 왜냐하면 너는 이곳을 지나가는 나그네니까."

바초드는 탁자를 닦다 말고 겁에 질린 표정으로 주위를 살폈다. 마치 의자와 탁자가 듣고 있기라도 하듯. 마침내 걸걸한 목소리로 말했다.

"유령들이 화가 났어. 복수심에 이글이글 불타고 있어. 어쩌면 여기 이 자그마한 계곡 안에 있으면 네 목숨은 안전할 거야. 하지만 산 위에서나 어디서든…… 음, 수천 개의 창살에 몸이 뚫리고 말 거야. 유령들한테 붙잡히기 전에."

바초드는 콧수염을 조바심 내며 잡아당겼다. 그러고는 할리아를 향해 돌아섰다. 바초드의 목소리가 으스스하게 잦아들었다.

"죽음. 하지만 그건 차라리 친절에 가깝지. 유령들이 네 심장에, 네 내장에 더욱이 네 영혼에 하는 짓에 비교한다면 말이야. 만약 유령들이 네가…… 사슴 종족이라는 사실을 알아차린다면 말이야."

할리아의 커다란 눈동자가 더 커졌다. 즉각 할리아는 문으로 달려가, 문을 벌컥 열어젖히고는 빗속으로 사라져버렸다.

나는 노인을 노려보았다.

"이 멍청한 노인네 같으니라고!"

바초드는 내게서 주춤거리며 물러섰다.

"난 그저 도와주려고 했을 뿐이란다, 그뿐이야."

똑같이 앙갚음해주고 싶은 마음을 꾹 참고, 나는 뒤돌아 할리아를 쫓아갔다. 문가에 가보니 할리아가 지붕이 무너져 내린 오두막 뒤로 달려가는 모습이 흘끗 보였다. 그 너머로 하늘보다 더 시커멓고 거친 절벽이 계곡 위로 솟구쳐 있었다.

"할리아!"

나는 할리아를 뒤쫓으며 소리쳤다. 신발에서 흙탕물이 튀었다. 목과 팔에 빗물이 강물처럼 흘러내렸다. 산허리에서는 천둥이 요란스레 쾅쾅 거렸다.

나는 무너져 내린 오두막 근처에서 미끄러진 후 멈추어서 소나기 사이를 들여다보았다. 아무것도 없었다. 빗줄기 말고는 아무것도 보이지 않았다.

그 순간 내 뒤에서 속삭임이 들려왔다.

"멀······린."

나는 몸을 휙 돌렸다. 그곳에, 툭 튀어나온 바위 아래, 남아 있는 거라고는 무너져 내린 지붕뿐인 곳에, 할리아가 웅크리고 있었다. 나는 바위 아래 몸을 숙이고, 움푹한 곳에 있는 할리아와 함께 몸을 웅크렸다. 흠뻑 젖은 할리아의 어깨에 두 팔을 두르고, 벌벌 떨고 있는 몸을 꼭 감싸 안았다.

몇 분이 지났다. 억수같은 비는 그칠 줄 몰랐다. 할리아는 이제 진정이 되었는지 몸을 덜 떨었다. 할리아의 숨소리가 차분해졌다. 긴장이 풀린 것 같았다. 할리아는 내 어깨에 머리를 기댔다. 비가 사방에 튀었다. 차가운 바람이 옷 안으로 파고들었다. 그래도 어쩐지 춥다는 느낌이 들지 않았다.

한순간 할리아의 몸이 굳어졌다. 내가 움직이기도 전에 단검의 칼날이 내 어깻죽지를 툭 건드렸다.

23

칼날

"얌전히 있어."

내 뒤에서 외치는 소리가 들려왔다. 단검은 내 등을 단단히 눌렀다.

할리아는 마치 늑대 무리를 마주 보고 있기라도 한 것처럼 바짝 긴장한 채 내 옆에 서 있었다. 우리가 몸을 피하고 있는 돌출 바위에서 물이 줄줄 흘러내려, 내 왼손으로 물방울이 튀었다. 나는 차분하게 대처하려 애쓰며 숨을 깊게 들이마셨다.

"우린 당신을 해칠 생각이 전혀 없습니다, 선량하신 분이여! 우릴 그냥 보내주세요."

"멋진 말이로군! 넌 분명 음유시인을 스승으로 두었나 보구나."

칼이 나를 겨누고 있었지만, 나는 깜짝 놀랐다. 목소리가 아니라면, 그 표현의 무언가가 왠지 친숙하게 들렸다. 하지만 그게 뭔지 정확히 알 수는 없었다.

"솔직히 말해봐라. 프살테리움 연주법도 배웠나?"

그림자 속 남자는 따지듯 물었다.

위험을 감수하고, 나는 몸을 휙 돌렸다.

"카이르프레!"

나는 두 팔로 카이르프레를 얼싸안았다.

"다행히 만났구나."

시인이 검은 모자를 벗으며 힘차게 말했다.

할리아가 깜짝 놀라 물었다.

"너, 이…… 악당하고 아는 사이야?"

카이르프레가 고개를 끄덕이자 회색 머리카락이 움직였다.

"알다 뿐이겠는가? 내가 빵 써는 거 말고는 칼 쓰는 걸 싫어한다는 것도 알지. 널 놀라게 하지 않았는지 모르겠구나."

카이르프레는 칼날을 칼집에 집어넣으며 말했다.

"아, 아니에요."

할리아가 큰 소리로 말했다. 할리아의 시선이 그늘진 움푹한 곳 너머로 향했다. 아쉽게도 할리아가 저만치 물러났다.

"전 그저 깜빡 잊고 있었어요. 인간의 배신을요."

카이르프레는 물웅덩이보다 더 깊은 눈동자로 할리아를 곰곰이 살펴보았다.

"너는 사슴 종족의 소녀로구나, 내가 잘못 본 게 아니라면 말이다."

할리아는 깜짝 놀라 몸을 곧게 폈지만, 아무 말도 하지 않았다.

"난 카이르프레라고 한다, 보잘것없는 음유시인이지. 만나서 반갑구나. 그리고 가슴이 아프구나. 우리 종족이 너희 종족에게 고통을 가져다준 걸 안단다."

카이르프레는 고개를 약간 숙여 인사했다.

할리아의 암사슴 같은 눈망울이 좁아졌다.

"당신이 상상할 수 있는 것 이상이지요."

"미안하구나."

카이르프레는 또 한 차례 할리아를 가만히 바라보더니, 이내 나를 돌아보았다.

"난 변장해야 했단다. 선술집에서 그 초라한 모습처럼. 그때 네가 너무 가까이 다가와 나를 알아볼까 두려웠단다. 바초드, 늙은 웨이터는……."

"바보예요."

내가 단도직입적으로 말했다.

"그럴 수도."

카이르프레는 독수리 부리만큼이나 날카로운 콧등에서 물방울을 닦아냈다.

"하지만 그 사람은 자신이 털어놓은 것보다 훨씬 많은 이야기를 알고 있단다. 좋은 사람이야. 비록 그 사람의 지식은 책에서 얻은 게 아니지만, 정말이지, 마음속으로부터 음유시인이라 할 수 있어. 말을 배우지 못했어도, 지혜는 배울 수 있다."

카이르프레는 또다시 어두컴컴한 절벽을 흘끗 바라보았다.

"그 사람은 이미 자기가 아는 것보다 훨씬 더 나를 도와주었어. 그 사람이 이 땅에 대한 옛이야기를 들려줬거든. 하지만 나는 의심을 사지 않으려 내 정체를 숨겼단다. 그러니 바초드는 나를 그저 떠돌이 음유시인쯤으로 생각할 거다. 그 사람은 내가 정말 누구인지, 내가 이곳에 왜 왔는지 알지 못할 거다."

차가운 바람이 더 강하게 불어왔다. 그와 더불어 비도 억수같이 쏟아졌다. 들쭉날쭉한 절벽 사이로 천둥소리가 울려 퍼지고 또 울려 퍼졌다. 나는 할리아와 함께 깊게 파인 곳으로 깊숙이 몸을 움직여 거센 비바람을 피하려 했다. 그러는 내내 나는 할리아와 눈길을 마주치려 했지만,

할리아는 내 시선을 자꾸만 피했다.

카이르프레는 비를 피하기 위해 이마를 가리며, 돌출 바위 위, 계곡을 뒤덮고 있는 거대한 구름을 살짝 올려다보았다.

"폭풍이 더 거세질 것 같구나. 당분간 이곳에 꼼짝 없이 갇힌 신세가 되겠어."

우리가 다시 함께 있게 되었다는 사실이 여전히 믿기지 않았다. 나는 고개를 가로저으며 물었다.

"여긴 왜 오셨어요? 선생님도 갈라토를 찾으러 오신 건가요?"

시인의 표정이 어두워졌다. 카이르프레는 바위에서 떨어지는 물방울을 피하기 위해 몸을 움직였다.

"아니란다, 애야. 갈라토를 찾으러 온 게 아니야."

"그럼 뭘 찾으러 오신 건데요?"

"난 크리릭스를 다시 불러온 것에 책임이 있는 자를 찾고 있어."

할리아가 긴장했다. 나도 마찬가지였다.

"크리릭스라고요? 뭘 알아내셨어요?"

"미안하지만, 별로 알아낸 게 없구나."

카이르프레는 망토를 추스르며, 축축한 돌 위에 앉아 우리한테 앉으라고 손짓했다. 나는 자리에 앉았지만, 할리아는 그냥 멀찍이 서 있었다.

"네가 리아와 헤어지고 나서 나도 곧장 출발했단다. 가능한 한 많은 것을 알아내려고. 크리릭스는 아주 오랫동안 사라졌었어! 크리릭스가 돌아왔다는 건 생명이 위험한 일이란다. 비록 그것이 내 마음을 짓누르고 있기는 하지만, 위험한 건 네 생명뿐만이 아니야. 마법의 모든 생명체들이 위험해. 사실, 이 섬 전체가 위험하지."

카이르프레가 헝클어진 눈썹을 찡그렸다.

"이런! 엘런 곁을 떠나기가 힘들었단다. 하지만 나는 길이 위험하리라는 걸 알았어. 네가 가는 길만큼이나 위험하다는 걸 잘 알았지. 그렇지만 엘런은 나를 따라오기를 간절히, 아주 간절히 바랐단다. 만약 엘런이 숲에서 리아를 기다리겠다고 약속하지 않았다면, 절대 엘런을 막을수 없었을 거야."

나는 슬픈 미소를 지었다.

"리아는 돌아가겠다고 엄마와 약속했기 때문에, 나랑 함께 있지 못했던 거고요."

"의심의 여지가 없지. 너희 둘은 오누이로서 그 누구보다 더 가까웠으니까. *아주 완벽하게 속속들이 결속되어 있었어. 땅에 뿌리박은 뿌리처럼.*"

할리아가 그림자 속에서 이리저리 오락가락했다. 확실하지는 않았지만, 할리아가 조금 가까이 다가온 것 같았다.

카이르프레가 주먹을 꽉 쥐었다.

"마법을 빨아먹는 괴물들. 나는 누가, 아니, 무엇이 크리릭스를 데려왔는지 곰곰이 생각하면서 많은 시간을 보냈어."

번갯불이 칼날처럼 산을 때렸다. 뒤이어 우르릉 쾅쾅 요란한 천둥소리가 이어졌다.

"그런 짓을 할 만큼 사악하고 잔인한 근성을 가진 자는 오직 하나밖에 없다는 결론에 이르렀단다."

카이르프레가 그 이름을 말하기 전에 내가 먼저 말했다.

"리타 고르."

카이르프레가 험상궂은 표정으로 나를 바라보았다.

"그래, 멀린. 누구도, 그 어떤 땅도 대적할 수 없는 자. 그자는 제멋대로야!"

카이르프레는 흠뻑 젖은 회색 머리를 할리아를 향해 돌렸다.

"그자가 이 땅에 이 끔찍한 주문을 걸어놓았단다. 그자가 고통을 주어 네 종족이 조상 대대로 내려온 고향을 떠나게 했지."

"하지만…… 왜죠? 이곳은 우리 땅이라고요. 우리 고향이라고요!"

할리아가 그늘 속에서 속삭였다.

카이르프레는 천둥이 또 한 차례 지나가기를 기다렸다 말했다.

"그건 그자가 아주 오랫동안 훼방을 받고 싶지 않아서야. 크리릭스를 사육하고 훈련시킬 수 있을 정도로 아주 오랫동안. 게다가 너희 사슴 종족은 이 산의 비밀을 너무 많이 알고 있었단다. 너희 종족은 그자가 가는 길에 분명 방해가 되었을 거야. 왜냐하면 저 짐승들을 되돌아오게 하기 위해, 그자는 화산의 능력을 건드려야 했으니까. 용암 속의 금지된 마법을 풀기 위해서 말이야. 항상 그렇게 했으니까. 아주 오래전에 크리릭스를 사육한 정의로운 집단의 사람들은 이런 이유 때문에 용암 산을 은신처로 삼곤 했어."

천둥이 절벽에 내리치자 갑작스레 우리 얼굴이 환하게 빛났다. 나는 소름이 돋았다. 예전에 카이르프레가 설명해줬던 정의로운 집단의 문장을 떠올렸다. 번갯불을 뭉개버리는 주먹을.

"그렇다면 선생님은 리타 고르가 돌아왔다고 생각하시는 건가요?"

내가 주저하며 물었다.

"나도 모른다. 리타 고르는 여전히 다그다와 전투를 벌이고 있는지도 몰라. 유한한 생명체들과 동맹에 의존하면서. 아니면……,"

카이르프레는 침착하게 덧붙였다.

"우리가 아는 것보다 훨씬 가까이 있을지도 몰라."

카이르프레의 눈썹 아래 있는 깊은 눈동자가 나를 유심히 살폈다.

"자, 애야. 갈라토를 찾고 있다고 그랬지?"

나는 돌출 바위 너머 어둑어둑해진 밤, 울부짖는 바람, 끝없이 쏟아지는 비를 응시했다.

"발디어그를 막기 위해서는 갈라토의 능력이 필요해요. 만약 할 수 있다면……."

카이르프레는 천천히 고개를 끄덕였다.

"아주 오래전 네 할아버지가 그랬던 것처럼. 하지만…… 왜 이곳이지? 갈라토가 절벽 어딘가에 숨어 있기라도 한 거냐?"

"아니요. 하지만 이곳에 신탁이 있어요. 와이의 수레바퀴 말이에요."

"수레바퀴라고! 이런! 난 그것이 존재한다고 확신하지 못했는데. 만약 와이의 수레바퀴가 정말 존재한다면, 그 수레바퀴는 용 그 자체만큼이나 위험할 수 있어. 왜 그런 위험을 감수하려는 거냐?"

"제겐 선택의 여지가 없으니까요."

"네겐 언제나 선택의 여지가 있어. 그렇게 보이지 않을 뿐이지."

카이르프레는 내 어깨에 손을 얹었다.

"우리가 헤어지고 나서 어디에 있었는지 말해다오."

머리 위의 돌출 바위에 빗줄기가 세차게 내리치는 동안, 나는 숨을 크게 들이쉬고 이야기를 시작했다. 리아와 함께한 도보여행 그리고 살아 있는 바위에서의 극적인 탈출까지 들려주었다. 우르날다와의 만남과 우르날다의 배신. 우르날다가 내 능력을 어떻게 파괴했는지, 그 충격적인 상황을 묘사할 때, 카이르프레의 손은 내 어깨를 강하게 움켜잡았다. 그리고 내 지팡이. 나는 계속 이야기했다. 내 탈출에 대해, 에르먼의 경이로운 선물에 대해, 그리고 난도질당한 용의 알을 발견한 것에

265

대해, 발디어그 후손의 끔찍한 흔적에 대해…….

그러고 나서 마지막 살아 있는 갓 부화한 아기 용을 어떻게 찾아냈는지, 그 기나긴 밤 동안 어린 생명을 살리기 위해 내가 무엇을 했는지. 그러나 아무런 마법도 없는 두 손이 결국 실패했다는 이야기도 했다. 그 말을 듣는 내내 카이르프레와 할리아 둘 다 깜짝 놀랐다.

할리아는 마치 떨어지는 낙엽처럼 우아하게 내 옆에 앉았다.

"정말이야? 나한테는 그런 말 하지 않았잖아?"

"굳이 말할 가치가 없었으니까."

"넌 굳이 구할 가치가 없는 생명을 살리려 노력했어. 대부분의…… 인간들과는 달랐어."

할리아의 눈동자가 희미한 빛 속에서 빛났다.

"어쩌면 그럴지도, 하지만 마법사라면 응당 해야 할 일이었다."

카이르프레가 말했다.

나는 입술을 깨물었다. 그러고는 내 이야기를 끝내기 위해서뿐만 아니라 주제를 바꾸기 위해 계속 말을 이었다. 나는 두 번째 크리릭스의 공격과 에르먼의 희생을 간략하게 묘사했다. 끔찍한 소용돌이에 대해 (그 생각에 속이 메스거렸지만) 그리고 마지막으로 돔누와의 만남에 대해. 할리아의 따뜻한 숨결이 목에 닿는 걸 느끼며, 나는 빛나는 목걸이, 갈라토가 사라진 것, 비록 가능성이 희박하지만, 신탁이 나를 도와 갈라토를 제때 되찾아줄 수 있을지도 모른다는 희망을 털어놓았다.

말을 다 마치자, 헝클어진 머리카락의 음유시인이 한동안 진지한 표정으로 나를 바라보았다. 어스름한 저녁 빛이 카이르프레의 축축한 이마를 가로질렀다. 카이르프레가 다시 말했다.

"이런, 얘야. 넌 그 모든 역경이 다 네 탓이라고 생각하는 것 같구나."

할리아는 가까스로 살짝 미소를 지어 보이며 말했다.

"저 아이는 정말 그래요."

나는 넓적다리를 두드리며 말했다.

"당장 절벽으로 올라가야 해요! 폭풍이 쳐도 상관없어요! 제가 여기서 이렇게 쭈그리고 앉아 있으면 시간만 낭비하는 거라고요."

할리아가 무슨 말을 하려 했지만, 갑작스러운 천둥소리가 할리아의 말을 잘랐다. 마침내 할리아가 물었다.

"넌 가파른 바위벽을 올라가는 위험을 감수하려는 거야? 빗물 때문에 미끄러운데다, 칠흑 같은 밤이잖아! 악의 정령들이 가까이 있는데도? 그건 용감한 게 아니라 정말 무모한 짓이야."

나는 일어서려 했다.

"하지만 꼭 해야만 해……."

"저 아이 말이 맞다, 멀린."

카이르프레의 손이 다시 한 번 내 어깨를 꽉 눌러, 나를 주저앉혔다.

"여기 우리가 함께 있는 동안에, 적어도 내가 와이의 수레바퀴에 대해 아는 걸 말할 수 있게 해다오."

나는 마지못해 고개를 끄덕였다.

빗물이 뚝뚝 떨어지는 돌출 바위 너머 어둠을 응시하며 카이르프레는 젖은 머리카락을 손으로 쓸어 넘기고는 이렇게 말했다.

"만약 정말로 수레바퀴가 존재한다면 그리고 네가 그걸 발견할 수 있다면, 전설에 따르면 넌 선택에 직면하게 될 거다. 아주 어려운 선택을 해야 해."

"장애물, 돔누가 예언했던 그 장애물."

할리아가 말했다.

267

나는 초조한 표정으로 돌 위에서 몸을 움직이며 턱에서 물을 닦아낸 후 물었다.

"무슨 선택이요?"

"넌 수레바퀴가 하나의 목소리가 아니라 여러 개의 목소리라는 걸 발견하게 될 거다. 그 가운데 하나가 그리고 오직 하나만이 완벽한 진리의 목소리란다. 다른 목소리는 모두 어느 정도 거짓이지. 네가 용케 올바른 목소리를 선택한다면 넌 어떤 질문도 할 수 있어. 물론 답도 알게 될 테고. 하지만 만약 잘못된 목소리를 선택한다면 넌 죽게 될 거야."

나는 끙 신음을 토해내며 고개를 저었다.

"그게 전부인가요?"

"아니다."

카이르프레가 잠시 말을 멈추고는 우뚝 솟은 바위 위에서 사납게 불어대는 바람 소리에 귀를 기울였다.

"전설에 의하면, 와이의 수레바퀴는 유한한 삶을 사는 사람의 단 한 가지 질문만 대답해줄 거다. 그래서 만약 네가 질문을 할 수 있게 된다면, 전과 마찬가지로 힘든 선택에 직면하게 될 거야. 어떤 질문을 할 것인지에 대한 선택 말이다. 잘 선택해라, 애야. 왜냐하면 수레바퀴가 일단 대답하고 나면, 그것은 너한테 더 이상 그 모습을 드러내지 않을 테니까, 영원히."

할리아는 내 귀 가까이 몸을 기울였다.

"네게 기회가 주어진다면, 넌 뭘 물어볼 거니?"

나는 어둠 속에서 잠깐 동안 곰곰이 생각에 잠겼다.

"내가 물어보고 싶은 건, 정말 물어보고 싶은 질문은, 저기 산 위에 있는 정령들보다 더욱더 자주 내게 끊임없이 떠오르는 거야. 그건 그러니까, 내가 다시 능력을 되찾을 방법이 있을까? 설령 내가 투아하의 길을 절대 따를 수 없을지라도. 설령 내가 그 용의 주둥이 속에서 죽을 운명이라 할지라도. 그 능력은…… 결국 내 것이었으니까."

나는 고개를 숙였다. 그리고 이어 말했다.

"그런데 그런 질문을 할 수는 없어. 핀카이라의 운명은 다른 질문에 달려 있으니까. 그러니까 갈라토는 어디 있을까?"

나는 무거운 숨을 몰아쉬었다.

"그러니 솔직히 말해, 내가 어떤 질문을 할지 나도 몰라."

나는 보지 않고도 카이르프레의 시선을 느낄 수 있었다.

"네 안에서 대답을 찾도록 해라. 누구에게나 선택은 어려운 거란다. 예를 들어, 네 여동생을 보자. 네 여동생은 협곡의 독수리처럼 하늘을 날고 싶어 했어. 의심의 여지없이, 네 여동생이라면 어떻게 해서 아주 오래전에 핀카이라 사람들이 날개를 잃게 되었는지, 어떻게 하면 날개를 되찾을 수 있는지 물었을 거야."

딱딱하게 굳은 어깨를 움직이며 나는 고개를 끄덕였다.

"그럼 선생님이라면요?"

"난 크리릭스가 어디 숨어 있는지 묻지는 않을 거다. 왜냐하면 내 능력으로 그걸 알아낼 수 있을 거라 생각하니까. 늙은 바초드 덕분에, 그 영감은 이곳에 대해 나한테 많은 걸 알려줄 수 있어. 만약 이 폭풍이 끝난다면, 그래, 이제 거의 다 알아냈어. *굽은 곳을 돌면, 내 발자국은 끝나리라.* 아니, 나를 가장 괴롭히는 질문은, 내가 신탁에게 물어볼 질문, 어떻게 하면 크리릭스를 무찌를 수 있을까, 하는 거란다."

카이르프레의 주름이 깊어졌다.

"나는 책에서 아무것도 찾을 수 없었단다. 내가 아는 거라고는 마법

269

의 무기를 직접 사용하는 건 쓸모없다는 사실이야. 크리릭스와 맞서 싸운 고대의 마법사들은 뭔가 다른 걸 찾아야만 했단다. 공기만큼이나 평범하지만 강력한 뭔가를……. 그런데 문제는 마법 말고는 그 어떤 것도 크리릭스를 완전히 파괴할 수 없는 것 같더구나. 이 모든 걸 끝내려면, 우리가 녀석들을 전체적으로 마주해야 하는데, 난 그게 두렵단다."

나는 산허리 위에서 울려 퍼지는 천둥소리에 귀를 기울였다.

"만약 그 문구를 이해할 수 있다면, 예언의 마지막 문구 말이에요."

"만약 네가 발디어그와 싸운다면, 둘 모두……."

"아니요, 그 예언 말고요, 최고의 능력에 관한 거요."

카이르프레는 고개를 끄덕이며 턱을 쓰다듬었다.

"그건 갈라토를 의미할 수도 있어. 아니면 금지된 마법을 의미할 수도……. 아니면…… 완전히 다른 걸 말하는 건지도 모르지."

나는 할리아에게 나지막하게 물었다.

"내가 떠나기 전에 말해줘. 너라면 수레바퀴한테 뭘 물어볼 거니?"

할리아의 목소리는 너무 작아서 폭풍 치는 소리에 묻혀 거의 들리지 않았다. 할리아가 대답했다.

"이 세상이든 다른 세상이든…… 에르먼이 꿈속에서 본 기쁨을 찾을 수 있을지. 어떻게 그게 가능하겠어? 내 옆에 에르먼의 달리는 발굽이 없는데?"

에르먼이라는 이름을 듣고, 갑자기 좋은 수가 떠올랐다.

"절벽을 올라가는 데 그게 훨씬 더 수월할 거야. 두 다리보다는 네 다리가 말이야."

나는 천천히 말했다.

할리아의 몸이 뻣뻣해졌다.

"맞아."

우리 위로 비바람이 휘몰아쳤다.

"그리고 누군가와 함께 가는 게, 길을 잘 아는 누군가와 함께 가는 게 훨씬 더 수월할 거야."

"안 돼, 할리아."

"왜 안 되는데? 나 없이 가는 게 더 나을 것 같아?"

말은 그렇게 용감하게 했지만, 할리아의 목소리는 파르르 떨렸다.

"나는 네가 무사하면 좋겠어."

"멀린, 나도 갈 거야."

"하지만 넌……."

"난 너의 유일한 희망이야! 내 말 들어. 이 산에는 오솔길이 많이 있어. 동굴도 많고. 하지만 올바른 길은 딱 하나뿐이야."

할리아가 진실을 말하는 걸 알면서도, 나는 고개를 끄덕일 수 없었다. 천천히 우리 모두 자리에서 일어섰다. 우리는 그곳에 서 있었다. 바위처럼 아무 말 없이…….

문득 카이르프레가 우리 손을 꽉 잡았다. 카이르프레가 속삭이듯 쉰 목소리로 말했다.

"위대한 다그다가 너와 함께하기를. 핀카이라 편에 서주기를."

24

산에 오르다

그날 밤 세차게 몰아치는 빗속을 볼 수 있는 사람이라면, 금방이라도 쓰러질 듯한 폐허 같은 오두막 속에서 뛰어나오는 형체 두 개를 어렴풋이 볼 수 있었을 것이다. 처음에는 두 다리로, 그러다가 네 다리로. 처음에 나는 내 몸의 축축함을 그리고 흠뻑 젖은 내 옷과 물을 먹은 신발의 무게를 느꼈다. 그런데 잠시 뒤 그 무게가 사라지기 시작했다. 나는 그날 그 어느 때보다 포근하고 뽀송뽀송한 느낌을 받았다. 흩날리던 옷이 녹아들며 빽빽한 야생의 털로 바뀌었다. 신발이 사라지며 튼튼한 발굽으로 바뀌었다. 등과 목이 쑥쑥 늘어났다. 바닥을 세차게 두드리던 비는 묵직하게 두드리는 소리와 새로이 만났다.

흠뻑 젖은 들판을 내달리다 앞에 있는 양 한 쌍을 발견했다. 나는 양을 피하지 않았다. 방금 전까지만 해도 그랬을 테지만 말이다. 대신 잔디밭을 펄쩍 뛰어올라 그 위로 날아갔다. 바람에 흘러가는 구름처럼 아주 부드럽게…….

왜냐하면 나는 다시 한 번 사슴처럼 달릴 수 있었으니까.

할리아와 나는 길을 내달려 계곡 끝으로 향해 갔다. 물웅덩이를 철벅 철벅 가면서 강처럼 흐르는 좁은 개울을 뛰어넘었다. 아, 어깨와 엉덩이에 새로이 능력이 넘쳤다! 내 몸이 새로이 유연해졌다! 내리는 비는 달리는 내 몸을 씻어내기보다는 내 주위로 흩뿌리는 것 같았다. 바닷물 냄새, 갈매기 우리 냄새, 벼랑 이끼 냄새로 코가 간지러웠다. 무엇보다도 나는 정말로 내 귀가 아니라 뼛속까지 온몸으로 다시 들을 수 있었다.

길이 좁아지며 마침내 굽이굽이 굽은 협곡이 나왔다. 양옆으로 바위가 옹기종기 모여 있는 게 마치 웅크리고 있는 모습처럼 보였다. 발굽 위로 물이 세차게 흘러갔다. 할리아는 나보다 훨씬 더 당당한 발걸음으로 앞에서 나를 이끌어주었다. 할리아의 귀는 끊임없이 쫑긋거리며 경계를 늦추지 않았다. 우리는 점점 가팔라지는 언덕을 함께 올라가기 시작했다.

바람이 쉬지 않고 윙윙 불어댔다. 비가 코와 눈을 후벼 팠다. 바위를 몇 개 돌고 뛰어넘으며 우리는 계속 더 위로 올라갔다. 급류가 우리 주위로 급하게 흘러내렸다. 이제 더 이상 달리지 않았지만, 물은 내 위로 쏟아지며, 내 귀와 등과 무릎으로 흘러내렸다. 마치 폭포 속에 들어선 느낌이었다. 내 꼬리는 정말 귀여웠는데, 끊임없이 흔들리며 미끈거리는 바위 위에서 균형을 잡게 도와주었다.

어두웠지만, 예상보다는 훨씬 잘 볼 수 있었다. 툭 튀어나온 뾰족한 바위 끝이 눈에 들어왔다. 동굴처럼 보이는 희미한 그림자가 보였다. 그래도 우리가 천천히 위로 올라가는 내내, 연신 내리치는 번갯불이 고맙기도 했다. 바람은 예상 밖으로 세차게 휘몰아쳤다. 나를 쓰러뜨릴 정도로 매섭기 짝이 없었다. 몇 번, 발굽 아래 바위들이 갑자기 무너져 내려 가파른 언덕 아래로 미끄러지곤 했다. 하지만 날쌘 본능과 수사슴의 튼튼한 다리가 있었기에, 떨어지지 않고 견뎌낼 수 있었다.

그러는 내내, 폭풍이 휘몰아치는 이 언덕 위에 우리만 있는 게 아니라는 사실을 강하게 느꼈다. 누군가 지켜보고 있다는 걸 확실히 느낄 수 있었다. 어쩌면 저 동굴 안에서 지켜보고 있는지도 몰랐다.

할리아는 바로 내 앞에서 올라가며, 기다랗고 좁은 판석에서 평평한 암석으로 껑충 뛰었다. 판석이 갑작스레 무너져 내렸다. 판석은 바위투성이 언덕을 데구루루 구르며, 내 뒷다리로 곧장 미끄러져 내렸다. 나는 껑충 뛰는 것 말고 달리 어떤 행동을 할 시간적 여유가 없었다. 판석이 나를 스쳐 지나갔다. 나는 단단한 바닥에 무사히 내려앉았다. 할리아의 발굽 바로 옆이었다.

할리아의 검은 코가 내 어깨를 툭 쳤다.

"넌 갈수록 진짜 사슴처럼 움직이는구나."

나는 뿔이 새롭게 자라는 느낌이었다.

"널 유심히 지켜보며 따라했을 뿐이야, 그게 다야."

또 한 차례 번개가 절벽을 내리쳤다.

할리아의 몸이 굳어졌다. 귀를 쫑긋 세웠다.

"이곳이야. 거의 다 왔어. 느낄 수 있어?"

내가 고개를 끄덕거리기도 전에, 할리아는 발굽으로 바위를 타닥타닥 내디디면서 펄쩍 뛰어갔다.

우리는 점점 더 가팔라지는 산 위로 계속 올라갔다. 차가운 바람이 세차게 휘몰아치며 우리 몸통을 내리쳤다. 비는 진눈깨비로 변했다. 곧 암봉 아래 그리고 갈라진 틈을 따라 얼음이 나타났다. 발걸음을 옮기기가 점점 더 버거웠다. 천천히 우리는 위를 향해 힘겹게 올라갔다. 발굽 한 번에 바위 하나씩……

할리아는 오른쪽으로 돌아, 거의 보이지도 않는 발자국을 따라갔다.

나는 보이지 않는 그 발자국을 느꼈다. 내 발굽은 이전에 지나간 수많은 발굽에 희미하게 닳아버린 발자국에 딱 들어맞았다. 그러는 사이 온도가 점점 더 내려갔다. 힘겹게 위로 올라가느라 땀이 흘렀지만, 차가운 공기 때문에 몸이 덜덜 떨렸다.

우리는 고목처럼 쓰러져 있는 높다란 바위 무더기에 도착했다. 싸라기눈이 언덕과 우리 등에 세차게 내리기 시작했다. 이내 도토리보다 더 큰 우박이 쏟아졌다. 마치 수백 개나 되는 망치처럼 내리치는 우박 덩어리가 우리를 공격했다. 코끝에 우박이 떨어지자, 나는 비명을 질렀다. 할리아가 내 곁으로 바짝 다가왔다. 우리는 바위 무더기 옆으로 몸을 숙였다.

한순간 바위 무더기가 완전히 무너져 내렸다. 바위가 언덕 아래로 굴러 떨어졌다. 하마터면 우리도 함께 구를 뻔했다. 우박을 막무가내로 맞아가며, 우리는 더 높이 뛰어갔다. 바람이 비명을 질러댔다. 다른 무언가도 비명을 질러댔다. 뭔가 더 높고 앙칼진 웃음소리 같은 비명을…….

동굴이 저 앞에 어렴풋이 보였다. 새하얗게 변해가는 언덕과는 반대로, 그곳은 어두컴컴했다. 본능적으로 우리는 그곳을 향해 달려갔다. 그때 눈동자 몇 개가 나타났다. 횃불처럼 이글이글 타올랐다. 더 많이 들리는 웃음소리! 우리는 곧장 바람을 향해 방향을 틀었다. 얼음으로 뒤덮인 차가운 바위 위에서 발굽이 미끄러졌다. 천둥이 치자 동굴에서 흘러나오는 거친 웃음소리가 잦아들었다.

우박! 세차게 내리치며 등을 콕콕 찔러댔다. 추워서 어깨가 아플 정도였다. 무시무시한 소리만 들려왔다.

내 바로 앞에서 할리아는 크레바스* 가장자리에서 갑자기 방향을 바

---

*골짜기에 형성된 깊은 균열.

꾸었다. 크레바스는 치유되지 않은 상처처럼 언덕을 가로지르며 우리 앞길을 막아섰다. 그 앞에 서서 할리아는 나를 돌아보았다. 두 눈에는 놀란 표정이 역력했다. 나는 할리아가 크레바스를 만나리라는 사실을 예상하지 못했다는 것을, 이 크레바스가 어디를 가로지르는지 알지 못한다는 것을 즉각 알아차렸다.

옆에 나란히 서서 우리는 가장자리를 따라 길을 찾아보려 애썼다. 하지만 크레바스는 점점 더 넓어질 뿐이었다. 번갯불이 내리칠 때만 맞은편이 겨우 보였다. 그런데…… 그렇다! 저 위, 툭 튀어나온 뾰족한 바위 바닥 근처에서 크레바스가 종적을 감추었다. 우리는 조심조심 위로 올라갔다. 발굽 아래로 돌멩이가 흔들리며 무너져 내렸다. 우리가 숨을 쉴 때마다 입김이 하얗게 나왔다. 마침내 정상에 이르렀다. 하지만 또다시 크레바스가 나타났다.

우리는 균형을 유지하려 애쓰며 힘겹게 뒤로 물러섰다. 얼굴에 바람이 휘몰아쳐 자그마한 고드름이 눈썹에 생기기 시작하더니, 눈앞이 점점 희미해졌다. 기온이 더 내려가자 폐가 따끔따끔 아파왔다. 눈이 우박과 함께 뒤섞이기 시작하며, 흔들리는 위험한 바위를 뒤덮었다.

툭 튀어나온 바위 바닥 근처에서 할리아는 단단한 표면의 판석 너머로 껑충 뛰었다. 바닥에 사뿐히 내려앉자 할리아의 발굽이 눈에 미끄러졌다. 할리아는 언덕 아래로 비틀거리며 바위 위로 굴렀다. 크레바스 가장자리에서 할리아는 가까스로 발굽으로 버티고 섰기에 굴러 떨어지지는 않았다. 뒤이어 번쩍 내리친 번갯불이 비치며 할리아가 펄쩍 뛰어가는 모습이 보였다. 허벅지에서 피가 나 바닥에 뚝뚝 떨어져 내렸다.

잠시 뒤 나는 할리아 옆에 이르렀다.

"많이 다쳤어?"

"많이 다치진 않았어. 하지만 길을 잃었어, 멀린! 이 크레바스는……
기억이 안 나! 빨리 여길 빠져나가야 해. 안 그러면 다시 내려가야 해."

할리아는 몸을 떨며 대답했다.

"다시 내려갈 수는 없어!"

"내려가지 않으면 얼어 죽어. 방법이 없어……."

할리아가 사납게 불어대는 바람 너머로 소리쳤다.

또 한 번 천둥이 내리쳐서 할리아의 말을 삼켜버렸다. 이윽고 웃음
소리가 수없이 울려 퍼지며 사냥꾼의 화살처럼 우리를 찔러댔다. 눈 밑
살갗이 파르르 떨리기 시작했다. 내리치는 우박 때문인지 아니면 리타
고르의 존재 때문인지 알 수가 없었다.

우박이 줄어들고 습기를 가득 먹은 함박눈이 더 많이 쏟아졌다. 바
위와 바위틈이 재빨리 흰 눈 아래로 사라져버렸다. 잠시 뒤 언덕이 완전
히 눈에 파묻혀버렸다. 신탁의 동굴을 찾을 수 있다는 희망도 함께 묻
혀버렸다.

문득 번갯불에 산허리가 눈부시게 반짝였다. 그 때문에 크레바스 옆
에 서 있던 모습이 드러났다. 널찍하고도 굳건했다. 할리아와 나는 숨죽
였다. 휘몰아치는 눈발 때문에 제대로 보이지 않았지만, 그것은 우리가
잘 알고 있는 모습과 너무나 닮아 보였다. 거의 그러니까…… 수사슴처
럼 보였다! 하지만 확신할 수는 없었다. 저 갈라진 뿔이 머리일까? 뿔
일까? 아니면 완전히 다른 무엇일까? 번갯불이 사라지기 전, 그 형상은
몸을 돌려 냅다 달려가며 크레바스 가장자리를 스쳐 지나갔다.

"에르먼!"

할리아가 소리치며 그 뒤를 따라갔다.

"기다려, 속임수일 수도 있어!"

내가 소리쳤다.

하지만 할리아는 내 말을 듣지 않았다. 할리아는 껑충 뛰어, 휘몰아치는 눈을 뚫고 나아갔다. 나도 그 뒤를 달리며, 할리아의 발자국을 따라갔다. 우리가 죽음을 쫓고 있는 건 아니기만을 바랐다.

우리는 가장자리를 따라 달렸다. 때때로 가장자리에 바짝 붙어 방향을 바꾸는 바람에, 우리 발굽에 차인 바위가 저 아래로 굴러 떨어지는 소리를 들을 수 있었다. 크레바스는 번갯불이 내리칠 때에도 여전히 어두컴컴했다. 건널 수 있을 만큼 좁은 곳은 전혀 보이지 않았다. 눈이 점점 더 높이 쌓이자, 내 두려움도 점점 높아갔다. 만약 사악한 정령들이 우리에게 덫을 놓을 생각이라면, 길을 찾을 수 있으리라는 희망을 빼앗으려는 생각이라면, 이게 딱 좋은 방법이었다.

갑자기 할리아가 발걸음을 멈추었다. 내 발굽이 미끄러졌다. 나는 아슬아슬하게 할리아에게 쿵 부딪쳤다. 우리는 크레바스 근처 우뚝 솟아 있는 판석 위에 멈추어 서서 숨을 몰아쉬었다. 어둠뿐이었다. 그것이 무엇이었든, 그 형상은 사라지고 없었다.

"어디로 간 거지?"

내가 입김을 폴폴 내뿜으며 물었다.

"에르먼이야. 에르먼이 분명해. 바로 이곳에서 뛰었어. 그러고는……
사라졌어."

나는 뿔을 흔들어 쌓인 눈을 털어내며 어두운 구멍 속으로 몸을 숙였다.

"이건 분명 속임수야. 우린 저 안으로 뛰어갈 수 없어."

할리아의 둥근 눈동자가 나를 바라보았다.

"저기에 분명 암붕이 있어. 그래서 에르먼이 뛰었던 거야! 따라와. 이

278

것이 우리의 유일한 기회야."

"안 돼! 이건 미친 짓이야!"

나는 발굽을 쿵쿵 굴렀다.

할리아는 내 말을 무시하고 몸을 움츠렸다가 한 번 떨더니 힘차게 뛰어올랐다. 할리아의 다리가 곧게 펴지고 기다란 목이 앞으로 쭉 뻗었다. 할리아는 내 얼굴로 하얀 눈을 튀기며 어둠 속으로 사라졌다. 쿵 소리가 들렸다. 그러고는 아무 소리도 들리지 않았다.

"할리아!"

"이제 네 차례야. 어서 와, 멀린!"

마침내 할리아가 외쳤다. 할리아의 목소리는 거센 바람 때문에 거의 들리지 않았다.

나는 몸을 웅크렸다. 심장이 밖으로 튀어나올 것처럼 뛰어올랐다. 아래를 보지 않으려 했지만, 어쩔 수가 없었다. 크레바스 안에 있는 그림자가 나를 낚아채려고 팔을 뻗는 것 같았다.

"난…… 난 못해. 너무 멀어."

"할 수 있어! 넌 사슴이야."

내 옆구리가 떨렸다.

"하지만 맞은편이 보이지 않아……."

또 한 차례 눈보라가 휘몰아쳐 나를 끝자락으로 내동댕이치려 했다. 내 발굽 아래 요동치는 판석이 언제든 날아갈 것만 같았다. 아무 생각 없이 나는 온 힘을 다해 펄쩍 뛰었다. 나는 허공을 날았다. 휘몰아치는 눈 말고는 그 어떤 것도 없이 허공에 붕 떠 있었다. 이윽고 나는 쿵 소리를 내며 할리아 옆의 암붕에 내려섰다.

할리아가 어깨로 내 어깨를 문질렀다.

"멀린, 너 날았어! 정말로 날았어! 네 이름처럼, 한 마리 어린 매처럼 말이야."

번갯불이 다시 하늘을 환하게 밝혔다. 나는 두 눈을 들어 절벽을 바라보았다. 폭풍이 시작되고 나서 처음으로 절벽의 윤곽이 눈에 들어왔다. 절벽은 거대한 고드름처럼 위를 향해 쭉 뻗어 있었다.

"정말 그게 에르먼이었다고 생각하는 거야? 아니면 다그다가 수사슴의 모습으로 나타난 걸지도 몰라."

할리아의 두 귀가 쫑긋 움직였다. 하나는 앞으로, 하나는 뒤로.

"에르먼이었다고 생각할 거야. 만약 다그다가 이곳에 있다면, 리타 고르도 이곳에 있다는 뜻이니까."

할리아가 내뱉은 새하얀 숨이 서리로 뒤덮였다.

"게다가 난 에르먼이 가까이 있다고 느꼈어. 그 어느 때보다 가까이 있다고 말이야."

나는 할리아 옆으로 다가가서 속삭였다.

"그렇다면 분명 에르먼이었을 거야."

또 한 번 번개가 내리쳤다. 나는 다시 절벽을 돌아보았다. 불빛에 반짝이는 절벽은 흰색으로 완전히 옷을 갈아입었다. 동굴의 시커먼 곳은 제외하고⋯⋯.

"폭풍이 한풀 꺾이는 것 같아."

내가 살펴보며 말했다.

"네 말이 맞을 거야. 서둘러! 우리가 지금 어디쯤 있는지 이제 알 것 같아."

할리아가 저 위 언덕의 가늘어지는 눈발을 바라보았다.

할리아는 눈 속의 희미한 자국을 따라서 펄쩍 뛰어갔다. 눈발 사이를 헤치고 길을 찾아 발굽으로 얼음 조각을 차내며, 우리는 우뚝 솟은 바위로 올라갔다. 저 위 어디쯤에서 갈매기의 울음소리가 희미하게 들려왔다. 다음번 번개가 치자 새 한 마리가 바로 우리 머리 위 구름 사이로 날아가는 모습이 살짝 보인 것 같았다.

그 순간 바람이 바뀌었다. 바람이 우리에게 새로운 향기를 실어다주었다. 연기. 지옥불의 연기. 그리고 새로운 소리도 함께 실어왔다. 등골이 서늘하게 짖어대는 소리. 노래를 부르는 것 같기도 하고, 흐느껴 우는 것 같기도 하는 소리. 내 기다란 몸이 떨렸다. 더 많은 정령들!

할리아는 얼어붙었다. 바위처럼 꽁꽁 굳어버렸다. 할리아의 두 귀가 쫑긋 섰다. 이윽고 살짝 몸을 뒤틀었다.

"저 소리……. 무시무시한 웃음소리와는 좀 다른데."

"그래도…… 정령일 수 있어."

"아니면 신탁일 수도 있고."

갑자기 할리아가 언덕 위로 쏜살같이 뛰어 올라갔다. 너무 빨리 달려서 나는 뒤따라갈 수 없을 지경이었다. 발굽 아래로 얼음 조각들이 산산이 부서져 내렸다. 우리가 가는 걸음걸음마다 눈발이 날렸다. 우리는 흔들림 없이 위로 나아갔다. 그러는 내내 유령 같은 소리가 우리를 향해 흘러왔다. 더 크게, 더 부드럽게…….

안개의 물결이 지옥불의 냄새를 풍기며 산에서 몰려 내려왔다. 유령이 쇄도하는 것처럼 그것이 우리 위로 휘몰아치며, 우리를 완전히 집어삼켰다. 나는 계속 올라갔지만 내 눈에는 할리아가 더 이상 보이지 않았다. 할리아가 사라졌다. 오싹한 유령 소리처럼. 나는 할리아를 소리쳐 불렀다. 그때 갑자기 나는 할리아의 옆구리에 쿵 부딪혔다.

할리아가 획 돌아섰다.

"지나친 것 같아."

재빨리 할리아는 언덕 아래로 내려갔다. 잠시 멈추어 공기의 냄새를 맡거나 귀를 이쪽저쪽 움직이는 것만 빼고 계속 내려갔다. 소리가 점점 더 커져갔다. 점점 더 가까워졌다. 갑작스레 할리아가 멈추어 섰다. 우리 앞의 안개가 사라지며 하얗게 변한 바위 사이에서 희미한 빛이 나타났다.

동굴! 우리가 보아왔던 다른 동굴들과 달리, 이 동굴은 그 안에서 빛이 새어나오는 것 같았다. 아니면 이것은 그저 하나의 환영에 불과했을까? 하지만 나를 더욱더 무기력하게 만든 것은, 그 안에서 쏟아져 나오는 끊임없이 흐느끼는 소리였다. 우리는 한참 동안 그곳에 서서 귀를 기울였다. 의심의 여지가 없다는 걸, 나는 오들오들 떨면서 깨달았다. 온몸이 떨려왔다. 그 소리는 바람 소리가 아니었다. 떨어져 내리는 바위 소리가 아니었다. 그것은 목소리였다. 고통스러워하고 괴로워하는 소리였다.

25

수많은 목소리 중
단 하나의 목소리

우리는 동굴 입구에서 얼음이 뒤덮인 바위 위에 발굽을 단단히 딛고 섰다. 저 안 깊숙한 곳에서 수많은 목소리가 신음하고 소리치며 흐느끼고 애원했다. 한 마디도 제대로 알아들을 수 없었지만, 고통스럽게 갈망하는 목소리인 것만은 분명했다. 할리아와 나는 불안스레 서로 마주 보았다. 실은 이곳이 와이의 수레바퀴로 가는 통로일까? 아니면 산의 정령들이 만들어놓은 함정일까? 들어가지 않고 확인할 수 있는 방법은 없을까?

할리아가 나와 똑같은 생각에 이르렀다는 걸 할리아의 눈동자를 보고 알았다. 우리는 한마음으로 동굴 안으로 걸어 들어갔다. 우리의 소리 없는 명령에 따라 우리 몸이 다른 모습으로 녹아들었다. 바로 전까지만 해도 사슴 두 마리가 서 있던 곳에 이제 맨발의 젊은 여인과 신발을 신은 젊은 남자가 서 있었다. 내 안에서 흘러나오는 한숨이 목소리와 뒤섞였다. 너무 갑작스레 몸이 수직으로 뻣뻣하게 서자 휘청거렸다. 바람이 숲으로 바뀐 것처럼……

아무 말 없이 우리는 동굴 안으로 깊숙이 들어가며, 출입구를 가로질러 빗장처럼 매달려 있는 고드름 아래로 몸을 숙였다. 동굴은 아래로 향하지 않고 오히려 절벽 정면을 향해 곧장 이어져 있었다. 공기는 답답하고 습했다. 마치 구름 속으로 걸어 들어가는 것 같았다. 연기 자욱하고 지옥 불 같은 구름 속으로……. 그러면서도 예상보다 훨씬 따뜻한 느낌이었다. 아주 오래전 지표면 아래를 흐르며 이 우뚝 솟은 바위를 만들어낸 용암이 떠올랐다.

산속 깊은 곳으로 계속 걸어 들어가는 동안 너울거리는 빛이 점점 강렬해지며 저 앞 어딘가에서 우리를 향해 새어나왔다. 어디서 나오는 빛일까? 나는 궁금했다. 분명 곧 알게 되겠지. 수천수만 개의 검은 수정이 바닥, 벽, 천장을 뒤덮고 있었다. 수정은 내 신발을 뚫고 삐죽삐죽 튀어나와 내 발바닥을 쿡쿡 찔러댔다. 나는 그렇게나 쉽사리 그 위를 걸어가는 할리아의 능력에 감탄했다. 할리아는 암사슴처럼 우아하게 이끼 덮인 곳을 성큼성큼 걸어갔다. 할리아의 발가락은 좁은 바닥을 부드럽게 감쌌다.

발걸음을 옮길 때마다 검은 수정은 점점 더 밝게 빛났다. 수정의 표면은 수많은 눈동자처럼 반짝거렸다. 우리가 지나갈 때마다 우리를 노려보며 눈짓을 했다. 마법이 없이도 이 수정에 그 자체로 신비한 마법이 있다는 걸 느낄 수 있었다.

나는 언제나 동굴이 좋았다. 특히 수정 동굴. 고요한 수정의 깊이, 신비로운 그림자, 빛나는 표면. 더 깊숙이 들어갈수록 검은 수정이 더 복잡한 문양을 만들어냈다. 원, 물결, 나선형, 들쭉날쭉 기이한 디자인도. 대부분 검은색이었지만 노란색, 분홍색, 자주색으로 빛나기도 했다. 머리 위에는 종유석이 한 줄로 나란히 드리워져 있었다. 보라색이었다. 얼마나 오래되었을까? 종유석은 머나먼 시간 그 자체의 수염처럼 매달려 있었다.

나는 발걸음을 멈추고 좀 더 가까이 들여다보았다. 그러다 깜짝 놀라고 말았다. 그곳, 종유석 바닥에 뼈가 앙상한 생명체가 매달려 있었다. 그저 한 마리 박쥐라는 걸 금방 알아차렸지만, 그걸 보니 또 다른 생명체가 떠올랐다. 두 번 다시는 만나고 싶지 않은 생명체를…….

동굴 안의 빛이 강렬해지고 목소리도 커져갔다. 고통에 울부짖는 목소리가 한꺼번에 부풀어 올랐다. 그것이 신음이든, 간청이든 또는 부추김이든, 그 목소리는 모두 고통을 머금고 있었다. 하지만 무슨 말을 하는 건지, 도무지 한 마디도 알아들을 수 없었다. 그 감정만 느껴졌을 뿐이다. 만약 그것이 와이의 수레바퀴의 수많은 목소리라면, 그 목소리 중 단 하나만 선택해야 한다는 생각에 배가 옥죄어왔다.

할리아의 얼굴 위로 은빛이 너울거렸다. 할리아가 물었다.

"무슨 말을 하는지 알겠어?"

나는 고개를 절레절레 저었다.

"전혀. 단지…… 고통스럽다는 것만 알 뿐이야. 어떤 목소리를 골라야 하는지 어떻게 알지?"

수정 하나가 내 발 옆으로 툭 떨어졌다.

할리아가 발걸음을 늦추며 벽에 툭 튀어나온 수정 기둥을 매만졌다.

"에르먼이…… 우리 곁을 떠나기 전에 했던 말 기억나?"

"응, 갈라토를 찾아."

내가 확신에 차서 대답했다.

"아니, 아니. 그 말 다음에. 에르먼은 이렇게 말했어. *넌 네가 알고 있는 것보다 훨씬 더 큰 능력을 지니고 있어.*"

풀이 죽은 채 나는 툭 튀어나온 빛나는 수정 하나를 지나쳐 발을 질질 끌며 걸었다.

"에르먼은 나한테 준 선물을 말한 거였어. 사슴의 능력 말이야."

할리아는 내게 얼굴을 찡그렸다.

"에르먼은 그런 뜻으로 말한 게 아니야, 멀린. 너한테는 있어. 그러니까, 일종의 마법, 능력이 있어. 그래, 지금도."

나는 할리아를 의심스러운 눈빛으로 바라보았다.

"어떤 마법?"

잠시 동안 할리아는 나를 곰곰이 살펴보았다.

"그걸 뭐라고 불러야 할지 잘 모르겠어. 하지만 그걸 뭐라고 부르든, 그것은 에르먼이 네게 선물을 주겠다는 마음을 불러일으켰어. 구할 수는 없었지만, 그것은 네가 그 아기 용을 도와주려고 노력하게 만들었어. 그리고 그것은 네가 이 신탁에서 무엇을 할지 알려줄 만큼 충분히 큰 능력이 있었을 거야."

나는 천천히 숨을 내쉬었다.

"나도 네 말을 믿고 싶다. 정말이야."

한 걸음 한 걸음 우리는 동굴 속으로 깊숙이 들어갔다. 통로가 점점 왼쪽으로 휘어지더니 점점 더 넓어지고 커졌다. 우리가 굽이를 돌자, 둥근 천장이 머리 위로 높이 솟아 있었다. 반짝거리는 동근 돌벽이 우리를 맞았다. 이 거대한 방은 수정에 반사되어 무척 밝게 빛났다. 아직도 빛이 어디서 나오는지 알 수 없었다.

곧 그것이 수정 그 자체라는 것을 깨달았다! 수정이 반짝반짝 빛나며 그 자체의 은빛으로 빛나고 있었던 것이다.

바로 우리 맞은편에 벽 전체를 거의 뒤덮으며 반짝반짝 빛나는 커다란 수레바퀴가 매달려 있었다. 천천히 아주 천천히 빙글빙글 돌며, 계속 이어지는 수레바퀴의 신음 소리가 합창 같은 목소리와 뒤섞였다. 그 목소리는 이제 우리 귀에 요란한 함성처럼 들려왔다. 그 목소리가 무슨 말을 하는지는 여전히 알아들을 수 없었지만, 분명 근처 어딘가에서 들려왔다. 그곳이 정확히 어디인지 알아차릴 수 없었다. 한밤중에 보이지 않는 연못에서 개구리가 울어대는 것처럼, 목소리는 어디서 나오는지 드러내지 않은 채 우리 주위를 둥둥 떠다니며 커졌다 작아졌다 했다.

우리는 놀라움에 휩싸인 채 그곳에 서서 수레바퀴가 축을 중심으로 끊임없이 도는 모습을 지켜보았다. 수레바퀴는 나무로 만든 것 같았다. 그런데 그 색은 지금껏 내가 보아온 어떤 나무보다 훨씬 짙어 보였다. 바퀴의 테두리는 물론이고, 다섯 개의 넓은 바퀴살은 제각각 무수한 작은 단면이 붙어 있었다. 누가 그 수레바퀴를 만들었는지는 모르겠지만, 그 손으로 주변의 수정도 조각한 것 같았다.

원 안에는 다섯 개의 바퀴살이 있었다. 내 지팡이에 조각된 '원 안의 별 이미지'처럼……. 내 잃어버린 지팡이? 아주 오래전 그날 밤을 나는 아주 똑똑하게 기억하고 있었다. 금발의 별의 정령, 그위리가 별이 총총한 하늘에서 내려와 바람이 휘몰아치는 산마루에서 나를 맞이했던 때를. 그위리는 사물들은 모두 서로 연결되어 있다는 걸 '원 안의 별 이미지'가 내게 상기시켜줄 거라고 말했다. 모든 언어, 모든 노래는 그위리가 말한 위대하고 영광스러운 별의 노래*의 한 부분이라는 사실을 상기시켜줄 것이라고.

나는 고개를 저었다. 그 바퀴살 모양을 보니 내가 잃어버린 그 모든

---

* 2권에 나오는 표현으로. 마법의 일곱 노래를 가리킨다. 멀린은 마법의 일곱 노래의 비밀을 풀며 마법을 익혔다.

게 떠올랐다. 내 지팡이, 내 능력, 내 본질.

그 순간 나는 방바닥에 검은 무늬 서너 개가 놓여 있다는 걸 알아차렸다. 그곳에는 빛나는 수정도, 반사되는 빛도 없었다. 궁금증이 일어, 가장 가까이 있는 파편 가까이 다가가봤다. 갑작스레 내 피가 얼음장처럼 얼어버렸다. 해골더미! 뭔가 강력한 능력에 산산이 부서지며 타버렸다. 크기와 모양을 보니 그것이 인간의 잔해라는 걸 알아차릴 수 있었다. 잘못된 목소리를 선택한 사람의 잔해인 게 틀림없었다.

내가 허리를 숙여 그 해골 부스러기를 들어 올리자, 할리아가 내 팔을 잡았다.

"바퀴살! 바퀴살이 변하고 있어."

할리아가 울려 퍼지는 목소리 너머로 소리쳤다.

나는 숨을 헐떡이며 해골을 떨어뜨렸다. 다섯 개의 바퀴살 각각의 한가운데 있는 작은 단면들이 정말 변하고 있었다. 점점 그 단면들은 뻗어가며, 길어지고 넓어져 함께 기이한 덩어리가 되어가고 있었다. 몇몇은 볼록한 혹처럼 밖으로 뻗어 나오고, 다른 몇몇은 안쪽으로 굽어 잔가지나 구멍처럼 변했다. 바퀴살의 한가운데가 볼록해지기 시작했다. 덩어리들은 합쳐졌다가 다시 자리를 바꾸더니, 거대한 모습으로 부풀어 올랐다. 패턴이 있는 모습, 그 모습은…….

얼굴이었다. 할리아와 나는 서로의 얼굴을 쳐다보았다. 각각의 바퀴살 한가운데에 옹이진 나무처럼 뒤틀린 얼굴이 나타났다. 바퀴는 계속 돌아갔지만, 얼굴들은 점점 뚜렷해졌다. 하나씩 하나씩 얼굴들은 누르스름한 눈동자를 뜨며 입술을 내밀어 우리를 향해 시선을 돌렸다. 입술이 벌어지며 목소리가 들렸다. 목소리는 핀카이라의 언어를 채택했다.

"날 풀어줘! 날 풀어줘. 그러면 신탁은 너의 것이 될 것이다."

수레바퀴 꼭대기에 이제 막 떠오른 넓적하고 네모난 얼굴 하나가 신음 소리를 냈다. 바퀴가 천천히 돌아가자, 얼굴이 일그러지며 점점 더 넓게 퍼졌다. 그 얼굴은 가녀린 신음을 묵직하게 토해냈다.

"날 풀어줘! 자비라고는 눈곱만큼도 없나? 나-를-풀-어-줘."

"저 소리 무시해. 정말 창피하군, 정말 창피해. 저 녀석이 널 잘못된 길로 이끌 거야. 정말 불쌍하군, 정말 불쌍해. 진짜 목소리는 저 녀석이 아니라 나야! 정말 치욕스럽군."

아래쪽 바퀴살에서 두 번째 뒤틀린 얼굴이 쌀쌀맞게 말했다.

"날 풀어줘, 제발. 날 풀어줘!"

"아, 제발 조용히 좀 해. 정말 못돼 처먹었군."

세 번째 얼굴의 날카로운 코가 우리 옆구리를 쿡 찔렀다. 초췌한 입에서 거친 목소리가 흘러나왔다.

"저 목-소-리-를 귀-담-아 듣-지 마! 내 말을 들어, 그럼 너-희-들-은 살-아-남-을 거야."

할리아는 내게 뭔가를 속삭이기 시작했다. 그때 네 번째 목소리가 할리아의 말을 끊었다.

"아, 슬프다, 살아남으려는 너희들. 아, 슬프다, 주고자 하는 내가. 올바른 목소리를 찾아라, 그건 나야. 잘못된 목소리를 찾아라, 그러면 너희는 죽고 말 거야."

눈이 움푹 파이고 한쪽으로 기운 얼굴에서, 분노에 찬 목소리가 울부짖었다.

"말-도 안 되-는 소-리!"

"날 풀어줘, 제발 날……"

"멈춰, 제-발, 내가 유-일-한 진실의 목소리다! 내 말-을 믿어야 해."

다섯 번째 목소리가 꽥 비명을 질러댔다. 다리가 부러진 개가 사납게 울부짖는 소리 같았다.

너무도 어이가 없어서, 나는 돌아가는 바퀴에 한 발 더 가까이 다가 갔다. 수정으로 뒤덮인 투명한 방을 빙 둘러보았다. 돌아가는 얼굴들에서부터 할리아의 걱정스러운 얼굴 그리고 내 발치에 놓인 해골더미에 이르기까지. 숨을 천천히 들이켜고 나서 그 다섯 얼굴 모두에게 일제히 힘찬 목소리로 말했다.

"난 진리를 찾아 이곳에 왔어요."

"제-발 날 선-택-해-줘."

"날 선택해! 날 풀어줘!"

"조-용-히 해! 넌 날 선택해야 해. 안 그러면 넌 죽게 될 거야."

"다섯 중 하나가 네게 생명을 줄 거야. 다른 걸 선택했다가는 넌 죽게 될 거야."

"넌 날 선택해야 해! 대단한 딜레마군, 대단한 딜레마야."

목소리들이 함성을 질러대자, 수정에서 흘러나온 은빛이 점점 밝아 졌다. 불협화음 너머로 나는 목소리를 높여서 다시 바퀴들에게 말을 걸었다.

"여러분 각자 내게 말해줘요. 왜 내가 당신을 선택해야 하는지."

잠시 바퀴살 위의 얼굴들이 잠잠해졌다. 바퀴가 삐거덕거리며 돌아 가는 소리만 방 안에 울려 퍼졌다. 하지만 수정에서 흘러나온 빛은 계속 밝아졌다. 눈이 부셔서 도저히 견딜 수가 없었다. 내가 곧 선택해야 한다는 걸 느꼈다. 안 그러면 수정의 점점 커져가는 능력이 번갯불처럼 폭발할 것이다. 그래서 나를 해골더미로 만들어버릴 것이다. 나는 할리 아에게 통로로 물러나라고 손짓했다. 그곳이 더 안전할 것 같았다. 하지만 할리아는 눈부신 빛 때문에 눈을 가늘게 뜬 채 그 자리에 꼼짝 않고 서 있었다.

"날 풀어줘! 날 풀어주면 언제까지나 널 사랑할게! 왜냐하면 나는, 나만이, 마음의 진실이니까."

목소리 하나가 소리치며 한순간에 정적을 깼다.

"날 선-택-해. 난 네게 더 많은 걸 줄 수 있어! 네가 찾는 모든 부, 네가 원하는 모든 능력. 왜냐하면 난 그 모든 것의 가장 강-력-한 진실이니까, 그래! 손의 진실이야."

또 다른 목소리가 약속했다.

"날 선택해. 대단한 기쁨이야, 대단한 기쁨이고말고!"

그 목소리는 웃음을 터뜨렸다. 그러더니 갑자기 비통하게 흐느끼기 시작했다.

"난 정신의 진실이야. 대단한 슬픔이야, 대단한 슬픔이고말고. 내가 알고 있는 그 모든 것은, 즐겁든 슬프든, 감미롭든 고통스럽든, 네 것이 될 수 있어. 모두 네 것이라고."

"제-발, 난 경이로움으로, 신비로움으로 네게 보여줄 수 있어! 왜냐하면 난 언제나 미지의 진실이니까."

또 다른 목소리가 간청했다.

마지막 목소리는 그저 속삭임으로 딱 한 가지만 약속했다.

"난 영혼의 진실이다. 난 지혜와 평화를 가져다주지."

이제 빛은 너무 밝아져서, 수정으로 뒤덮인 벽은 고사하고, 빙글빙글 돌아가는 얼굴을 더 이상 바라볼 수조차 없었다. 마치 부풀어 오르는 능력을 주체할 수 없기라도 하듯, 수정이 윙윙 소리를 내기 시작했다. 이내 방 전체가 흔들리기 시작했다. 내게 주어진 시간이 거의 다 되었다는 걸 알았다.

집중하면서 뭔가를 생각해내려 애썼다. 목소리들은 각기 다른 종류의 진실을 말했다. 모두 다 중요하고 귀중한 것이다. 우리가 처음 만난 날, 할리아, 에르먼 그리고 내가 동그라미를 그려놓고 함께 이어갔던 이야기의 부분들처럼…….

마음, 정신, 손, 영혼, 미지의 진리. 어떻게 그 가운데에서 딱 하나를 고를 수 있단 말인가? 마음의 진실이 없는 영혼의 진실은 뭐란 말인가? 정신이 없는 마음은 또 어떻고?

내 생각은 달음박질쳤다. 목소리와 벽과 바퀴가 모두 내게 소리치고 있었다. 바닥이 흔들렸다. 카이르프레가 나한테 뭐라고 했더라? *그 가운데 하나가 오직 하나만이 완벽한 진리의 목소리다.*

하지만 어떤 목소리란 말인가?

마음…… 손…… 미지의 것…… 정신…… 영혼…… 어떤 걸 고르지? 벽이 휘며 요동쳤다. 똑바로 서 있기조차 힘들었다. 수정이 별처럼 불타올랐다.

별! 그 문구가 내 기억 속에서 다시 스쳐 지나갔다.

위대하고 영광스러운 별의 노래.

그위리는 말했다. 노래는 그 모든 단어가 합쳐져 이루어진 거라고. 모든 단어, 모든 목소리……. 그게 답이 될 수 있을까? 어쩌면 진실의 목소리는 결국 내가 듣고 있던 그 목소리 중 하나가 아닐지도 모른다! 어쩌면 그것은 전혀 다른 목소리일지도 모른다. 완벽한 진리의 목소리라고 불릴 수 있는 유일한 목소리.

"전부 다! 그 모든 목소리가 진실이야."

나는 돌아가는 바퀴를 향해 두 손을 들어 올리며 있는 힘껏 소리쳤다.

즉시 벽과 바닥이 멈추었다. 수정이 내뿜는 빛이 희미해졌다. 윙윙거리는 소리가 줄어들었다. 하지만 와이의 수레바퀴는 그 어느 때보다 더 빨리 돌기 시작했다. 이내 수레바퀴는 희미해지더니 그림자가 되었다. 동시에 소리치던 목소리들도 약해졌다. 점점 더 빨리 돌면서 점점 더 녹아들었다. 드디어 바퀴가 거의 보이지 않게 되었을 때, 목소리는 하나로 합쳐져 상냥하게 바뀌었다. 그러더니 신탁이 말했다. 하나의 통일된 목소리로.

"네-가 원-하-는-걸-물-어-봐-라."

할리아가 내 옆으로 다가왔다.

"네가 해냈어, 멀린! 하지만 명심해야해. 넌 딱 한 가지 질문만 할 수 있어."

나는 이마에 흘러내린 머리카락을 뒤로 밀어 올렸다.

"나도 알아, 나도 알아."

하지만 어떤 질문을 하지? 난 원래 갈라토를 찾아 이곳에 왔다. 그런데 여전히 진심으로 내 자신의 능력을 다시 되찾고 싶었다. 능력을 되찾으면 적어도 발디어그와 싸울 기회가 생길 것이다. 어쩌면 결국 난 그 마법의 목걸이가 더 이상 필요 없을지도 모른다.

나는 입술을 질끈 깨물었다. 아주 오래전에 용과 마주쳤을 때, 투아하는 능력과 갈라토를 모두 가졌었다. 그렇다면 투아하는 둘 중에서 어떤 걸 더 원했을까? 아니, 어쩌면…… 핀카이라는 어떤 걸 더 필요로 했을까?

"이-제 물-어-보-아-라!"

헛바닥을 달싹이며 나는 돌아가는 와이의 수레바퀴를 바라보았다. 이번 선택은 처음보다 훨씬 더 힘들었다. 목걸이가 없다면 어떻게 승리

를 거둘 수 있을까? 하지만 내 능력이 없다면 내가 어떻게 내 자신이

될 수 있을까?

"이-제 물-어-보-아-라!"

"위대한 수레바퀴여, 나는…… 갈라토의 능력을 찾습니다. 어디서 그

걸 찾을 수 있을까요?"

나는 대답했다. 입이 바짝 말랐다.

"그 능력-은 아-주 가-까-이 있-다. 넌 그-걸 찾-을 수 있-다……."

바퀴는 더 빨리 돌았다.

번개처럼 빠른 뭔가가 우리 뒤의 통로에서 불쑥 튀어나와 수레바퀴

축에 부딪혔다. 보라색 빛이 동굴 안에서 폭발했다. 아니, 어쩌면 내 머

릿속에서 폭발한 건지도 몰랐다. 수레바퀴 축이 산산조각 났다. 귀를

찢을 듯한 소리가 방에 울려 퍼지며, 굉음이 희미해지며 멀어져갔다. 그

굉음은 우리 밑, 저 아래에서 들려오는 것 같았다. 목소리가 그치고, 수

레바퀴도 멈추었다. 바퀴살에 붙은 다섯 개의 얼굴은 생기 없는 표정으

로 얼어붙었다. 깜짝 놀라 할리아와 나는 수레바퀴 축의 한가운데에 화

살처럼 꽂힌 그 시커먼 모습을 뚫어져라 바라보았다.

크리릭스.

26
모든 마법의 끝

"뭘 찾고 있니, 꼬마야?"

획 돌아보니 노인이 우리 뒤 방 입구에 서 있었다. 바초드! 그 남자의 눈동자는 주위에 흩어져 있는 수정보다 더 밝게 빛났다. 바초드는 선술집의 초췌한 웨이터의 모습과는 완전히 딴판이었다. 바초드는 등을 펴고 꼿꼿하게 서 있었다. 팔짱을 낀 채, 마치 올빼미가 획 날아들어 먹잇감을 낚아채기 전에 노려보듯, 우리를 지켜보았다. 하지만 나는 그 남자의 까칠한 목소리, 축 처진 콧수염, 어깨까지 흘러내린 흰 머리카락을 잊을 수 없었다.

바초드 옆에는 또 다른 크리릭스 한 마리가 몸을 웅크린 채, 언제든 튀어나올 태세로, 꼼짝 않고 버티고 있었다. 날개를 등에 접고 있었지만, 거대한 몸통이 통로 거의 대부분을 가득 채웠다. 크리릭스가 시뻘건 입을 벌려 치명적인 엄니 세 개를 드러내 보이자, 할리아와 나는 뒤로 주춤주춤 물러섰다. 나는 하마터면 해골더미에 걸려 넘어질 뻔했다.

바초드가 거짓 웃음을 지었다.

"정말 유감이구나. 돌아가는 수레바퀴와의 그 하찮은 대화를 끝내지 못했으니 말이야, 얘야. 너도 보고 있겠다만, 털 달린 내 동료는 그걸 제때 멈출 수 없었어. 하지만 걱정할 필요는 없다. 그것이 더 이상 널 괴롭히지 못할 테니까."

"당신이 멈추게 했어! 그 마법을 끝냈다고! 갈라토를 어디서 찾을 수 있는지 말해주려던 찰나에……."

내가 소리쳤다. 나는 차마 말을 잇지 못하고 꾹 참았다.

바초드는 고개를 절레절레 저었다. 헝클어진 흰 머리카락이 마구 흩날렸다.

"어쩌면 내가 도와줄 수 있을지도 모른단다, 꼬마야. 네 시간과 문제를 벌어줄 수도 있어."

그러고는 옷의 주름 속에 손을 집어넣었다. 과장된 몸짓으로, 가죽줄에 매달린 목걸이를 꺼냈다. 보석 박힌 중심이 엄청난 초록색 빛으로 반짝반짝 빛났다.

"갈라토! 어떻게…… 어떻게 당신이 이걸 갖고 있죠?"

나는 바초드를 향해 달려갔다. 그때 크리릭스가 사악하게 으르렁거리는 바람에 나는 주춤했다.

"훔쳤지. 내 교활한 친구의 도움으로 말이야."

바초드가 자랑스럽게 대답했다.

내 두 뺨이 붉게 타올랐다.

"리타 고르를 말하는 거군요!"

바초드의 짙은 눈동자가 만족감으로 빛났다.

"그가 금지된 마법을 내게 가르쳐줬지. 그리고 크리릭스를 키우고 훈련시켜 우리의 일을 하게 하는 것도."

"무슨 일 말이에요?"

할리아가 따지듯 물었다. 목소리가 분노로 떨렸다.

"마법을 파괴하는 일!"

바초드는 빛나는 목걸이를 허공에 내던졌다. 목걸이는 빛을 내며 빙그르르 돌다가 다시 바초드의 손으로 툭 떨어졌다. 바초드는 목걸이를 꽉 움켜쥐고는 비웃듯 말했다.

"마법은 이 섬을 더럽히는 전염병이야. 항상 그래왔어! 마법이든, 목걸이든 또는 이 돌아가는 수레바퀴와 같은 신탁이든 뭐든. 모두 사악하고 위험하고 그리고 무엇보다도 자연에 반하는 일이야."

바초드는 자기 옆에 웅크리고 있는 크리릭스를 향해 돌아섰다.

"그래서 이 짐승들이 유용하지. 전염병을 파괴하기 위해서!"

바초드는 나를 흘끗 바라보며 킬킬 웃었다.

"아니면 어린 마법사처럼 그걸 전파하는 놈들을 파괴하기 위해서!"

나는 하마터면 바닥의 뼛조각을 집어 들어 바초드에게 던질 뻔했다.

"그래서 나를 죽이려 했군요."

"두 번, 그랬지. 우리 짐승들이 널 뒤쫓았어. 넌 용케 도망칠 수 있었지만 다시는 도망가지 못할 거야."

바초드는 축 처진 콧수염을 잡아당겼다.

"내 친구가 너한테 약간 화가 난 것처럼 보이거든."

나는 바닥의 수정을 발로 마구 짓밟았다.

"화가 나는 건, 저도 마찬가지라고요."

"그건 네 일이야, 난 상관할 바가 아니지. 내 관심은 오직 마법뿐이란다. 마법을 모조리 끝내버리는 것 말고는 이 섬에 지속적인 평화를 가져올 수 없어, 꼬마야. 그게 바로 그걸 이해하고 있는 우리가 할 일이지."

"그걸 이해하고 있는 우리."

나는 비웃으며 그 말을 따라했다.

자유로운 한 손으로 바초드는 허리춤에서 부드럽게 휜 단검 하나를 꺼냈다. 칼날이 수정 빛에 반짝반짝 빛났다. 그걸 바라보는 내 심장이 두근거렸다. 왜냐하면 칼날 아래쪽으로 검게 탄 번갯불을 뭉개버리는 주먹의 문양이 있었으니까.

"정의로운 집단?"

"그렇단다, 꼬마야! 이제 고작 우리 셋만 남았어. 둘은 지금 절벽 위에서 크리럭스를 길들이고 있지. 하지만 넌 곧 더 많은 사람을 만날 수 있을 거야."

바초드는 섬뜩하게 웃었다.

"아주 곧. 우리가 이 섬을 마법으로부터 자유롭게 했다는 말이 퍼지면, 핀카이라의 대부분의 사람들이 들고일어나 우리 편이 될 테니까."

"당신은 틀렸어요. 핀카이라에 대해 그리고 마법에 대해서도요. 마법은 하나의 도구에 불과해요. 칼과 다를 바가 없어요. 또는 망치, 아니면 냄비랑. 마법의 능력이 다른 것보다 더 세다는 것만 빼고요. 그리고 다른 도구와 마찬가지로, 마법도 잘못 사용될 수 있어요. 하지만 마법의 궁극적인 선이나 악은, 그래요, 그건 마법을 사용하는 사람한테 달려 있다고요."

나는 또박또박 말했다.

할리아가 고개를 끄덕이며 말했다.

"그리고 마법사들에게만 마법이 있다고 생각하지 마세요, 그건 아니에요! 마법은 조용한 곳에서 살고 있기도 해요. 자그마한 경쾌한 비행사의 수정 우리에서부터 사슴 종족이 뜯어먹는 초원에 이르기까지. 당신은 그 모든 걸…… 무엇보다도 그 많은 것들을 파괴할 권리가 없어요."

할리아의 눈빛이 이글거렸다.

바초드는 얼굴을 찡그렸다.

"나한텐 그 모든 권리가 있어. 모든 권리, 알겠어? 리타 고르와 내가 모든 걸 끝마치고 나면, 핀카이라에는 그 어떤 마법도 남아 있지 않을 테니까."

"아니요! 수호자들이 남지 않겠죠. 아직도 모르겠어요? 당신은 속은 거예요, 늙은 영감탱이! 리타 고르는 그저 당신을 이용하고 있는 거라고요. 그래요. 자신을 도와 자신에게 대적할 능력을 지닌 사람들을 모두 쓸어버리도록요."

나는 바초드를 노려보았다.

바초드는 가소롭다는 듯이 손을 흔들었다.

"마법 때문에 네 마음이 일그러졌구나."

"내 말은 사실이에요. 내 말 들어요! 리타 고르는 그냥 걸어 들어와서 이 세상이 자신의 것이라고 선언할 수 있어요. 만약 그곳에 마법사가 없다면, 갈라토가 없다면 말이에요. 그리고……."

내가 대들었다. 나는 잠시 숨을 골랐다.

"용이 없다면 말이에요."

나는 바초드의 신발을 흘끗 바라보았다. 에르먼이 예측했던 것처럼, 발뒤꿈치가 바닥의 날카로운 돌 때문에 상처가 나 있으리라는 걸 알았으니까.

"당신이 그런 거죠? 당신이 어린 용들을 죽였죠?"

바초드가 선웃음을 지었다.

"물론이지, 얘야. 난 그 녀석들의 애비를 아직 깨우고 싶지 않았거든. 하지만 때가 되기도 했어. 용이 마을 몇 개를 불태우면 사람들이 전염병을 떠올릴 테니까."

바초드는 수정의 빛에 반짝이는 자기 칼을 유심히 노려보았다.

"발디어그의 시간이 곧 다가올 거야. 네 시간이 그렇듯이 말이다! 그리고 몇 분 전에 절벽을 어슬렁어슬렁 기어 올라오는 네 음유시인 친구를 만났을 때……."

바초드의 선웃음이 커졌다.

"너도 알다시피, 그 친구는 자기가 나한테 크리릭스에 대해 배웠다고 생각해. 배우기야 했지. 꼬마야, 하지만 아주 조금뿐이란다. 그러는 내내 나는 그 친구에게서 더 많은 걸 배웠단다. 훨씬 더 많은 걸. 그 친구는 마법이 숨겨진 장소에 대해서 내게 이미 많은 걸 들려줬단다."

그 말을 한 바초드는 갈라토의 줄을 꽉 잡고는 목걸이를 이리저리 흔들었다. 눈부신 초록색 불꽃이 방의 벽에 반사되어 수정의 은빛과 함께 춤을 추었다. 바초드의 미소가 환해졌다.

"하지만 먼저, 꼬마야, 넌 내가 이 사악한 물건을 파괴하는 모습을 보게 될 거야."

바초드는 기대에 차 혀를 끌끌 찼다.

"난 적절한 순간을 너무나도 고대해왔지. 그리고 지금이 바로 확실히 그 순간이야. 너희 둘이 내 관객이로구나."

"안 돼요! 당신은 그럴 수 없어요!"

내가 소리쳤다.

"갈라토는 핀카이라만큼이나 오래된 물건이라고요."

할리아가 간청하듯 말했다.

바초드는 이미 크리릭스에게 명령을 내리기 시작했다. 이 짐승의 뾰족한 두 귀가 뻣뻣해지며 어깨가 긴장했다. 단검처럼 날카로운 발톱이 동굴 바닥을 쓱쓱 할퀴었다. 짐승은 반짝반짝 빛나는 신비로운 갈라토를 향해 돌아서더니 엄니를 드러냈다.

"이제 넌 진정한 능력을 목격하게 될 거다. 금지된 마법의 능력을……."

백발의 노인이 목걸이를 흔들어대며 장담했다. 그러더니 부드럽게 흥얼거리듯 말했다.

"지켜봐라, 꼬마야. 이 초록색 빛이 영원히 사그라지는 모습을."

바초드가 크리릭스에게 마지막 명령을 내릴 때 나는 바초드를 향해 펄쩍 달려들었다. 크리릭스가 날카로운 비명을 지르며 보라색 불꽃을 내뿜었다. 불꽃이 동굴은 물론이고 내 마음의 벽에서 튕겨 나갔다. 동시에 바초드는 뒤로 고꾸라졌다. 갈라토가 허공으로 날며, 움직이지 않고 멈춰선 수레바퀴 근처 어딘가에 떨어졌다. 나는 바닥에 쓰러졌지만, 할리아는 사슴처럼 뛰어 내 옆을 지켰다. 하지만 우리가 공격을 막기도 전에 크리릭스는 박쥐같은 거대한 날개로 우리를 마구 내리쳤다.

우리는 수정으로 뒤덮인 벽 쪽으로 돌진했다. 날카로운 수정이 다리를 찌르고 등을 파고들었다. 마침내 우리는 마구 뒹굴다가 멈추었다. 우리가 가까스로 일어서자마자 갑작스럽게 방이 떨리며 흔들렸다. 우리는 다시 쓰러지고 말았다.

천장의 수정 몇 개가 깜빡이다가 폭발했다. 불꽃이 불타며 수레바퀴에 소나기처럼 쏟아졌다. 그리고 또다시 방이 뒤흔들렸다. 커다란 검은 바윗덩어리 하나가 천장에서 떨어져내려 수정처럼 투명한 바닥에서 박살이 났다. 내 머리에서 팔 길이 정도밖에 안 되는 거리였다. 수레바퀴가 부들부들 떨며 삐걱거렸다. 축이 완전히 떨어져 나갔다. 몸통 전체가 앞으로 쓰러지며 수레바퀴 테두리에서 건들건들 흔들렸다.

바초드는 버둥거리며 일어섰다. 그러더니 크리릭스의 옆구리를 발로 찼다. 크리릭스는 으르렁거렸지만 움직이지 않았다.

"이 멍청한 짐승 같으니라고! 엉뚱하게 수정을 쳤잖아! 그게 어떻게 될지 누가 알아……."

와이의 수레바퀴가 바닥에 쿵 하고 떨어졌다. 수레바퀴 살과 테가 산산조각 나며 사방으로 날아갔다. 머리 위에서 더 많은 수정들이 폭발했다. 벽이 뱀처럼 들쭉날쭉 쩍쩍 갈라지며 틈이 벌어졌다. 이윽고 틈 사이로 김이 식식 탁탁 소리를 내며 뿜어져 나왔다. 공기가 점점 더 뜨거워졌다.

바초드는 얼굴에 교활한 미소를 머금은 채 크리릭스 등에 올라탔다.

"그래, 갈라토를 원한다 이거지, 꼬마야? 음, 가져갈 테면 가져가봐라! 그 마법이 얼마나 오랫동안 널 안전하게 지켜주는지 어디 두고 보자."

크리릭스는 날개를 펴고 펄럭이다가 통로로 날아가버렸다. 같은 순간 또 다른 천장이 무너져 내렸다. 수정은 불꽃을 내뿜으며 부서진 수레바퀴 더미 위로 떨어져 내렸다. 시뻘건 화염이 새어 나왔다. 내 두 눈을 잃게 만든 불을 본 이후 처음 보는 엄청난 불꽃이 일었다. 나는 할리아를 바라보았다. 우리 뒤의 벽이 쩍쩍 금이 가며 무너져 내렸다. 머리 위에서 돌 조각이 쏟아져 내렸다. 이윽고 놀랍게도, 우리 주변의 화염보다 더 밝은, 지글거리는 오렌지색 액체가 틈 사이에서 부글부글 새어 나오기 시작했다. 용암이었다.

"어서 가! 넌 제때 탈출할 수 있어. 카이르프레에게 경고해줘. 사슴처럼 뛰어가!"

나는 할리아에게 명령했다.

할리아는 무너져 내리는 벽을 흘끗 올려다보았다.

"넌 어쩌려고?"

"갈라토! 난 갈라토를 찾아야 해…… 완전히 사라져버리기 전에."

머리 위의 둥근 벽이 마구 흔들리며 죽어가는 짐승처럼 무시무시한 굉음을 냈다. 틈 사이로 용암이 쏟아져 나왔다.

할리아가 내 팔을 붙잡았다.

"지금 달아나지 않으면 너도 완전히 사라져버릴 거야!"

나는 팔을 빼냈다.

"나도 사슴처럼 뛸 수 있어. 기억하지? 제발, 할리아. 나도 곧 뒤따라 갈게."

갈라토만큼이나 깊고도 헤아릴 수 없을 만큼 빛나는 할리아의 갈색 눈동자가 나를 유심히 바라보았다.

"좋아. 하지만 빨리 따라와야 해! 사슴도 용암 사이를 달릴 수는 없으니까."

"알았어. 만약 그래야 한다면 날아서라도 갈게. 그래, 어린 매처럼."

할리아는 피식 웃었다. 그러고는 탁탁 소리를 내며 타들어가는 수정을 피해 펄쩍 뛰어 입구 쪽으로 달려갔다. 할리아는 주위의 타오르는 빛깔 속으로 녹아들었다. 발굽을 내딛으며 통로를 내달렸다.

나는 갈라토가 떨어진 곳으로 허둥지둥 달려갔다. 불꽃이 내 목 뒷덜미를 내리쳐 살갗을 태웠다. 나는 재빨리 불꽃을 쓸어버렸다. 불꽃이 신발에 붙어 다리에 화상을 입었다. 하지만 이런 건 아무 문제도 되지 않았다. 오직 갈라토만 중요했다.

나는 연기를 내뿜는 수정을 뛰어넘어 무너져 내린 조각으로 뛰어들었다. 무턱대고 떨어진 돌조각들을 모조리 뒤지며 목걸이를 찾았다. 문득 수레바퀴 테두리의 깨진 조각이 갈라토가 떨어진 곳을 덮고 있다는 걸 깨달았다. 두 발에 힘을 꽉 주고, 나는 깨진 조각을 들어 올리려 끙끙거렸다.

하지만 꼼짝하지 않았다. 다시 발에 힘을 주고, 다시 들어 올렸다. 깨진 조각이 아주 살짝 움직이다가 손에서 미끄러져 나갔다. 천장의 수정이 앞으로 기울며, 할리아와 내가 방금 전까지 서 있던 바로 그곳에 쿵하고 떨어져 내렸다. 수정이 바닥에서 물보라를 일으키듯 날렸다. 덜거덕 소리가 나며 벽이 흔들렸다. 열기가 너무 뜨거워서 숨을 쉴 수조차 없었다.

나는 두 다리를 조금 움직이고 섰다. 좀 더 힘을 줄 수 있기를 바랐다. 묵직한 수레바퀴 조각을 손으로 꽉 잡고 잡아당겼다. 그리고 또 잡아당겼다. 다리가 덜덜 떨렸다. 등이 아파왔다. 머리가 터질 것 같았다. 드디어 수레바퀴 조각이 살짝 들렸다. 젖 먹던 힘을 다해 나는 조각을 옆으로 휙 내던졌다.

그런데 거기에 없었다. 내 입에서 욕이 튀어나왔다. 나는 두 팔을 들어 올렸다. 도대체 갈라토는 어디에 있단 말이야?

그 순간 내 발밑의 바닥을 가로질러 커다란 틈이 쫙 하고 생겼다. 지옥 불 같은 연기가 뿜어져 나왔다. 나는 옆으로 몸을 피했다. 천장이 터지며 새로운 불꽃 폭풍을 만들어냈다. 그런데 놀랍게 엄청나게 커다란 판석 하나가 방의 입구 위에서 흔들리기 시작했다. 나는 주저하며 마지막으로 바닥을 훑었다. 그러고는 통로를 향해 쏜살같이 몸을 내던졌다.

수정 위로 구르며, 뒤돌아서 부서져 내리는 벽을 마지막으로 한 번 더 살펴보았다. 갑작스레 방 저 멀리 구석에서 초록색 불빛이 보였다. 갈라토였다! 나는 다시 되돌아 뛰기 시작했다. 그때 그 거대한 판석이 무너져 내렸다. 판석은 바닥에 떨어져 입구를 막아버렸다. 녹아내린 용암 덩어리가 그 위로 흘러나왔다.

나는 판석이 내 몸 위로 떨어진 것처럼 휘청거렸다. *사라져버렸다. 갈라토는 사라져버렸다.*

눈앞이 새카매졌다. 나는 연기 자욱한 통로로 비틀비틀 나아가기 시작했다. 또 한 차례 벽이 흔들렸다. 이전보다 훨씬 더 격렬했다. 틈이 생기며 엄청나게 뜨거운 연기를 뿜어냈다. 나는 옆으로 몸을 내던졌다. 벽에 쿵 부딪혔다. *사슴. 사슴처럼 뛰어야 해.* 젖 먹던 힘까지 다해 달리려 했다. 너무 늦기 전에 사슴이 되려고 했다.

아무런 변화도 일어나지 않았다. 더 힘껏 달렸다. 폐가 아파왔다. 아무런 변화가 없었다.

능력! 능력이 사라져버렸다! 가슴속 깊은 곳에 자리 잡은 공허함을 알아차리고, 에르먼의 선물이 마침내 나를 포기했다는 걸 깨달았다. 에르먼은 내게 경고했었다. 그 능력은 불현듯 사라질 수도 있다고. 하필이면 왜 지금일까?

통로 지붕에서 타오르는 수정이 쩍 갈라지며, 불꽃과 뾰족한 조각들이 내 머리 위로 비처럼 쏟아져 내렸다. 내가 지나갈 때, 다른 벽이 또 하나 무너져 내렸다. 나는 앞으로 휘청거렸다. 머리에서 바위처럼 덜거덕 소리가 났다. 순식간에 바닥이 무너져 내렸다. 나는 바닥에 쓰러져버렸다.

나는 그곳에 누웠다. 수정 위에 얼굴을 묻고. 수정이 내 살갗을 마구 찌르고 태웠지만, 일어설 힘조차 없었다. 나는 사슴처럼 달릴 수 없었다. 인간처럼 달릴 수도 없었다. 여기서 나는 죽을 것이다. 갈라토와 함께 용암에 묻혀서.

27

아주 가까이

뭔가 딱딱한 게 내 등에 닿았다. 바위 조각이 분명했다. 아니면 부서져 내리는 수정 조각이거나. 나는 굳이 몸을 돌리지 않았다.

다시 뭔가 쿵 하고 부딪혔다. 통로가 무너져 내리면서 부서지고 깨지는 소리 너머로 무슨 소리가 들렸다. 아주 오래전에 들어본 적 있는 소리였다. 그 소리는…… 말이 히힝 울어대는 소리 같았다.

나는 재빨리 몸을 돌렸다. 종마의 눈동자. 내 눈처럼 시커먼 눈동자가 나를 맞았다. 이온!

이온은 커다란 발굽을 다시 한 번 내게 들어 올리더니, 수정처럼 하얀 바닥에 내려놓았다. 이온은 갈기를 흔들며 히힝 울어댔다. 비몽사몽의 상태로 나는 몸을 일으키려 했다. 이온이 코로 나를 툭툭 치며 어서 일어서라고 재촉했다. 나는 튼튼한 말의 목에 한 팔을 두르고 일어서서 이온의 등에 올라탔다. 즉각 우리는 통로를 따라 힘차게 내달렸다.

우리가 지나가는 사이 돌벽이 무너지며 용암과 함께 녹아들었다. 이제 통로는 온통 밝은 오렌지색으로 밝게 빛났다. 산의 가장 깊은 불꽃의 색. 종마의 등에서 몸을 앞으로 숙인 채 나는 최대한 단단히 잡았다. 내 손가락이 이온의 목덜미를 파고들었다. 수정이 너울거리며 지글거렸다. 김이 뿜어져 나와 앞이 거의 보이지 않았다. 하지만 이온은 전혀 흔들림이 없었다. 흔들리는 바닥에 힘껏 발굽을 내디뎠다.

잠시 뒤 우리는 통로를 벗어나 밖으로 나왔다. 용암이 아니라 태양이 내게 빛을 뿜어댔다. 이온은 눈 덮인 절벽의 흔들리는 바위 위에서 길을 찾아 아래로 내려가기 시작했다. 뒤에서 천둥 같은 굉음이 들려왔다. 주위를 돌아보니 이글이글 타오르는 통로에서 녹아내린 바위가 분수처럼 뿜어져 나왔다.

저 위에서 절벽이 무너져 내리고 있었다. 용암이 절벽을 타고 줄줄 흘러내리고, 커다란 바위들이 터지며 재로 변하거나 사정없이 녹아내렸다. 눈발이 수증기를 일으키며 폭발했다. 크레바스는 쩍 벌어지고, 바위는 산산이 부서졌다. 정령들이 살든 살지 않든, 동굴은 불꽃을 내며 무너져 내렸다. 짙은 연기 기둥이 하늘로 올라가고, 엄청난 떨림이 산을 송두리째 뒤흔들었다.

이온은 계속 산 아래로 힘겹게 걸어 내려가다 강처럼 흐르는 용암 바로 앞에 멈춰 섰다. 얼음 덮인 바위들이 이온의 발굽에 차여, 딱딱 소리를 냈다. 흔들리는 판석과 바위 위로 이온은 자신이 만들어놓은 발자국을 따라갔다. 이온은 우리가 올라오며 건넜던 넓은 크레바스를 가까스로 피할 수 있었다. 크레바스 끝자락을 멀찌감치 돌아가자, 크레바스는 좁아지고 마침내 사라졌다. 이온은 지글지글 소리를 내며 불꽃을 뿜어대는 용암 덩어리를 재빨리 몸을 비틀어 아슬아슬하게 피하곤 했다. 옆으로 뛰어 좀 더 나은 디딜 만한 곳을 찾기도 했다. 이렇게 조금씩 앞으로 나아가며 산 아래로 힘겹게 내려갔다.

드디어 언덕이 평탄해졌다. 이제 땅이 그렇게 심하게 요동치지 않았다.

갈라진 틈 사이로 이끼와 풀이 드러났다. 산 옆구리 쪽에는 소나무가 드문드문 보였다. 저 이끼와 풀과 나무들도 곧 녹아내린 바위로 뒤덮이리라는 걸 알았다. 하지만 초록색을 조금이나마 보니, 우리가 탈출할 수 있으리라는 희망이 샘솟았다.

그런데 어디로 탈출하지? 황금빛 태양으로 포근하게 감싸져 있는 저 아래 계곡과 들판으로? 내 목적지는 그 너머, 소인들의 땅이라는 걸 나는 잘 알고 있었다. 늦은 오후의 햇빛은 소인들의 땅까지 가려면 이제 이틀밖에 남지 않았다는 뜻이다.

그 생각에 움츠러들었다. 어쨌든 지금 시간이 무슨 문제인가? 내게는 갈라토가 없다. 내 몸을 추스를 힘조차 없다. 홀로 격노한 용을 마주해야 할 일밖에 없었다. 그런데 놀랍게도, 아직도 노력해봐야 한다고 확신하고 있었다.

끊임없이 덜컹거리는 소리 위로 고함 소리가 들려왔다. 나는 뒤돌아보았다. 앞으로 길게 튀어나온 크레바스 끝자락만 보일 뿐이었다. 그곳에 뒤틀린 소나무 두 그루가 자라고 있었다. 고함 소리가 다시 들려왔다. 문득 소나무 바로 뒤에서 손 두 개와 헝클어진 회색 머리 하나가 보였다. 카이르프레!

"이온! 어서 멈춰!"

내가 소리쳤다.

이온은 갑자기 멈추어 섰다. 흘러 내려오는 용암의 강물을 바라보며 흥분한 채 힝힝거렸다. 나는 이온의 등에서 미끄러져 내려왔다. 최대한 빨리 소나무를 지나쳐 달려갔다. 그러고는 울퉁불퉁 튀어나온 바위 끝으로 올라섰다. 카이르프레는 그곳에 매달린 채 버둥거리고 있었다. 나는 카이르프레의 손목을 꽉 잡고 힘껏 잡아당겼다. 덜거덩거리는 소리는 더욱 커져갔다. 드디어 한쪽 발이 바위 위로 올라오고 뒤이어 나머지 발이 올라왔다.

기진맥진한 카이르프레의 얼굴은 몹시 창백했다. 카이르프레는 나를 힘겹게 바라보았다.

"일어설…… 수가 없구나."

"일어서야 해요."

나는 재촉하며 일으켜 세웠다. 카이르프레는 내게 부딪히며 몸을 기댔다. 똑바로 서 있을 수가 없었으니까.

불쑥 날아온 용암 덩어리 하나가 소나무 둥치에 부딪혔다. 송진이 찐득한 나무가 불꽃을 내며 활활 타올랐다. 나무 위쪽 절반이 떨어져 나가며 툭 튀어나온 바위를 가로질러 쓰러졌다. 불꽃의 벽이 엄청난 굉음을 내며 허공에 솟아나 우리 앞을 가로막았다.

이글이글 타오르는 불꽃을 바라보니 타오르는 또 다른 벽이 내 마음을 갈기갈기 찢어놓았다.

불꽃…… *내 얼굴, 내 눈! 난 저걸 뚫고 갈 수 없어. 할 수 없어!*

나는 비틀거렸다. 하마터면 툭 튀어나온 바위 *끄트머리* 아래로 떨어질 뻔했다.

"멀린, 날 그냥 내버려둬. …… 네 목숨만이라도 구하도록 해라."

카이르프레가 숨이 차서 말했다.

카이르프레의 두 다리는 완전히 힘을 잃었다. 나는 일어서려 버둥거렸다. 활활 타오르는 나무 너머로, 흘러내리는 용암이 다가오는 소리가 들려왔다. 그리고 내 귀에 동료가 힘겹게 숨 쉬는 소리가 들렸다.

내가 알아차릴 수 없는 어딘가에서 나오는 힘으로 카이르프레의 축 처진 몸을 내 등에 걸쳤다. 낑낑거리며 카이르프레를 둘러업고 불꽃 속으로 터벅터벅 발걸음을 옮겼다. 불꽃이 내 얼굴을 강하게 내리치며 머리카락을 태우고 옷을 핥았다. 나뭇가지 하나가 팔에 닿았지만 나는 뿌리쳤다. 나는 비틀거리며 앞으로 고꾸라졌다.

딱딱한 바위 위로⋯⋯. 이온이 힝힝거리며 초조한 듯 발을 마구 쿵쾅거렸다. 흘러내려오는 용암이 튀었다. 나는 카이르프레를 이온의 넓은 등에 힘껏 들어 올리고 나도 올라탔다.

이온이 재빨리 달려가자 우리는 녹아내린 용암에서 점점 멀어졌다. 서서히 완만해지기 시작한 언덕에 이르자 이온은 좀 더 안정적으로 발을 디딜 수 있었다. 내가 할 수 있는 일이라고는 의식을 잃고 누워 있는 시인과 함께 이온의 등에서 떨어지지 않도록 노력하는 것뿐이었다. 이온이 아래쪽으로 달려갔다. 마침내 언덕은 바위투성이 흙무더기로 바뀌었다. 조금 뒤 우리는 좁은 계곡의 끝에 이르렀다. 이온은 본능적으로 바초드의 마을을 피해 계곡의 반대편에 있는 높은 지대를 건너갔다.

우리 뒤로 절벽은 여전히 오렌지색 용암으로 이글이글 타올랐다. 머리 위로 하늘은 연기와 재 구름으로 시커멓게 변했다. 저 멀리 거대한 수증기 기둥이 솟아났다. 어쩌면 용암이 바다로 흘러 들어가는 건지도 몰랐다. 하지만 산은 더 이상 떨리지 않았다. 용암의 폭발은 이제 멎은 것 같았다. 시간이 지나면서 땅은 점점 잠잠해졌다.

우리는 얼음을 따라 졸졸 흐르는 자그마한 샘물 옆에서 잠깐 쉬었다. 나는 카이르프레의 머리를 샘물로 흠뻑 적셨다. 처음에 카이르프레는 콜록콜록 기침을 했다. 나는 카이르프레에게 물을 마시게 했다. 머지않아 카이르프레는 말을 할 수 있을 만큼 기운을 차렸다. 이윽고 카이르프레가 내게 소금에 절인 고기를 나눠줬다. 하지만 여전히 시인의 얼굴은 창백했다. 이온은 우리 근처에서 풀을 뜯었다.

카이르프레는 고맙다는 표정으로 나를 바라보았다.

"그것은 불꽃의 시험이었어, 얘야. 너 자신을 시험하는 것뿐만 아니라 산을 시험하는 것이기도 하단다."

나는 고기 조각을 뜯어먹으며 말했다.

"더 큰 시험이 곧 닥쳐올 거예요. 할리아를 못 보셨어요?"

나는 주저했다. 그 질문을 하는 것이 왠지 모르게 꺼림칙했다.

카이르프레는 주저하다가 마침내 대답했다.

"그래…… 봤다."

"어디 다치지 않았어요?"

침울한 표정으로 카이르프레는 회색 머리카락을 흔들었다.

"아니, 멀린. 괜찮지 않아."

나는 침을 삼켰다.

"무슨 일이 있었던 건데요?"

"음, 처음에 분화가 시작되었을 때 나는 언덕에 상당히 올라와 있었어. 바초드를 기다리면서……."

카이르프레는 말을 멈추었다. 힘없이 자기 손으로 이마를 쓸어내렸다.

"우리는 그곳에서 만나기로 되어 있었거든. 바초드가 늦었어. 나는 점점 걱정이 되었지. 용암 산이 깨어나려는 것처럼 보였으니까. 갑자기 바초드가 나타났어. 그 지독한 짐승 등에 타고 말이다! 이런, 빌어먹을, 그자를 믿다니 내가 어리석었어."

카이르프레는 얼굴을 찡그렸다.

"나는 최선을 다해 탈출하려 했단다. 하지만 그자가 마침내 나를 따라잡았어. 그 절벽 끄트머리에서. 어찌나 서툴던지, 나는 넘어졌는데 떨어지지 않고 가까스로 버텼지. 시야가 흐려졌어. 더욱더 섬뜩하게. 바초

311

드는 그 짐승에서 내려섰어. 내게 칼을 겨누더구나. 그때 갑자기 할리아가 크레바스 너머로 껑충 뛰어왔단다. 할리아를 보자, 바초드는 욕을 퍼부으며 크리릭스 위에 다시 올라탔어. 할리아를 쫓아 언덕 위로 올라갔어."

난 입이 쩍 벌어졌다.

"언덕 위라고요? 하지만 용암이……."

"할리아는 똑똑하게 잘 해냈어. 만약 할리아가 바초드를 용암 지대로 이끌었다면, 할리아는 숨을 곳이 더 없었을 거야. 하지만 언덕 위로 올라갔다면, 바초드를 더 오래 피할 수는 있었겠지. 내게 좀 더 시간을 벌어주면서 말이야."

"자기 목숨을 걸고 선생님께 시간을 벌어줬군요."

나는 비통하게 덧붙였다.

"바초드가 할리아를 따라잡았거나 아니면 용암이 할리아를 따라잡았겠지요."

"나도 그게 두렵다. 누구도 돌아오지 않았어. 하지만 바초드는 살아남았을 거야. 바초드는 분명 나를 죽게 내버려두고, 자신의 크리릭스를 최대한 많이 구하려고 했겠지. 크리릭스의 은신처는 분명 절벽 위 어딘가에 있었을 거야."

카이르프레는 손가락으로 버드나무 싹을 비틀었다.

"미안하다, 얘야. 정말 미안하구나. 난…… 엘런 곁을 떠난 이후로 이런 비참한 감정은 처음 느껴본다."

카이르프레의 목소리에 담긴 고통이 내 안 어딘가에서 울려 퍼지는 것 같았다. 몇 분 동안, 우리는 아무 말 없이 앉아서 오직 우리 자신만의 생각에 빠져 졸졸 흐르는 물소리를 듣고 있었다. 이윽고 카이르프레가 내게 마른 사과 몇 조각을 건넸다. 나는 한 입 베어 물고는, 내가 와이의 수레바퀴에서 진짜 목소리를 어떻게 찾았는지, 내가 어떤 질문을 선택했는지 그리고 왜 대답을 제대로 듣지 못했는지, 카이르프레에게 들려주었다. 갈라토와 신탁이 파괴되었다는 말을 듣고 카이르프레가 주먹을 불끈 쥐었다.

내가 말을 다 마치자 산들바람이 가볍게 불어와 검게 타버린 내 옷자락을 휘날렸다.

"발디어그와 싸우러 가려면 곧 떠나야 해요."

"정말 그럴 작정이냐, 얘야?"

나는 차가운 물을 얼굴에 끼얹으며 말했다.

"네, 그곳에 도착해서 무엇을 해야 하는지 알았으면 좋겠다는 생각뿐이에요. 그러니까, 우르날다를 피해 그곳에 갈 수 있다면요. 우르날다는 내가 자기한테서 탈출한 이후로, 분명 나를 직접 벌주고 싶어 할 거예요. 나를 발디어그에게 넘기기 전에 말이에요."

카이르프레가 사과를 반으로 자르며 말했다.

"난 네가 마지막으로 우르날다를 만났을 때를 계속 생각하고 있어. 우르날다가 마법사로서 금지된 마법을 너한테 썼다는 건 말도 안 돼."

"우르날다는 나를 자기 종족의 최대 적이라고 생각해요! 아니면 적어도, 용을 피할 수 있는 자신들의 유일한 방패로 보거나. 그리고 우르날다는 오만해서 내게 닥치는 대로 무기를 휘둘렀어요."

카이르프레는 얼굴을 찡그렸지만 더 이상 뭐라 말하지는 않았다.

"나랑 싸워서는 안 된다고 발디어그를 설득할 수 있는 방법이 저한테 있으면 좋겠어요. 하지만 바초드는 용의 어린 새끼들을 죽였어요. 리타고르는 그걸 가능하게 해주었고요."

카이르프레는 마른 과일을 씹어 먹었다.

"용을 설득하는 건 어렵단다, 얘야."

"저도 알아요, 잘 알아요. 하지만 그것만이 용이 모든 걸 파괴하는 걸 막을 수 있는 방법이라고요! 전 분명 싸워서 용을 이길 수는 없을 거예요. 갈라토가 없으면 어림도 없어요."

"가능하단다. 대부분의 신탁과 마찬가지로, 수레바퀴가 말한 것이 한 가지 이상을 의미한다면 말이다."

나는 카이르프레에게 가까이 몸을 기울였다.

"그게 무슨 말씀이세요?"

카이르프레의 눈동자가 절벽을 올려다보았다. 절벽은 이제 용암의 흔적과 지는 태양빛으로 환하게 빛나고 있었다.

"그러니까 수레바퀴는 갈라토의 능력이 아주 가까이 있다고 말했어. 그건 갈라토 그 자체가 가까이 있다는 뜻일 수도 있어. 사실 가까이 있었으니까. 아니면 그 능력이 아주 가까이 있다는 뜻일 수도 있어. 네가 아는 것보다 훨씬 가까이에……."

카이르프레가 천천히 대답했다.

"전 무슨 말씀을 하시는지 모르겠어요."

나는 자리에서 일어서서 이온에게 발걸음을 옮겼다. 이온은 풀을 뜯어먹다 말고 고개를 들어 히힝 부드럽게 소리를 냈다. 나는 이온의 턱을 따라 손을 문지르며 카이르프레의 말을 곰곰이 생각해봤다.

"우리는 갈라토의 능력에 대해 아는 게 별로 없어요. 그 능력이 엄청나다는 것만 빼고요."

카이르프레는 턱을 문지르며 말했다.

"네 생각은 어떠니? 그 오랜 시간이 흐른 뒤에, 너와 이온을 다시 함께하게 한 그 능력보다 갈라토의 능력이 더 크다고 생각하니? 불꽃을 뚫고 나를 구해준 그 능력보다 갈라토의 능력이 더 크다고 생각하니?"

"저도 모르겠어요. 아는 건 제가 어떤 능력을 찾을 수 있든, 제게는 그 능력이 필요하다는 것뿐이에요."

나는 숨을 들이켜며 종마의 등에 올라탔다. 이온은 머리를 힘차게 흔들어대며 내 명령을 기다렸다.

"이제 달리자, 친구야. 소인들의 땅으로!"

28
전속력으로 달려서

우리는 좁은 계곡 아래를 향해 어둠 속으로 내달렸다. 이온의 커다란 발굽 소리는 천둥소리처럼 들렸다. 그 소리를 들으니 우리가 빠져나온 화산이 떠올랐다. 이온은 돌길 위를 쿵쿵 내달리고 작은 언덕 사이를 누비며 나아갔다. 검은 갈기는 더 이상 용암의 빛을 받아 빛나지 않았다. 어릴 적, 나는 바로 이 갈기에 자주 바싹 매달렸었다. 나는 이번에 이렇게 불꽃에서 또 다른 불꽃을 향해 달리는 게 마지막은 아닐까 하는 생각이 들었다.

겨울의 첫 숨결처럼 차가운 공기가 나를 향해 세차게 불어댔다. 내 쓸모없는 두 눈에서 눈물이 뺨을 타고 줄줄 흘러내렸다. 바람 탓으로 돌렸지만, 다시는 보지 못할지도 모를 수많은 얼굴에 대한 기억 때문이라는 걸 잘 알고 있었다. 카이르프레, 리아, 엄마 그리고 총명함과 감정으로 충만하고, 흐르는 불빛 같은 호수처럼 빛나는 갈색 눈동자의 또 다른 얼굴⋯⋯.

이온이 전속력으로 달리는 동안, 나는 오렌지색 띠로 물든 절벽을 흘끔 뒤돌아보았다. 저 위 어디쯤엔가 암사슴의 싸늘한 몸이 누워 있으리라고 생각하니 몸이 떨렸다. 할리아가 크리릭스한테 죽임을 당했는지 아니면 용암에 깔려 죽었는지 모르겠다. 지금쯤 자기 오빠와 만났겠지 생각하려 했지만, 그것도 위안이 되지는 못했다.

저 앞에 얼마 남지 않은 황혼이 저물며, 풍경이 흔들리듯 눈에 들어 왔다. 여기에 뒤틀린 나무 한 그루, 저기에 쓰러진 바위 한 쌍이 있었다. 그 뒤로는 어둠보다 더 짙고 두터운 재의 구름이 하늘을 뒤덮고 있었 다. 덜거덕거리는 절벽이 곧 사라지고, 작은 언덕에 가려 희미해졌다. 하 지만 계곡이 넓어지면서 작은 언덕도 좀 더 드물게 보였다. 이내 돌 사 이의 듬성듬성한 덤불 대신 황폐한 초원이 나타났다. 계곡은 굽이치는 초원으로 넓어졌다. 그곳이 녹슨 평원의 동쪽 끝이라는 걸 알았다.

나는 두 팔로 이온의 든든한 목덜미를 꼭 감싸 안았다. 그러는 내내 두 다리로는 이온의 뛰는 가슴을 재촉했다. 전속력으로 달리고 또 달리 며, 우리는 평원을 가로질렀다. 밤이 깊어갔다. 하지만 저 멀리서 가끔 씩 들리는 여우의 울음소리 말고는, 끊임없이 이어지는 말발굽 소리와 이온의 꾸준하게 뛰는 숨소리만 들려올 뿐이었다. 나는 한두 차례 깜빡 졸다, 말 등에서 떨어지기 직전에 화들짝 깨어났다.

동트는 새벽의 첫 햇살이 초원에 얼룩질 즈음, 이온은 히힝 울며 북 쪽으로 방향을 틀었다. 몇 분 뒤 저 앞에 굽이굽이 몰아치며 흐르는 반 짝이는 강줄기의 수면이 어렴풋이 보였다. 이온은 속도를 늦추더니 이 내 강가로 껑충 다가갔다. 나는 뻣뻣한 몸으로 말에서 내려왔다. 다리가 후들거렸다. 나는 강물에 발을 담그고 머리를 물속에 담갔다. 얼음처럼 차가운 물이 내 귀를 씻어냈지만 말발굽이 쿵쾅거리는 소리가 여전히 귓가에 맴돌았다.

우리는 실컷 물을 들이켰다. 마침내 다 함께 고개를 들어 올렸다. 내가 기지개를 켜는 사이, 이온은 깡충깡충 뛰며 뼛속까지 스며든 피곤을 털어냈다. 내가 이온에게 웃자란 풀밭을 향해 손짓했지만 이온은 마지못해 움직일 뿐이었다. 이온도 나처럼, 우리의 시간이 너무나 빨리 사라지고 있다는 걸 잘 알고 있는 것 같았다. 내가 강둑의 덩굴에서 시든 열매를 따는 모습을 보고 나서야, 이온 또한 풀을 뜯어먹기 시작했다. 하지만 곧 이온은 다시 올라타라는 듯이 내 어깨를 툭 쳤다.

우리는 다시 달리기 시작했다. 평원이 부드러운 물결처럼 일렁였다. 평원은 알록달록 가을빛으로 옷을 갈아입었다. 머리 위로 움직이는 태양을 따라가며 우리는 서쪽으로 달렸다. 지평선 위에 안개가 자욱한 언덕의 끝자락이 솟아났을 즈음, 늦은 오후의 빛이 초원을 물들였다. 평원이 우리 앞에 펼쳐져 있을 때면, 계속해서 전망을 훑어보며 마르지 않는 강의 안개 자욱한 둑을 찾았다. 그곳에 소인의 땅 경계가 있다는 사실을 알고 있었기 때문이다.

나는 이온의 등과 계속 부딪혔다. 가슴속에 자리 잡은 공허함이 사라지지 않고 끊임없이 나를 괴롭혔다. 내 능력이 혈관에 다시 흐르는 걸 느낄 수 있을까! 내 지팡이를 다시 잡을 수 있을까!

우르날다를 설득해 잃어버린 내 능력을 되찾을 기회를 얻을 수 있을까? 나는 얼굴을 찌푸렸다. 이미 답을 알고 있었다. 우르날다는 예전에도 그랬듯, 지금도 분명 날 믿지 않을 것이다. 나를 향한 우르날다의 분노는 의심의 여지없이 용의 분노만큼이나 강했다. 게다가 우르날다가 과연 내 능력을 회복시켜줄 수 있을지 의심스러웠다. 카이르프레의 의구심에도 불구하고, 나는 갈라토와 마찬가지로 내 능력이 완전히 파괴되었다는 걸 뼛속 깊이 느낄 수 있었다.

초원이 끝없이 펼쳐진 것 같았다. 또 하루가 끝나가며, 또 한 번의 일몰이 찾아왔다. 밤이 깊도록 우리는 앞으로 나아갔다. 우리 앞길을 밝혀주는 달도 없었다. 계속 달리느라 이온의 근육이 단단하게 굳었다는 걸 느낄 수 있었다. 등과 어깨가 뻐근했다. 피곤하고 지쳐 머리가 어질어질했다.

한밤이 지나고 새로운 소리가 바람 소리와 섞여 문득문득 들려왔다. 우리는 앞으로 내달렸다. 갑자기 이온이 히힝 울어대며 방향을 급하게 틀었다. 이온이 흔들렸다는 두려움과 함께 공포가 밀려왔다. 차가운 물살이 내 오른쪽 발에 닿으며 얼굴에 튀었다.

마르지 않는 강! 이온의 튼튼한 몸이 물속으로 휘청했다. 이온은 수로 깊숙이 걸어 들어갔다. 뒤돌아보니, 우리 뒤편의 강둑에 줄지어 있는 황폐한 고분들을 볼 수 있었다. 악취를 풍기는 살 냄새 말고는 아무것도 알아차리지 못했지만, 그것만으로 무참히 파괴되어버린 용의 알과 부화한 새끼의 최후에 대한 기억을 떠올리기에 충분했다. 근처 어딘가에, 그 거대한 어린 몸통이 썩어가고 있다는 걸 알았다. 그리고 거기서 그리 멀지 않은 곳, 돌무더기 아래에 에르먼의 시신이 묻혀 있다는 것도 알았다. 이온은 굽이쳐 흘러내리는 강물과 차가운 물보라 사이로 밀고 나아갔다. 내게는 그리 빠르게 느껴지지 않았다.

드디어 종마는 맞은편 강둑으로 기어올라가 발굽을 진흙에 찰싹 부딪혔다. 이온의 몸 털이 별빛에 반사된 물보라에 반짝반짝 빛났다. 나는 이온의 목을 쓰다듬었다.

"좀 쉬자, 친구. 넌 좀 쉬어야 해, 나도 쉬어야 하고. 하지만 여기서는 안 돼. 강 아래 적당한 곳을 찾아보자. 소인이나 용이 우리를 괴롭힐 수 없는 곳 말이야."

잠시 뒤 우리는 향기로운 고사리가 자라는 곳에 이르렀다. 나는 말에서 내려 땅에 털썩 주저앉았다. 식용버섯이 조금 보였지만, 나는 너무 피곤해 먹을 기운조차 없었다. 나는 허리를 구부려 머리를 무릎 사이에 묻고, 선잠에 빠져들었다. 끝없이 이어진 불붙은 벌판을 달리는 꿈을 꾸었다. 쉴 기회도 없고, 빠져나갈 기회도 없고…….

이미 태양이 높이 떠올랐을 즈음, 이온이 축축한 코로 내 뺨을 쿡 찔렀다. 나는 깜짝 놀라 잠에서 깨어났다. 꿈을 꾸며 땀을 흘렸기 때문인지 아니면 안개 자욱한 공기 때문인지, 옷이 흠뻑 젖어 있었다. 설상가상 한낮이 거의 다 되어 있었다. 앞으로도 반나절은 족히 달려야 한다는 걸, 사슴으로 변신해 처음 달리던 경험을 통해 나는 똑똑히 기억했다. 나는 버섯으로 간단하게 배를 채우고, 이온은 고사리 줄기를 먹었다. 그러고 나서 우리는 다시 출발했다.

초원과 백향목 숲을 지나 달리며, 계단처럼 이어진 고원을 따라 소인의 땅 한가운데로 들어섰다. 태양이 질 즈음에는 공기 중에 점점 더 연기가 자욱해졌다. 그리고 최근 불에 탄 흔적이 점점 더 많이 나타났다. 소인이 언제 불쑥 나타날지 몰라 주의를 기울이면서, 나는 불에 탄 들판과 검게 탄 바위를 훑어보았다. 곧 바위 대신 강을 따라 이어진 푸릇푸릇한 땅이 나타났다. 소인의 흔적은 없었다. ……아직까지는.

태양이 지며 땅 위에 심홍색을 쏟아냈다. 피라미드처럼 생긴 높다란 언덕이 시야에 들어왔다. 발디어그가 있는 곳…….

"저기, 저기가 바로 우리가 가는 곳이야. 하지만 조심해서 걸어가야 해, 소인들이……."

나는 이온을 향해 말했다.

그 순간 요란한 고함 소리가 허공을 가득 메웠다. 바위와 숲 뒤에서, 도랑과 계곡에서 땅딸막한 전사 한 무리가 뛰어나왔다. 창을 흔들고 칼을 휘두르며 언덕 앞을 가로막고 대열을 갖추었다. 이온의 귀가 앞으로 쫑긋 움직였다. 그 어느 때보다 전속력으로 달리며, 소인들을 향해 나아갔다.

우리가 가까이 다가갈 즈음, 더 많은 소인이 나타나 장벽을 이루었다. 소인의 턱수염과 헬멧이 햇빛을 받아 붉게 빛났다. 이제 소인의 대열은 적어도 네 겹 정도가 되었다. 땅딸막한 소인들이 길에 나란히 심은 참나무처럼 굳게 버티고 있었지만, 이온은 속도를 조금도 줄이지 않았다.

대열 한가운데에서 원뿔형 모자와 검은 망토를 입은 배불뚝이 소인이 뛰어나왔다.

"멈춰! 명령이다!"

우르날다가 망토를 휘날리며 소리쳤다.

하지만 이온은 그저 전속력으로 달릴 뿐이었다. 나는 앞으로 몸을 기울여 내 최고의 희망을 훔쳐가버린 여자 마법사의 두 눈을 잡아먹을 듯 노려보았다.

커다란 발굽이 우르날다를 짓밟기 직전에, 우르날다는 마법으로 우리를 멈춰 세울 것처럼 지팡이를 들어 올렸다. 하지만 우르날다가 그러기 전에 이온은 갑자기 방향을 틀어 오른쪽으로 돌아갔다. 어쨌든 난 가까스로 말에서 떨어지지 않고 버틸 수 있었다. 이온은 대열이 덜 빽빽한 부분을 향해 나아가 깜짝 놀란 소인들 머리 위로 힘껏 껑충 뛰어 곧장 날아갔다.

곧 분노에 찬 비명들이 우리 뒤로 희미해져갔다. 피라미드 모양의 언덕이 점점 가까워졌다. 그때 별안간 어마어마한 굉음이 허공을 가득 채웠다.

29

최후의 전투

고원지대의 산사태처럼 하늘에서 덜거덕거리는 소리가 흘러내려왔다. 이온과 나는 깜짝 놀랐다. 그 소리가 발아래 검게 탄 땅을 뒤흔들었다. 피라미드 모양의 언덕 정상에서 바위 하나가 들썩이더니, 언덕 아래로 굉음을 내며 굴러 떨어졌다. 이온은 속도를 줄이며 뒤로 주춤 물러섰다. 우리 둘 다 소리 나는 곳을 바라보았다.

두 날개를 활짝 펼친 발디어그가 엄청난 속도로 우리를 향해 돌진했다. 저무는 태양 때문인지 발디어그는 처음에 연기 자욱한 하늘을 배경으로 피어오른 심홍색 덩어리처럼 보였다. 하지만 곧 꼬리와 날개에 달린 초록색과 오렌지색의 단단한 비늘이 눈에 들어왔다. 발디어그가 한쪽으로 방향을 틀자 무시무시한 발톱이 번쩍 빛났다. 가까이, 더 가까이 다가오자, 마침내 이글거리는 누런 눈동자가 보였다.

벌어진 콧구멍에서 연기가 기둥처럼 뿜어져 나왔다. 코 밑 비늘은 너무 시커멓게 변해서, 마치 두툼한 콧수염을 달고 있는 것처럼 보였다. 오렌지색 두 귀 가장자리에 대롱대롱 매달린 커다란 숯 덩어리는 귀가 움직일 때마다 산산조각 나며 떨어져 나갔다. 발톱 몇 개에는 시커먼 혹이 자랑처럼 매달려 있었다. 마치 관절 같았다. 나는 처음에 그것이 숯 덩어리라고 생각했다. 하지만 마침내 진실을 알고 나자 망치에 얻어맞은 느낌이 들었다. 그건 숯이 아니라 해골이었다. 발디어그의 이글거리는 분노의 불꽃에 불타, 장식용 고리처럼 여기저기 매달려 있었던 것이다.

넋을 잃기라도 한 것처럼, 우리는 용이 다가오는 동안 꼼짝하지 못했다. 덜거덕거리는 소리의 물결이 위에서 굴러 내려왔다. 하늘이 무너져 내려도 소리가 그보다 더 크지는 않으리라고 생각했다. 그건 내 착각이었다. 용은 우리를 향해 곧장 날아오며 거대한 입을 활짝 벌렸다. 단검처럼 생긴 뾰족한 이빨이 붉은빛에 반짝반짝 줄줄이 빛났다. 커다란 가슴이 파도처럼 출렁이며 어마어마한 굉음을 내뿜었다. 그 소리가 어찌나 큰지, 하마터면 이온의 등에서 떨어질 뻔했다.

그 굉음 덕분에 우리는 정신을 바짝 차렸다. 정말 운이 좋았다. 왜냐하면 굉음과 함께 비비 꼬인, 거대한 불꽃같은 혓바닥이 뿜어져 나왔으니까. 이온은 힝힝 울어대며 그 자리에서 재빨리 몸을 피했다. 불꽃은 방금 전까지 우리가 서 있던 땅바닥을 강타했다. 그 열기에 바위가 쪼개져 나갔다. 내 등과 이온의 옆구리가 불꽃에 그을렸다. 우리는 전속력으로 피했다.

"서둘러, 언덕 뒤로!"

내가 소리쳤다.

이온은 피라미드 모양의 언덕을 향해 달려갔다. 하지만 또 한 차례 귀를 먹먹하게 만드는 굉음이 울려 퍼졌다. 이온은 가까스로 큼지막한 둥근 바위 뒤로 몸을 피할 수 있었다. 이윽고 더 많은 불꽃이 날름거리며 우리 위로 몰려왔다. 우리가 바위 뒤에서 몸을 웅크리고 있을 때, 이글거리는 불꽃이 손가락처럼 사정없이 몰려와, 닿는 것마다 모두 시커 멓게 태웠다. 큼지막한 둥근 바위가 우리가 잿더미로 변하는 걸 막아주 었다.

불꽃이 거의 사그라질 즈음, 나는 조심스럽게 고개를 들어 용이 어디 있는지 확인해봤다. 용은 이제 막 땅에 내려앉았다! 용은 날개를 등에 찰싹 붙이고 언덕만큼이나 큼지막한 몸체로 땅을 가로지르며 스르르 미끄러져갔다. 기이하게도 용은 우리 쪽이 아니라 옆으로 몸을 돌렸다. 그 순간, 난 그 이유를 깨달았다.

나는 이온의 목덜미를 토닥였다. 이온은 언덕 가장자리를 향해 재빨 리 움직였다. 동시에 용이 거대한 꼬리를 풀었다. 숨겨진 채찍처럼, 날카 로운 꼬리 끝이 이리저리 흔들리며 허공을 가로질렀다. 꼬리가 큼지막 한 둥근 바위를 힘껏 내리치는 바람에, 돌 조각이 사방으로 튀었다. 파 편이 우리 위로 비처럼 쏟아져 내렸다. 우리는 때맞추어 언덕 끄트머리 를 돌아갔다.

"투아하의 손자, 네가 내 아이들을 죽였다!"

천둥보다 더 굵은 용의 목소리가 언덕에 울려 퍼졌다.

이온은 계속 언덕 뒤로 내달렸다. 나는 앞으로 몸을 숙였다.

"기다려, 대답해야 해."

이온이 속도를 조금 줄이기는 했지만, 커다랗게 울음소리를 내며 고 개를 사납게 흔들어댔다.

"난 대답해야 해, 이온."

그러나 이온은 이번에도 말을 듣지 않았다.

슬픈 손짓으로 나는 이온의 목을 쓰다듬었다.

"네가 맞아. 우리 둘 다 돌아간다는 건 미친 짓이야. 내가 여기서 내

릴게. 그러면 적어도 넌 안전하게 도망갈 수 있어.”

말에서 내리기도 전에, 이온은 뒷걸음치며 내가 자신의 갈기를 더 단단하게 잡도록 했다. 그러고는 획 돌아서더니, 내게로 주둥이를 돌리며 깊은 눈동자로 나를 훑어보았다. 쌩 콧바람을 크게 불어대고는 언덕 끄트머리를 향해 다시 되돌아 달리기 시작했다.

나는 이온의 등에 앉아서 검게 타버린 바위를 조심스럽게 살펴보았다. 이윽고 심호흡을 한 뒤, 발디어그를 향해 있는 힘껏 소리쳤다.

“네가 깊은 상처를 입은 거 알아, 거대한 용! 하지만 내 말 들어봐. 난 네 새끼들을 죽이지 않았어!”

나는 우르릉 쾅쾅 무너져 내리는 소리가 잦아들기를 기다렸다.

“다른 녀석이 그랬단 말이야. 리타 고르를 위해 일하는 자, 그리고 마법을 먹고사는 크리릭스를 우리 땅으로 다시 데리고 온 자. 그자의 이름은…….”

불꽃이 소나기처럼 터져 나오며 나를 내리쳤다. 나는 바위 뒤로 물러섰다.

“감히 네가 저지른 죄를 부정하려는 거냐?”

발디어그의 목소리가 허공을 뒤흔들었다. 꼬리가 땅을 내리쳤다.

“네 사악한 할아버지도 자신의 행동을 숨기려 하지는 않았다! 넌 마법사라는 이름을 지닐 자격조차 없는 놈이다.”

나는 마음이 너무 아팠다. 침울한 상태에서 이온을 언덕 끝으로 다시 몰았다.

“넌 진실을 말했어. 난 마법사의 자격이 없어. 하지만 난 네 어린 자식들을 죽이지 않았다고. 정말이야.”

용의 누런 눈동자가 반짝거렸다. 연기가 콧구멍에서 새어나왔다.

"난 크리릭스와 리타 고르에 대한 네 수다나 들으려고 온 게 아니다. 아주 오래전 나는 마지막 남은 크리릭스와 싸웠어. 죽기 살기로 싸웠지. 그리고 내가 아니라 그 녀석이 죽었어! 이제 너한테도 똑같이 그렇게 해주지. 넌 아홉 번 죽임을 당할 거다. 살해당한 내 아이들의 죽음 하나하나에……."

"내가 죽이지 않았다고 말했잖아!"

"거짓말! 반드시 복수하고 말 테다!"

그 말과 함께 또 한 차례 꿍음이 연기 자욱한 하늘, 검게 그을린 땅 그리고 그 사이의 모든 것을 뒤흔들었다. 발디어그는 커다란 꼬리를 들어 올려 나를 향해 휘둘렀다. 이온은 어서 도망가라는 명령을 기다릴 필요가 없었다. 꼬리가 엄청난 능력으로 언덕 옆구리에 부딪혀, 깨진 바위 조각이 소나기처럼 쏟아져 내렸다. 몸을 돌려보니, 열두 명 정도는 거뜬히 박살낼 정도로 큼지막한 판석 하나가 발디어그의 꼬리 한가운데로 무너져 내렸다. 그 판석은 초록색 비늘에 부딪혔지만, 아무런 해도 입히지 않고 저 멀리 튕겨 나갔다.

이온은 온 힘을 다해 전속력으로 달려, 발디어그에게서 최대한 먼 곳으로 갔다. 언덕의 한쪽 끝으로 다가가며 나는 뒤를 흘끗 돌아보았다. 큼지막한 머리가 보였다. 지는 태양처럼 밝은 빛을 내뿜으며 용의 눈동자가 나를 노려보고 있었다. 불꽃이 또 뿜어져 나왔다. 우리가 굽이를 도는 동안, 불꽃이 이온의 발굽을 할퀴었다.

우리는 다행스럽게도 언덕을 방패 삼아 용의 계속되는 공격을 피했다. 이온은 다리를 계속 움직이며 요리조리 달리면서 귀를 쫑긋 세웠다. 언덕 너머에서 우리를 공격하는 용을 볼 수는 없었지만, 용이 움직이며 꿍음을 내고 커다란 꼬리로 바위를 내리치는 소리는 들을 수 있었다.

용의 거대한 몸집이 한쪽으로 미끄러져 나오면, 우리는 반대편으로 달려갔다. 소리가 들리지 않을 때마다, 우리는 발걸음을 멈추고 숨을 골랐다. 그러고는 용이 움직이면 다시 전속력으로 내달렸다.

이렇게 밤늦게까지 추격전이 계속되었다. 한 번은 발디어그가 어둠 속에서 우리에게 겁을 주려 날아오르려 했지만, 용이 다가오는 시끄러운 소리 때문에 우리는 재빨리 피할 수 있었다. 하지만 시간이 지날수록 분명 용이 우리보다 더 오래 버티리라는 걸 알고 있었다. 결국 이온은 비틀거리거나 소리를 잘못 알아차리는 실수를 할 것이다. 우리가 한 번만 실수를 해도, 용은 우리를 끝장낼 수 있다. 아니, 용은 그저 복수의 순간을 즐기려고 우리를 데리고 노는 건 아닐까?

새벽녘의 첫 빛이 언덕을 가볍게 어루만지며 바위를 황금빛으로 흠뻑 적실 즈음, 이온이 몹시 지쳤다는 걸 알 수 있었다. 입술과 갈기에 땀방울이 송골송골 맺혔다. 어깨 근육이 떨렸다. 이온은 부지런히 움직였지만, 발굽을 제대로 들지도 못했다.

이 용감한 종마의 등에 달라붙어 있는 것 말고 내가 뭔가를 할 수 있으면 얼마나 좋을까? 하지만 뭘 할 수 있단 말인가? 예언은 끔찍한 전투를 예측했다. 죽기 살기로 끝까지 싸우는 전투를. 하지만 도대체 이런 전투가 어디 있단 말인가? 이건 그냥 추격전에 불과했다. 결과는 뻔했다.

태양이 지평선 위로 떠오를 때까지, 아주 오랫동안 발디어그는 움직이지 않았다. 그러더니 갑자기 바위 위로 미끄러지며 바위를 눌러 으깨버렸다. 즉각 이온은 반대편으로 펄쩍 뛰었다. 이온은 전속력으로 모퉁이를 돌더니 갑자기 멈추었다. 그 바람에 나는 치켜든 이온의 목에 부딪혀 머리 너머로 떨어질 뻔했다. 그런데 우리 앞에 바로 발디어그가 있었다! 우리가 들은 건 헐거워진 바위가 언덕 아래로 굴러 떨어지는 소리였던 게 분명했다.

이온은 뒤로 물러서며 거칠게 발길질을 해댔다. 동시에 무지막지한 용-꼬리가 휙 움직이며 재빨리 내 가슴을 둥글게 말아, 내 갈비뼈를 짓이겼다. 그러고는 나를 허공으로 낚아챘다. 나는 발디어그의 주둥이 앞에 대롱대롱 매달렸다.

용이 역겨운 소리를 냈다. 돌풍과도 같은 뜨거운 공기가 나를 그을렸다. 용이 주둥아리를 쫙 벌리고 어마어마한 목소리로 명령하듯 말했다.

"왜 나랑 싸우지 않느냐, 어린 마법사? 왜 그냥 도망만 다니는 거지?"

말하는 건커녕 숨도 제대로 쉴 수가 없어서, 나는 기운 없이 말했다.

"난…… 능력이 없어."

"넌 알에서 아직 깨어나지도 않은 어린 것들을 무참하게 살해할 정도로 충분히 능력이 있다! 음, 투아하의 손자여, 넌 더 이상 도망 다녀서는 안 된다."

누런색 눈동자가 이글거렸다.

"넌…… 내 말 믿어야 해. 난…… 내가 그러지 않았다고."

나는 이의를 제기했다.

"한 번에 팔다리 하나씩 물어가면서 시작할까?"

용이 보라색 입술을 벌리고는, 들어 올린 발톱에서 해골 하나를 비틀어 떼어냈다. 그러고는 턱을 꽉 다물며 해골을 완전히 뭉개버렸다.

"아니, 내게 더 좋은 생각이 있다. 먼저 널 구워야겠다."

으르렁거리는 소리가 차츰 가까워지며 가슴 깊은 곳에서 부풀어 올랐다. 그 소리가 점점 더 커지더니 불꽃이 콧구멍을 핥기 시작했다. 동시에 나를 붙잡고 있는 꼬리에 단단히 힘이 들어갔다. 나는 폐로 숨을 쉴 수 없었다. 심장이 움직이지 않았다. 턱이 쫙 벌어지고 불꽃이 나를 향해 달려들었다.

곧장 발디어그의 두 귀가 쫑긋 서고, 고개가 약간 기울어졌다. 불꽃이 아슬아슬하게 비켜가며 내 신발을 핥았다. 하지만 그 이상은 아니었다. 발디어그는 갑작스럽게 놀란 듯 고함을 쳐댔다. 이윽고 용의 꼬리가 풀렸다. 나는 땅으로 쿵 떨어졌다. 이온이 내 옆으로 달려왔다. 나는 숨을 헐떡이며 팔 하나를 이온의 목에 두르고 아등바등 몸을 일으켜 세웠다. 그리고 무엇이 용의 시선을 끌었는지 살펴보았다.

기이하게 생긴 짐승 한 마리가 하늘을 나는 건지, 절름거리며 뛰는 건지 검게 타버린 땅 위에서 이쪽으로 다가왔다. 처음 보이는 것이라고는 꼴사나운 덩어리뿐이었다. 폭풍에 난도질당한 어린 묘목처럼 너덜너덜했다. 이윽고 무지개 빛깔 보라색이 흘끗 보였다. 쭈글쭈글 주름 잡힌 가죽 같은 피부, 앙상한 어깨 한 쌍. 호리호리하고 가느다란 목이 떠받치고 있는 머리 꼭대기에 귀 두 개가 달려 있었다. 그런데 귀 하나는 잘못 달린 뿔처럼 옆으로 툭 튀어나와 있었다.

아기 용이다! 죽지 않고 살아 있었다!

거대한 몸집의 발디어그가 잽싸게 몸을 휙 돌렸다. 그 바람에 앙상한 날개 끝에 이온과 내가 치일 뻔했다. 발디어그는 어린 새끼에게 허둥지둥 다가가 바로 앞에서 걸음을 뚝 멈추었다. 발디어그의 배가 부드럽고 온화한 소리를 끊임없이 냈다. 엄청 커다란 고양이가 가르랑거리는 소리 같았다. 발디어그는 주둥이를 땅에 내려놓았다.

아기 용은 처음에는 조심스럽게, 곧 흥분해 흐느껴 울었다. 그러고는 발디어그의 따뜻한 숨결이 자신의 비늘에 와닿도록 내버려두었다. 아주 오랫동안 둘은 서로를 바라보았다. 발디어그의 이글거리는 누런 눈동자가 아기 용의 오렌지색으로 녹아들었다. 마침내 발디어그는 거대한 날개를 펴서 아기 용을 꼭 감싸 안았다. 발디어그는 마치 담요처럼 날개로 아기 용을 덮은 채, 가까이 끌어당겼다. 아기 용은 만족스럽다는 듯 꺅꺅거리며 가까이 안겼다.

발디어그는 목을 길게 빼며 거대한 머리를 들어 올렸다. 불의 날개가 태어난 뒤로 수 세기 동안 핀카이라에서 들어본 적 없는 소리가 하늘을 향해 솟아올랐다. 그 소리는 하늘을 향해 화살처럼 우아하게 날아갔다. 그 복잡한 멜로디는 수 세대에 걸쳐 이어진 용의 지식으로 짠 마법의 양탄자였다. 그리고 그 무엇보다도 축하의 노래였다.

발디어그의 노래가 한 시간 이상 이어지는 동안, 이온과 나는 그 노래를 귀담아들으며 그 자리에서 꼼짝하지 못했다. 어린 새끼는 자기 아빠의 날개에 몸을 옹크린 채 이따금 주둥이를 들어 올렸다. 아기 용의 귀는 그 어느 때보다 씩씩하게 한쪽으로 쭉 뻗었다. 아기 용은 우리만큼이나 노래를 주의 깊게 듣는 것 같았다. 하지만 우리보다 훨씬 더 본능적으로 그 노래를 이해하는 것 같았다.

이윽고 거대한 용이 고개를 숙였다. 바다 위를 때리는 엄청난 파도 같은 힘으로 움직이며, 나를 향해 목을 휙 돌렸다. 발디어그의 시선이 나와 마주치자마자 그 노래의 주문이 사라졌다. 두려움이 나를 덮쳤다. 발디어그는 다시 나를 쫓아오려 했다! 나는 이온 등에 펄쩍 뛰어올라 갈기를 꽉 잡고 다시 한 번 달릴 준비를 했다.

바로 그때 아기 용이 꽥 소리를 질렀다. 그 날카로운 외침이 나는 물론이고 발디어그도 사로잡았다. 발디어그의 오렌지색 귀가 빙 돌았다. 당혹스러움을 느낀 듯 입술을 꼭 다물었다. 아기 용이 다시 울어댔다. 이번에는 자그마한 두 날개를 미친 듯이 펄럭였다. 발디어그는 웅얼웅얼

낮게 소리를 냈다. 이윽고 잠잠해졌다. 아기 용은 날카롭고 떠들썩한 소리를 몇 차례 냈다.

드디어 발디어그의 누런 눈동자가 다시 나를 향했다.

"어린 마법사여, 네가 한 말이 맞는 것 같구나. 넌 내 아이들을 죽인 사람이 아니다."

발디어그의 콧구멍에서 짙은 연기구름이 솟아올랐다.

이온은 고개를 가볍게 흔들며 안도의 울음소리를 냈다. 나는 이온의 목을 살짝 토닥여주었다.

"하지만 네가 한 말 중에 거짓말이 있다. 네게 능력이 없다는 것 말이다. 여기 내 딸아이는 다르게 말하는구나. 네가 마법으로 자기를 구해주었다고 말이다."

발디어그는 아기 용을 아주 사랑스럽다는 듯이 흘끗 바라보았다.

나는 고개를 절레절레 저었다.

"마법으로 그런 게 아니야. 약초로 구해줬을 뿐이야. 그게 다야. 그건 다른 거야."

"네가 생각하는 것처럼 그렇게 다르지는 않다."

발디어그의 커다란 꼬리가 올라가 허공을 감싸, 오렌지색과 초록색 비늘의 매듭처럼 엮이는 듯했다. 그것이 햇빛을 받아 반짝였다.

"그 마법을 뭐라고 부르든, 그것이 내게 자식을 되돌려주었다."

30

모든 요소들이 합쳐질 때

　.

높고 날카로운 소리가 하늘을 찔렀다. 발디어그와 아기 용 그리고 이온처럼 나도 고개를 들어 하늘을 올려다보았다. 그 순간 내 피가 얼어붙는 듯했다.

한 마리도 아니고 적어도 열두 마리쯤 되는 크리릭스가 연기 자욱한 구름을 뚫고 곧장 내려오고 있었다. 입을 크게 벌리고, 그 살벌한 엄니를 드러냈다. 맨 앞에는 구부정한 모습의 바초드가 올라타 있었다. 바초드의 백발이 물결처럼 흩날렸다.

바초드가 팔을 흔들자 크리릭스들이 박쥐 모양의 날개를 움직여 넓은 활처럼 대형을 갖추기 시작했다. 이윽고 귀를 찌를 듯한 무시무시한 비명을 지르며 아래쪽으로 내려왔다. 이온은 히힝 콧바람을 불며 발굽을 미친 듯이 움직였다. 내가 칼집에서 검을 뽑자, 검이 힘차게 쨍 하고 크게 울려 퍼졌다. 하지만 검으로 금지된 마법을 상대하는 건 역부족이라는 걸 잘 알았다. 그 순간 크리릭스들이 머리 위까지 바싹 다가왔다.

발디어그가 꼬리를 쫙 펴서 위로 치켜들고는 순식간에 크리릭스 한 마리를 내리쳤다. 크리릭스는 비명을 지르며 허공에서 맥없이 떨어져 내렸다.

약이 바짝 오른 장수말벌 떼처럼, 크리릭스들은 거대한 용에게 달려들었다. 엄니를 활짝 드러낸 채, 재빨리 하늘에서 내려와 곧장 용을 둘러싸고 공격하기 알맞은 곳까지 다가왔다. 거대한 용은 엄청난 속도로 움직였다. 꼬리가 이리저리 빙빙 돌며 번쩍거렸다. 하지만 용이 땅에 있는 한, 크리릭스들이 훨씬 유리했다. 처음에는 용이 왜 하늘로 날아오르지 않는지 의아했다. 하늘로 날아오르면 크리릭스와 마찬가지로 자유자재로 움직일 수 있을 텐데……

그때 퍼뜩 떠올랐다. 아기 용. 발디어그는 자기 새끼를 보호하고 있던 것이다! 아기 용은 웅크린 아비의 날개 깊숙한 곳에서 안전했다. 하지만 날개 하나를 접어 새끼를 보호하는 한, 발디어그는 하늘로 날아오를 수 없었다. 땅에 머무를 수밖에 없는 발디어그는 이 싸움에서 불리했다.

우리가 지켜보는 동안, 이온은 걱정스럽게 히힝거리며 오락가락했다. 내가 검을 휘두르며 바초드와 크리릭스들에게 소리쳤지만, 모두 날 무시했다. 그 어떤 것도 도리깨질을 해대는 용으로부터 놈들의 관심을 끌어내지 못했다. 이온은 뒤로 물러서며 허공에 발길질을 했다. 그러더니 발디어그 주위를 빙글빙글 돌며 전속력으로 달렸다. 여전히 놈들은 아무런 관심도 보이지 않았다. 바초드는 우리 쪽을 아예 쳐다보지도 않았다.

즉시 나는 그 이유를 깨달았다. 사슴의 마법이 사라졌기에, 놈들은 내게 아무런 능력도 없다고 여겼다! 전에는 내가 놈들에게 적어도 약간의 위협이 되었을지 모르지만, 이제는 아무런 위협도 되지 못했다. 가슴속의 공허함이 그 어느 때보다 커다랗게 느껴졌다.

용의 눈에 대한 예언이 마음속에 울려 퍼졌다.

333

보라! 그 무엇도 용을 멈출 수 없다, 단 하나의 적만 제외하고. 아주 오래전에 전투를 벌였던 적의 후손.

새로운 깨달음이 번뜩였다. 어쩌면 그 예언은 나를 의미하는 게 아닐지도 모른다! 어쩌면 용의 오래된 맞수, 그러니까 용을 죽이거나 아니면 그 과정에서 죽게 될 적은 크리릭스를 말하는 건지도 모른다!

하지만 만약 그렇다면 예언의 나머지 부분은 무엇을 의미하는 걸까? 크리릭스가 모두 죽는다는 뜻일까? 아니면 몇 마리만 죽게 될까? 그리고 그 예언은 또 어떤가? 최고의 능력이라니? 공기를 물로, 물을 불로…… 모든 요소들을 합칠 수 있는 능력이란 무엇이란 말인가?

발디어그는 굉음과 불꽃을 내뿜으며 놈들을 계속 막아냈다. 이글이글 타오르는 눈동자로 사방을 한꺼번에 보는 것 같았다. 용이 꼬리를 마구 휘두를 때마다 땅이 요동쳤다. 먼지와 연기가 하늘로 피어올랐다. 용은 자유로운 한쪽 날개로 허공을 끊임없이 휘둘렀다. 새끼를 품고 있는 날개 위 허공을. 그 모든 공포의 나날들 중에서 불의 날개가 그 이름에 걸맞게 이렇게나 사납게 움직이는 건 처음일 거라는 확신이 들었다.

이제 불에 탄 크리릭스 세 마리가 연기를 내뿜으며 땅바닥에 쓰러졌다. 용의 꼬리에 난도질당한 크리릭스 두 마리가 마구 짓밟혔다. 하지만 바초드가 올라탄 녀석을 포함해 크리릭스 일곱 마리가 아직 남았다. 크리릭스들은 하늘을 날며 재빨리 공격해왔다. 어딘가 비늘이 덮이지 않은 발디어그의 몸통에 날카로운 엄니를 박을 기회를 호시탐탐 엿보았다. 가장 취약한 부분이 날개라는 걸 문득 깨달았다. 발디어그는 아기 용을 보호하려 힘껏 구부리고 있었기에, 날개 아래쪽 비늘이 덮이지 않은 부분이 그대로 드러나 있었다.

용은 몸집이 거대하기 때문에 한 번의 상처로는 도저히 죽일 수 없을 것 같았다. 그러자 희망이 샘솟았다. 크리릭스의 엄니가 살짝 스치기만 하면 아무리 몸집이 큰 마법의 생명체라도 그냥 능력을 잃는다는 카이르프레의 경고가 떠오르자 입술을 꽉 깨물었다.

바초드가 명령을 내리자 크리릭스들이 위로 떠올랐다. 연기에 가릴 정도로 높이 올라가 검은색의 작은 점처럼 보였다. 놈들이 새로운 대형을 준비하는 걸 가까스로 볼 수 있었다. 작살 모양의 대형이었다. 잠시 뒤 놈들은 다 함께 울어대며 곧장 돌진했다. 나는 놈들이 발디어그의 날개를 노리고 있다는 걸 본능적으로 눈치챘다. 놈들 중 단 한 놈이라도 급소를 찌르면 용은 끝장이었다. 아기 용은 뭔가를 눈치챘는지 낑낑거리며 발디어그의 접은 날개 안으로 더 깊이 파고들었다.

크리릭스들이 공격해 날아오는 동안, 발디어그는 분노에 이글거리는 군주가 아니라 무슨 일이 있어도 새끼를 보호하려고 버둥거리는 부모처럼 보였다. 발디어그는 어마어마한 굉음을 내뿜었다. 그렇게 공격에 대비하는 중에, 발디어그가 커다란 머리를 나를 향해 돌렸다. 아주 짧은 순간 우리의 시선이 마주쳤다. 하지만 그 짧은 순간에도 나는 발디어그의 표정에 사로잡혀버렸다. 그 이글거리는 눈동자에는 전에 없던 표정, 두려움의 표정이 역력히 담겨 있었다.

나는 두 손으로 이온의 갈기를 비틀며 뭔가를, 뭐든 생각해내려 집중했지만 아무 소용도 없었다. 무엇을 한단 말인가? 크리릭스들이 곧 목표물을 공격할 것이다.

아기 용은 낑낑거리며 날개 깊숙이 움츠러들었다. 저 어린 것이 어떻게 지금껏 살아남을 수 있었을까? 내가 작은 가방에서 꺼낸 약초보다 더 강력한 뭔가를 아기 용에게 정말로 주었을까?

아무 생각 없이 나는 작은 가방 안에 손을 넣었다. 뭔가 날카로운 것이 내 손가락을 찔렀다. 프살테리움 줄이었다! 이 줄에 대해 카이르프레가 뭐라고 했었지?

이건 다른 차원의 마법이란다. 네가 한 번도 알지 못했던 그런 마법.

나는 우르날다 때문에 검게 타버려 뒤틀린 프살테리움 줄을 꺼냈다. 이 줄이 지금도 마법을 불러낼 수 있을까? 두 손에 아무런 마법도 없는 주인의 손에서도?

나는 하늘을 흘끗 올려다보았다. 크리릭스들이 날개를 등에 바짝 붙인 채 전속력으로 내려오고 있었다. 이제 작살 대형 맨 앞의 크리릭스에 올라탄 바초드의 모습이 보였다. 그 주위로 으르렁거리는 입 일곱 개, 엄니 일곱 쌍이 보였다.

절망적인 마음으로 나는 줄을 튕겼다. 줄은 팅 울리며 검댕 한 줌을 내뿜었다. 이윽고 조용해졌다. 아무런 음악도 들리지 않았다. 아무런 마법도 느껴지지 않았다.

그때 공기에서 목소리가 들려왔다.

리아의 목소리였다. 리아의 목소리는 내게 뭔가를 떠올리게 했다.

이게 네 주변의 모든 생명을 일깨워줄 거야. 그리고 네 안에 있는 생명을……

리아의 목소리와 함께 살아 있는 바위의 아주 오래된, 삐걱거리는 목소리가 들려왔다.

널 둘러싸고 있는 이 기이한 마법은 무엇인가, 젊은이? 나한테 저항하게 만드는 그것은 무엇이지? 돌의 능력은 그 자체로 홀로 나오지 않아. 주변 모든 것에서 나오는 거야. 연결된 모든 것에서.

노파 돔누가 끼어들어 단호한 어투로 말했다.

우리 아가, 난 지금도 네 안에 있는 능력을 느껴.

마침내 에르먼의 울려 퍼지는 목소리가 내게 소리쳤다.

네겐 능력이 있어, 멀린. 네가 아는 것보다 훨씬 큰 능력이.

네 안에 있는 그 모든 생명……

네 안에 있는 이 이상한 마법……

나는 지금도 그걸 느낄 수 있어……

네가 아는 것보다 훨씬 큰 능력이……

크리릭스들이 바로 코앞에서 비명을 질러댔다. 올려다보니 바초드가 심술궂은 눈초리로 노려보고 있었다. 새끼를 보호하고 있는 발디어그의 불룩한 날개에 시선이 고정되어 있었다. 거대한 용은 마지막으로 굉음을 내질렀다.

카이르프레의 목소리가 다른 목소리에 더해졌다.

네 안에서 답을 찾아라, 애야.

그러고는 와이의 수레바퀴의 수많은 목소리들이 하나로 뒤섞여 들렸다.

그 능력-은 아-주 가-까-이 있-다.

수많은 생각에 머리가 터질 듯했다. 어쩌면 내 능력을 잃어버린 게 아닐지도 모른다! 어쩌면 우르날다가 단순히 나를 속여 능력을 잃었다고 믿게 만든 걸지도 모른다! 그런데…… 설령 내게 여전히 마법이 있다 할지라도, 어떻게 지금 그 마법을 쓸 수 있을까? 크리릭스들이 내 능력을 먹어 치울 것이다. 파괴해버릴 것이다. 카이르프레는 말했다. 마법은 직접 사용하면 효과가 없다고. 최고의 무기는 뭔가 간접적인 것이라고. 이 말은 무슨 뜻이지?

공기만큼이나 평범하지만 강력한 것.

공기! 발디어그가 꼬리를 휘둘러 최대한 많은 크리릭스들을 부찌르는 동안, 내 마음은 공기의 수많은 미덕을 재빨리 떠올렸다. 호흡의 전달자, 바람의 전달자, 소리와 냄새의 전달자, 물의 전달자…….

물! 어떤 방법이 있을까…….

용의 꼬리가 크리릭스 두 마리를 내리치자, 놈들은 빙글빙글 돌며 아래로 툭 떨어졌다. 하지만 바초드는 놓쳤다. 바초드는 충돌을 가까스로 비껴났다. 발디어그는 꼬리를 제때 휘두를 수 없었다.

나는 온 힘을 다해 크리릭스들을 둘러싼 공기를 차갑게 만들려고 했다. 얼어붙게 하려 했다. 내 손에 들린 프살테리움의 줄이 갑자기 울려 퍼졌다. 내 가슴속에 있는 종처럼……. 오랫동안 가슴속에 자리 잡았던 공허함이 사라지고 그 자리에 내 자신의 것임을 분명하게 알고 있는 능력이 밀려왔다.

공기에 모든 생각을 집중하며 나는 그 열기를 뽑아내려 했다. 이온과 내 주변의 공기가 즉각 새로운 따뜻함으로 어른거렸다. 땀이 났다. 열기 때문이 아니라 힘겨운 노력 때문이었다.

서로 충돌하려는 바로 그 순간 발디어그 주변의 공기가 거대한 얼음 덩어리로 바뀌며, 바초드와 크리릭스들을 가두어버렸다. 놈들은 비명을 질러댈 시간조차 없었다. 금지된 마법이 진홍색으로 폭발하며 빙글빙글 돌았다. 거대한 얼음 덩어리가 용의 등으로 곧장 떨어졌다. 접은 날개 바로 아래쪽으로.

얼음 덩어리가 검게 탄 땅에 부딪혀 박살날 때, 발디어그는 분노와 고통에 큰 소리로 울부짖으며 불꽃을 내뿜었다. 너무 뜨거워 얼음 덩어리에서 씩씩 김이 나고 지지직 불꽃을 내며 타버렸다. 잠시 뒤 혓바닥 같은 불꽃에 타버린 크리릭스의 잔해는 물과 피와 털의 웅덩이가 되었다.

이온은 의기양양하게 히힝 울어댔다. 고개를 이리저리 흔들며 펄쩍펄

338

쩍 뛰어다녔다. 나는 말에서 내려 김이 폴폴 나는 웅덩이로 가까이 다가갔다. 내 마음은 모든 요소들이 합쳐진 모습으로 가득 차 있었다. 공기가 정말 물로 변했다. 물이 정말 불로 변했다.

문득 엄청난 비명이 내 생각을 빼앗아갔다. 나는 깜짝 놀랐다. 왜냐하면 그건 크리릭스의 소리와 비슷했기 때문이다. 한순간 나는 그게 아기 용의 소리라는 걸 깨달았다. 아기 용은 자신을 보호해주던 날개 밖으로 나왔다. 귀는 고집스레 여전히 툭 튀어나와 있었다. 그런데 아기 용의 얼굴에 비친 슬픈 표정을 보자 속이 쓰렸다. 아기 용이 왜 그런 표정을 짓고 있는지 그 이유를 깨닫자 더더욱 마음이 아팠다.

발디어그, 용의 왕이 머리를 앞발에 무겁게 내려놓은 채 얌전히 누워 있었다. 콧구멍에서 나던 연기가 더 이상 피어나지 않았다. 덜거덕거리는 소리는 점점 희미해졌다. 초록색과 오렌지색의 비늘이 여전히 빛을 받아 반짝였지만, 어쩐지 그 광택을 잃은 것처럼 보였다. 하지만 그 모든 것 중에서 가장 분명한 것은 눈동자가 희미해졌다는 사실이다. 여전히 빛나고는 있었지만, 그 빛은 흐르는 웅덩이 가장자리에서 꺼져가는 불꽃만큼이나 희미했다.

내가 좀 더 가까이 다가가자 이온도 나를 따라왔다. 그곳에, 새끼를 보호하고 있던 날개 밑에 피가 흘러나오는 자그마한 구멍이 보였다. 그 정도 크기의 상처는 보통 용이 알아차리지도 못할 테지만, 그건 크리릭스의 엄니가 남긴 상처가 분명했다. 아기 용은 나지막하게 낑낑거리며 펄럭이는 자그마한 날개 하나로 그 상처를 쓰다듬었다.

"용이 죽어가고 있어."

익숙한 목소리가 단호하게 말했다.

이온과 나는 휙 돌아봤다. 우리 앞에 큰 눈동자의 암사슴 한 마리가

서 있었다. 갈색 털은 진흙투성이였고, 다리에는 긁힌 자국과 생채기가 여기저기 있었다. 진흙이 잔뜩 묻은 두 귀는 나를 향해 치켜 올라갔다.

"할리아, 난…… 난 네가 죽은 줄만 알았어."

나는 목이 메어 자그맣게 속삭였다.

"날 과소평가했구나. 너도 알겠지만, 사슴은 추적자들을 따돌리는 잔꾀를 좀 알고 있어. 제아무리 크리릭스라 하더라도 말이야."

할리아가 마치 모욕당하기라도 한 것처럼 자그맣게 콧방귀를 뀌었다. 할리아의 깊은 갈색 눈동자가 나를 유심히 살펴보았다.

"너도 잔꾀를 좀 부릴 줄 아는구나, 멀린. 난 방금 전에 도착했어. 그래도 네가 해낸 걸 볼 정도의 시간은 충분했어."

나는 주춤했다.

"해내지 못했어. 내 능력이 돌아왔지만 조금 늦었어."

뒤돌아보니 발디어그가 자기 새끼를 힘겹게 바라보고 있었다. 아기 용은 이제 발디어그의 배 옆에 웅크리고 있었다.

나는 시무룩하게 용에게 다가갔다. 용이 힘겹게 숨을 쉴 때마다 머리 위로 따뜻한 공기가 둥둥 떠다녔다. 이제 반쯤 감긴 노란 눈동자가 나를 향했다.

"투아하의 손자여, 내가 틀렸다. 넌 마법사로 불릴 자격이…… 충분하다."

내 혀는 입안에서 나무껍질처럼 꺼끌꺼끌했다.

발디어그는 힘겹게 고개를 들려 했지만 다시 쿵 하고 떨어졌다.

"크리릭스는 물론이고 나 또한…… 이 싸움에서 살아남지 못했다. 하지만 나는 기쁨을 맛보았다. ……결국 놈들을 불로 태워버리는 기쁨을……."

발디어그가 고통스럽게 콜록거리자 몸통이 마구 흔들렸다.

"하지만, 내 아이, 내 아이는 어떻게 하지? ······혼자 힘으로 먹고 날아야 해. 누가 마법을 가르치지? 누가······ 내 동굴을, 조상 대대로 내려온 우리 보금자리를 찾는 법을 알려주지?"

몸을 기댈 지팡이가 있으면 좋겠다고 생각했다. 나는 비틀비틀 몸을 일으켜 세웠다. 그리고 대답했다.

"난 용에 대해 아는 게 거의 없어. 용의 마법에 대해서도. 하지만 네 동굴로 가는 길은 알고 있어. 내가 네 아이를 기꺼이 그곳으로 데려다줄게."

나는 할리아를 흘끗 바라보았다. 할리아는 이제 아기 용에서 그리 멀지 않은 시커먼 풀밭 위에 서 있었다. 반짝반짝 빛나는 둥그런 갈색 눈동자와 빛나는 오렌지색의 세모난 눈동자가 서로를 마주 보고 있었다. 마법을 공유하는 것인지 아니면 상실의 경험을 공유하는 것인지 모르겠다. 하지만 나는 이 둘이 서로 의사소통을 하고 있다는 걸 분명히 느꼈다. 침묵의 언어로 서로에게 이야기를 나누고 있었다.

"아이를 잘 보살필게."

내가 힘주어 말했다.

발디어그의 눈동자가 밝게 빛나더니 금세 희미해졌다.

"난 지금껏 그 누구도, 그 무엇도 두려워해본 적이 없다, 오늘까지는. 하지만 싸우는 동안 내가 두려웠던 건 크리릭스의 공격이 아니었지. 내가 두려웠던 건 내 어린 새끼의 죽음이었어."

발디어그가 힘겹게 말했다. 또 한 차례 기침을 하자 꼬리의 가시까지 온몸이 뒤흔들렸다.

"그리고 지금······ 지금 나는 내 자신이 다른 뭔가를 두려워한다는 걸 알았어."

"그게 뭐지?"

"죽음. 내 자신의 죽음! 용은 삶을 간절히 원한다, 먹어 치운다, 집어삼킨다! 용은 쉽게 죽지 않는다. 그리고 평온하게 죽지 않는다. 용은 저항한다……."

발디어그는 말을 멈추고 기침을 꾹 참으려 했다.

"마지막 순간까지."

이제 발디어그의 처량한 누런 눈동자가 희미하게 나를 훑어보았다.

"하지만 난 더 이상 저항할 수 없다. 그리고 지금, 어린 마법사여, 난…… 두렵다."

천천히 나는 거대한 얼굴에 더 가까이 다가갔다. 손을 뻗어 왕의 눈 위의 톡 튀어나온 이마를 더듬었다. 그런 말이 어디서 나왔는지 알지도 못한 채, 이렇게 말했다.

"그저 빛을 바라봐, 불의 날개여…… 그곳으로 걸어가. 그곳으로 날아가. 네 아이는 너와 함께할 거야. 나도 그럴 거야."

그 말을 끝으로 발디어그는 마지막 숨을 토해내며 마지막 연기 한 줄기를 내뿜었다. 눈동자 속의 빛이 사그라졌다. 발디어그는 그렇게 영원히 눈을 감았다.

31

최고의 능력

끝 모를 순간이 이어졌다. 우리는 주위의 검게 탄 땅처럼, 죽은 용처럼 조용히 서 있었다. 오직 아기 용만 이따금 움직이며 자기 아비의 생명 없는 몸을 쿡쿡 건드렸다.

마침내 할리아가 아기 용에게 가까이 다가갔다. 걸어가는데 사슴 모습이 사라지고 그 대신 강인한 젊은 여인의 몸이 그 자리에 서 있었다. 그러는 내내 슬픈 표정의 눈동자는 아기 용을 바라보고 있었다. 할리아가 가까이 다가가자 아기 용의 연보라색 꼬리가 펼쳐지며 조바심치듯 땅을 툭툭 두드렸다. 할리아는 느릿느릿 감미로운 멜로디로 노래를 부르기 시작했다. 초록색 풀밭과 햇빛이 반짝거리는 강물의 이미지로 가득한 노래였다. 할리아가 아기 용 옆에 이르렀을 즈음, 아기 용의 꼬리는 더 이상 움직이지 않고 잠자코 있었다. 할리아는 단 한 번의 우아한 동작으로 자리에 앉았다. 그러는 내내 노래를 멈추지 않았다.

이온과 나도 할리아를 따라 움직였다. 종마의 검은 몸 털이 한낮의 태양을 받아 반짝였다. 종마는 인사하듯 부드럽게 머리를 흔들었다. 아기 용은 키가 이온의 절반 정도로 땅딸막했다. 처음에는 주저하더니 이

내 얌전해졌다. 아기 용이 고개를 흔들자 오렌지색 작은 물방울이 우리에게 튀었다. 할리아와 나는 눈빛을 주고받았다. 그 물방울이 눈물이라는 걸 알았다.

할리아는 노래를 멈추고 고개를 들어 아기 용을 안쓰러운 눈길로 살펴보았다.

"네가 나보다 더 슬프구나, 아가야. 적어도 난 우리 오빠를 잘 알았어. 오빠의 생각은 물론이고 숨소리도 여전히 들을 수 있을 정도로 잘 알았지. 내 자신의 숨소리보다 훨씬 더 잘 알았단다."

우울한 표정으로 나는 손을 뻗어 아기 용의 제멋대로 움직이는 귀를 쓰다듬어주었다. 귀는 나뭇가지처럼 딱딱해 보이고 내 팔뚝보다 더 길게 튀어나왔지만 놀라울 정도로 부드러웠다. 자주색 짧은 털이 귀를 완전히 뒤덮었다. 아기 용은 조용하게 낑낑거리더니 이내 내 발 쪽으로 주둥이를 내렸다. 불쑥 아기 용은 입으로 내 신발 하나를 획 잡아당겼다. 그 때문에 나는 뒤로 벌러덩 자빠지고 말았다.

할리아가 살짝 미소를 지었다.

"아기 용이 널 알아보나 봐."

나는 등이 아팠지만 웃지 않을 수 없었다.

"내 생각에, 아기 용은 내 신발을 알아보는 것 같아. 예전에 신발에 먹을 걸 담아줬었거든."

아기 용은 내 신발을 완전히 벗겨버렸다. 나는 그 신발이 내가 오래전 발디어그 동굴에 갔을 때 내가 베어 물었던 바로 그 신발이라는 걸 깨달았다. 내가 손을 뻗어 신발을 빼앗으려 하자 아기 용은 고개를 뒤로 젖혀 신발을 완전히 삼켜버렸다. 내가 소리를 질렀지만 이미 늦었다. 신발은 아기 용의 목구멍 아래로 사라져버렸다.

이온은 힝힝 콧바람을 불었다. 유쾌하게 웃는 소리처럼 들렸다. 그러다 갑작스레 이온의 몸이 뻣뻣하게 굳었다. 귀가 앞으로 쫑긋했다. 이온은 고개를 한쪽으로 기울인 채 발굽으로 땅바닥을 쿵쿵 밟았다. 할리아가 펄떡 일어났다. 우리 둘 다 이온의 시선을 따라갔다.

땅딸막한 한 무리가 피라미드 모양의 언덕 가장자리를 돌아 우리에게 다가오고 있었다. 방패와 갑옷이 햇빛에 반짝였다. 무리의 한가운데에 제멋대로 자란 빨간 머리카락 위에 뾰족 모자를 쓴 누군가가 막대기를 들고 성큼성큼 걸었다. 우르날다였다.

가슴속에서 분노가 끓어올랐지만 나는 입술을 꽉 깨물었다. 신발이 없었지만, 등을 펴고 최대한 똑바로 섰다.

우르날다가 다가오는 내내 조개껍질 귀걸이가 반짝였다. 나는 우르날다의 눈빛을 읽을 수 없었다. 하지만 꽉 다문 입은 잔인하고 후회를 모르는 것처럼 뻔뻔해 보였다. 소인 무리가 우리 바로 앞에 이르렀을 때, 우르날다가 속도를 늦추더니 땅딸막한 손을 들어 올렸다. 소인들은 도끼와 활을 움켜잡은 채 우뚝 멈춰 섰다.

여자 마법사는 앞으로 걸어 나오며 쓰러진 용의 시체를 살펴보았다. 이윽고 시체 옆에 바싹 자리 잡고 있는 아기 용을 보고는 약간 움찔했다. 하지만 아무 말도 하지 않았다. 우르날다의 시선은 흐르는 웅덩이에 닿았다. 거기에는 바초드와 크리릭스의 피와 털이 엉겨 붙어 있었다.

드디어 우르날다가 나를 돌아보며 말했다.

"네 능력을 되찾은 것 같구나."

나는 눈살을 찌푸렸다.

"난 능력을 결코 잃어버린 적이 없어요, 당신도 잘 알잖아요. 당신은 그 능력이 사라졌다고 믿게끔 나를 속였잖아요!"

"사실이야. 마법을 훔치는 주문이 작용하게 하는 유일한 방법은 희생자가 자신의 능력이 파괴되었다고 믿게 하는 거지. 그러면 그 희생자와 그 주변의 모두를 바보로 만들 수 있단다. 그 모든 게 나, 우르날다가 생각해낸 계획 중 하나란다."

우르날다가 고개를 끄떡이자 귀걸이가 쨍그랑거렸다.

나는 프살테리움의 줄을 꼭 잡고 있던 손에 힘을 주었다.

"발디어그의 후손 중 딱 하나만 남겨두고 다 죽여버리는 것 또한 당신 계획의 일부인가요?"

"아니, 하지만 그건 그리 나쁜 결과는 아니로군."

우르날다는 지팡이 끝을 시커멓게 변한 땅에 휘두르면서 쌀쌀맞게 대답했다.

"크리릭스는 어떻고요? 당신의 계획에 크리릭스도 포함되어 있나요? 당신이 도와줬기에 크리릭스가 발디어그를 죽였어요. 크리릭스가 죽지 않았다면 당신과 나는 물론이고 핀카이라의 모든 마법의 생명체들이 죽었을 거예요."

나는 목소리를 낮추고 이어 말했다.

"우르날다, 당신은 오만함으로 리타 고르에게 문을 열어준 거나 마찬가지라고요! 당신의 행동을 이끈 건 당신이 아니라 리타 고르의 계획이었어요. 당신은 그것도 모르고 무심코 저지른 거예요. 당신은 리타 고르의 도구로 사용되었다고요."

보통은 창백한 우르날다의 얼굴이 시뻘겋게 상기되었다.

"하! 난 틀린 적이 없어."

우르날다가 큰소리치더니 한순간 시선을 떨구었다.

"한때 내가 속았을 수는 있지."

우르날다가 손을 뻗더니 손바닥을 위로 향했다. 번갯불이 허공에 번쩍였다. 소인들이 깜짝 놀라 옆으로 펄쩍 뛰었다. 그러느라 소인들은 서로 걸려 넘어졌다. 그곳, 우르날다의 손에 내 지팡이가 들려 있었다. 우르날다가 몇 마디 내뱉자 지팡이가 둥둥 떠올라 우아하게 빙그르르 돌며 내게로 다가왔다.

나는 지팡이를 얼른 붙잡고, 오래된 친구가 뻗은 손처럼 꼭 잡았다. 내 투시력은 지팡이에 새겨진 익숙한 표시들을 훑었다. 금이 간 돌, 검, 원 안에 든 별 그리고 나머지. 일곱 노래의 지혜. 이제 드디어 완전히 능력을 되찾았다는 사실을 느꼈다.

우르날다는 조개껍질 귀걸이 하나를 만지작거리며 나를 지켜보았다.

"네가 우리 종족을 도와준 대가로 주는 거다."

나는 그 말이 우르날다에게서 들을 수 있는 사과의 표현과 가장 가깝다는 걸 알았다. 나는 지팡이를 들어 올렸다.

"저는 약속을 지켰어요."

우르날다는 웅크린 아기 용을 향해 고개를 기울였다.

"이제 딱 한 가지 임무만 남았구나. 자, 이제 우리 함께 저 비열한 짐승의 마지막 핏줄을 끊자."

"기다려요! 발디어그의 죽음은 기회가 될 수 있어요. 그래요, 용과 우리 사이가 오랫동안 갈라졌던 걸 다시 잇는 거예요. 힘들겠지만 저 아기 용을 우리 동료로 대할 수는 없어요? 어쩌면 우리 친구로요. 적어도 아기 용이 우리를 똑같이 대할 수도 있잖아요."

내가 단호하게 말했다.

"동료라고? 친구라고? 그런 일은 절대 일어나지 않아! 난 지금껏 용의 분노를 수없이 보아왔어! 넌 능력을 되찾았는지는 모르겠다만, 네 마음을 잃어버린 것 같구나."

우르날다가 콧방귀를 뀌었다. 그러더니 손뼉을 쳤다.

"경비병들, 무기를 들라!"

우르날다 옆에 있던 소인들이 즉시 화살을 시위에 걸고 양날 도끼를 들어 올렸다. 그들이 자세를 갖춘 채 다음 명령을 기다렸다.

나는 지팡이를 땅에 쿵 내리쳤다. 숲의 판석이 깨졌다.

"내 말 들어봐요, 여러분! 저 용은 살아야 해요."

나는 우르날다를 노려보며 한 발 가까이 다가갔다. 그러고는 우르날다를 내려보며 말했다.

"만약 당신이나 당신 종족 누구든 저 용에게 해를 끼친다면, 이유와 방법을 가리지 않고 당신들은 내 분노에 직면하게 될 거예요. 마법사의…… 분노. 저기 있는 저 크리릭스들에게 일어난 일은 당신들한테 일어날 일에 비하면 아무것도 아닌 일이 될 거예요."

한참 동안 여자 마법사는 불쾌하다는 듯이 나를 노려보았다. 우리 사이의 공기가 지지직거리고 자그마한 불꽃이 딱딱 소리를 내며 튀었다. 이윽고 아무 말 없이 우르날다는 왔던 길로 성큼성큼 되돌아갔다. 땅딸막한 전사들은 허겁지겁 무기를 챙겨 우르날다를 따라잡기 위해 종종거리며 최대한 빨리 뒤따라갔다. 나는 소인들이 방향을 틀어 언덕 너머로 사라지는 모습을 지켜보았다.

이온이 내 팔을 쿡 찔렀다. 나는 이온의 목을 쓰다듬으며 우르날다의 뾰족한 모자 끝이 사라진 그곳을 계속 지켜보았다. 그때 할리아가 갑자기 소리쳤다. 이온과 내가 몸을 휙 돌려보니 할리아가 흐르는 웅덩이를 손으로 가리켰다. 크리릭스의 잔해가 보글보글 끓고 있었다.

수증기에서 어떤 모습이 생겨났다. 얼굴이었다. 대머리에 삐뚤삐뚤 고르지 않은 이빨, 이마 한가운데에 난 사마귀. 나는 긴장했다. 그것이 돔누의 이미지라는 걸 알았으니까. 노파의 입이 소름 끼치는 미소로 자국을 내며 푸른 불꽃이 웅덩이 가장자리를 핥았다.

"음, 우리 아가, 결국 네가 살아남았구나. 내가 미처 예상하지 못한 일이구나."

불꽃이 커지며 눈동자 주위로 모여들었다.

"저기, 내 자그마한 조랑말도 살아남았구나."

이온의 발굽이 땅을 쿵쿵 밟아댔다. 이온은 반항적으로 히힝 울어댔다.

수증기의 형체가 솟아나는 김과 함께 떨리며, 돔누의 머리 가죽에 주름을 만들었다.

"이제 우리 거래는 어떻게 되었지?"

나는 고개를 저었다.

"갈라토는 잃어버렸어요. 용암 밑에 묻혔어요."

돔누의 눈동자에서 푸른 불꽃이 튀어나왔다.

"설마 날 배반할 생각은 아니겠지, 안 그래?"

"아니에요. 누구처럼 난 말을 뒤집지 않아요."

내가 대답했다. 나는 돔누 아래에서 서서히 끓어넘치는 웅덩이를 가리켰다.

"하지만 당신 동굴에서 갈라토를 훔쳐간 도둑은 다시는 당신을 괴롭히지 못할 거예요."

돔누는 이마를 찌푸렸다. 얼굴이 완전히 일그러졌다.

"이런, 젠장! 내가 갖고 놀 기회를 갖기도 전에 완전히 가버렸군! 음…… 그렇군. 어쨌거나 난 그 저주받은 물건이 씩 마음에 들지 않았어. 안녕, 우리 아가."

돔누가 사라지는 즉시 웅덩이가 끓어넘치며 푸른 불꽃의 소용돌이가 되었다. 잠시 뒤 김이 피어오르며 사라지자, 노파의 얼굴 또한 사라졌다. 나는 지팡이에 기대 웅덩이를 계속 지켜보았다.

할리아의 울리는 목소리가 침묵을 갈랐다.

"멀린?"

나는 몸을 돌려 할리아를 바라보았다. 그 눈을 다시 보다니 얼마나 기쁜지 몰랐다! 나는 할리아가 해를 입지 않았다는 사실에 고마운 마음이 샘솟았다. 그리고 놀랍게도, 감사의 마음보다 더 깊은 다른 무언가를 느꼈다.

"신탁의 동굴에 있었을 때 기억나? 뭔지 모르지만 네가 능력을 가지고 있다고 말했을 때 말이야?"

할리아가 부드럽게 물었다.

"응, 네가 그것에 이름을 붙일 수 없었다는 것도 기억나."

할리아가 천천히 고개를 끄덕였다.

"음, 이제는 할 수 있어. 난 그걸 '이해의 능력'이라고 부를 거야. 장벽을 뛰어넘고, 그 과정에서 의미를 찾는 것. 그리고 용이나 크리릭스 또는 어쩌면 갈라토만큼이나 강력한 능력. 그건 훨씬 더 강력한 능력이야. 그 모든 능력 중에서 그건 정말 최고의 능력이야."

나는 프살테리움 줄을 만지작거리며 미소를 지었다.

"하지만 잊지 마. 위대한 마법사라 할지라도 신발 두 짝이 필요해. 한 짝이 아니라 말이야."

할리아가 나를 쿡 찌르며 덧붙였다.

나는 맨발의 발가락을 꼼지락거렸다.

"하지만 사슴처럼 달릴 수 있다면 말이 달라지지."

할리아는 생각에 잠겨 나를 바라보았다.

"아니면…… 어린 매처럼 날아가든가."

멀린3 분노하는 불꽃

1판 1쇄 인쇄 2017년 4월 21일
1판 1쇄 발행 2017년 5월 10일

지은이 | 토머스 A. 배런
펴낸이 | 김영곤
펴낸곳 | (주)북이십일 아르테
미디어사업본부 이사 | 신우섭
미디어믹스팀장 | 장선영
편집 | 이상화
문학영업팀 | 권장규 오서영
프로모션팀 | 김한성 최성환 김주희 김선영 정지은
해외기획팀 | 박진희 임세은 채윤지
홍보기획팀 | 이혜연 최수아 문소라 박혜림 백세희 김솔이
제휴마케팅팀 | 류승은
제작팀장 | 이영민

출판등록 | 2000년 5월 6일 제406-2003-061호
주소 | (우 10881) 경기도 파주시 회동길 201(문발동)
대표전화 | 031-955-2100 **팩스** | 031-955-2151
이메일 | book21@book21.co.kr

(주)북이십일 경계를 허무는 콘텐츠 리더

아르테 채널에서 도서 정보와 다양한 영상자료, 이벤트를 만나세요!
북이십일과 함께하는 팟캐스트 '[북팟21] 이게 뭐라고'
페이스북 facebook.com/21arte   블로그 arte.kro.kr
인스타그램 instagram.com/21_arte   홈페이지 arte.book21.com

ISBN 978-89-509-6937-0 04840
책값은 뒤표지에 있습니다.